판사 이한영

판사 이한영

1판 1쇄 발행 2026년 2월 9일

지은이 이해날

발행인 김성룡
매니지먼트 ㈜스마트빅/월하담
교정 심영미
표지 디자인 은디자인
본문 디자인 김민정

펴낸곳 도서출판 가연
주소 서울시 마포구 월드컵북로 4길 77, 3층
구입문의 02-858-2217
팩스 02-858-2219

ISBN 978-89-6897-143-3 04810

무너진 정의, 돌아온 판사, 확실한 형벌을 약속합니다

판사 이한영

4

이해날
장편소설

01

두 평짜리의 작은 방에 피해자 고현희가 앉아 있었다. 초췌해 보이지만 꽤 예쁜 얼굴이다. 하지만 몹시 불안한 눈빛이다.

그때 문이 열리고 차주성이 쑥 들어와 섰다. 가소롭다는 눈빛으로 고현희를 내려다보던 차주성이 문밖으로 고개를 틀더니 안내 데스크를 향해 외쳤다.

"야, 얘 신체검사했어?"

데스크에 있던 비서가 고현희의 휴대폰을 들어 보이며 답했다.

"네, 휴대폰 외에 전자 기기는 없었습니다."

지금부터 하는 대화가 녹음 등으로 새어 나갈 일은 없다는 뜻이다.

확인을 끝낸 차주성은 안심했는지 문을 닫고 고현희 앞에 앉았다. 그리고 삐딱한 목소리로 입을 열었다.

"왜 지랄인 거냐?"

분명 가해자는 차주성이고, 피해자는 고현희다. 하지만 그는 고압적인 목소리로 상대를 압박하고 있다.

고현희가 차주성을 쏘아본다.

"지금 그게 할 말이에요?"

"왜? 내가 무슨 잘못을 했다고?"

"숙취 해소에 도움 되는 약이라고 했잖아요!"

"그걸 믿는 게 병신이지. 그리고 난 무죄야. 국가에서 인정해준 무혐의라고."

끝까지 뻔뻔한 얼굴, 차주성을 노려보는 고현희의 눈동자는 처음보다 더 싸늘해졌다.

그 눈빛에 차주성이 고개를 저으며 말했다.

"그만 까불고 고개 숙여. 기자회견 열어줄 테니까, '다 돈을 바라고 한 일이에요. 주성이 오빠는 아무 잘못이 없어요'라고 말해. 그럼 주머니는 두둑해질 거야. 연예인을 하고 싶은 이유가 뭐야? 돈 벌고 싶어서지? 돈 줄 테니까 그만해."

툭, 테이블 위에 돈봉투가 올라왔다.

꽤 두둑해 보였지만 고현희는 관심이 없다.

"내가 여기에 온 것은 분명 사과한다는 말을 들었기 때문이에요. 그런데 이게 뭐죠?"

차주성이 픽 웃는다.

"무혐의 받은 내가 왜 사과를 해야 해? 내가 널 부른 이유는 여기서 끝내자는 거야. 2심 가기 귀찮아. 법정 패션에 신경 쓰는 것도 일이거든."

"뭐요?"

"말 길게 하지 말자."

차주성이 리모컨을 들어 텔레비전을 켠다.

동시에 고현희의 눈이 크게 떠졌다. 화면에 자신의 모습이 나오고 있었다. 약에 취해 인사불성이 된 그녀는 알몸으로 휘청거렸다. 더 이상 못 보겠는지 고현희가 눈을 질끈 감는다.

그녀의 귀에 이죽거리는 차주성의 목소리가 들렸다.

"나도 이런 게 있는 줄 몰랐거든. 그때 같이 계셨던 조 PD님 있지? 그 분께 동영상 촬영이라는 취미가 있으셨더라고. 그리고 네가 마음에 들었나 봐. 화면 봐. 네 얼굴만 보여. 내 얼굴이나 다른 남자의 얼굴은 없어."

"……."

"저 영상 유포할까? 외국 사이트에 올라가면 절대 못 지운다. 누가 올렸는지도 못 찾고. 그럼 연예인이 문제가 아니라 여자로서의 인생도 끝일 것 같은데, 어쩔래? 합의 볼래?"

고현희의 작은 주먹이 떨려 왔다.

차주성은 그런 그녀를 장난감 보듯 했다.

"합의할 거라면 돈봉투 갖고 그만 꺼졌으면 좋겠는데."

* * *

사무실에서 나온 고현희는 택시에 올랐다.

차가 움직이기 시작하자 멍한 눈으로 앉아 있던 그녀는 고개를 숙였다.

그녀의 눈동자에 자신의 손이 보였다. 빈손이다. 마지막 자존심으로 봉투는 받지 않았다.

툭, 그녀의 손에 눈물이 떨어진다. 한두 방울 떨어진 눈물은 이내 쏟아지기 시작한다. 어릴 때부터 연예인이 되고 싶어 연습생으로 지내 왔다. 하지만 쉽지 않은 길이었다. 친구들은 데뷔를 하고 스타가 되었지만, 그녀는 여전히 연습생이었다. 나이만 들어가더니 스무 살을 넘겼다.

스무 살. 넓은 사회로 보면 어리고 예쁜 나이지만, 아이돌을 준비하는 그녀에게 스무 살이라는 나이는 컸다. 그렇게 초조해진 마음으로 있을 때, 그녀는 차주성을 만나 이런 꼴이 되었다.

"이게 뭐야……."

그녀에게 남은 것은 '꽃뱀', '창녀' 등의 수식어와 언제 유포될지 모르는 동영상이었다.

어느새 그녀는 자신의 아파트 입구에 도착했다. 하지만 집으로 향하지 않는다. 멍하니 서 있을 뿐이다. 잠시 그렇게 있던 그녀가 울먹이는 목소리로 중얼댔다.

"죽자."

희망이 보이지 않았다. 세상 모든 사람들이 자신만 욕하는 것 같다. 살아서 더 치욕을 받기 전에…….

그녀는 몸을 돌렸다. 향하는 곳은 아파트 뒤에 있는 작은 동산이다. 산을 오르는 것은 어렵지 않았다. 사람들이 산책과 가벼운 운동을 하는 곳이기 때문이다.

하지만 지금은 늦은 밤, 가로등은 켜져 있지만 아무도 없었다. 서늘한 산바람만 불어올 뿐이다. 그녀는 타박타박 희망 없는 걸음으로 산길을 올랐다. 그녀의 손에는 바인더 끈이 들려 있다.

두리번두리번 고개를 좌우로 돌리던 그녀는 가지가 튼튼해 보이는 나무를 발견했다. 그러자 그때부터 눈물이 쏟아지기 시작했다.

"엄마, 엄마, 미안……. 아빠, 죄송해요……."

그녀는 부모님의 이름을 부르며 나무를 향해 걸어갔다.

그때…….

"마셔요."

불쑥 내민 커피.

"어머!"

그녀는 깜짝 놀라 주저앉았다. 지금껏 울고 있던 눈물은 쏙 들어가버렸다.

어두운 산에서 갑자기 나타난 사람. 그 사람이 그녀를 향해 저벅저벅 걸어오더니 다시 한번 캔커피를 내민다.

"마셔요."

송나연 기자였다.

주저앉은 그녀가 자신의 옷을 여미며 일어서지도 못하고 뒤로 물러선다.

"누, 누구세요?"

죽을 각오를 한 그녀였지만 한밤중 산속에 나타난 이상한 여자는 무서운가 보다. 고현희의 두려운 눈동자를 본 송나연 기자가 활짝 웃으며 말한다.

"아, 기자요. 드림일보 기자 송나연."

"네?"

고현희는 황당한 눈으로 송나연 기자를 바라봤다. 난데없이 산속에 기자가 있는 게 이해할 수 있는 일은 아니었다.

모두 이한영의 힘이었다. 이한영은 고현희가 스스로 목숨을 끊는다는 것을 알고 있었다. 그래서 석정호에게 부탁해 훈련받던 한 명을 그녀의 옆에 붙여 두고 송나연 기자에게 연락해 찾아오게 한 거다. 이한영은 적어도 자신이 알고 있는 사건에 대해 희생자가 생기지 않기를 바라고 있었다.

송나연 기자가 활짝 웃으며 고현희 앞에 엉덩이를 대고 털썩 주저앉았다. 그리고 신분증을 꺼내 건넸다.

고현희가 신분증을 확인하며 묻는다.

"기자님이 여기는 어떤 일로……?"

"야밤에 운동하러 나왔다고 하래요."

"네? 누가 시킨 거예요?"

"아, 아뇨. 어서 커피 드세요. 계속 들고 있으니까 팔 아파요."

송나연 기자가 그녀에게 다시 커피를 건넸다. 그제야 그녀는 커피를 받아 든다.

"감사합니다."

"마시세요. 따듯해요. 그거 드시면 이제 다 괜찮을 거예요. 그리고 힘내요. 차주성 같은 쓰레기 때문에 목숨을 끊으면 고현희 씨의 인생이 너무 불쌍하잖아요."

커피를 입에 대던 고현희는 다시 울기 시작했다. 서러운 눈물이 뚝뚝 떨어진다.

송나연 기자가 그런 고현희의 등을 토닥인다.

"조금만 참아요. 차주성하고 그 일당이 박살 나는 것은 봐야 하잖아요. 기자인 제가 약속드릴게요. 꼭."

잠시 후 송나연 기자와 고현희는 아파트에서 멀지 않은 커피숍에 마주 앉았다.

송나연 기자가 입을 연다.

"저를 만났다는 것은 비밀로 해주셔야 해요. 알려지면 우리 둘 다 곤란해져요."

고현희가 결의에 찬 눈빛으로 고개를 끄덕이자 송나연 기자가 다시 입을 열어 물었다.

"그럼, 곤란한 질문을 해도 될까요? 사건은 현장에 있던 사람이 가장 잘 알고 있잖아요. 차주성에게 죄를 묻기 위해선 증거가 필요해요. 혹시 증거가 될 만한 것이 있을까요? 지금 고현희 씨의 손에 없어도 돼요. 찾는 것은 저희가 할 일이니까요."

"제 손에 없어도 된다고요?"

"네."

그녀의 머릿속에 KH 엔터테인먼트에서 봤던 동영상이 스쳤다. 그녀의 얼굴만 찍혀 있지만 차주성은 그 동영상을 찍은 사람이 누군지 밝히기까지 했다.

'조 PD의 휴대폰…….'

증거가 떠올랐지만 그녀는 쉽게 입을 열지 못한다. 동영상을 찾는 순간 그녀의 비참한 모습도 공개될 수 있기 때문이다. 하지만 잠시다. 그녀는 고개를 저었다.

'죽으려고 했잖아. 그게 뭐가 아쉬워? 차주성하고 KH만 망할 수 있다면…….'

여자가 한을 품으면 오뉴월에도 서리가 내린다고 했다.

그녀가 입을 열었다.

"동영상이 있어요."

"동영상요?"

"그걸 찍은 사람은 MSK 방송국 예능1부장 조성훈 PD예요. 휴대폰으로 찍었을 테니까……."

"조성훈 PD……."

잠시 조성훈에 관한 이름을 중얼대던 송나연 기자가 다시 물었다.

"또 누가 있었죠?"

"제가 그때 약에 취해서 잘 기억나진 않지만 야당 국회의원 박을석하고요……."

쟁쟁한 인물들의 이름이 줄줄 나왔다. 검찰 조사에서도 나오지 않았던 이름이다. 지금까지는 연예계에 대한 일말의 아쉬움이 남았기에 숨기고 있던 사실. 하지만 오뉴월의 한을 품은 지금은 아무 상관 없었다. 그녀의 목표는 어디까지나 차주성과 KH 엔터테인먼트의 몰락일 뿐이기 때문이다. 그녀의 입에서 나온 의원의 이름은 거대 권력자는 아니었지만 재선에 성공해 목에 힘주고 사는 사람들이다.

잠시 후 고현희가 떠났다.

혼자 그 자리에 앉아 있던 송나연 기자가 몸을 돌려 뒷좌석을 향한다.

그곳엔 모자를 눌러쓴 남자가 앉아 있었다. 바로 이한영이다. 그는 산 속에서부터 지금까지 송나연 기자와 고현희의 행동과 대화를 모두 듣고 있었다.

송나연 기자가 바보같이 웃으며 말한다.

"다 들었죠?"

이한영이 고개를 끄덕였다.

"생각보다 스케일이 있네요."

이한영은 고현희가 말한 일당의 이름들을 머릿속에 새겨 넣고 있었다.

송나연 기자가 커피를 들고 이한영에게 다가와 입을 열었다.

"그런데 한 가지만 물어봐도 돼요?"

"말씀하세요."

"왜 차주성을 싫어하세요?"

"싫어하다뇨?"

"그게 아니면 가뜩이나 바쁘신데 이렇게 나서기 힘들잖아요?"

이한영이 손가락을 들어 커피숍 한쪽의 대형 모니터를 가리켰다. 그곳에선 차주성이 나와 착한 척하는 예능 프로그램이 나오고 있었다.

"전 이 세상에서 가식적인 놈을 제일 싫어하거든요."

가식적인 사람. 강신진, 김윤혁 등등이다. 이한영은 그런 사람을 싫어하다 못해 증오하고 있었다.

이한영의 시선이 다시 그녀에게 틀어졌다.

"해야 할 일이 하나 더 있는데요."

"어떤 거요?"

* * *

고현희와 헤어지고 집으로 향하던 이한영은 깊은 생각에 빠져 있었다.

그녀의 말에 따르면 마약으로 이뤄진 광란의 파티 때 국회의원은 물론 각 방송사의 PD들도 함께 있었다고 한다.

'권력자와의 싸움……. 사건이 파헤쳐질수록 권력자들은 어떻게 행동할까? 나와 검사의 입을 어떻게 막으려 할까?'

갓 스무 살이 넘은 어린 연습생을 앞에 두고 벨트를 풀어 헤친 개돼지 같은 권력자들, 딸뻘의 어린 연습생에게 마약을 먹이고 양주를 쏟아부은 더러운 새끼들.

이 사건이 터지면 그들의 정치 인생과 사회적 지위는 산산이 부서져버린다. 국민은 뒤로하고 자신들의 영화가 우선인 그들은 어떻게든 이한영을 회유하기 위해 애쓸 거다.

'어떤 짓을 할까?'

어쩐지 이번 재판이 강신진 지원장과의 싸움을 앞둔 첫 번째 모의고사 같다는 생각이 들었다.

이한영은 차를 갓길에 세우고 휴대폰을 귀에 댔다.

"정호야, 밤늦게 미안. 혹시 소매치기 잘하는 놈 없나?"

* * *

"아, 씨발. 내 휴대폰."

MSK 방송국 예능1부장 조성훈 PD는 자신의 주머니를 만지작거리고 있었다. 항상 들고 다니는 휴대폰이 어디로 갔는지 보이지 않아서다.

"짜증 나네."

책상 서랍을 열어 보고 오만 곳을 다 확인해 봐도 없다.

"전철에 두고 내렸나?"

그건 또 아닌 것 같다. 전철에서 휴대폰을 들여다보는 스타일도 아니고 항상 주머니에 넣어 두는데…….

그때 쾅, 부장실의 문이 열리더니 한 PD가 숨을 거칠게 내쉬며 조성훈 PD를 바라봤다.

조성훈 PD가 짜증 나는 표정으로 그 PD를 바라봤다.

"왜 노크도 없이 문을 열어?"

PD는 방으로 들어와 리모컨을 들어 텔레비전을 켰다.

채널을 돌린 곳은 종합 편성 채널의 한 뉴스 방송이다. 아래에는 '속보'라는 단어가 적혀 있다.

조성훈 PD가 입을 열었다.

"왜? 뭔데?"

그때 화면 속 뉴스 앵커가 심각한 눈빛으로 입을 연다.

오늘 아침, 우리 방송국의 기자가 전철로 출근하던 중 휴대폰 하나를 주웠습니다. 그런데 주인에게 돌려주려고 연락처를 확인하던 중, 다른 방송국의 PD라는 것을 알게 되었습니다. 그리고 이 휴대폰에서 충격적인 영상을 확인할 수 있었습니다.

뉴스 앵커가 휴대폰을 손에 들어 보였다.

조성훈 PD의 눈이 튀어나올 듯 커진다.

"저, 저건……."

그의 휴대폰이다.

그리고 모자이크로 된 영상이 화면에 떠올랐다. 모자이크를 했지만 살색의 향연…….

뉴스 앵커가 말한다.

모자이크로 보셨어도 저희가 왜 영상을 오픈할 수 없는지 아실 겁니다. 이곳에 함께 있던 여성들은 모 기획사의 연습생들이었습니다. 이 방송국의 PD는 이곳에서 뭘 하고 있었던 것일까요? 정말 항간에 떠도는 접대라는 게…….

조성훈 PD의 눈에 분노가 차올랐다.

"이런 씨발!"

그가 앞에 선 PD의 손에서 휴대폰을 빼앗아 바로 전화를 건다. KH 엔터테인먼트의 대표에게 거는 전화다.

"지경환 대표! 영상 터졌어!"

-네? 그게 무슨 말이에요?

"어떤 새끼가 냄새 맡고 내 휴대폰을 털어 갔잖아! 도대체 누구한테 밝히 거야?"

조성훈 PD는 그동안 해왔던 방송의 감으로 알 수 있었다. 이건 휴대폰을 잃어버린 게 아니다. 저 방송국에서 영상의 존재를 알고 어디선가 소매치기 같은 사람을 섭외해 그의 휴대폰을 노린 거다.

"도대체 일을 어떻게 한 거야!"

조성훈 PD의 눈동자에 핏발이 붉게 차올랐다.

그 시각, 이한영은 창가를 보고 있었다.

'모의고사, 첫 번째 의문. 권력자들은 의리를 지킬까? 아니면 잡범들처럼 서로의 이름을 까발릴까?'

이한영의 시선이 손바닥으로 향했다. 세상이 그의 손에서 뛰놀고 있었다.

* * *

늦은 밤.

KH 엔터테인먼트 대표이사실엔 대표 지경환과 아이돌 출신 배우 차주성, 그리고 조성훈 PD가 마주 앉아 있었다. 조성훈 PD의 휴대폰이 경쟁 언론사에 넘어가면서 예상할 수 없어진 한 치 앞을 논의하기 위해서다.

대표 지경환의 시선이 차주성에게 틀어진다.

"애들은 입단속시켰어?"

차주성이 고개를 끄덕이자 지경환 대표가 미간을 찌푸리며 말을 잇는다.

"잘해. 언제 뒤통수 칠지 몰라. 걔들은 돈 냄새 나는 것 같으면 창피한 것도 모르고 피해자라며 손 들고 나올 애들이야. 연예인이 되기도 전에 몸뚱이가 돈이 될 수 있는 걸 먼저 배운 애들인데 오죽하겠어?"

차주성에게 걸려 있는 혐의 하나는 성매매 알선이다.

연습생 중에는 생활비를 벌기 위해 아르바이트 등을 하는 사람도 있는데, 차주성은 그들에게 돈을 벌 방법이 있다며 성매매를 권유했다.

꿈이 있던 미성년자를 배 나온 아저씨의 놀잇감으로 만들어버린 거다. 그 아이들이 차주성에게 이용당했다며 손을 들고 나올 수도 있었다. 그건 막아야 했다.

차주성은 무거운 한숨을 내뱉으며 얼굴을 쓸어 만졌다.

"하아…… 갑자기 뭐가 꼬인 거죠? 잘 풀리고 있었는데……."

괴로운 표정조차 잘생긴 얼굴이다. 입가에 항상 옅은 미소를 짓고 있었는데, 어두운 표정도 잘 어울린다.

그 얼굴을 보던 조성훈 PD가 뜬금없이 킥킥거리며 웃기 시작했다.

"바른 생활 사나이 차주성의 더러운 취미가 세상에 공개되면 시청률 하나는 대박이겠다, 크크크크."

지경환 대표가 인상을 확 일그러뜨렸다.

"아니, 지금 그게 할 말이에요?"

"농담이에요, 농담. 지금 나도 위태해. 내가 누구 때문에 이렇게 됐는데."

목소리가 커졌다가 작아지며 그들 사이에 기분 나쁜 적막이 찾아왔다.

누구도 쉽게 입을 떼지 못한다. 휴대폰의 동영상을 어떻게 처리할지 몰라 모인 자리지만 해결법은 보이지 않았다. 그때 책상 위 전화기의 벨이 울렸다.

지경환 대표가 걸어가 전화기를 귀에 댔다.

―에스로펌 조세헌 변호사님 오셨습니다.

"아, 어서 들어오시라고 해."

단정한 양복 차림의 조세헌 변호사가 소파에 앉아 있었다. 그가 앞에 앉은 차주성과 지경환 대표 그리고 조성훈 PD의 표정을 살피며 입을 연다.

"영상이 노출되었다고요?"

지경환 대표가 빠른 속도로 고개를 끄덕였다.

"네."

"영상을 보고 싶은데요."

그 말에 차주성이 텔레비전의 전원을 켰다. 광란의 밤을 보냈던 영상이 보인다.

가만히 화면을 보던 조세헌 변호사가 입을 연다.

"얼굴이 또렷이 보이는 사람은 고현희라는 연습생뿐이네요."

조성훈 PD가 멋쩍게 웃는다.

"재가 제일 예뻐서요."

"원본이 든 휴대폰은 지금 다른 방송국에 있고요?"

"아, 네."

"혹시 휴대폰에 다른 영상도 있습니까?"

조성훈 PD가 지경환 대표와 차주성의 눈치를 보며 입을 연다.

"……몇 개 더 있죠."

지경환 대표가 다시 미간을 일그러뜨렸다.

"저것만 있다고 했잖아요!"

"아니, 뭐. 프로필 사진이다 생각하고 찍은 거지."

"아오!"

지경환 대표가 머리를 쥐어뜯었고, 차주성은 착잡한 표정으로 조세헌 변호사에게 시선을 돌렸다.

"방법이 있을까요?"

조세헌 변호사가 고개를 끄덕인다.

"지금부터는 바쁘게, 하지만 은밀하게 움직여야 합니다. 우선 지경환 대표님은 휴대폰을 훔친 방송국에 전화해서 소속 연예인 출연 거부 메시지를 던지세요. 그리고 간부급을 보내 방송국 직원에게 돈봉투를 전해주십시오."

출연 거부 메시지를 던지면서 돈봉투를 전하라니, 앞뒤가 맞지 않는 말이다. 지경환 대표가 눈을 깜빡이자 조세헌 변호사가 손가락 두 개를 펼쳤다.

"투 트랙입니다. 협박과 당근, 두 개를 동시에 하는 거예요. 방송국을 상대로 싸우되 안에 있는 직원들은 포섭하세요. 하지만 요구 조건은 하나입니다. 더는 조성훈 PD님의 휴대폰 영상을 거론하지 않는 것."

"아, 네."

이제야 이해했는지 지경환 대표가 고개를 끄덕였다.

조세헌 변호사의 시선이 조성훈 PD에게 향했다.

"PD님은 모든 인맥을 동원해 휴대폰을 지닌 사람을 접촉하세요. 원본이 우리 손에 있는 게 우선입니다."

"그리고요?"

조성훈 PD의 반응은 삐딱하다.

휴대폰을 찾는다고 조성훈 PD가 안전해지는 것은 아니기 때문이다. 휴대폰에 있던 영상은 이미 공개되었고 지경환 대표나 차주성이 나 몰라라 하는 순간 자칫 자기 혼자 독박을 쓸 수 있었다.

조세헌 변호사의 손가락이 텔레비전을 향했다. 여전히 살색의 향연이 보인다.

"지금부터 제 말 잘 들으세요. PD님은 사회 고발 프로그램을 준비하던 중입니다. 첫 방송으로 기획한 것은 강남 부유층 자제들이 노는 쾌락의 밤이죠. PD님은 저 사람들이 연습생인 줄 몰랐습니다. 그저 그들의 파티를 몰래 촬영하기 위해 잠입해 있던 것입니다."

조성훈 PD가 손뼉을 짝 쳤다.

"그럼 되겠네요. 영상에 남자들은 찍지 않았으니까요."

조세헌 변호사가 고개를 끄덕였다.

"그럼, 시작하세요. 처음 말씀드린 것처럼 은밀히 움직이셔야 합니다."

조세헌 변호사는 서두르고 있었다.

시간이 없었다. 만약 이 냄새를 이한영이 맡는다면 그는 또 찝찝한 패배의 기분을 느껴야 한다.

지경환 대표가 소파에서 일어섰다.

"변호사님, 하나 여쭤봐도 될까요?"

"네."

"인터넷 같은 거 보면 변호사님들이 재판 전에 판사도 만나고 검사도 만나고 하던데, 우리는 그런 거 안 합니까?"

"그런 거 하면 큰일 납니다."

상대는 이한영이다. 돈을 주는 순간 이쪽이 박살 날 수 있다.

조세헌 변호사가 말을 이었다.

"노파심에 말씀드리는데, 재판부에 접근할 생각은 하지도 마세요."

조세헌 변호사는 이번만큼은 이한영을 상대로 속 시원한 승리를 얻고 싶었다. 그래서 이 더러운 놈들이 빠져나갈 수 있는 길을 알려주는 것이다.

지경환 대표와 조성훈 PD, 그리고 차주성은 엘리베이터를 타고 지하 주차장으로 내려가고 있었다.

조성훈 PD가 말한다.

"변호사가 재판부와 만나지 말라고 하긴 했는데, 정말로 가만히 있을 거예요? 내가 예능 맡기 전에 시사 쪽에 있었잖아요. 판사 월급이 생각 이상으로 거지예요. 집안에 돈이 없으면 서울에서 살기 어려워."

"그래서요?"

"여자 싫어하는 남자 없듯이 돈 싫어하는 사람 못 봤어요."

"변호사가 절대 하지 말라던데?"

조성훈 PD가 고개를 저었다.

"재판에 승리한 후에 모두 자기 공으로 돌리고 싶은 거겠죠. 내가 좀 알아봤는데, 감옥에 있는 에스로펌 장남 있잖아요. 조세헌 변호사가 그쪽 라인이었대요. 그런데 장남이 감옥에 있으니까 조세헌 변호사는 낙동강 오리알. 여기서 뭔가 터뜨려서 자기의 존재를 알리고 싶지 않겠어요?"

듣고 보니 묘하게 신빙성이 있는 말이다.

"실력으로 이겨서 자기의 존재감을 드러내고 싶다? 말 되네요. 그럼 우리가 따로 재판부를 만나봐야겠네요."

"그렇죠. 그리고 또 기회도 있어요."

"기회?"

"1차 공판 끝나고 서울에 있는 젊은 판검사들과 변호사들이 만나는 날이 있거든요. 거기에 주심 판사인 이한영도 갈 겁니다."

"그런 자리에 우리가 들어갈 수 있어요?"

조성훈 PD가 가볍게 고개를 저었다.

"시집 잘 가고 싶은 연예인들도 초대받을 수 있어요. 예쁘장한 연예인들을 준비해 뒀다가 기회로 삼으면 될 겁니다, 흐흐."

지경환 대표의 입가에 비열한 미소가 걸렸다. 그의 시선이 차주성에게 향한다.

"야, 너도 몸 좀 팔아, 새끼야."

"네?"

"판사 아줌마들한테 몸 좀 팔라고. 너 인기 없을 때 유성그룹 할머니도 만나고, 그런 짓 잘했잖아?"

"아니, 대표님. 제가 지금 급이 있는데……."

"너 다시 똥급이야. 씨발, 네가 벌인 일을 우리는 발바닥에 땀이 나게 뛰면서 해결하는데, 넌 가만히 있을래?"

차주성도 발끈한다.

"아니, 내가 벌인 일이라뇨! 내가 다 뒤집어쓴 거잖아요! 대표님이 지시하고……!"

하지만 차주성은 바로 입을 닫았다. 전직 조직폭력배 출신 지경환 대표의 무서운 눈빛에 겁이 났기 때문이다.

* * *

사락, 서류 넘기는 소리가 들린다.

사무실에 혼자 앉은 이한영이 기록물을 읽는 소리다.

형광펜으로 주요 쟁점에 밑줄을 그으며 정리를 하던 이한영이 휴대폰을 들어 귀에 댔다.

"어, 출발했다고?"

이한영이 고개를 틀어 시계를 바라봤다.

'밤 10시.'

이한영은 휴대폰을 내려놓고 쭉 기지개를 켠 후 창가로 걸어가 선다.

그는 석정호의 아래에 있는 사람에게 부탁해 지경환 대표와 조성훈 PD 그리고 차주성의 일거수일투족을 감시하는 중이다.

잠시 창가에 서서 서울의 밤을 보고 있을 때 이한영의 휴대폰이 다시 울렸다.

—한영아, 연락받았는데 방송국 근처로 향하고 있대.

"아, 땡큐."

전화를 끊으며 이한영은 픽 웃었다. 방송국 근처로 간다면 어떤 짓을 할지 뻔하다. 휴대폰을 돌려받기 위해 그쪽 관련자들을 만나고 있을 거다.

'아직 국회의원에게 연락할 생각은 안 하나 보네? 그 정도로 급하지는 않다는 거지?'

이번 게이트엔 재선에 성공한 국회의원도 포함되어 있었다. 국회의원이란 막강한 권력을 가진 괴물이다. 그들의 힘을 빌리면 조금 더 수월하게 움직일 수 있을 텐데, 지경환 대표와 차주성은 아직 괴물의 힘에 기대지 않고 있다. 아직은 스스로 해결할 수 있다는 자신감이 있기 때문이다.

이한영이 고개를 저었다.

"한 번 더 흔들어줘야겠네."

* * *

다음 날.

"3천만 원이 들어 있어."

테이블에 돈이 든 가방이 놓였다.

앳된 여성이 가방의 지퍼를 열어 내용물을 본다.

"만 원짜리네요?"

"5만 원짜리로 3천만 원을 받으면 몇 장 안 돼서 기분이 안 나잖아."

대답하는 사람은 석정호다.

앳된 여성이 지퍼를 닫으며 고개를 끄덕인다.

"알았어요. 시키는 대로 할게요."

"아버지가 병원에 계신다고? 그래서 할 수 없이 차주성의 말을 들었다고?"

앳된 여성이 고개를 끄덕인다.

그녀는 고등학교를 자퇴하고 KH 엔터테인먼트에서 연습생을 하고 있었다. 아직 스무 살이 되지 않은 미성년자.

얼마 전, 그녀의 아버지가 뺑소니를 당해 병원에 입원했다. 뺑소니를 당한 것도 억울한데 그동안 어려운 살림에 의료보험료를 내지 못했기에 막대한 병원비를 물게 되었다.

그때 차주성이 그녀에게 접근했다.

—쉽게 돈 버는 방법이 있는데, 하룻밤에 100만 원은 벌 수 있어…….

차주성의 목소리를 상기하던 그녀가 입술을 꾹 다문다. 가방에 든 돈이 있다면 아버지의 병원비를 해결할 수 있다. 이제 뒤룩뒤룩 살찐 남자들을 상대하지 않아도 된다.

석정호가 자리에서 일어섰다.

"차주성과 그 회사 대표 지경환은 쓰레기고 악마야. 네 용기가 그놈들을 망가뜨리는 데 도움이 될 거야."

그녀가 고개를 숙였다.

"감사합니다. 저도 벗어나고 싶었어요."

학생답지 않은 말에 석정호가 한숨을 내쉬었다.

"앞으로 좋은 인생을 살았으면 좋겠어. 아, 그리고 병원비는 냈다."

"네? 병원비요?"

"우리 대장이 아버지 병원비는 선물이래. 가방에 든 돈은 네가 다시 공부하는 데 썼으면 좋겠대. 아, 대학 합격하면 학비도 내준다더라. 그러니까 공부 열심히 해."

석정호가 말한 대장은 이한영이다.

담담한 석정호의 목소리에 그녀의 눈에 눈물이 주르륵 흘렀다.

이제 9월. 하지만 그녀에겐 '짠' 하고 산타 할아버지가 나타나 크리스마스 선물을 받은 기분이다.

"감사합니다. 감사합니다."

그녀는 목 놓아 울었다.

석정호는 그녀를 바라보다 커피숍을 빠져나갔다.

그리고 잠시 후, 그녀 앞엔 어느 신문사의 연예부 기자가 앉아 있었다.

* * *

인기 연예인 차주성 씨의 문제가 시끄럽습니다. 오늘 아침, 한 신문사에는 차주성 씨에게 성매매를 알선받았다는 미성년자가 제보를 해왔습니다. 하룻밤 성매매를 하는데 받은 돈은 200만 원. 그중 차주성 씨에게 100만 원을 떼어 줬다는 구체적인 증언에…….

쾅! 쾅! 쾅!

차주성이 두 주먹으로 테이블을 내리찍었다.

"씨발!"

그때 벌컥 문이 열렸다.

지경환 대표다.

"야! 애들 입단속 똑바로 하라고 했잖아!"

"아……."

지경환 대표가 윽박지르자 차주성은 괴로운 듯 머리를 쥐어뜯는다.

"다 죽여버리고 싶어요! 다! 전부!"

깊은 한숨을 내쉬던 지경환 대표는 휴대폰을 들어 조세헌 변호사에게 전화를 걸었다. 지금 그들이 잡을 수 있는 지푸라기는 조세헌 변호사뿐이다.

"변호사님, 우리 이제 어쩌죠?"

─돈이 현금으로 오갔습니까. 아니면 통장으로 오갔습니까?

"현금요."

–성매매를 한 여성들이 호텔에 들어갈 때 차주성 씨도 함께 있었습니까?

"아뇨."

–그럼 됐습니다. 성매매한 남성분들을 만나서 돈 쥐여주고 입단속시키시고요. 인터뷰한 여성분들의 말은 사실무근이라고 바로 보도자료 돌리세요.

"아, 네."

지경환 대표는 전화를 끊고 머리를 쥐어뜯는 차주성을 잠시 노려보다가 밖으로 나갔다.

* * *

이한영은 창밖을 보고 있었다.

커피를 마시던 그가 빙긋이 웃는다.

"해결할 수 있다고 생각하겠지? 그런데 아직 안 끝났는데……."

KH 엔터테인먼트의 보도자료가 돌기 시작했다.

차주성에 의해 성매매를 했다는 여성의 주장은 사실무근이며 허위 사실을 유포할 시 법적 책임을 묻겠다는 것이 골자였다.

지경환 대표는 조심스레 인터넷에 올라온 기사의 댓글을 확인했다.

"하아……."

다행히 댓글은 양호하다. 차주성의 팬들이 방어해준 덕분이다. 지경환 대표는 한숨 돌렸다는 표정으로 소파에 앉았다.

"이제 2심만 끝나면……."

다시 불행 끝, 행복 시작이다.

어차피 사람들은 이런 스캔들을 머릿속에서 삭제해버리고 살아간다.

연기만 잘하고 좋은 배역만 맡으면 다시 예전처럼 환호해줄 거다. 어떤 쓰레기를 가져다 놔도 포장만 잘하면 팔리는 것. 그게 연예계다.

그때 대표이사실의 문이 열리고 회사 전무가 안으로 들어왔다. 얼굴을 쓸어 만지던 지경환 대표가 자신의 앞에 앉는 전무를 보며 입을 열었다.

"만났어?"

전무는 휴대폰의 영상을 공개한 방송국의 관리자를 만나고 왔다.

"네, 만났습니다. 이야기 잘됐으니까 걱정하실 필요 없습니다. 대신 그쪽에서 조건을 건 게 있는데요."

"조건?"

전무가 들고 온 서류봉투를 테이블에 놓았다.

지경환 대표가 서류봉투를 열어 안의 내용물을 확인한다.

"이게 뭐야?"

"내년 상반기부터 촬영에 들어가는 드라마랍니다. 로맨틱 코미디인데 주성이를 주연으로 넣어 줬으면 하더라고요."

"이게 조건이야?"

"네, 우리로서도 나쁘지 않은 조건인 것 같아요. 내년 상반기면 대법원 판결도 났을 테니, 복귀작으로 로맨틱 코미디면 나쁘지 않고요."

지경환 대표가 드라마에 관한 내용을 죽 읽어보기 시작했다.

"뭐야? 차주성이 천사로 나오는 거야?"

"찌질한 여주인공 옆에 있는 수호천사 역할입니다. 여주인공과 수호천사의 알콩달콩한 모습을 찍으려나 봐요."

어린 여학생들을 성매매로 내몰고 마약을 유통한 놈이 수호천사라니, 웃기는 일이다.

지경환 대표가 서류를 다시 봉투에 집어넣는다.

"추진해. 좋네."

그들의 머릿속에는 청사진이 그려지고 있었다.

그런데 벌컥 문이 열리더니 비서가 안으로 들어왔다. 저런 표정은 불길하다.

지경환 대표가 인상을 찡그렸다.

“또 뭐야? 이번엔 누구야! 또 차주성이야?”

비서가 입을 연다.

“뉴스를 보셔야 할 것 같습니다.”

전무가 황급히 리모컨을 손에 들었다. 텔레비전에선 아나운서의 목소리가 시끄럽게 울리고 있었다.

이번엔 인기 연예인 차주성 씨의 소속사인 KH 엔터테인먼트가 소속 연습생들에게 알몸 프로필을 찍게 했다고 주장하는 사람이 나타났습니다.

지경환 대표의 눈살이 있는 대로 찌푸려졌다.

그때 그의 휴대폰에 진동이 울렸다.

“네, 지경환입니다. 뭐요?”

검찰에서 KH 엔터테인먼트를 조사하겠다는 전화다.

툭, 통화가 종료된 휴대폰을 테이블에 내려둔 지경환 대표가 양손으로 머리를 꾹꾹 누르기 시작했다.

“김 전무, 박을석 의원에게 전화해봐.”

“네?”

“전화해보라고! 씨발! 그동안 돈을 처넣었으면 이럴 때 도움을 받아야지!”

* * *

이한영은 석정호에게 한 통의 전화를 받고 있었다.

"고생했어."

석정호는 이한영에게 부탁을 받고 피해자 고현희를 통해 세상에 드러나지 않은 피해자들을 만나 왔다. 얼마나 더러운 짓을 많이 했는지 놈들에게 당한 사람은 어렵지 않게 찾을 수 있었다.

-지금 또 다른 곳으로 이동하는 것 같으니까, 계속 쫓아볼게.

"그럼 고생해."

이한영이 전화를 끊고 사무실로 들어왔다.

장유린 부장이 이한영을 향한다.

"이한영 판사, 차주성 사건 쟁점 정리했으면 좀 줄래? 명색이 재판장인데, 법정에 들어가기 전엔 읽어봐야지."

이제 1차 공판까지 3일 남았다. 그녀는 이제야 사건의 쟁점을 읽어보려 한다. 엘리트 출신 판사지만 그녀에겐 사법부의 높은 자리에 오르는 게 목표가 아니기 때문이다. 그녀의 머릿속엔 오로지 유성그룹뿐이었다.

이한영이 서류를 들어 장유린 부장 앞에 놓았다. 장유린 부장이 대충 훑어보며 입을 연다.

"1심에선 차주성의 손을 들어줬는데, 이한영 판사는 어떤 선택을 할까?"

"쟁점만 보면 증거가 없는 게 사실입니다. 하지만 정황상 의심은 충분합니다."

장유린 부장이 고개를 끄덕끄덕한다.

"좋아. 이건 이한영 판사 마음대로 해. 그건 그렇고 다음 주에 있는 젊은 법조인 행사에 갈 거야?"

"네, 가보려고 합니다."

장유린 부장의 시선이 설지아 판사에게 향한다.

"설 판사는?"

"전 가려고요."

장유린 부장이 살짝 웃는다.

"좋겠다, 젊어서. 나도 그런 데 가고 싶은데. 이젠 불러주지도 않네."

서울에 있는 젊은 판사, 검사, 변호사 등의 법조인들이 모이는 자리다. 처음 창립한 목적은 세상에 찌들지 않은 법조인들이 모여 정의 사회를 만들자는 것이었다. 하지만 지금은 단순한 친목 도모일 뿐이다. 그래서 전문직 배우자를 원하는 연예인이나 준재벌급 사람도 오곤 한다.

이한영은 그런 모임을 별로 좋아하지 않지만 이번엔 참석할 생각을 하고 있었다. 강신진과 싸우는 과정에서 사람이 필요하기 때문이다.

이한영의 주변엔 박철우 검사, 송나연 기자 그리고 석정호와 이순호가 있지만 이들만으로는 부족했다. 더 많은 사람이 필요했다.

그때 사무실의 문이 열리고 법원 직원이 카트를 들고 안으로 들어왔다. 카트에는 기록물이 있어야 하는데, 오늘은 아니다.

장유린 부장이 눈을 동그랗게 뜨고 물었다.

"그게 뭐예요?"

"선물인 것 같은데요."

직원은 카트에 담긴 박스들을 테이블 위에 올리기 시작했다. 자리에서 일어난 장유린 부장이 테이블로 향해 박스 하나를 뜯어본다.

안에는 피로회복제가 가득 담겨 있다. 편지 하나도 보인다. 편지를 꺼내 펼쳐 보니…….

우리 차주성 오빠가 해외에서 벌어 오는 돈만 해도 되게 많아요. 죄도 없지만 안티들에게 속지 말고 꼭 무죄를 선고해주셔서 계속 외화벌이를 할 수 있게 도와주세요.

도곡동 타워팰리스에 사시는 장유린 부장님, 여자로서도 너무 예뻐요.

서초동에 사시는 설지아 판사님……(후략)…….

"하!"

장유린 부장이 편지를 구겼다.

응원을 한다면서 장유린 부장, 설지아 판사 그리고 이한영이 사는 곳이 적혀 있다. 이것은 협박이다. 내가 너희 집을 알고 있으니 원하는 판결을 내리지 않으면 나도 어떻게 할지 몰라 라는 협박!

장유린 부장이 머리를 쓸어 넘긴다.

“얘들이 판사한테 이런 편지를 보내면 마이너스가 된다는 걸 모르네…….”

이한영이 그녀의 옆으로 다가오며 입을 열었다.

“신경 쓰지 마세요. 얼마 전 검찰에서도 담당 검사가 가족사진이 든 편지를 받았대요. 그런데 편지를 보낸 범인이 여중생이었나 봐요.”

“여중생? 고등학생도 아니고 중학생?”

“연예인에게 푹 빠져 있을 때잖아요.”

장유린 부장이 어이없다는 표정으로 고개를 저으며 선물을 테이블에 올리는 직원에게 말했다.

“전부 반송해주세요.”

짜증으로 가득한 장유린 부장의 표정을 보며 이한영은 슬쩍 웃었다. 협박 편지 받은 것만으로 저렇게 기분이 나빠지면 인터넷에 올라온 글을 보면 뒷목을 잡고 쓰러질 것 같아서다.

지금 차주성 팬클럽 홈페이지에 가면 이한영과 장유린, 설지아 판사의 신상 정보는 물론이고 지금껏 판결했던 판결문까지 모두 올라와 있었다.

자신들이 변호사도 아니면서 판결문을 분석하고 이번 재판의 결과가 어떻게 될지 예측하는 등 난리다. 그들에겐 자신의 ‘오빠’만 걱정의 대상일 뿐, 피해자들의 눈물은 ‘오빠’의 앞길을 가로막는 장애물이나 다름없었다.

직원이 박스를 담고 사무실을 떠날 때 이한영의 휴대폰에 진동이 울렸다. 석정호다. 이한영은 복도로 나가며 휴대폰을 귀에 댔다.

“어, 말해.”

–지금 KH 대표를 쫓던 놈한테 전화가 왔는데, 박을석 의원 사무실로 들어갔대.

"사진 찍었지?"

–응, 주차장으로 내려가는 것은 찍은 것 같아.

"가능하면 사무실에 직접 들어가는 것까지 찍었으면 좋겠는데."

–한번 이야기해볼게.

드디어 KH 엔터테인먼트의 지경환 대표가 권력의 힘에 손대기 시작했다.

이한영이 천천히 자신의 손바닥으로 시선을 옮겼다. 국회의원도 올라왔다. 이제 꽉 쥐고 숨통을 조이면 된다.

'이번 과제, 국회의원이라는 괴물을 물 밖으로 끌어내라.'

* * *

법원 건물 입구에 기자들이 서 있었다. 한둘이 아니다. 공중파 방송국은 물론이고 작은 인터넷 신문사까지 모두 진을 치고 빼곡히 모여 있었다. 모두 차주성을 기다리는 거다.

기자들만이 아니다. 법원 출입구에는 어린 학생들이 피켓을 들고 서 있는 게 보인다. 그들은 차주성의 신곡을 합창하며 그의 무죄를 주장하고 있었다.

그리고 마침내 차주성이 탄 차가 나타났다. 법원 출입구는 난리가 났다.

"오빠! 오빠! 오빠!"

"차주성! 차주성! 차주성!"

"괜찮아! 괜찮아!"

차 안에서 팬들을 지켜보던 차주성은 고개를 저었다.

"씨발, 쪽팔리게."

운전하던 매니저가 눈동자만 움직여 백미러를 통해 차주성을 향한다.

"잠깐 손이라도 흔들어주는 게 어때?"

"됐어. 그냥 가. 여기서는 시크하게 지나가야 불쌍해 보이는 거야."

"미친 새끼, 크크크."

차주성의 자동차는 팬들을 지나 건물 입구로 향했다.

차주성은 자신의 옷차림을 확인한다. 일명, '법원 패션'. 단정한 회색 정장에 하얀색 와이셔츠다.

"튀는 곳 없지?"

매니저가 고개를 끄덕인다.

"없어."

"그럼 됐어. 차 세워."

지금까지 시건방졌던 차주성이다. 하지만 순식간에 그의 표정이 삭 변한다. 세상에 둘도 없을 불쌍한 얼굴이다.

차주성의 차가 현관 입구에 멈춰 서자 기자들의 카메라가 집중됐다. 그리고 부드럽게 차 문이 열리며 차주성이 차에서 내렸다. 잘생긴 청년의 등장에 카메라가 찰칵거리며 플래시가 터졌다.

차주성은 잠시 카메라 앞에 섰다. 언제나처럼 웃음기를 머금은 입술은 아니다. 조금은 심각한 표정이다. 하지만 선해 보이는 얼굴은 그 모습도 가련하게 느껴지게 하고 있었다.

한 기자가 다급한 목소리로 묻는다.

"차주성 씨, 성매매 알선을 했다는 주장이 있는데요."

차주성이 한숨을 내쉬며 고개를 저었다.

"죄송합니다. 전 그런 짓을 한 적이 없습니다. 그 여성 분을 만나본 적도 없고요. 세상에 얼굴을 알리고 사는 공인인 만큼 더 조심히 살아왔다고 생각했는데, 마약 유통에 성매매 알선이라뇨……. 스케줄 때문에 잘 시간도 없는데……."

억울한 목소리가 이어지더니 결국 눈물이 주르륵 흘렀다. 남자의 눈물은 더 안타깝게 느껴지는 법이다. 게다가 미남이다. 백옥 같은 피부에 눈물이 흘러내리자 기자들조차 안타까운 한숨을 내쉰다.

차주성이 손으로 눈물을 훔치며 말을 이었다.

"심려를 끼쳐서 죄송하고, 재판 잘 받고 나오겠습니다. 그리고 앞으로 더 좋은 모습을 보여드릴 수 있도록 노력하겠습니다."

차주성은 기자들을 지나기 위해 한 발을 내디뎠다. 순간, 그가 휘청인다. 뒤에 따라오던 매니저가 서둘러 그의 몸을 부축했다.

차주성이 희미하게 웃으며 손을 저었다.

"형, 괜찮아. 혼자 걸을 수 있어."

모두 계산된 행동이다. 이번 일로 마음고생이 심했다는 걸 세상에 알리기 위해서다.

카메라는 그의 모습을 연신 찍어대고 있었다. 기사는 실시간으로 인터넷에 퍼지는 중이다. 차주성의 모습을 본 네티즌들은 안타깝게 여겼는지 그를 옹호하는 댓글을 쓰고 있었다.

·

—생각해봐라. 한국에 있을 시간도 없는데, 저런 짓을 어떻게 하겠냐?

—여자들이 모두 돈 먹으려고 계획한 거임. 이런 거 많았잖아?

—꽃뱀에 물리면 약도 없지.

—1심에 무혐의 떴잖아? 그럼 끝 아냐? 검찰은 할 일 없나? 왜 계속 잡고 늘어지는 거야?

—검사와 판사가 대한민국에 벌어다 주는 돈 <<<<<<< 차주성 싱글 앨범으로 버는 해외 수익.

—차주성 힘내라.

* * *

재판이 시작되었다.

검사의 기소 요지가 끝나고 장유린 부장이 차주성에게 시선을 틀었다.

"피고인, 공소장 부본 받아 보셨죠?"

차주성은 힘겹게 입을 연다. 무척 겁을 내고 있는 표정이다.

"네."

"피고인은 재판 중 본인에게 불리한 부분에 대해 진술을 거부할 수 있으며 유리한 진술을 할 수 있는 권리가 있어요. 알겠어요?"

"네."

"그럼 검사가 피고인을 신문하기 전에 진술하고 싶은 게 있습니까?"

차주성이 고개를 저었다.

"아뇨, 없습니다."

이제 검사가 차주성을 신문하면 된다.

차주성의 눈동자는 천천히 검사를 향한다. 무척 불안해 보이는 표정이지만 껍데기만 그럴 뿐이다.

'증거는 없어. 그냥 심증일 뿐이야. 이것만 넘기면 끝나. 내년쯤 돼서 조용해졌을 때 나를 신고한 고현희와 성매매 알선 인터뷰한 그 여자, 죽여버려야겠어. 어디서 감히 나를 법정에 세우고 모욕을 줘? 검사야, 어서 와. 뭘 물어보든 다 대답해줄 테니까. 그런데 검사 월급이 얼마지? 내가 5분 행사 뛰는 것보다 적은 것 같은데. 거지새끼들.'

차주성이 이런저런 생각을 하며 검사를 기다리고 있는데, 검사가 나오지 않는다.

그때 이한영의 목소리가 들린다.

"재판장님, 검사의 신문에 앞서 주심 판사가 피고인에게 묻고 싶은 것이 있습니다."

"하세요."

차주성의 시선이 빠르게 이한영에게 향한다.

'뭐지? 뭘 물어보려고 하는 거지?'

예상에 없던 장면에 당황한 것은 차주성뿐만이 아니다. 변호인석에 앉은 조세헌 변호사도 마찬가지다.

상대는 이한영. 어떤 식으로 똥물을 튀길지 알 수 없었다.

조세헌 변호사가 이한영을 쏘아봤다.

'뭘 물어보려고 하는 거야?'

기다리던 이한영의 목소리가 흐른다.

"차주성 씨."

"네? 네."

"한 가지 질문하고 싶습니다. 피해자인 고현희 씨를 본 적 없다고 하셨잖아요?"

차주성은 조세헌 변호사를 향해 힐끗 시선을 옮겼다. 조세헌 변호사가 미리 맞춰 둔 손가락 신호를 보낸다.

'예상했던 질문입니다. 연습한 대로 가세요.'

신호를 본 차주성이 입을 연다.

"아무래도 같은 회사 소속이니까 오다가다 본 적은 있겠죠. 하지만 따로 만나거나 한 적은 절대 없습니다."

"그래요?"

"네."

"본 주심 판사가 차주성 씨의 증언을 믿고 재판을 진행해도 되겠습니까?"

차주성은 이한영의 눈빛을 살폈다.

'뭔 눈동자가 저래…….'

눈동자만 봐도 몸이 찌릿찌릿 저린다. 마치 자신의 머리채를 억세게 움켜쥐고 사정없이 망치를 휘두르는 것만 같다.

하지만 차주성도 만만찮은 인물이다. 뻔뻔하게 입을 연다.

"네, 믿어주시면 좋겠습니다."

"좋아요. 그럼 고현희 씨의 휴대폰에 차주성 씨와 함께 찍은 사진은 뭐죠?"

"네? 사진요?"

"본 주심 판사는 이번 사건을 담당하며 차주성 씨의 팬으로부터 상당히 많은 선물을 받았습니다. 물론 모두 돌려보냈으니 법에 어긋나는 일은 없습니다. 그런데 받은 선물 중에 이상한 게 하나 있었습니다."

이한영이 사진 한 장을 들어 보였다.

차주성이 고현희의 어깨를 다정히 감싸고 손가락으로 브이 표시를 한 사진이다.

차주성의 눈동자가 순간 흔들린다.

'저건 뭐지?'

피해자 고현희가 휴대폰과 컴퓨터를 샅샅이 뒤져 찾아낸 한 장의 사진이었다. 그것이 송나연 기자를 통해 이한영에게 건네졌고 지금 차주성의 눈앞에서 흔들리고 있는 것이다.

동시에 법정이 술렁였다.

"뭐야? 고현희랑 알고 지냈던 거였어?"

"모른다며?"

사진만 보면 다정한 연인으로 보일 정도로 두 사람은 가까웠다. 기자들의 타이핑 소리가 시끄럽게 들리기 시작했다.

차주성은 마른 입술을 혀로 핥으며 눈동자만 움직여 조세헌 변호사를 향한다. 조세헌 변호사는 여유로운 표정으로 손가락을 빙글 돌린다.

'별것 아닙니다. 당황하지 말고 부드럽게 넘어가세요.'

고개를 살짝 끄덕인 차주성의 시선이 다시 이한영을 향했다.

"저와 사진을 찍고 싶어 하는 사람들이 많습니다. 연습생도 마찬가지고요. 아마 그렇게 찍은 사진이 아닐까 하는데요. 하도 많은 사람들과 사진을 찍다 보니 일일이 기억을 못 하고 있었네요."

차주성은 대수롭지 않게 넘어가려 했다. 하지만 이한영은 그만두지 않는다.

"그런데 왜 고현희 씨를 모른다고 했죠?"

"일일이 기억하는 게 더 웃긴 거죠."

"차주성 씨는 처음 보는 여성의 어깨에 팔을 두릅니까?"

"네?"

"이 사진을 보면 다정해 보이잖아요."

"팬 서비습니다."

"팬 서비스로 이런 포즈를 취한다고요? 이상하네요. 다른 팬들과 찍은 사진을 찾아봤지만 이렇게 가깝게 보이지는 않았는데요."

"같은 회사 소속이니까요."

"사진을 찍은 장소가 회사가 아니잖아요. 차주성 씨는 고현희 씨를 모른다고 했는데, 같은 회사 소속인 건 어떻게 알았죠? 밖에서 봐도 같은 회사 연습생인 것을 한눈에 알 수 있습니까?"

"그, 그러니까……."

차주성의 말이 꼬이기 시작한다. 하지만 조세헌 변호사는 돕지 않고 가만히 있었다. 섣불리 움직이기보다 이한영의 의도를 먼저 파악하는 게 우선이라고 생각했기 때문이다.

이한영의 공격은 계속됐다.

"차주성 씨, 얼마 전 한 방송국의 뉴스에서 연습생들이 모여 광란의 파티를 연 것이 방송됐습니다. 그 영상에 찍혔다는 여성은 차주성 씨가 준 약을 먹었다고 주장했는데요. 이것도 사실무근입니까?"

차주성은 아랫입술을 꾹 물었다.

'판사 새끼가 왜 이렇게 꼬치꼬치 물어보는 거야? 그냥 가만히 놔두면

안 돼? 가만히 있다가 무혐의 때리라고! 씨발.'

하지만 이한영은 멈추지 않는다.

"차주성 씨, 대답해보세요."

차주성의 입에서 낮은 한숨이 흘렀다. 그는 다시 한번 오리발을 내민다.

"저, 전혀 모르는 일입니다. 그런 파티가 있다는 것도 뉴스를 보고 알았습니다. 그런데 제가 거기에 개입되었다니, 황당한 이야기일 뿐입니다."

이한영이 차주성의 눈동자를 쏘아보며 천천히 고개를 끄덕였다.

"좋습니다. 이상입니다."

이한영은 그 뒤로 어떤 발언도 하지 않았다. 그저 검사와 변호사의 신문을 지켜볼 뿐이었다. 1차 공판에서 이한영이 계획한 것은 모두 끝났기 때문이다.

이한영을 관찰하던 조세헌 변호사는 미간을 찌푸렸다.

'도대체 무슨 생각인 거야?'

그는 이한영의 생각을 전혀 예상할 수 없었다.

이한영은 차주성을 옭아매려 하고 있었다. 차주성이 마약 유통과 성매매 알선을 했다는 증거는 없다. 모두 심증일 뿐이다. 게다가 차주성 뒤에는 연예계의 큰손이라는 KH 엔터테인먼트와 국회의원이 존재한다. 그들은 힘이 있는 자들이다. 마약 사범의 경우 구속 수사가 원칙이지만 차주성은 불구속 수사를 받고 있는 게 그들의 힘이다.

텔레비전의 화면에서는 착한 척 순진한 척 개 같은 가식을 다 떨면서도 뒤에서는 기득권을 놓치지 않기 위해 안간힘을 쓰는 놈들. 평범한 방법으로는 그들의 멱살을 잡아 시궁창에 처넣을 수 없었다. 법을 이용할 줄 아는 놈들은 다르게 다뤄야 한다.

그래서 이한영은 그들의 마음속에 씨앗을 박아 넣었다. 씨앗은 자라서 넝쿨을 만들고 더러운 새끼들을 엮어 지옥으로 빨아들일 거다.

그렇게 1차 공판이 끝났다.

* * *

KH 엔터테인먼트의 사무실엔 지경환 대표와 차주성이 마주 앉아 있었다.

지경환 대표가 머리를 쓸어 넘기며 말한다.

“이한영이라는 주심 판사의 분위기가 띠껍지?”

차주성이 고개를 끄덕였다.

“네, 신문 들어가기 전에 몇 마디 질문하고는 끝이었는데요. 끝까지 저를 보는 눈빛이 더러웠어요. 그런데…… 박을석 의원님은 만나보셨어요?”

지경환 대표가 짜증이 난다는 표정으로 고개를 저었다.

“자기한테 불똥 튈까 봐 몸 사리고 있어. 쓰레기 같은 놈. 처먹은 돈이 있으면 돈값을 해야지.”

차주성이 괴로운 듯 한숨을 내뱉었다.

“하아…… 일이 왜 이렇게 됐는지…….”

처음부터 죄를 짓지 않았다면 벌어지지 않았을 일이다. 하지만 이들은 자신의 행동을 탓하지 않는다. 모조리 남의 탓이다.

손가락으로 툭툭 테이블을 두들기던 지경환 대표가 고개를 들었다.

“안 되겠다. 너 진짜 몸 좀 팔아라.”

“네?”

“주심 판사고 뭐고 재판장이 우선이야. 거기 재판장이었던 여자, 이름이 장유린? 나이 든 것치고는 예쁘게 생겼던데, 가서 술이나 좀 따라줘.”

차주성이 벌떡 일어섰다.

“대표님! 진심으로 하는 말이에요? 내가 그때 엘리베이터에서 그 말 들었을 때도 참았는데!”

지경환 대표가 무서운 눈으로 차주성을 노려본다.

“새꺄, 인제 와서 깨끗한 척하려는 거야? 너한테 들어온 광고가 얼만 줄 알아? 일 틀어져서 위약금 뱉어내면 우리 큰일 나. 눈 딱 감고 가. 그럼 앞으로 인생은 해피야."

차주성이 다급히 입을 열었다.

"재판장은 내가 맡는다 치고, 주심이라는 남자 판사는요? 그 새끼는 어떻게 할 건데요?"

"그건 내가 알아서 해. 이미 계획 세워 뒀어."

"계획요?"

지경환 대표가 입에 담배를 물며 답했다.

"내가 너처럼 가만히 있는 줄 알아? 며칠 후에 젊은 법조인 모임이 있어. 거기에 이한영 판사가 간다는 소식을 들었으니까……."

"뭘 하려고요?"

"뇌물 보내야지."

차주성이 눈을 깜빡였다.

"뇌물요?"

"김희은."

"……!"

김희은은 청순한 외모로 많은 남성의 가슴을 설레게 하는 미인 여배우다. 물론 겉모습일 뿐, 그녀는 후원을 받아 톱 여배우의 자리까지 오른 요녀다.

"세상에 김희은 싫다는 남자 못 봤어. 이참에 판사 인맥도 좀 쌓아놓고 앞으로 우리 사업 확장에 도움 좀 받아야지."

차주성의 입가에 비열한 미소가 걸린다.

"김희은이라면 가능하죠."

* * *

며칠 후, 유성호텔의 13층에 있는 에메랄드홀.

젊은 법조인의 모임이라는 현수막이 크게 걸려 있다. 양복을 입은 사람들이 하나둘, 들어온다. 그 안에 이한영도 있었다.

이한영은 구석에 앉아 뷔페 테이블을 오가는 사람들을 보는 중이다. 하지만 그냥 보는 것은 아니다.

'재는 몇 년 후에 변호사 개업. 저 사람은 돈 먹었다가 자격정지.'

전생에서 봤던 그들의 미래를 떠올리며 앞으로 함께할 사람을 고르는 중이었다. 강신진 지원장과의 싸움에서 능력 있는 사람이 필요했다. 하지만 다양한 뷔페 음식만큼 다양한 사람이 있어 고르기는 쉽지 않았다.

이한영은 다시 주변을 둘러봤다. 연예인도 보이고 준재벌급의 아들딸도 보인다. 가식적인 웃음으로 하하호호 웃고 있는 그들의 모습이 좋아 보이지는 않았다.

그때 유세희가 홀로 들어오는 게 보였다. 그녀가 등장하자 홀의 시간이 순간 멈춘 것같이 느껴졌다. 판사와 검사, 변호사들이 시선이 정지된 것처럼 그녀에게 집중되었기 때문이다. 그리고 그들은 그녀의 주변으로 몰려들었다. 꽃 앞에 똥파리들이 꼬이는 형국이다.

가만히 그녀를 보던 이한영은 픽 웃는다.

'아, 너도 법조인은 법조인이구나.'

유세희에게 변호사 자격은 없었다. 하지만 그보다 더 위대한 에스로펌의 막내딸이자 후계자라는 스팩이 있다. 게다가 아름다운 외모는 연예인이 있어도 단연 돋보였다.

젊은 법조인들과 인사를 나누던 유세희는 잠시 고개를 들어 주변을 살폈다. 이한영을 찾는 거다. 그리고 멀리 앉은 이한영과 눈을 마주친 그녀가 지금과는 다른 진심 가득한 미소를 보낸다. 이한영은 손을 짧게 들어주는 것으로 인사를 대신하며 손에 든 음료를 입에 댔다.

유세희 옆에는 많은 사람이 있다. 하지만 이한영의 주변에는 아무도 없다. 젊은 법관 모임이라고 하지만 그것은 명칭일 뿐, 각 출신 학교별로 사람들이 삼삼오오 모여 이야기꽃을 피우고 있어서다.

이한영은 듣지도 보지도 못한 지방대 출신, 게다가 오랜 시간 충청 지역에서 판사 생활을 했기에 친한 사람이 없었다. 박철우 검사와 오바른 판사가 있었다면 대화라도 했겠지만 두 사람은 자신들은 유부남이라며 오지 않았다.

그때 이한영의 옆으로 누군가가 앉았다.

조세헌 변호사다.

"잠깐 얘기 좀 해도 될까요?"

"같은 사건을 진행하는 판사와 변호인이 같이 있으면 그림이 안 좋지 않나요?"

이한영의 말에 조세헌 변호사가 픽 웃는다.

"여기서 그런 거 신경 쓰는 사람이 어디 있다고."

조세헌 변호사는 발을 외로 꼬며 말을 이었다.

"무혐의 선고할 겁니까?"

"이제 1차 공판 끝났어요."

"증거가 없잖아요. 하지만 판사님은 좀 다른 분이라 머릿속에 있는 생각을 듣고 싶어서 그래요."

이한영의 시선이 조세헌 변호사에게 틀어졌다.

"저도 묻고 싶은 게 있는데요."

"뭐든."

"제가 변호사를 해보지 않아 그 감정을 알 수 없어서요. 빤히 나쁜 놈인 걸 알면서도 사건 의뢰를 받는 이유가 뭡니까?"

조세헌 변호사가 고개를 저었다.

"악마도 변호받을 권리가 있다. 나라를 팔아먹은 이완용도 변명하고 싶은 게 있다. 그걸 도와주는 게 변호사 아닌가요?"

"이완용이 살아온다고 해도 변호해주겠다는 뜻?"

"뭐, 돈만 준다면요. 그런데 그래서 제 질문에 대한 대답은 안 하세요? 무혐의 내릴 겁니까? 아니면?"

이한영은 조세헌 변호사를 빤히 바라봤다. 실력만 따진다면 이 홀에 있는 어떤 법조인보다 유능하다. 같은 편으로 두면 누구보다 든든할 사람이다.

"돈만 주면 다 할 수 있다는 겁니까?"

"봐서요."

"합격."

"네?"

뜬금없는 말에 조세헌 변호사가 눈을 깜빡였다.

이한영이 손에 쥔 음료를 내려 놓으며 말을 이었다.

"우리 내기하죠. 이번 재판에서 난 차주성에게 징역 10년을 내릴 겁니다."

조세헌 변호사가 미간을 찌푸린다.

"10년요? 아무리 판사라 해도 그게 가능하다고 봅니까?"

이한영은 그의 말을 상관 않고 자신이 하고 싶은 이야기를 이어갔다.

"내 논리를 깨고 설득해서 차주성의 형량을 3년 이하로 만들 수 있다면 변호사님의 승리. 10년 이상이 나오면 제 승리. 제가 이기면 변호사님의 인생을 내게 맡겨주세요. 내가 지면 5억을 드리죠."

"지금 그게 무슨 말씀이세요?"

"내기하자고요."

조세헌 변호사가 어이없다는 듯 고개를 저었다.

"미치겠네."

이한영이 무시하듯 말한다.

"왜요? 이번에도 내 앞에서 꼬리를 말 것 같아요?"

조세헌 변호사의 이마에 심줄이 돋아났다.

"하죠. 5억은 현찰로 준비하세요. 세금 내기 싫으니까."

"이기고 말씀하세요. 그럼 먼저 일어납니다."

이한영은 그 말을 끝으로 자리에서 일어섰다. 조세헌 변호사를 손에 얻는다면 이 홀에 있는 어떤 판검사와 손잡는 것보다 든든해진다. 이제 더 이상 이곳에 볼일은 없었다.

이한영은 홀에서 벗어나 엘리베이터로 향했다.

복도는 한산했다. 다들 안에서 친목을 도모하느라 바쁘시기 때문이다. 그때…….

"이한영 판사님?"

한 아름다운 여성이 이한영을 불러 세웠다.

고개를 돌려 보자 인기 여배우 김희은이다. 높은 힐에 짧은 치마를 입은 그녀가 또각또각 소리를 내며 앞으로 다가온다. 그리고 코앞에 서서 이한영의 눈을 보며 미소를 짓는다.

"이한영 판사님 맞죠? 예전부터 팬이었는데요. 기사 나온 것도 모두 봤고요."

"누굴요? 저요?"

"네."

부끄러운 듯 고개를 숙인 김희은이 손가락으로 머리카락을 귀 뒤로 넘긴다. 하얀 목선이 눈에 들어온다.

그녀는 KH 엔터테인먼트 대표 지경환에게 사주를 받고 왔다. 그녀의 미션은 오늘 이한영을 꾀어서 같이 자는 거다.

김희은이 고개를 들어 이한영을 본다.

'멍한 눈동자 봐라. 그래, 이렇게 예쁜 여자는 처음 봤지?'

그녀는 자신이 있었다. 대한민국, 아니 전 세계 어떤 남자도 그녀의 유혹에 넘어오지 않을 사람은 없다고 생각해서다. 그녀가 부끄러운 표정으로 작은 입술을 움직인다.

"바쁘지 않으면 저랑 술 한잔……."

순간, 날카로운 목소리가 뒤에서 들려왔다.

"야, 꺼져."

갑자기 들려온 목소리에 이한영과 김희은은 고개를 돌렸다.

유세희가 서 있었다.

유세희가 팔짱을 끼고 김희은을 향해 걸어온다. 큰 키, 아름다운 외모, 쭉 빠진 몸매, 대한민국 톱 여배우인 김희은도 유세희 앞에선 위축될 수밖에 없었다.

유세희가 싸늘한 시선으로 김희은을 바라보며 그녀의 귓가로 자신의 얼굴을 가져다 댄다. 그리고 김희은만 들을 수 있도록 작은 목소리로 말했다.

"급도 안 되는 게 설치지 마."

김희은이 힐끗 이한영을 바라본다.

'뭐야? 진짜 서로 알고 있는 거야? 이렇게 예쁜 여자랑?'

이한영의 얼굴과 유세희의 얼굴은 어울리지 않는다. 그야말로 미녀와 야수다.

김희은의 시선이 다시 유세희에게 향했다.

"누구시죠?"

유세희의 목소리는 차갑다.

"네까짓 게 알 이름이 아니야."

"네?"

유세희는 당황한 눈빛을 지우지 못한 김희은을 뒤로하고 이한영에게 시선을 옮겼다. 김희은을 바라볼 때와 다른 눈빛이다.

"가시게요?"

김희은에게 말할 땐 뼛속까지 시린 목소리였지만 이한영을 향한 목소리는 훈훈하다. 그 뜻은 '나 외에 다른 여자와 대화하지 마'라는 거다.

이런 일은 전생에서도 쉽게 일어났던 일이다. 전생의 유세희는 이한영을 쓰레기 취급하면서도 그가 다른 여자와 말 한마디 섞는 것을 싫어했다.

그래서 이한영은 대수롭지 않게 고개를 끄덕였다.

"네, 더 있을 필요가 없을 것 같아서요. 연락드릴게요."

"운전 조심하세요."

두 사람 사이에서 김희은은 없는 사람 취급을 받고 있었다. 톱 여배우가 된 후 처음 받는 모욕에 그녀는 주먹을 꼭 쥐었다. 지경환 대표에게 이한영을 꼬시라는 지시를 받고 왔지만 이젠 아니다. 어떻게든 이한영을 차지하고 싶은 욕망이 치솟아 올랐다.

'감히 나를 앞에 두고?'

김희은은 잠깐 유세희를 노려본 후 몸을 돌렸다. 누가 보면 낙동강 오리알이 되어 자리를 떠나려는 것으로 보겠지만 목적은 따로 있었다. 그녀는 이한영의 옆을 스치며 손에 쥐고 있던 자신의 연락처를 건넸다. 그리고 이한영만 들을 수 있게 속삭였다.

"연락 기다릴게요. 팬이에요."

끝까지 포기하지 않겠다는 의지였다.

그런데, 이한영이 그녀의 명함을 받아 들었다.

* * *

"걔 누구죠?"

"누구?"

"아, 몰라요. 키 크고 예쁘게 생겼는데, 눈이 싸가지 없는 애."

다음 날 밤, KH 엔터테인먼트 대표이사실.

지경환 대표의 앞에는 김희은과 차주성 그리고 조세헌 변호사가 앉아 있었다.

그녀의 짜증 섞인 목소리에 지경환 대표의 시선이 조세헌 변호사를 향한다.

"키 크고 예쁜데 눈이 싸가지 없는 사람이 있었습니까? 얘가 이렇게 말할 정도면 정말 예쁘다는 건데, 그런 사람 있으면 판검사 하지 말고 연예인을 해야 해요. 소개 좀 해주세요."

조세헌 변호사는 지금 이 대화의 내용을 모르고 있었다. 그가 삐뚜름한 눈빛으로 묻는다.

"지금 무슨 말씀이시죠? 어제 법조인 모임에 김희은 씨도 오셨었나요?"

순간 지경환 대표는 움찔하며 조세헌 변호사의 눈치를 살폈다. 생각해 보면 조세헌 변호사는 재판부를 향해 어떤 접근도 하지 말라고 했었기 때문이다. 그래서 변명을 하기 위해 입을 떼는데…….

"이한영 판사 꼬시러 갔어요."

멍청한 김희은이 상황 파악도 못 하고 진실을 토해낸다.

조세헌 변호사의 미간이 확 일그러졌다.

"대표님! 판사들에게 어떤 짓도 하지 말라고 했잖아요!"

지경환 대표가 난처하게 웃으며 손을 저었다.

"자 자, 기분 나빠 하지 마시고요. 우리라고 다른 뜻이 있었겠습니까? 그냥 다 잘되자고 한 거죠."

하지만 조세헌 변호사의 미간은 펴질 줄을 모른다.

"지금 재판부는 무혐의가 아니라 10년 이상의 형을 생각하고 있어요. 마약 유통을 인정하겠다는 거예요. 그러니까 제 말을 좀 따라주세요! 자꾸 멋대로 행동하시면 제 계획이 다 어긋나요. 이한영은 우리 로펌에서도 로비 통하지 않는 판사로 지정해두고 있는 위험인물이니까……."

조세헌 변호사의 성난 목소리에 김희은이 자신의 머리카락을 손가락으로 빙빙 꼬며 말한다.

"로비가 통하지 않는다고요? 연락 오면요? 내가 연락처 줬는데요."

멍청한 소리에 조세헌 변호사가 한숨을 내쉬며 고개를 저었다.

"연락 안 옵니다."

"올 텐데."

"안 옵니다."

조세헌 변호사는 확신하고 있었다.

이한영의 옆에는 유세희가 있다. 김희은이 아무리 톱배우라 해도 유세희의 옆에서는 평범할 뿐이다. 게다가 지금껏 지켜본 이한영이란 인물은 돈과 여자 등에 별 관심이 없었다. 오로지 정의만 찾는 사람일 뿐이다. 그런데…….

김희은의 휴대폰에 진동이 울렸다. 그녀가 휴대폰을 들어 조세헌 변호사에게 보여준다.

"모르는 번호인데, 혹시 이한영 판사일까요? 로비가 통하지 않는 판사라고 했는데, 나한테는 통하는 건가?"

그녀가 가소롭다는 듯 미소를 지으며 꾹 스피커폰 버튼을 눌렀다.

"네, 김희은입니다."

—이한영입니다.

대표이사실을 울리는 이한영의 목소리.

조세헌 변호사의 표정에 실망감이 가득 차 올랐다. 그는 이한영이란 사람을 좋아하지 않았지만 행동과 능력에 대해선 상당히 인정하고 있었다. 그런데 여자에게 빠져 전화를 하다니…….

김희은은 조세헌 변호사를 향해 생긋 웃으며 휴대폰을 향해 입을 연다.

"한번 뵙고 싶은데요. 언제가 좋을까요?"

—수요일에 어떠세요?

"좋아요. 그럼 그때 뵐게요."

김희은이 휴대폰을 테이블에 내려두며 조세헌 변호사에게 시선을 옮겼다.

"세상에 나 싫다는 남자 못 봤어요. 그럼 저는 이만 일어납니다."

김희은은 비꼬듯 말하며 자리에서 일어나 사무실을 빠져나갔다.

그녀가 사라지자 지경환 대표가 헛기침하며 말한다.

"모두 잘되자고 하는 거니까 너무 걱정하지 마세요. 이건 우리 방식대로 잘하겠습니다. 변호사님은 2차 공판만 신경 써주세요. 우려하는 일은 없도록 하겠습니다."

지경환 대표는 이미 자기 생각을 밀고 나가겠다는 의지가 확고했다.

조세헌 변호사는 입술을 꾹 다문다.

'젠장…….'

이럴 때 변호인이 택할 수 있는 길은 변호를 포기하거나 의뢰인에게 질질 끌려가거나, 두 가지다.

평소 조세헌 변호사의 성격이라면 당장 변호를 포기했을 거다. 하지만 지금 조세헌 변호사의 머릿속엔 이한영이 했던 말이 울리고 있었다.

–왜요? 이번에도 내 앞에서 꼬리를 말 것 같아요?

조세헌 변호사는 고개를 숙였다.

'씨발.'

조세헌 변호사가 떠난 후 지경환 대표는 차주성과 대표이사실에 앉아 있었다.

"아까 변호사가 그랬지? 재판부에서 10년 이상을 고려한다고?"

차주성이 한숨을 내뱉었다.

"우리에게 불리한 게 사실이잖아요. 동영상도 공개됐고 여자애들이 언론에 나와 떠벌리고. 재판부에서 그걸 모두 인정하려는 게 아닐까요? 이제 어떻게 해야죠?"

차주성의 걱정 가득한 목소리에 지경환 대표의 눈에 사늘한 빛이 서린다.

"뭘 어떻게? 증거는 없어. 다 혐의일 뿐이야. 그러니까 김희은이 판사를 만날 때 잘 엮으면 어떻게든 빠져나갈 수 있어."

* * *

2차 공판을 하루 앞둔 날 밤.

이한영은 중앙지검의 주차장에 차를 세워두고 박철우 검사를 기다리며 석정호와 통화하고 있었다.

"응, 준비됐어?"

—어, 다 끝났어.

이한영은 석정호를 통해 지경환 대표가 평소 잘 가는 룸살롱의 웨이터와 직원들을 매수해 뒀다.

"넌 나설 필요 없고, 저쪽에서 이상한 행동을 할 것 같으면 나한테 메시지만 보내줘."

—좋아!

이한영은 석정호와 전화를 끊고 바로 송나연 기자에게 전화를 걸었다.

"네, 기자님. 지하 1층에 있는 룸살롱이에요. 직원들 섭외해뒀으니까 어려움은 없을 거예요. 큰 특종이 될 겁니다."

이한영이 막 전화를 끊을 때 문이 열리고 박철우 검사가 탔다.

"수갑은?"

박철우 검사가 자신의 품 안을 손으로 툭툭 건든다.

"세팅 끝입니다. 그런데 누굴 잡으러 가는 거예요?"

"글쎄요. 누가 낚일지는 저도 모르겠네요."

어느새 그들은 어느 고깃집에 앉았다.

칸막이가 되어 있지 않고 테이블이 길게 늘어진 평범한 고깃집이다. 손님은 이한영과 박철우 검사가 전부였다.

고기가 지글지글 익어갈 때 이한영이 손목을 들어 시간을 확인하자 고기를 먹던 박철우 검사가 묻는다.

"왜? 누구 오기로 했어요?"

"네, 왔네요."

이한영이 고개를 들자 인기 배우 김희은이 고깃집으로 들어오는 게 보였다.

순간 박철우 검사의 눈동자가 크게 떠진다.

"기, 김희은?"

"아세요?"

"알죠, 완전 팬이잖아요. 그런데 우리 쪽으로 오는데요?"

"오기로 한 사람이 김희은이에요."

"진짜?"

"젊은 법조인 모임에서 만났어요. 그리고 오늘 잡을 사람 중 한 명이기도 해요."

박철우 검사의 눈동자는 튀어나올 것만 같았다. 청순파 배우 김희은을 잡아야 한다니, 이해할 수가 없었다.

그때 다가온 김희은이 이한영을 보며 생긋 웃는다.

"안녕하세요."

이한영은 담담하게 고개를 끄덕이며 앞자리를 가리켰다.

"앉으세요."

자리에 앉은 김희은이 박철우 검사를 보며 묻는다.

"누구시죠?"

"같이 일하는 동료예요."

"아, 네."

그녀의 표정이 좋지 않다.

'이게 뭐야?'

보통 연예인을 만난다고 하면 프라이빗한 공간을 찾기 마련이다. 그런데 이렇게 뻥 뚫린 고깃집이라니……. 게다가 동료까지 함께 데리고 왔다.

'하! 나한테 관심 없다 이거야? 그런데 왜 보자고 한 거야?'

그녀는 이한영의 행동을 예상할 수 없었다.

그녀의 시선이 이한영에게 향한다. 이한영은 미인을 앞에 두고도 별 관심을 보이지 않는다. 익어가는 고기에 집중할 뿐이다.

김희은의 미간이 찌푸려졌다.

'미치겠네…….'

김희은의 눈동자가 옆에 앉은 박철우 검사에게 향했다.

김희은을 앞에 둔 박철우 검사는 목이 타는지 찬물만 연신 들이켠다. 제대로 눈도 마주치지 못하고 힐끗힐끗 보는 게 바보 같아 보인다.

'그래, 이게 평범한 남자의 모습이지. 날 만나면 이렇게 행동하는 게 맞잖아?'

그녀의 눈동자가 다시 이한영에게 향했다.

'그런데 얘는 뭐야? 뭐 이렇게 당당해? 얼굴도 험악한 게. 그때 법조인 모임에서 만난 여자가 더 좋다는 거야?'

그녀가 이런저런 생각에 빠져 있을 때, 이한영이 입을 열었다.

"제게 연락처를 주신 이유가 뭐죠?"

"네?"

"저는 차주성 사건의 담당 판사고요. 김희은 씨는 같은 회사 소속이잖아요. 팬이라고 말씀하셨는데 그것은 거짓말 같고. 어떤 일로 연락처를 주신 겁니까?"

다 알고 있다는 눈빛. 김희은이 작게 한숨을 내뱉었다.

"솔직히 말씀드릴게요. 이한영 판사님을 꼭 뵙고 싶어 하는 분이 계세요."

"저를요? 누구죠?"

"KH 엔터테인먼트 지경환 대표요."

이한영이 고개를 저었다.

"사건과 연계된 사람을 만나기는 좀 그렇습니다."

하지만 말이 끝나기가 무섭게 고깃집의 문이 열리고 지경환 대표가 들어왔다. 그가 굳은 표정으로 이한영 앞에 마주 앉는다.

"KH 엔터테인먼트 지경환 대푭니다. 말씀드리고 싶은 게 있는데, 자리를 좀 옮겨서 계속 대화했으면 합니다."

"가지 않겠다고 하면?"

"멀지 않은 곳입니다. 남자 대 남자로서 부탁드리겠습니다."

이한영은 가만히 지경환 대표를 바라봤다. 그러다가 고개를 끄덕였다.

"좋아요. 가죠."

* * *

그들은 가까운 룸살롱에 도착했다.

지경환 대표가 자주 오는 곳, 이한영이 석정호를 통해 미리 알아둔 룸살롱이다. 이한영은 지경환 대표가 이곳으로 움직일 수 있게 일부러 가까운 고깃집을 잡았지만 이들은 전혀 모르는 눈치였다.

복도를 지나며 이한영은 힐끗 웨이터를 살폈다. 모두 석정호에게 돈을 받은 자들이다.

가장 구석에 있는 룸으로 들어가 앉자 짧은 치마를 입은 김희은이 다리를 외로 꼬며 이한영을 유혹한다.

"어떤 거 드실래요? 대표님이 쏜다고 하니까 비싼 술 시키세요."

지경환 대표가 화통한 척 웃기 시작했다.

"가장 비싼 술로 내오겠습니다. 잠시만 기다리세요."

지경환 대표는 그들을 남겨 두고 룸을 벗어났다.

룸살롱의 주방.

웨이터가 이한영의 홀로 들어가는 양주의 뚜껑을 뜯고 마약을 풀어 넣는다. 그 앞에 지경환이 팔짱을 끼고 서 있다.

"다 했냐?"

"네. 뽕 갈 겁니다, 흐흐."

"줘, 내가 가져가게."

지경환 대표가 양주를 손에 들고 주방을 빠져나갔다.

그 뒷모습을 보던 웨이터가 슬쩍 웃으며 휴대폰을 손에 든다. 그리고 석정호를 향해 메시지를 적었다.

-마약 든 양주 나갔습니다.

그 메시지는 석정호를 통해 이한영에게 전달된다.

삐걱, 지경환 대표의 손에 의해 룸의 문이 열렸다. 그가 활짝 웃으며 양주를 들어 보인다.

"이게 한 병에 200만 원이 넘는 술입니다. 제가 판사님을 위해 특별히 준비했습니다, 하하하."

지경환 대표가 탁, 테이블 위에 양주를 놓았다.

그 순간 콱, 이한영이 술병을 손에 쥐었다.

"잠깐!"

"네?"

지경환 대표가 당황한 눈으로 이한영을 본다. 이한영이 빙긋이 미소를 그렸다.

"너 걸렸어."

"네?"

02

"걸렸다고."

이번엔 박철우 검사의 묵직한 목소리가 들렸다.

지경환 대표와 김희은의 시선이 박철우 검사에게로 향한다.

그때 툭, 박철우 검사가 무엇인가를 테이블에 던졌다. 신분증이다.

"거, 검사?"

지경환 대표와 김희은의 눈이 동그랗게 커질 때, 박철우 검사가 자리에서 일어섰다.

"중앙지검 박철우 검사입니다. 이 술에 마약이 섞여 있다는 의혹이 있습니다. 그러니까 지금부터 동작 그만!"

김희은이 억지로 웃으며 입을 연다.

"뭐, 뭐라고 하시는 거예요? 마약이라뇨?"

이한영은 끝까지 오리발을 내미는 김희은을 향해 술병을 흔들었다.

"판사가 우습게 보이세요?"

"네?"

"원샷 해볼래요?"

김희은의 얼굴이 붉어진다.

박철우 검사가 다시 말을 이었다.

"당신들은 변호사를 선임할 수 있고……."

미란다원칙이 읊어지는 동안 지경환 대표의 인상은 일그러지고 있었다. 판사와 검사가 함께 있는 이상, 맹수의 우리 안에 갇힌 초식동물처럼 답이 없다는 걸 알고 있는 거다.

김희은이 지경환 대표에게 다급하게 물었다.

"사, 사장님, 어떻게 해요?"

"몰라, 씨발."

"사장님!"

"가만히 있어, 제발!"

지경환 대표의 표정은 절망적이었다.

그 표정을 본 김희은은 혼자라도 살아야겠다고 생각했나 보다. 그녀가 이한영과 박철우 검사에게 빠르게 시선을 돌리며 입을 열었다.

"판사님, 검사님! 전 아무것도 몰라요! 그냥 나온 거예요! 진짜예요! 마약이라뇨! 다 이 사람이 시킨 거예요!"

악마 같은 미소를 입에 건 이한영이 김희은을 향해 얼굴을 바짝 가져다 댔다.

"플리 바겐이라고 알고 있나요?"

"플리…… 뭐요? 모, 몰라요! 전 그런 마약 몰라요!"

플리 바겐은 마약이 아니라 어떤 증언을 하는 대가로 형량을 낮춰주는 제도로, 우리나라에 도입된 것은 아니다.

이한영이 낮은 목소리로 말을 이었다.

"우리나라에 정식으로 채택된 제도는 아니지만 밀고의 대가로 형량을 낮춰주는 것은 기브 앤 테이크죠."

진실을 이야기하면 어느 정도 참작해주겠다는 뜻이다. 김희은이 이 정도도 못 알아들을 정도의 바보는 아니었다.

그녀의 눈동자가 흔들릴 때, 이한영은 품에서 녹음기를 꺼내 테이블 위에 놓았다.

"지금까지는 제 신변 보호를 위해 녹음하고 있었습니다. 하지만 지금부터 김희은 씨가 말씀하시는 모든 내용은 법적 증거로 사용될 수 있습니다. 이해했습니까?"

김희은이 고개를 끄덕이자 이한영이 말을 이었다.

"이 술에 마약이 들어 있다는 걸 알고 있었습니까?"

지경환 대표의 눈치를 살핀 김희은이 마른 입술을 혀로 핥았다. 그리고 큰 결심을 했다는 눈빛으로 입을 연다.

"마약이 들어 있어요. 술에 타서 마시면 극적인 흥분을 경험하게 되고 6시간 동안 효과가 지속되는 마약이에요."

"좋아요. 이걸 우리가 마셨다면 어떤 짓을 당했을까요?"

김희은이 다시 지경환 대표의 눈치를 살핀다. 하지만 지경환 대표는 멍하니 있을 뿐이다.

그녀의 시선이 다시 이한영에게 향했다.

"세, 섹스 파티요. 모두 동영상 촬영이 됐을 거예요. 그럼 이한영 판사님과 함께 온 검사님은 지경환 대표에게 약점을 잡혔겠죠."

그녀의 손가락이 룸 안에 있는 노래방 기기를 가리켰다.

박철우 검사가 손가락이 가리킨 곳으로 다가가자 작은 카메라가 보인다. 그가 카메라를 들어 이리저리 살피더니 어이없다는 듯 웃는다.

"이거 양아치 새끼네."

이한영이 다시 김희은에게 물었다.

"마약의 유통 경로도 알고 있습니까?"

김희은은 거리낄 것 없다는 듯 술술술 답한다.

"동남아에서 받아 오는 것으로 알고 있어요. 차주성이 클럽을 통해 유통했고 그 뒤는 지경환 대표가……."

그 순간, 쾅!

지경환 대표가 테이블을 내리찍었다. 그리고 확 김희은의 머리채를 잡아당긴다.

"꺅!"

갑작스러운 폭력 행위에 김희은이 비명을 질렀다. 지경환 대표의 험악한 목소리가 공간을 울렸다.

"터진 입이라고 함부로 지껄여!"

박철우 검사가 빠르게 일어섰다.

"지경환!"

지경환 대표의 서슬 퍼런 눈빛이 확 박철우 검사를 향했다. 지경환 대표의 입꼬리가 뒤틀린다.

"내가 가만히 생각해봤는데요. 검사님, 판사님, 다른 곳 연락 안 하고 왔죠?"

"……!"

"꼴랑 둘이 와서 센 척하고 있네? 겁이 없으시나? 이건 용기가 아니라 만용이야! 여기가 어딘 줄 알고!"

쥐도 구석에 몰리면 고양이를 문다. 궁지에 몰린 지경환 대표는 극단적인 선택을 하고 있었다.

지경환 대표가 억지로 미소를 그리며 말을 이었다.

"얌전히 약 처먹고 놀았으면 다들 행복했을 텐데, 명줄을 단축하고 있어?"

험악한 목소리가 흘렀지만 이한영은 여유롭다.

이한영이 테이블에 놓인 녹음기를 가리키며 말했다.

"지금 하는 말도 다 녹음되는 거 알죠?"

"마음대로 해. 난 너희를 죽여버린 후에 서해에 처박아버릴 거야. 너희들의 시신이 떠오를 때쯤엔 외국에 있겠지. 난 절대 안 잡혀!"

지경환 대표의 눈동자에는 핏발이 서 있다.

이한영이 고개를 끄덕이며 입을 열었다.

"좋아요. 지경환 씨, 죽기 전에 하나만 물어봅시다."

이 순간에도 여유로운 이한영이 못마땅했는지 지경환 대표의 입술이 씰룩였다.

하지만 이한영은 상관하지 않고 계속 말한다.

"판사라는 직업이 진실을 모르면 눈도 못 감아요. 이왕 죽는 거 눈은 감고 싶은데, 이 사건에 연루된 사람이 박을석 의원과 조성훈 PD 외에 또 누가 있죠?"

지경환 대표가 어이없다는 듯 웃었다.

"뭐야? 박을석 의원까지 캔 거야?"

"네."

"진짜 못 살려주겠다. 그냥 죽어라."

지경환 대표가 테이블의 벨을 꾹 누르더니 자리에서 일어나 룸의 문고리를 느긋하게 잡는다.

"이제 밖에서 대기하던 애들이 들어올 거야. 너희는 죽을 거고. 마지막으로 하고 싶은 말 있으면 해. 들어는 줄게."

이한영과 박철우 검사는 어떤 말도 하지 않았다.

지경환 대표는 옅은 미소를 그리며 문을 확 열어젖혔다.

그런데…….

주먹들은 보이지 않는다. 작은 체구의 여성만 서 있다. 카메라를 든 송나연 기자였다.

지경환 대표의 눈동자가 심각할 정도로 떨려 왔다.

"뭐야, 당신 누구야?"

"드림일보 송나연 기자입니다."

지경환 대표가 다급히 고개를 내밀어 복도를 살폈다. 하지만 보이는 사람은 없다. 처음부터 아무도 없었던 것처럼 휑할 뿐이다.

"씨발! 밖에 아무도 없어!"

역시 어떤 대답도 들려오지 않고 지경환 대표의 목소리만 울렸다.

이한영이 고개를 저었다.

"지경환 대표님, 생각을 좀 해보세요. 미치지 않고서야 판사와 검사를 건드릴 수 있을 것 같아요?"

"씨, 씨발……."

그 순간, 지경환 대표가 황급히 몸을 돌리더니 테이블 위에 놓인 녹음기를 손에 쥐어 바닥으로 집어 던졌다. 그리고 콱콱 발로 짓밟기 시작했다.

"이것만 없으면 돼! 그럼 증거 없잖아? 판사와 검사가 짜고 날 음해하려는 거야! 거기 기자님은 입 닥치고 계세요. 그럼 우리 애들 기자님 이름으로 인터뷰 넣어줄 테니까. 알았어요?"

녹음기는 사정없이 부서졌다.

지경환 대표가 고개를 들어 이한영을 향했다.

"녹음기는 부서졌고. 마약? 씨발, 저 양주도 부숴버리면 돼! 이봐요, 판사님! 변호사 불러서 다시 해봅시다. 내가 법을 좀 알거든? 대한민국 법은 증거 없으면 다 병신이야!"

그런데 이한영이 품에서 펜 모양의 녹음기를 하나 꺼내 보인다.

"녹음기가 하나뿐일 거라는 생각은 버렸어야지."

지경환 대표의 얼굴이 처참하게 일그러졌다.

* * *

송나연 기자가 쓴 기사가 세상에 뿌려졌다.

연예계를 쥐락펴락하는 대표의 뒷모습은 세상에 충격을 주기에 충분했다.

–어젯밤, KH 엔터테인먼트의 대표 지경환 씨가 검찰에 체포되었습니다. 지경환 대표는 인기 연예인 차주성 씨의 재판을 유리하게 끌기 위해 이한영 주심 판사와 중앙지검 박철우 검사를…….

–차주성 씨의 고등법원 2차 공판이 오늘 오후 2시 서울고등법원에서…….

법원 출입구 앞에서는 차주성의 팬들이 피켓 시위를 하고 있었다. 차주성의 마약 유통이 확실시되었지만 이들은 상관하지 않는다. 이들에겐 자신들의 '오빠'가 더 중요하다.

차주성이 탄 차가 팬들의 앞을 스쳤다. 비명에 가까운 팬들의 목소리는 더욱 시끄러워졌다.

"오빠! 우리는 오빠를 믿어요!"

"잘못이 있어도 괜찮아!"

"연기하고 노래만 잘하면 돼!"

"잘생기면 끝이야!"

"오빠!"

차주성이 탄 차는 그녀들을 외면하고 법원 안으로 향했다. 그리고 그 차가 법원 건물 앞에서 멈췄다.

이번에 기다리는 것은 기자들이다. 그 숫자는 1차 공판 때보다 배는 많아 보였다. 전장의 저격수처럼 숨을 죽인 채 카메라를 들고 있던 그들은 차주성이 내리자 기다렸다는 듯 셔터를 눌러댔다. 찰칵거리는 소리가 시끄럽게 울렸다.

므래를 씹어 먹은 듯한 차주성을 향해 기자들이 쉴 새 없이 묻는다.

"차주성 씨, 지경환 대표와 마약 유통을 한 것이 사실입니까?"

"심경을 말씀해주십시오!"

"성매매 알선은 어떻게 된 겁니까?"

"클럽을 통해 미성년자에게도 마약을 공급했다고 하는데요?"

"차주성 씨!"

차주성은 대답하지 않고 고개를 숙인 채 법정을 향해 걸어갈 뿐이다.

그때 차주성 앞에 누군가가 길을 막아섰다. 자살까지 생각했던 피해자 고현희다. 그녀는 차주성 때문에 '꽃뱀', '창녀'로 불렸고 꿈도 포기했다.

두 사람의 역전된 상황은 기자들에게 아주 좋은 먹잇감이었다. 카메라 셔터 소리는 더욱 요란하게 울리기 시작했다.

차주성이 고현희를 보며 억지로 미소를 그리더니 힘겹게 입을 연다.

"미, 미안하다."

고현희의 입술이 비틀어졌다.

"그냥 죽어."

* * *

그 시각, 이한영은 장유린 부장 앞에 서 있었다.

장유린 부장이 손목을 들어 시간을 확인하며 말한다.

"법정에 내려갈 시간인데, 급하지 않으면 나중에 이야기해."

이한영은 펜 모양 녹음기를 꺼내 그녀의 앞에 놓았다. 어젯밤 이한영과 지경환 대표가 떠들었던 목소리가 흘러나왔다.

―이 사건에 연루된 사람이 박을석 의원과 조성훈 PD 외에 또 누가 있죠?"

-뭐야? 박을석 의원까지 캔 거야? 진짜 못 살려주겠다. 그냥 죽어라.

이한영이 정지 버튼을 누르며 말했다.

"차주성 사건에 박을석 의원이 연관되어 있습니다."

"그래서? 이걸로 국회의원을 잡겠다고?"

"네."

"이런 건 검찰에서 해야 할 일 아냐?"

이한영이 고개를 저었다.

"우리의 도움 없이 검찰은 손도 못 댑니다."

상대는 불체포특권을 가진 국회의원이다. 죄가 있다고 해도 국회의 동의가 없다면 흠집 하나 내기 힘들다.

이한영이 입을 열었다.

"검찰에서 강제구인 영장을 청구할 겁니다. 통과될 수 있도록 힘써주십시오."

"강제구인?"

"네."

두 사람 사이에 서늘한 바람이 불어왔다.

장유린 부장은 대답 없이 손가락으로 책상만 두들기고 있다. 강제구인 영장을 통과시킨다는 것은 국회와 싸워보겠다는 거다. 자칫 자신이 다칠 수도 있었다. 게다가 체포한다고 해도 끝이 아니다. 국회에서 석방을 요구하면 풀어줘야 한다.

'다치기만 하고 의미 없는 일이 될 수도 있는데…….'

법으로도 어떻게 할 수 없는 자들, 그들이 국회의원이라는 괴물들이다. 잠시 생각에 빠져 있던 장유린 부장이 입을 열었다.

"계산기 두들겨보면 난 손해만 보는데? 이득 되는 게 없네? 그런데 이런 위험한 일을 도와 달라고?"

"부탁드립니다."

장유린 부장이 이한영을 물끄러미 본다. 그러더니 고개를 끄덕.

"이한영 판사, 나한테 빚 있는 거다."

"감사합니다."

이한영이 허리를 깊이 숙일 때 장유린 부장이 휴대폰을 손에 쥐었다. 영장 전담 판사에게 전화를 거는 거다.

"나야, 장 부장. 부탁 하나 하고 싶은데……."

장유린 부장이 사법부에 미련이 없기에 가능한 일이었다. 그녀는 단지 이한영이 어떻게 움직일지가 궁금했다.

장유린 부장의 방에서 나간 이한영은 창밖을 보며 작게 한숨을 내뱉었다.

이제 모의고사는 끝났다.

대중의 인기를 먹고사는 연예인과 돈과 여자를 이리저리 뿌리는 기획사 대표 그리고 괴물이라 불리는 국회의원도 다 흔들었다. 이제 채점의 시간이다.

이한영은 휴대폰을 귀에 대고 송나연 기자에게 전화를 걸었다.

"예정대로 고현희 씨가 인터뷰할 수 있도록 도와주세요."

이한영은 고현희를 통해 박을석 의원이 국회의 석방 동의안을 받지 못하도록 만들 생각이었다.

* * *

고현희가 기자들 앞에 서 있었다.

차주성의 재판이 10여 분 남았을 때다.

차주성 때문에 모여 있던 기자들은 모두 고현희에게 집중되었다. 숨소리조차 들리지 않는다. 그들 모두는 고현희의 작은 입술이 움직이기만을 기다리고 있다.

순간, 고현희의 입술이 움찔거렸지만 그녀는 쉽게 입을 열지 못한다. 지금부터 꺼내야 할 말은 어린 여자가 감당하기 힘든 치부이기 때문이다.

하지만 그녀는 주먹을 꼭 쥐었다. 다시는 이런 더러운 일이 일어나지 않기 위해선 용기가 필요하다는 것을 그녀는 잘 알고 있었다.

굳은 결심을 한 그녀가 고개를 들었다. 카메라 셔터가 눌리며 플래시가 번쩍인다.

"그날, 그곳에 있던 악마들을 말씀드리겠습니다. 국회의원 박을석, 시의원 진호식, PD 조성현……."

개 같은 인간들의 이름이 꺼내질 때마다 그녀의 눈에선 또르르 눈물이 떨어졌다. 서러운 눈물은 이내 바닥에 쌓인다. 한없이 목멘 소리다. 하지만 그녀는 멈추지 않았다.

인터넷은 난리가 났다.

—박을석 의원이?

—와, 세상 믿을 놈 없다고 하더니.

—시장에서 먹방 하던 모습은 모두 가식이었나?

—이 사건, 중간에 흐지부지된다는 것에 한 표.

—제발 끝까지 파헤쳤으면 좋겠다.

그 순간, 인터넷에선 속보가 떠올랐다.

박을석 의원 강제구인 영장 통과!

* * *

"모두 자리에서 일어나주십시오!"

이한영을 비롯한 재판부가 입장했다. 법정의 모든 사람은 자리에서 일어나 재판부를 향한다.

자리에 앉은 이한영은 고개를 틀어 변호인석을 향했다. 표정이 좋지 않은 조세헌 변호사가 보인다. 그는 이 게임이 끝났다는 것을 알고 있었다.

조세헌 변호사와 눈이 마주치자 이한영이 새끼손가락을 들어 보였다.

'약속 기억하세요?'

이한영은 조세헌 변호사와 차주성의 형량을 내기했었다. 이한영이 이기면 조세헌 변호사는 이한영의 아래로 들어와야 한다. 그 약속을 기억하며 조세헌 변호사는 아랫입술을 꾹 물었다. 그리고 고개를 끄덕인다.

'기억합니다.'

이한영의 시선이 차주성에게 향했다.

그는 고개를 숙이고 있다. 포승줄에 묶여 있지는 않지만 이미 죄인의 모습이다. 증인의 증언이 있을 때도 고개를 들지 않는다.

그리고 마지막 증인이 법정으로 들어왔다. 어젯밤 긴급체포 된 지경환 대표다. 바로 어제 낮에만 해도 연예계를 쥐락펴락했던 인물인데, 하룻밤만에 포승줄에 묶여 나타나자 법정이 술렁이기 시작했다.

검사가 자리에서 일어나 지경환 대표에게 향했다.

"증인, 마약을 유통했다고 들었는데요."

지경환 대표가 고개를 저었다.

"전 모르는 일이에요. 모두 차주성 씨가 준 거예요. 술 먹을 때 같이 먹으면 숙취 해소에 도움이 된다고 해서……. 전 아무것도 몰라요. 다 차주성이 한 짓이에요!"

차주성의 이마에 심줄이 솟았다. 지금껏 고개를 숙이고 있던 그가 다급히 시선을 들어 쩌렁대게 외쳤다.

"그게 무슨 말이야! 나한테 인기 떨어지기 전에 사업을 해야 한다고 했잖아! 큰돈을 벌 방법이 있다고!"

"차주성 씨, 거짓말하지 마세요. 내가 언제 그랬다고요. 미성년자 꾀어서 성매매시킨 것도 차주성 씨잖아요!"

나쁜 놈들에게 의리 따윈 없었다. 그들은 낭떠러지에 선 상대를 밀어 자신이 살 방법을 찾을 뿐이다. 그리고…….

"마약 유통 및 미성년자 성매매 알선 등의 죄를 인정해 피고인 차주성에게 징역 13년을 선고한다."

장유린 부장의 입에서 선고가 떨어지자 차주성은 눈을 감았다. 화려했던 날은 사라지고 감옥에서 보낼 13년이 기다리고 있을 뿐이다.

그렇게 차주성은 끝났다.

하지만…….

차주성 게이트가 시끄럽습니다. 이번 사건에 연루된 사람만 열아홉 명입니다. 그중 국회의원이 세 명, 시의원이 두 명이 있어 충격을 주고 있습니다. 국회에서는 이들에 대한 구속을 인정하고 석방 요구를 하지 않고 있습니다.

국회의원들은 인기를 먹고산다. 괜히 구속을 반대해 국민의 눈에 찍히고 싶은 국회의원은 없었다.

* * *

이한영은 옥탑방에 앉아 있었다.

이번 사건은 강신진 지원장과의 싸움에 대한 모의고사, 시험을 끝내면 오답 노트를 작성해야 한다. 그래서 이한영은 이번 사건을 되짚어보고 있었다.

'박을석 의원은 힘도 못 쓰고 구속당했어.'

그는 힘없는 국민을 쉽게 짓밟을 수 있는 권력자였다. 하지만 피해자 고현희가 기자들 앞에서 눈물을 흘리며 민심을 움직였고 그 결과 찍소리도 내지 못한 채 끌려 내려왔다.

'민심은 천심이야.'

민심을 움직일 수 있다면 강신진 지원장에게도 지옥을 보여줄 수 있다. 하지만 그 전에 그의 팔다리를 잘라내야 한다. 이한영은 손가락을 톡톡 움직이며 머릿속으로는 강신진 지원장을 끌어내릴 계획을 세웠다 지우기를 반복했다.

'전생에서 강신진의 참모라 불렸던 김진한 부장과 이성대 부장은 끝냈어.'

장유린 부장이 남아 있기는 하지만 그녀는 언제든 돌아설 수 있는 사람이다.

'다른 부장판사들 역시 마찬가지야. 권력에 빌붙은 파리 같은 놈들은 강신진에게서 힘이 사라지면 나 몰라라 하고 연을 끊을 거야.'

이한영은 강신진 지원장이 가진 힘을 찾기 시작했다.

눈앞에 검찰총장과 경찰청장 등의 얼굴이 떠올랐다가 사라졌다. 그리고 마지막으로 장태식 사장이 보인다. 장태식 사장은 강신진 지원장을 처단할 때 가장 큰 걸림돌이다. 장태식 사장을 쓰러뜨리지 않는다면 강신진 지원장은 계속해서 부활할 것이다.

'장태식 사장을 무너뜨릴 방법이 있나?'

답이 없다. 생각만으로도 거대한 성벽처럼 느껴진다. 장태식 사장은 판사나 검사 따위가 어떻게 해볼 인물이 아니다.

이한영은 더욱 깊은 생각에 빠져들었다.

'장태식 사장을 무너뜨리려면 유성그룹을 흔들어야 해. 비슷한 힘을 가진 기업을 찾아 유성그룹과 싸움을 붙인다면……. 아니, 그 전에 유성그룹과 싸울 수 있는 기업이 있을까?'

순간 쉼 없이 돌아가던 이한영의 생각이 멎었다. 유성그룹과 싸울 수 있는 기업, 딱 하나 있다. 바로 에스로펌이다.

'에스로펌이 법을 가지고 유성그룹을 상대로 싸움을 걸면?'

유성그룹의 법무팀이 날고뛴다 해도 에스로펌에 비하면 성인과 초등학생의 차이다. 싸움이 벌어진다면 유성그룹이 크게 흔들릴 것이 분명하다. 문제는…….

'유선철 대표가 유성그룹과 싸울까?'

절대 안 싸운다. 맹수는 맹수와의 싸움을 피하는 법이다. 아무리 이한영이 부추긴다 해도 움직이지 않을 것이다.

'방법은…….'

유세희다. 그녀를 에스로펌의 후계자로 만들어 욕심을 넣어준다면 호랑이 무서운 줄 모르는 하룻강아지처럼 앞장설 거다.

이한영이 주먹을 꽉 쥐었다.

'가능성은 충분해.'

일단 에스로펌을 유세희의 것으로 만들어야 했다.

* * *

"아침 식사를 초대해 달라는 말은 처음 들었어. 차린 것은 없지만 많이 들게."

유선철 대표의 말과 달리 식탁은 음식으로 가득했다.

이한영은 유선철 대표를 향해 고개를 숙였다.

"초대해주셔서 감사합니다."

"앉게."

이른 아침, 이한영은 유세희의 집에 와 있었다. 얼마 전 유선철 대표에게 아침 식사에 초대해 달라고 부탁했는데, 그게 오늘이었다.

식사 초대를 원한 것은 다른 이유가 아니다. 유선철 대표는 앞으로 몇 년 후면 죽는다. 이한영은 유선철 대표가 독살당했다는 것에 무게를 두고 있었다.

그 첫 번째 의혹이 유선철 대표의 증상이다. 당시 유선철 대표의 피부는 거칠었으며 머리카락이 한 움큼씩 빠졌고 몸이 저린다는 말을 반복했었다. 이것은 비소에 중독되었을 때 나타나는 증상이다.

두 번째 의혹은 장남 유진광과 장녀 유하나의 이해할 수 없는 장례 절차였다. 누가 봐도 의심되는 상황에 부검을 해봐야 했지만 두 사람은 서둘러 장례를 치르고 사건을 마무리했다. 상속을 위해 서둘렀다고 보기에도 지나치게 침착한 모습을 보였다.

이한영의 시선이 유선철 대표에게 향했다.

'유선철 대표가 집에서 식사하는 유일한 시간은 아침.'

그 외의 시간은 밖에서 식사한다. 만약 집에서 독살이 이뤄졌다면 아침을 노릴 것이 분명하다. 이것이 이한영이 무례를 무릅쓰고 아침 식사에 초대받기를 원한 이유다.

이한영은 가정부가 밥을 푸는 동작에 집중했다.

'똑같은 밥솥. 국도 마찬가지야. 같은 냄비야.'

이한영이 식탁에 놓이는 음식을 관찰하는 동안 유세희는 방에 있었다.

립스틱을 바른 그녀가 고개를 저었다.

"과해."

아침이다. 최대한 꾸미지 않은 것 같은 스타일을 연출하기 위해 음영 표현은 생략하고 잡티만 지워냈다. 이제 립스틱만 남았지만 쉽지 않다. 그녀는 입술에 묻은 립스틱을 지운 후 다른 립스틱을 손에 쥐었다. 하지만 마음에 안 든다.

'이것도 아냐.'

그렇게 몇 번이나 입술의 색을 바꾸고 나서야 그녀는 고개를 끄덕였다.

'좋아.'

공들여 한 메이크업이지만 하지 않은 것 같은 자연스러움. 최대한 촉촉한 상태로 보이는 얼굴이다. 그녀는 잠시 자신의 얼굴을 살핀 후 자리에서 일어섰다.

식탁은 1층에 있다.

그녀가 식탁으로 다가가자 이한영과 유선철 대표 그리고 그녀의 언니 유하나만 앉아 있었다.

유하나가 유세희를 보며 말한다.

"남자 친구 온다니까 새벽부터 예쁘게 화장했네?"

유세희의 미간이 찌푸려졌다. 하지만 이한영의 앞이다. 유하나를 향해 가식적인 미소를 보내주며 자리에 앉는 게 그녀가 할 수 있는 전부였다.

유세희가 입을 열었다.

"음식은 입에 맞으세요?"

"맛있습니다."

유세희는 이한영이 먹기 편하도록 그의 앞으로 반찬을 옮겨 둔다.

그 모습을 본 유선철 대표가 크게 웃었다.

"이렇게 보니까 자네가 우리 집 식구 같아. 이렇게 아침 식사를 하는 게 어색하지 않아. 하하하하!"

그의 웃음소리가 크게 울렸다. 그 웃음소리가 클수록 유하나의 얼굴은 굳어진다. 첫째 유진광이 구속되며 유하나는 자신이 후계자가 될 거라고 확신했었다.

하지만 변수가 존재했다. 바로 유세희의 뒤에 선 이한영이다. 무슨 짓을 했는지 유선철 대표의 마음을 쏙 빼앗은 이한영 덕에 유세희의 서열은 빠르게 올라가고 있었다. 그리고 어느새 유하나의 위치를 위협하는 중이다. 유하나가 한숨을 내쉰다.

그때 뚝 웃음을 멈춘 유선철 대표가 이한영에게 시선을 향하며 물었다.

"언제 결혼할 생각인가?"

지난번에 이어 결혼에 관한 두 번째 질문이다.

"결혼요?"

"결혼에 이런저런 이유는 필요 없어. 좋으면 하는 거야."

유선철 대표의 말에 이한영은 자칫 웃음을 터트릴 뻔했다. 전생에서 유선철 대표가 했던 말과 정반대의 말이기 때문이다.

'결혼이란 비즈니스라며 아무것도 없는 내가 유세희와 만나는 걸 그렇게 반대했던 양반인데…….'

유선철 대표가 다시 묻는다.

"이번에도 결혼에 대한 대답을 미룰 생각인가? 세희야, 너는 어떻게 생각해?"

유세희는 대답하지 않는다. 그저 볼을 붉힐 뿐이다. 그 모습만 봐도 이한영과 결혼하고 싶다는 뜻을 알 수 있었다.

유선철 대표의 시선이 다시 이한영에게 향했다. 대답을 재촉하는 눈빛.

이한영은 작게 미소 지으며 입을 열었다.

"조건이 있습니다."

이번엔 유선철 대표의 인상이 일그러졌다. 이한영은 고물상집의 아들, 가진 것이라고는 판사라는 직업뿐이다. 반면 유세희는 에스로펌의 막내딸이며 각 재벌 집안에서 혼사가 들어오고 있다. 유세희와의 결혼이라면 이한영이 두 손 두 발 들고 감사해야 할 일인데, 조건이라니…….

유선철 대표의 눈이 다시 독사 같은 눈동자로 변했다. 이한영의 일거수일투족을 살피며 관찰하는 중이다.

"그래, 원하는 조건을 말해봐."

"에스로펌을 세희 씨에게 주십시오."

그 순간, '쾅!' 하고 조용히 식사하던 유하나가 테이블을 두 손으로 내리치며 자리에서 일어섰다.

"뭐라는 거야!"

유하나는 아버지 유선철 대표가 옆에 있어도 아랑곳하지 않고 독기를 내뿜었다. 화기애애했던 식사 자리는 한순간에 얼음이 쏟아진 것처럼 싸늘해졌다.

유하나의 차가운 목소리가 이어진다.

"아버지, 난 사실 이한영 판사를 왜 마음에 들어 하는지 모르겠어요. 이 사람 때문에 우리가 꼬인 게 몇 개예요?"

유선철 대표가 대답하지 않자 유하나의 날카로운 눈빛이 이한영에게 향했다.

"이한영 판사, 돈 없이 자라서 상속이나 이런 것에 대해 잘 모르나 본데요."

유하나는 유선철 대표가 이한영을 관심 있게 보고 있다는 걸 잘 알고 있었다. 잘못하면 유세희에게 후계가 넘어갈 수도 있는 상황이다. 유하나는 목에 핏대를 세우며 이 상황을 막기 위해 애를 쓰고 있었다.

"대표 자리가 결혼의 조건이라뇨! 유세희가 할 수 있을 것 같아요!"

항상 식사의 마지막에 싸움이 벌어져서 그런지 가정부는 눈치 없이 유선철 대표 앞에 한약을 가져다 놓는다.

말 그대로 개판이었다.

급기야 유선철 대표의 입에서 큰 소리가 터져 나왔다.

"그만!"

그제야 유하나의 입이 다물어졌다.

정돈되지 않은 분위기에서 유선철 대표의 시선이 이한영에게 향했다. 잠시 이한영을 바라보던 유선철 대표가 화를 꾹 눌러 참으며 입을 연다.

"후계를 조건으로 삼아선 안 돼. 그건 회사의 일이야. 다른 조건을 말한다면 내 얼마든지 생각해보겠네만…….”

“그럼 대표님의 약을 제가 가져가도 되겠습니까?”

“뭐? 약?”

뜬금없는 말에 유선철 대표의 눈에 의문이 들었지만, 이한영은 진지한 눈빛으로 유선철 대표 앞에 놓인 한약 그릇을 가리켰다.

“확인해보고 싶은 게 있습니다.”

식사의 마무리에 가정부가 유선철 대표 앞에 놓은 한약. 이한영은 그 약에 무엇인가가 있을 거라고 예상했다. 밥이나 국, 반찬 등은 모두 같이 먹지만 한약은 유선철 대표가 혼자 먹는 유일한 것이다. 뭔가 있을 게 분명하다.

이한영이 손을 뻗어 유선철 대표의 약 그릇을 손에 쥐었다.

그 순간, 유하나가 악을 쓴다.

“뭐 하는 짓이야!”

도둑이 제 발 저리는 법이다.

이한영의 입가에 악마 같은 미소가 걸렸다.

“왜 과민 반응이죠?”

이한영의 말에 유하나의 입술이 뒤틀렸다.

“과민 반응? 이봐요! 아버지를 위해 제조한 약이에요! 그 약을 의심하는 것은 나를 모욕하는 거라고요!”

이한영은 분명 손님이다. 하지만 그녀는 소리를 질러대며 예의 없이 행동하고 있다.

그럴수록 이한영이 가지고 있던 의혹은 점점 더 짙어지고 있었다.

‘약에 뭔 짓을 했구나? 약을 분석하면 네 악행이 공개되니까 그걸 막고 싶은 거야?’

이한영의 입가에 엷은 미소가 걸린다.

유하나의 짜증 섞인 목소리는 계속 이어지고 있었다.

"도대체 그 약의 뭐가 의심스러운데요? 말해봐요!"

그때 유선철 대표가 '쾅!' 식탁을 내려쳤다.

"그만! 어디서 아침부터 시끄럽게 난리야! 손님도 와 계시는데!"

"아버지! 그게 아니라……!"

"그만하라고!"

억울한 표정을 짓던 유하나는 붉은 입술을 깨물며 고개를 돌렸다.

유선철 대표가 무거운 한숨을 내쉬며 이한영에게 시선을 향했다.

"이한영 판사, 도대체 무슨 생각이지?"

"예의 없는 행동 죄송합니다. 확인해보고 싶은 게 생겼을 뿐입니다. 허락해주십시오."

이한영은 판사다. 그런 직업을 가진 사람이 어떤 의미 없이 무례한 행동을 하지는 않을 거다.

이한영을 바라보던 유선철 대표가 고개를 끄덕였다.

"마음대로 해."

"감사합니다."

이한영은 가정부에게 비닐을 받아 유선철 대표의 약을 담았다.

유하나는 일그러진 표정으로 이한영의 행동을 묵묵히 바라볼 뿐이었다.

개판 같은 아침 식사를 마치고 이한영은 유세희의 집을 벗어나고 있었다. 주차장으로 가기 위해 긴 정원을 걷고 있을 때 이한영의 옆에 선 유세희가 조심스럽게 입을 열었다.

"우리 집 아침이 원래 이래요. 그나마 오늘은 평화로운 편이었네요. 가끔은 컵이 날아다니기도 하거든요."

오늘은 유세희가 가만히 있었기에 조용한 편이었다. 그녀가 이한영에게 이미지 관리를 할 필요가 없었다면 언니인 유하나의 머리채를 잡았을 거다.

이한영이 고개를 끄덕이며 말한다.

"비슷하네요. 전 식사하다가 어머니께 등짝을 자주 맞거든요. 아버지가 살아 계셨을 땐 밥숟가락으로 맞아본 적도 많고요."

"밥숟가락요?"

이한영이 손을 들어 숟가락을 휘두르는 모습을 보였다.

"이렇게 이마를 때리는 거죠. 맞으면 꽤 아파요."

좋지 않은 식사 분위기 때문에 걱정하던 유세희는 이한영이 대수롭지 않다는 듯 말하자 그제야 안심했는지 미소를 그린다.

"그런데 아버지의 약은 왜 가져가시는 거예요?"

이한영이 손에 든 비닐봉지를 들어 보였다.

"이거요? 세희 씨를 에스로펌의 대표 자리에 앉게 할 마법의 약일지도 몰라요."

"마법의 약요?"

한편, 주차장을 향해 가는 이한영의 모습을 유하나가 자신의 방 창문으로 지켜보고 있었다. 그녀의 표정은 심각할 정도로 굳어 있다.

* * *

며칠 후, 이한영은 옥탑방의 평상에 홀로 앉아 있었다.

그의 손에는 유선철 대표의 약 성분을 검사한 표가 들려 있다.

'비소?'

예상대로 비소가 검출되었다.

비소는 오랜 시간 '상속의 가루'라 불려 왔다. 부모나 배우자의 재산을 손에 넣고 싶던 악마들이 비소를 이용해 누군가를 죽였기 때문이다.

'비소는 특별한 맛이나 냄새가 없어. 그래서 어떤 음식물에도 쉽게 섞을

수 있고…….'

단번에 사람을 죽이는 게 아니라 오랜 시간에 걸쳐 서서히 죽일 수 있기에 자연사로 위장하기 쉽다.

이한영은 손에 든 검사표를 내려 뒀다. 의문이었던 유선철 대표의 마지막 의혹이 풀리는 순간이다.

'유하나…….'

이한영의 머릿속에 유하나의 얼굴이 떠올랐다. 그녀는 이목구비가 또렷한 서구적 미인이다. 어떤 누구라도 그녀의 아름다움은 인정한다. 하지만 이한영에겐 돈에 눈이 멀어 제 아비를 죽이려는 추악한 쓰레기일 뿐이었다.

'어떻게 박살 내지?'

유하나가 빠져나갈 구멍은 많다.

'한약재가 잘못되었다고 주장할 수 있어.'

수입된 한약재에서 중금속이 검출되었다는 뉴스가 존재한다.

'자기도 속았다고 말하겠지.'

자신은 분명 국산 또는 비싼 한약재를 샀는데, 약재상이 바꿔치기했다고 우길 수 있다.

잠시 생각에 빠졌던 이한영은 다시 검사 기록표를 손에 들었다. 그의 눈에 분노가 가득하다. 비록 유선철 대표를 좋아하지는 않는다. 유선철 대표는 에스로펌이란 굴지의 법무법인을 만들어 대한민국의 법을 자기 뜻대로 좌지우지하려는 나쁜 놈이다. 게다가 전생에서 했던 행동은 지금도 잊을 수 없다.

하지만 이한영이 세상에서 가장 증오하는 것 중 하나가 바로 혈육 간의 살인이다. 그런데 이것은 계획적 살인, 그것도 소리 소문 없이 자신의 부모를 죽이려 한 사건이다.

'유하나…… 도망가려고 발악하겠지만 빠져나갈 수 없게 만들어줄게.'

이한영은 자리에서 일어나 휴대폰을 귀에 댔다. 통화 연결음이 몇 번 울리지도 않았는데, 다급히 받는 목소리가 들린다.

—여, 여보세요?

유하나였다.

"이한영입니다."

—네, 말씀하세요.

"뵙고 싶은데요."

이한영의 머릿속에는 이미 유하나를 망가뜨릴 계획이 세워져 있었다. 그리고 유하나는 미끼를 덥석 물 것이다. 벼랑 끝에 서 있는 그녀는 지푸라기든 썩은 동아줄이든 가릴 처지가 아니니까.

—좋아요. 언제요?

그녀는 지옥인 줄도 모르고 이한영을 향해 다가오고 있다.

* * *

이한영은 엘리베이터를 타고 올라가고 있었다. 서울의 한 호텔이다. 11층에서 내린 이한영은 곧장 복도를 걸어 1101호실을 찾았다. 이 호텔의 VIP 룸이다.

똑똑똑 노크를 하자 문이 스르륵 열리며 유하나가 보인다. 깊은 가슴골이 드러나는 옷을 입은 그녀가 활짝 웃으며 이한영을 맞이한다.

"들어오세요."

누가 보면 다정한 연인으로 볼 미소다. 그녀가 사뿐사뿐 안으로 향하며 말을 잇는다.

"이런 장소로 불러서 미안해요. 레스토랑이나 한정식집은 아무리 프라이빗하다고 해도 누가 엿들을 수 있는 구조잖아요."

이한영이 객실의 거실을 죽 둘러본다. VIP 룸답게 넓은 거실이다. 중앙에 놓인 소파만 해도 여러 사람이 앉을 수 있을 정도로 크다.

유하나가 소파에 앉으며 맞은편을 가리킨다.

"앉으세요."

두 사람은 그 소파에 마주 앉았다. 하지만 딱히 대화는 이어지지 않는다. 딱히 친할 것 없는 남녀가 호텔 방이란 공간에 마주하고 있으니 어색함은 깊을 수밖에 없었다.

먼저 입을 연 사람은 유하나다.

"휴대폰."

그녀가 품에서 휴대폰을 꺼내 테이블 위에 올리자 이한영도 휴대폰을 꺼내 올렸다. 서로 녹음을 방지하자는 의도다.

그녀가 말을 잇는다.

"검사했나요?"

"네."

"뭐가 나왔죠?"

"상속의 가루, 비소."

유하나가 픽 웃으며 테이블에 놓인 담배를 꺼내 입에 물었다. 다른 사람 앞에서는 피우지 않지만 이한영 앞에서는 거리끼지 않고 불을 붙인다. 이미 추악한 민낯을 보여서 그런지 담배 정도야 숨길 필요가 없다고 느끼는 모양이다.

유하나가 연기를 내뿜으며 입을 열었다.

"검사 결과를 받았으면 아버지나 세희에게 가야 하는 거 아닌가요? 왜 나를 찾아오셨을까?"

"거래하고 싶어서요."

"거래요?"

이한영이 테이블 위에 검사표를 놓으며 묵직한 목소리로 말했다.

"얼마에 사겠습니까?"

"네?"

거래하겠다고 하기에 후계 자리를 포기하라고 할 줄 알았는데 뜬금없이 돈을 달라니…….

예상하지 못한 말에 유하나는 당황했다.

그녀의 표정을 보며 이한영은 침착하게 말을 이어간다.

"솔직히 말씀드리면 이걸 대표님께 보여드리고 유세희 씨를 후계에 올리고 싶었습니다. 하지만 조금 생각해보니 유하나 씨가 빠져나갈 구멍이 많더라고요. 약재상의 탓이라고 주장할 수도 있으니까요."

유하나는 터져 나오는 웃음을 참느라 입술이 실룩이고 있었다. 며칠 동안 잠을 못 잘 정도로 고민한 일이 이렇게 쉽게 풀리다니, 폴짝폴짝 뛰고 싶어 미칠 지경이었다.

이한영의 말이 이어졌다.

"그래서 어려운 길보다 실리를 따지기로 했습니다."

유하나가 담배를 손에 든 채 묻는다.

"실리가 돈인가요?"

"네."

"얼마를 원하죠?"

"제가 이 검사표를 대표님께 보여드리면 유하나 씨가 어떤 핑계를 대서 빠져나간다 해도 타격은 받을 겁니다. 반대로 대표님의 건강을 챙긴 저는 점수를 얻겠고, 그 점수는 고스란히 유세희 씨에게 가겠죠. 그럼 앞으로 후계 싸움은 더 복잡해질 텐데, 그 값어치가 얼마일 것 같습니까?"

유하나가 이한영을 보며 묘한 미소를 짓는다.

"돈으로 계산할 수 없을 것 같은데, 지분을 주죠."

"지분요?"

"앞으로 우리 집안의 식구가 될 텐데, 돈보다는 그게 좋을 것 같지 않나요?"

"식구……. 저도 죽이는 것은 아니겠죠? 무서워서 식구 하기 겁나네요. 그냥 돈으로 받았으면 좋겠는데요."

"어머? 우리는 이번 일로 한배를 탈 텐데요. 그럴 일이 있겠어요? 아버지를 살해하려는 패륜아, 그걸 숨기는 판사. 이것만 해도 한배 탄 거나 마찬가지죠. 이것만으로 부족하다면 우리, 죽을 때까지 숨겨야 할 비밀을 하나 만들래요?"

유하나가 다리를 외로 꼬았다. 짧은 치마 덕에 속옷이 살짝 보인다. 그녀는 거기서 멈추지 않고 몸을 앞으로 숙였다.

깊게 파인 옷, 가슴골이 더 도드라져 보인다. 그녀는 대놓고 이한영을 유혹하고 있었다. 그녀가 야릇하게 웃으며 말한다.

"난 이한영 판사가 처음부터 끌렸는데……."

그녀가 담배를 입에 물며 뿌연 연기를 내뱉는다. 섹시해 보이려는 의도겠지만 이한영에겐 더러워 보일 뿐이다. 그녀는 얼굴만 예쁜 쓰레기다.

이한영이 담배 연기를 손으로 저으며 물었다.

"하나만 여쭤봐도 되겠습니까?"

"뭐든."

"이 일에 유진광 씨도 개입되어 있습니까?"

유진광은 지금 감옥에 있는 장남이다.

이한영의 전생에서 유선철 대표가 사망했을 때 유하나의 행동만 이상한 게 아니었다. 장남 유진광 역시 유선철 대표의 장례를 서둘러 끝내려 했다. 예상대로라면 유진광 역시 이 일에서 벗어나지 못한다.

유하나가 살짝 웃는다.

"그 멍청한 인간이 머리를 쓸 줄 알데? 유진광이 계획했고 내가 실행한 거예요."

"아버지를 살해하기 위해서요?"

"나쁘다는 것은 알아요. 하지만 오래 사셨잖아요. 매일 후계를 물려준다는 소리만 지겹게 하고 결정된 것은 없고. 인생은 짧은데 우리가 언제까지 이 싸움을 계속 이어갈 수도 없고. 그래서 그런 거예요."

그녀의 말이 마치자 이한영은 자리에서 일어나 거실에 걸린 액자 옆 벽에 등을 기댔다.

"좋아요. 그럼 우리가 죽을 때까지 함께할 비밀은 뭔가요?"

"바보예요? 같이 자자는……."

그녀의 말은 이어지지 못했다. 이한영이 벽에 붙은 액자를 떼어내더니 안에 숨겨진 카메라를 꺼냈기 때문이다. 그 카메라는 유하나가 이한영의 목줄을 걸기 위해 설치해 둔 거다.

이한영이 그녀의 유혹에 넘어갔다면 모든 영상이 찍혔을 카메라다.

하지만 이한영은 거실에 들어오는 순간부터 카메라의 존재를 알고 있었다. 유하나가 소파에 앉아 이한영에게 권한 자리를 찍을 수 있는 좋은 위치에 그림이 걸려 있었고, 조금만 신경 쓰면 반짝이는 카메라 렌즈를 찾을 수 있었기 때문이다.

이한영이 카메라를 손에 들어 빙글 돌렸다.

"이건 뭐죠? 함께할 비밀이 아니라 유하나 씨가 나를 휘두르려 하는 것 같은데요."

"이, 이한영 씨. 그건……."

이번에도 그녀의 말은 이어지지 못했다.

이한영이 품에서 휴대폰을 꺼내 그녀에게 보였기 때문이다. 휴대폰 화면엔 유세희와 통화하고 있는 게 보인다.

"그, 그게 뭐죠?"

멍한 유하나의 눈을 보며 이한영이 말했다.

"나 혼자 속였다면 미안할 뻔했는데, 그쪽도 카메라를 설치했으니 비긴 걸로 칩시다."

유하나가 다급히 테이블을 바라봤다.

테이블에도 휴대폰이 있는데…….

“휴대폰을 하나만 가지고 있을 거라는 생각은 버렸어야죠.”

이한영이 장난스럽게 말하자 유하나의 눈동자에서 불꽃이 튀었다.

“이한영!”

비명에 가까운 날카로운 목소리가 방을 울림과 동시에 쿵쿵쿵, 문을 두들기는 불길한 소리가 들렸다.

이한영이 카메라를 바닥에 던지며 문으로 향했다.

“오셨네요.”

“누, 누가? 또 뭐야! 뭐냐고!”

그녀는 상황 파악을 못 했는지 날카롭게 말한다.

하지만 기고만장한 순간은 짧았다.

성큼성큼 문으로 다가간 이한영이 문을 벌컥 열자 독을 잔뜩 품은 유선철 대표와 유세희가 유하나를 노려보고 있었다.

유하나가 멍한 눈으로 유선철 대표를 본다.

“아, 아버지…….”

“너 같은 자식 둔 적 없어!”

유선철 대표가 빠르게 달려가 유하나의 머리를 발로 찼다.

‘빡’ 소리가 난다. 나이 많은 노인의 발길질은 약했지만 유하나는 땅바닥에 뒹군다.

“아버지, 살려주세요! 이거 다 유진광이 시킨……!”

“개소리하지 마!”

유선철 대표가 유하나를 때리고 있을 때, 이한영은 유세희 앞으로 다가갔다. 그리고 그녀의 어깨를 살짝 잡고 복도로 나간 후 룸의 문을 조용히 닫았다.

유세희가 이한영을 본다. 이한영은 자신의 얼굴을 그녀의 얼굴에 가까이 가져다 대고 그녀의 귓가에 간지럽게 속삭였다.

"이제 에스로펌은 세희 씨 겁니다."

장남 유진광은 감옥에 있다. 유하나는 아버지 유선철 대표를 독살하려 했다. 이제 남은 사람은 오직 한 명, 유세희다. 에스로펌의 정식 후계자가 될 수 있는 사람은 그녀밖에 없다.

이한영의 악마 같은 목소리가 이어진다.

"축하드립니다."

유세희의 눈동자가 떨려 왔다. 그녀 역시 예상하던 일이다. 하지만 누군가에게 직접 들었을 때의 느낌은 또 다르다.

그녀가 고개를 틀어 이한영을 향했다.

"끝난 건가요?"

이한영이 그녀의 어깨를 가볍게 쥐었다.

"네, 형제간의 싸움은 끝났네요."

"이제 어떻게 해야 하죠?"

유세희가 멍한 목소리로 물었다. 하지만 이한영은 단호하게 답한다.

"왕이 되지 못한 왕자와 공주의 다음 이야기는 뻔합니다."

"유진광과 유하나가 가진 지분을 빼앗고 쫓아내라는 말인가요?"

"네."

이한영의 강렬한 눈빛에 유세희가 고개를 끄덕인다.

"도와주실 거죠?"

"물론입니다."

"고마워요."

고마울 필요는 없다.

모든 것은 이한영의 계획대로다.

이한영은 유세희를 향해 가볍게 고개를 숙인 후 몸을 돌렸다. 오늘 밤 해야 할 일은 끝났다. 이제 다음 일을 위해 움직여야 한다. 그때…….

삐걱 문이 열렸다. 초췌한 표정의 유선철 대표가 문밖으로 나온다.

"이한영 판사, 잠시만……."

잠시 후 이한영과 유선철 대표는 호텔에 있는 바에 앉았다. 유선철 대표가 독한 위스키를 단번에 털어 넣은 후 입을 연다.

"모른 척해주게. 아들이 감옥에 있는데, 딸마저 보낼 수는 없지 않은가?"

유선철 대표가 부서질 정도로 강하게 술잔을 잡으며 말을 잇는다.

"이런 스캔들이 밖으로 새나가면 에스로펌은 무너져……. 그건 막아야지."

깊은 자식 사랑에 모른 척해 달라는 줄 알았다. 하지만 결론은 에스로펌 때문이다.

'자식보다 회사가 우선이라는 건가?'

이해할 수 없는 상황이었다.

유선철 대표가 깊은 한숨을 내뱉으며 입을 연다.

"내일 공식적으로 세희가 후계자라고 발표하겠네. 그게 자네가 원한 것 아닌가?"

"전 대표님의 건강을 걱정했을 뿐입니다."

"뭐가 됐든, 오늘 일은 잊어줘."

이한영은 유선철 대표의 얼굴을 살폈다. 그는 분명 수천억의 매출을 올리는 에스로펌의 대표다. 하지만 이한영에겐 텅 빈 껍데기로 보일 뿐이었다.

* * *

옥상에 선 이한영은 유세희를 생각하고 있었다.

'내가 네 꿈을 이뤄줬네.'

이한영의 전생에서 유세희는 미쳐 있었다. 에스로펌을 차지하기 위해 인생을 포기했고 가족을 버렸다. 젊은 시절 아름다웠던 외모는 추악하게 변했고 광기 어린 눈동자는 지금 생각해도 섬뜩할 정도다. 이한영 역시 그녀의 광기에 휘말려 비극적인 인생을 살았었다.

잠시 옛 기억을 떠올린 이한영의 입가에 씁쓸한 미소가 걸렸다.

'갖고 싶은 걸 손에 얻었네. 축하한다.'

하지만 유세희의 행복은 오래가지 못할 것이다. 이한영은 대한민국 땅에서 에스로펌이라는 간판을 지워버릴 생각이었다.

'잠시 즐겨라. 마음껏 뛰어놀아라. 내가 너에게 줄 수 있는 마지막 선물이다.'

이한영의 눈에 세상을 얼려버릴 것 같은 차가움이 서렸다.

잠시 후 계단에서 '탁탁탁' 하고 누군가 올라오는 소리가 들렸다. 이런 발소리를 낼 사람은 송나연 기자뿐이다. 올라온 그녀가 가쁜 숨을 내쉬며 이한영을 향해 방긋 웃는다.

"안녕하세요."

그리고 쪼르르 평상으로 다가와 앉은 후 말을 잇는다.

"여기 앉아서 회의하는 것도 얼마 안 남았네요. 금방 추워질 것 같아요. 겨울이 오면 또……."

이런저런 말을 하는 그녀를 향해 이한영이 손을 내밀었다.

"부탁한 건요?"

"아, 맞다. 여기요."

송나연 기자가 가방을 열어 서류를 건넸다.

이한영이 서류를 받아 펼쳐 보자 '서울서부지검장 이종대'라는 글자가 적혀 있다.

'이종대…….'

전생에서는 검찰총장을 넘어 법무부 장관까지 오른 인물이다. 겉만 보면 시민의 편에 선 든든한 검사지만 속을 보면 강신진 지원장의 반대파를

솎아내던 쓰레기였다.

이한영은 에스로펌을 통해 장태식 사장을 흔드는 한편 강신진 지원장의 세력을 하나씩 박살 낼 생각을 하고 있었다. 그 첫 번째가 이종대 검사장이다.

이한영은 서류를 한 장 넘겼다.

"마포경찰서장 오종진이랑 친구라고요?"

"네. 중학교, 고등학교 동창이라던데요?"

이한영이 송나연 기자에게 시선을 돌렸다.

"이 두 사람이 지금도 자주 만나나요?"

"네, 서부지검에 있는 법조계 기자한테 물어봤는데요. 둘이 죽고 못 산대요."

"오종진, 오종진……."

이한영은 잠시 오종진에 대한 기억을 떠올렸다. 훗날 경찰청장까지 오를 인물이다.

'이 사람도 강신진 지원장의 사람이었나?'

드러나지 않은 세력일 가능성이 크다.

이한영이 서류를 덮으며 물었다.

"이 두 사람에 관한 지라시는 없나요? 정확하지 않은 정보라도 상관없는데요."

송나연 기자가 머쓱하게 웃는다.

"있긴 한데요. 너무 터무니없어서 안 적었어요."

"뭔데요? 뭐든 괜찮아요."

"그러니까요. 오종진 서장 특기가 대역 만들기래요."

"대역?"

"영화에서 보면 그런 거 있잖아요. '일단 네가 범인인 척해' 하고 대역을 세운 후에 실적 쌓는 거요."

이한영은 머리를 쓸어 넘겼다.

기억났다. 이종대 검사장과 오종진 서장은 서로 주거니 받거니 하며 경력을 쌓는 자들이다. 오종진 서장이 실제 범인이 아닌 대역을 만들어 사건을 해결하면, 이종대 검사장이 법정에 세운다. 시민들은 사건을 해결한 경찰과 검찰이라고 좋아하지만 죄 없이 감옥에 가게 되는 대역들은 억울함을 호소할 곳도 없다.

"소문이에요."

송나연 기자의 말에 이한영이 고개를 저었다.

"아니 땐 굴뚝에 연기가 날 일은 없죠."

"에이, 설마요. 그래도 경찰인데……."

이한영의 시선은 서울의 야경으로 향했다. 머릿속은 다시 깊은 생각에 빠져드는 중이다.

'대역을 만들어 실적을 쌓는 놈들이라면 지금을 놓칠 리가 없어.'

인기 연예인 차주성 게이트로 마약과 성매매로 시끄러운 상황이다. 항간에는 마약 사범을 사형으로 다스려야 한다는 목소리도 나오고 있다.

'오종진 서장이라면 어떻게든 마약 사범을 많이 잡아들여 실적을 올리고 싶을 거야. 그럼 이종대 검사장은 검사들에게 최대한 높은 구형을 때리도록 지시하겠지.'

그러면 이종대 검사장이나 오종진 서장이나 윈윈이다. 시민들은 마약 사범을 잡아 처넣은 경찰과 높은 형량을 구형하는 검찰을 향해 박수를 보낼 게 분명하기 때문이다.

'하지만 이런 때에 마약 사범을 잡기란 어려워.'

원래 시끄러우면 숨는 법, 마약 사범들은 차주성 게이트라는 바람이 지나가기만을 기다리고 있을 거다.

'어떻게든 실적을 만들기 위해 대역을 만들어낼 거야.'

이한영의 머릿속에 앞으로의 상황이 빤히 보였다. 어떻게든 인기를 언어 높은 자리로 올라가려는 쓰레기들.

'우선 두 놈을 잡아 강신진의 세력을 꺾는다.'

문제는 상대가 검사장과 경찰서장이라는 거다. 그들은 비리가 있다 해도 얼마든지 빠져나갈 수 있는 권력자들이다. 이한영 혼자의 힘으로 부수어버리기는 쉽지 않다. 강력한 힘을 가진 사람이 필요하다.

그리고 이한영의 옆에는 그런 사람이 존재했다. 바로 백이석 대법원장이다.

* * *

띵동.

벨을 누르자 한 여성의 목소리가 들렸다.

"누구세요?"

"이한영 판사라고 합니다."

이한영은 어느 아파트에 있었다. 문이 열리고 나이 지긋한 여성이 고개를 내밀더니 반가운 표정을 짓는다.

"이한영 판사님이라고요?"

"네, 이한영이라고 합니다."

그녀는 백이석 대법원장의 아내다. 그녀가 활짝 웃으며 손을 흔든다. 마치 군대 간 아들이 휴가를 왔을 때의 미소 같다.

"어서 들어와요, 어서요."

"잠시 실례하겠습니다."

34평 아파트다. 허름한 곳은 아니지만, 대한민국 의전 서열 3위 대법원장이 사는 곳이라고 하기엔 부족해 보였다. 하지만 이게 백이석 대법원장이다. 대법원장이 되었지만 허세를 부리지 않고 검소하게 산다.

이한영을 식탁으로 안내한 대법원장의 아내가 오렌지주스를 놓으며 입을 연다.

"아직 그이는 안 왔어요. 금방 온다고 하니까 조금만 기다리세요."

"아, 네."

그녀가 이한영의 앞에 마주 앉았다.

"말씀 많이 들었어요. 우리 그이가 새끼 호랑이라고 하던데요?"

"네? 새끼 호랑이요?"

직접 들으니 상당히 부끄러운 단어다. 백이석 대법원장이 다른 곳에서도 이런 말을 하고 다닐 줄은 몰랐다.

그녀가 말을 잇는다.

"이한영 판사님 같은 분이 있어서 사법부의 미래가 안심된다고 얼마나 말씀을 많이 하시는데요."

"좋게 봐주시는 것뿐입니다."

"결혼은? 아직 안 했죠? 좋은 자리 있으면 소개해줄까요?"

그때, 현관문이 열리고 백이석 대법원장이 들어왔다.

"그놈 여자 친구 있어. 아주 미인이야."

"오셨어요?"

그녀가 백이석 대법원장을 반겼고, 이한영도 자리에서 일어나 예를 갖췄다.

"오셨습니까?"

백이석 대법원장이 성큼성큼 안으로 들어오더니 이한영의 앞에 섰다.

두 사람은 어떤 말도 하지 않고 그저 서로의 눈을 마주 볼 뿐이다. 둘은 정말 오랜만에 만났다. 그러니까 백이석이 대법원장이 된 이후 처음 만나는 자리다. 그동안 이한영은 혹시라도 폐를 끼칠까 싶어 전화조차 하지 않았다.

오랜만에 만나서 그런지 백이석 대법원장의 눈엔 정이 뚝뚝 떨어진다.

"내가 대법원장이 되고 처음인가?"

"네."

"살이 많이 빠졌어."

"대법원장님은 그대로이십니다."

백이석 대법원장이 빙긋이 웃더니 식탁에 앉는다.

"그래, 술이나 한잔하지."

긴말은 필요 없다. 백이석 대법원장의 아내가 차린 술상에서 두 사람은 주거니 받거니 술을 마시기 시작했다. 간단한 안줏거리에 소주가 놓인 정갈한 식탁이다. 대법원장의 집에서 나온 안주라고 하기엔 볼품없었지만 이한영은 이것조차 좋았다. 변하지 않는 사람, 백이석 대법원장은 법원장 시절이나 지금이나 똑같이 호랑이였다.

술잔이 오가며 이런저런 대화를 나누던 중 백이석 대법원장이 물었다.

"그래서 나를 찾아온 이유가 뭐지? 이유 없이 찾아올 자네가 아니잖아?"

이제 본론을 이야기하자는 거다.

두 사람의 분위기는 순식간에 무거워진다. 심상치 않은 분위기에 백이석 대법원장의 아내는 자리를 비켜줬다. 하지만 이한영은 그 후로도 오랫동안 입을 열지 않았다.

"어려운 이야기인가?"

"힘을 빌려주십시오."

"힘?"

의문으로 가득한 백이석 대법원장의 눈을 보며 이한영은 막힘없이 입을 열었다.

"서부지검장 이종대와 마포경찰서장 오종진을 잡고 싶습니다."

백이석 대법원장의 미간이 찌푸려졌다.

"서부지검장과 경찰서장? 지금 검찰과 경찰을 상대로 싸움을 걸겠다는 건가?"

이한영이 고개를 저었다.

“고작 지검장과 경찰서장을 잡으려고 대법원장님을 찾아왔겠습니까? 그 사람들은 통과점일 뿐입니다.”

백이석 대법원장의 얼굴이 점차 굳어진다.

대개 이한영이 이렇게 말한 후 이어지는 말은 폭탄이었기 때문이다. 하지만 이한영의 말은 백이석 대법원장의 예상을 벗어났다. 그가 한 말은 그냥 폭탄이 아니라 ‘핵폭탄’이었다.

“가장 위에는 전 대통령인 박광토가 있습니다.”

백이석 대법원장은 가슴이 ‘쿵!’ 하고 울리는 것을 느꼈다. 박광토가 누구인가? 일반 사람들은 권력에서 멀어졌다고 생각하지만 살아 있는 권력의 정점이다. 대한민국의 정계는 물론이고 각 기업의 총수까지 얽혀 있다.

“박광토 전 대통령을 법정에 세우겠다고?”

“네.”

백이석 대법원장의 입에서 “끄음” 신음이 흘렀다.

단순히 혈기만으로 할 수 있는 일이 아니다. 박광토 전 대통령과 싸우기 위해선 여러 복잡한 일들이 얽혀 있다. 하지만 이한영의 폭탄선언은 끝나지 않았다.

“그 옆에는 강신진 지원장이 있습니다.”

백이석 대법원장의 눈썹이 꿈틀댔다.

“강신진?”

강신진은 박철우 검사는 물론 송나연 기자나 석정호에게도 말하지 않은 최종 목표다. 이한영의 날카로운 눈빛에 백이석 대법원장의 눈에 힘이 들어간다.

“강신진, 강신진…….”

백이석 대법원장 역시 강신진에 관한 의혹을 품고 있었다. 단지 의혹일 뿐이라 어쩌지 못하고 있었을 뿐이다.

이한영이 말을 이었다.

"박광토 전 대통령보다 위험인물이 강신진 지원장입니다. 전 대법원장인 전홍우 대법원장이 무너진 것도 모두 강신진 지원장의 짓입니다. 사법부가 사법부로 남아 있기 위해선 강신진 지원장을 막아야 합니다."

이한영은 가방에서 서류를 꺼내 테이블 위에 올린 후 계속 말했다.

"이종대 검사장과 오종진 서장은 강신진 지원장의 세력 중 일부입니다. 이들을 잡아 세력을 끊지 않으면 사법부는 계속해서 흔들릴 겁니다."

이한영이 자리에서 일어나 고개를 숙였다.

"힘을 빌려주십시오."

백이석 대법원장이 서류를 들어 본다.

"박광토……. 강신진……. 이종대와 오종진……. 그런데 이한영 판사. 사법부가 흔들린다는 게 어떤 말인가?"

"우선은 청탁입니다. 빠르면 차주성 게이트에 연루된 의원들을 빼달라는 청탁이 들어올지도 모릅니다. 물론 대법원장님께서 청탁을 받아들이지 않을 것입니다. 하지만 놈들은 어떻게 할 수 없는 조건을 걸어둔 후 대법원장님을 길들이려 할 것입니다."

백이석 대법원장이 고개를 저었다.

"어떤 조건이 와도 난 청탁을 받지 않아."

그 순간 백이석 대법원장의 휴대폰이 울렸다. 모르는 번호다. 백이석 대법원장이 눈살을 찌푸리며 휴대폰을 들어 올린다. 불길한 느낌이 들고 있었다. 무겁게 한숨을 내뱉은 백이석 대법원장이 통화 버튼을 눌렀다.

"백이석입니다."

–나 박광토요.

전 대통령 박광토다.

백이석 대법원장의 놀란 눈이 이한영에게 향한다.

"말씀하십시오."

박광토 전 대통령의 목소리가 흘렀다.

–어려운 부탁을 하고 싶어서 전화했어요. 이번에 차주성 게이트에 연루된 박을석이라고 있죠?

피해자 고현희의 눈물에 구속당한 박을석 의원이다.

–박을석이가 참 아까운 친구예요. 그 친구가 미국통이거든. 미국의 투자를 받으려면 박을석을 통하지 않고는 힘들어요. 그래서 말인데…… 어차피 1심이 지나면 대중의 기억 속에 박을석이라는 이름은 지워질 겁니다. 그래서 2심에 갔을 때 대한민국의 미래를 위해 박을석이에게 집행유예나 무죄를 줬으면 좋겠어요.

“지금 청탁을 하시는 겁니까?”

하지만 박광토 전 대통령은 백이석 대법원장의 말을 듣지 않고 자신의 할 말만 이어간다.

–자세한 말은 나중에 직접 보고 이야기합시다. 내가 줄 것도 있고 하니까요. 내가 비서에게 일러둘 테니 적당히 좋은 시간을 잡아주세요.

박광토 전 대통령은 할 말만 마치고 전화를 끊어버렸다.

멍하니 휴대폰을 들고 있던 백이석 대법원장의 얼굴이 점차 일그러진다. 지금 전화가 어떤 의미인지 잘 알고 있기 때문이다. 이한영이 직전에 말한 ‘대법원장 길들이기’가 시작되고 있었다. 하지만 박광토 전 대통령은 상대를 잘못 골랐다.

상대는 백이석 대법원장이다. 지금 그의 눈동자는 굶주린 호랑이와 같았다. 백이석 대법원장이 무서운 목소리로 말했다.

“이한영 판사.”

“네.”

“고등법원 판사 생활은 즐거웠나?”

“많이 배웠습니다.”

“경력도 쌓았으면 이제 지방법원으로 내려가야지?”

"네."

백이석 대법원장이 천천히 술잔을 들었다.

"나도 청탁이라는 걸 해보고 싶은데, 들어주겠나?"

"대법원장님의 청탁이라면 제가 거절할 수 없겠죠."

"자네가 박을석 의원의 1심을 맡도록 해. 내가 그렇게 만들어주지. 대신 박살 내. 2심이고 대법원이고 깰 수 없는 논리를 만들어. 감옥에서 평생 반성하며 살 수 있게 해."

"알겠습니다."

원하던 바다.

백이석 대법원장의 말이 이어졌다.

"청탁이라면 대가가 있어야지? 자네가 박광토 전 대통령과 강신진을 무너뜨리는 데 내 보잘것없는 힘을 보태주겠네."

자리에서 일어선 이한영이 백이석 대법원장을 향해 허리를 굽혔다.

"감사합니다."

이한영은 떠났다.

백이석 대법원장은 홀로 식탁에 앉아 있었다. 술잔을 들어 입에 대는 대법원장 앞으로 그의 아내가 앉는다.

"그렇게 좋아하는 이한영 판사를 만나놓고 표정이 왜 그래요?"

"저놈이 왔다 가면 골치가 아파."

"골치가 아프다뇨?"

백이석 대법원장이 슬쩍 웃는다.

"젊어지고 싶은 욕심이 생겨. 사법부의 호랑이라 불리며 재판을 하던 그 시절로 돌아가고 싶어. 그래서 골치가 아파. 노력을 한다고 해서 이룰 수 있는 게 아니잖아."

백이석 대법원장은 이한영을 보며 자신의 젊은 시절을 떠올리고 있었다. 변호사를 대신해 민원인들의 고충을 해결해줬던 일, 검사를 대신해 범죄자의 추악한 민낯을 까발렸던 일…….

백이석 대법원장이 술잔을 입에 댄 후 말을 이었다.

"그래서 미안한 말을 하고 싶어."

"말씀하세요."

"젊어질 수는 없어도 그때의 혈기는 찾을 수 있을 것 같아. 다시 싸울 상대가 생겼어."

"그게 왜 미안한 말이에요? 즐거운 일이지."

아내가 술병을 들어 백이석 대법원장의 빈 잔을 채웠다.

백이석 대법원장이 고개를 저었다.

"싸워야 할 상대가 두 놈이 있는데, 하나는 천년을 살아온 이무기 같은 놈이야."

박광토 전 대통령을 말하는 것이다.

"그리고 또 한 놈은 태산 같은 놈이지. 시커먼 숲속에 무엇을 숨기고 있는지 몰라. 들어갔다가 내가 잡아먹힐 수도 있어. 어느 날 뉴스에 내 이름이 크게 나와도 놀라지 마."

아내는 작게 미소를 그리며 백이석 대법원장의 주름진 손을 쓰다듬는다.

"판사 아내로 수십 년을 살아왔어요. 출소한 죄인의 협박 전화를 받았을 때도 겁내지 않았어요. 놀라지 않을 테니까 걱정하지 마요. 뉴스에서 뭐라고 떠들어도 믿지 않을 테니까 안심하시고요. 당신은 판사니까 진실을 찾고 불의와 싸워야죠."

"고마워."

백이석 대법원장이 어떤 뇌물에도 흔들리지 않고 고고하게 살아올 수 있었던 것은 모두 아내 덕이었다.

* * *

그리고…….

가을바람이 선선히 불어올 때 법원에는 다시 인사 명령이 떨어졌다. 올해만 해도 몇 번째 명령인지 알 수 없었다.

그런데 이번엔 특이한 점이 있었다. 단독판사에서 부장판사가 된 사람이 꽤 많다는 것이다. 전흥우 대법원장 시절 많은 부장판사들이 퇴직했기에 어쩔 수 없는 일이다. 하지만 모두가 의아하게 보는 것이 있었다.

바로 이한영이다. 이한영도 이번에 부장판사가 되었다. 사람들은 수군대기 시작한다.

"이한영이?"

"실력이 좋다고 해도 좀 그렇지 않아?"

"이래서 줄을 잘 타야 해. 이한영이가 대법원장 아래에서 손바닥을 잘 비볐잖아."

이한영을 타깃으로 수군대는 이유는 그가 지방대를 졸업했기 때문이다. 엘리트 코스를 밟지 않은 사람이 선배들을 짓밟고 올라가자 일선 판사들은 노골적으로 불만을 토해냈다.

하지만 이한영은 담담했다. 이미 예상하던 일이기 때문이다.

"축하해."

"감사합니다."

이한영은 장유린 부장에게 인사하고 있었다. 장유린 부장이 보고 있던 서류를 덮으며 말한다.

"배석은 부장 대행으로 있을 때의 개들이라고?"

"네."

"익숙한 사람들이라 일하기는 편하겠네."

이한영은 서울중앙지방법원 형사로 이동한다. 그런데 함께하는 배석이 윤슬혜 판사와 이소이 판사다. 백이석 대법원장의 작은 배려다.

장유린 부장이 의자에서 일어나 악수를 청한다.

“그동안 수고했어. 앞으로도 열심히 하고 나한테 빚 있는 거 잊으면 안 돼.”

장유린 부장은 박을석 의원이 구속당할 때 영장 발부가 되도록 도와줬다.

“잊지 않습니다.”

“난 이자도 받는 사람인데.”

“이자는 당연한 거라고 생각합니다.”

이한영은 장유린 부장에게 허리를 굽히고 사무실을 떠났다. 복도로 나선 이한영의 표정이 변한다.

‘원금과 이자 확실하게 돌려줄 테니까 기대해.’

이한영은 유성그룹과의 싸움에 장유린 부장도 집어넣을 생각이다. 그 과정에서 그녀가 유성그룹을 차지할지 못할지는 모른다. 중요한 것은 그녀 역시 이한영의 손바닥 위에 올라온 장기짝이라는 사실뿐이었다.

이한영은 사무실 앞에 섰다.

새로이 시작하는 곳, 또 정의를 위해 싸워야 할 곳이다. 이한영은 문을 열지 않고 가만히 서 있었다. 잠시 전생의 기억을 떠올리는 거다.

‘내가 부장을 달았을 때가 언제였지?’

전생으로 따지면 약 3년 정도가 더 남았다.

‘내 인생도 변하고 있는 건가?’

당연하지만 상당히 많이 변했다. 좋은 사람도 많이 만났고, 가진 돈도 다르다. 게다가 지금은 유세희와 결혼을 하지 않았다. 이 시기를 돌이켜보면 처가에서는 찬밥 대우를 받았고 유세희의 히스테리는 날이 갈수록 심해지던 때다.

이한영은 가볍게 한숨을 내뱉었다. 다시 살며 얻은 행복. 이 모든 것은 신의 뜻이다. 그리고 신은 이한영에게 강신진 지원장을 처단할 것을 명령하고 있다.

이한영은 다시 한번 복수를 다짐하며 문고리를 잡고 열었다. 그 순간…….

팡!

폭죽이 터진다. 그리고 이한영의 머리 위로 색색의 종이가 떨어진다.

"부장 승진 축하드려요!"

윤슬혜 판사가 폴짝폴짝 뛰고 있다. 옆에서는 이소이 판사가 짝짝짝 손뼉을 친다.

"뭐 하는 거야?"

"다시 만난 기쁨요."

이한영의 시선이 윤슬혜 판사의 손으로 향한다. 그녀의 손에 샴페인이 들려 있다.

"설마 나를 향해서 터뜨리려는 것은 아니지?"

"맞는데요."

"나 여벌 옷 없어."

"어차피 오늘 재판 없잖아요."

뻥! 샴페인이 터졌다. 다행히 영화나 드라마처럼 샴페인이 분수처럼 터져 나오지는 않는다. 윤슬혜 판사가 실망한 얼굴로 손에 든 샴페인을 바라본다.

"무알코올이라 그런가?"

더 흔들었어야 한다.

윤슬혜 판사의 얼굴을 보며 이한영은 크게 웃었다.

박철우 검사와 송나연 기자, 석정호만 있는 게 아니다. 그의 옆에는 윤슬혜 판사도 있다.

"아, 축하해줘서 고마워. 그럼 이제 일해야지?"

"시작부터요?"

이한영이 손가락으로 테이블을 가리켰다. 전임 판사들이 놓고 간 기록물이다.

"할 일이 많잖아? 자, 시작하자."

이한영이 손뼉을 짝 쳤다.

* * *

"씨발……."

이한영이 새로운 부서에서 배석판사들과 신나게 일하고 있을 때, 이한영의 부장 승진으로 충격을 입은 사람이 있었다.

바로 김윤혁이다. 이한영의 소식을 들은 김윤혁은 병원 침대에 앉아 머리를 쥐어뜯었다.

"젠장…… 난 뭘 하는 거야."

오랜 시간 병원에 있으며 그의 하얀 피부는 이제 창백할 정도다. 잘생긴 외모는 사라지지 않았지만 피부가 창백해선지 어딘지 모르게 섬뜩해 보인다.

"이한영이 부장이라고? 하……."

김윤혁은 한참 동안 망연자실한 표정으로 앉아 있었다. 잠시 후 그가 침대에서 엉덩이를 떼며 휴대폰을 손에 든다. 강신진 지원장의 전화번호를 찾는 거다. 하지만 강신진 지원장의 전화번호가 화면에 떴어도 쉽사리 통화 버튼을 누르지 못한다.

한참을 망설이던 그가 입술을 꾹 깨물며 버튼을 눌렀다. 잠시의 통화 연결음이 이어지고 강신진 지원장의 묵직한 목소리가 흘렀다.

―내가 연락할 때까지 전화하지 말라고 했을 텐데…….

"이한영 판사가 부장이 되었습니다."

―알아.

"전 이한영과 동기입니다. 그런데 이한영은 부장이고 전……."

–더 많은 걸 얻기 위해 잠시 기다리는 거라고 생각해.

항상 똑같은 말이다.

김윤혁은 눈을 질끈 감았다. 그리고 하고 싶던 말을 토해낸다.

"……퇴원하고 싶습니다."

몇 달이나 식물인간인 척 갇혀 있던 김윤혁이다. 가족들은 물론이고 친구들과도 연락할 수 없었다. 간간이 이한영이 찾아와 신문을 읽어주고 떠나는 게 전부였다. 젊은 사람이 병원에 갇혀 시체처럼 지낸다는 것, 답답할 수밖에 없었다. 그만큼 김윤혁의 목소리는 간절했다.

그 간절함에 강신진 지원장은 계속 가둬놓을 수는 없다고 판단했나 보다.

–일주일 후로 하지.

"네?"

–지금부터 보도 자료를 뿌려서 자네를 영웅으로 만들 거야. 기적적으로 부활할 준비를 하도록 해.

"감사합니다! 감사합니다!"

김윤혁은 앞에 강신진 지원장이 없음에도 불구하고 계속해서 허리를 굽혀댔다.

* * *

퇴근하는 이한영에게 송나연 기자가 전화를 걸어왔다.

"네, 기자님."

이한영이 블루투스 이어폰을 끼며 답하자 그녀가 빠른 목소리로 말한다.

–이상한 게 있어서 연락드렸어요.

"뭔데요?"

–판사님 동기 있잖아요. 그때 테러당하신 분요.

“김윤혁 판사요?”

–네, 네!

“뭐가 이상해요?”

–아까 지시가 내려왔는데요. 오늘부터 김윤혁 판사를 쓰라는 말이 나왔어요. 그러니까 정의에 불타는 판사가 테러를 당해 쓰러졌다는 식으로요. 지금 사법부가 힘드니까 김윤혁 판사를 영웅으로 만들어서 힘을 보태주자는 것 같은데, 우리 회사가 사법부에 힘을 보태줄 필요가 없잖아요? 이상하지 않아요?

이한영의 입가에 미소가 걸렸다. 드디어 김윤혁이 나올 때가 된 거다. 송나연 기자와의 통화를 종료한 이한영은 핸들을 돌렸다. 이한영의 차가 향하는 곳은 김윤혁이 입원한 병원이었다.

* * *

‘이 새끼는 왜 또 온 거야?’

침대에 누워 있는 김윤혁 앞에 이한영이 앉아 있었다. 이한영이 다정한 목소리로 말한다.

“나 부장 달았어. 너한테 제일 먼저 말해주고 싶어서.”

‘그렇게 자랑하고 싶었냐?’

그때 김윤혁의 귀에 부스럭 소리가 들린다.

‘또 신문을 읽으려고? 그만해라, 제발.’

하지만 부스럭거리는 소리는 끊이지 않는다. 그러더니…….

씨발…… 젠장……. 난 뭘 하는 거야. 이한영이 부장이라고? 하…….

녹음된 음성이 흘러나오고 있다.

이한영이 입을 연다.

"내가 왜 이틀에 한 번씩 찾아온 줄 알아? 네가 쇼하는 거 녹음하려고. 캐비닛 아래 붙여 놨는데, 몰랐지?"

번쩍 눈을 뜬 김윤혁이 벌떡 일어나 이한영을 노려본다.

이한영은 손에 작은 녹음기를 들고 장난스럽게 웃고 있다.

"아이고, 깜짝이야. 이 녹음기 버튼 누르니까 식물인간이 부활했네? 녹음기에 어떤 의학적 기술이 있는지 몰라도 의료계에서 난리 나겠는데?"

"너 뭐야, 이 새끼야."

녹음기에선 계속해서 김윤혁의 목소리가 흐른다.

이한영 판사가 부장이 되었습니다. 전 이한영과 동기입니다. 그런데 이한영은 부장이고 전……. 퇴원하고 싶습니다. 네? 감사합니다! 감사합니다!

이한영이 녹음기의 정지 버튼을 꾹 눌렀다.

"누구랑 통화한 거냐?"

"너 뭐냐고!"

"뭐긴 뭐야? 네 인생 망치려는 거지. 이 녹음 파일이 세상에 공개되면 어떻게 될까?"

"이 개새끼가!"

김윤혁이 이한영의 멱살을 잡았다.

하지만 이한영은 여유롭게 뒤틀린 입으로 비웃듯 말한다.

"내 멱살 잡지 말고 상황 판단했으면 꿇어, 새끼야."

03

김윤혁의 눈동자가 벌겋게 충혈되며 이한영의 멱살을 잡은 두 손은 힘없이 떨리기 시작했다. 하지만 쉽사리 놓지 못한다.

"씨, 씨발……."

식물인간인 척 지내 왔던 세월이 물거품이 되고 있다. 그건 막아야 했다. 김윤혁이 억지로 미소를 그리며 입을 연다.

"……한영아, 왜 그래? 우리 동기잖아."

"동기?"

"그래, 동기! 그리고 같은 편이잖아. 아니야?"

핏발 선 눈과 어울리지 않는 목소리다. 김윤혁의 간절한 표정을 보며 이한영이 픽 웃었다.

"같은 편?"

"같이 새 시대를 만들어가는 친구이기도 하잖아! 난 네가 왜 이러는지 모르겠어."

김윤혁은 어떻게든 웃기 위해 애를 쓰고 있다. 하지만 가식적인 가면은 이미 깨진 상태. 웃으면 웃을수록 핏발 선 눈동자가 흉측해 보였다.

이한영이 자신의 멱살을 잡은 김윤혁의 손을 톡톡 치며 말했다.

"이거 놓고 이야기하지?"

김윤혁이 잡았던 멱살을 천천히 놓는다. 하지만 이한영에 대한 경계는 풀지 않은 채 말한다.

"내가 깨어난 걸 너한테 알리지 않아서 화가 난 거야? 속여서 미안해. 하지만 이해해줬으면 좋겠어. 전부 우리의 미래를 위해 그런 거야. 이해해줄 거지? 친구잖아, 친구."

김윤혁은 '친구'라는 단어를 힘주어 말했지만 이한영은 천천히 고개를 저었다.

"윤혁아, 난 네 친구가 아니야. 그리고 새로운 세상을 만들 생각도 없어. 나한텐 법이 최우선이야. 난 판사야."

동시에 김윤혁의 얼굴이 괴물처럼 일그러지며 다시 이한영의 멱살을 콱 움켜잡았다.

"이 개새끼가!"

이한영의 입술이 비틀렸다.

"이게 네 모습이야. 추잡하고 욕망만 가득한 쓰레기. 그동안 착한 척하느라 힘들었지?"

"헛소리 지껄이지……!"

김윤혁의 말은 이어지지 못했다.

이한영이 주머니에서 무엇인가를 꺼내 김윤혁의 얼굴을 향해 집어 던졌기 때문이다.

A4 용지 여러 장이 펄럭이며 떨어진다. 김윤혁이 이한영의 책상을 뒤

지려 했던 사진부터 김진한 부장에게 부정적인 통장을 받은 증거까지, 지금까지 그가 몰래 저지른 부정행위들이 보인다.

김윤혁의 눈동자가 덜컥거리며 창백한 피부에 파란 실핏줄이 툭툭 튀어 오르고 있었다.

"이, 이게 뭐야……?"

"뭐긴 뭐야. 네 가식적인 모습을 예전부터 알고 있었다는 거지. 이해했으면 이제 꿇어."

"씨발……."

그게 끝이다.

이한영과 김윤혁 사이엔 무거운 침묵만이 채워졌다. 김윤혁은 아직 상황 파악이 안 되는지 이한영의 멱살을 잡은 채 돌처럼 굳어 있다.

먼저 말을 꺼낸 것은 이한영이다.

"나를 원망하려 하지 마. 모든 것은 네 죄야."

그런데 고개를 숙이고 있던 김윤혁이 웃기 시작했다.

"킥킥킥킥……."

마치 미친 사람 같았다.

"씨발…… 킥킥킥킥."

순간 김윤혁이 번쩍 고개를 들어 분노로 뒤집힌 눈동자로 이한영을 쏘아봤다. 그러더니 입술을 죽 찢어 웃는다.

"그동안 날 가지고 놀았다는 거야? 감히 네가? 너 따위가! 지잡대를 나오고 실력도 형편없는 너 같은 새끼가!"

김윤혁이 이한영을 향해 주먹을 내질렀다. 하지만 이한영은 가볍게 피한다. 평생 공부만 하고 살아온 김윤혁과 달리 이한영은 시장통에서 시정잡배와 놀았다. 김윤혁은 이한영의 상대가 될 수 없다. 이한영의 주먹이 김윤혁의 복부에 꽂혔다.

"컥!"

동시에 김윤혁의 입에서 고통스러운 신음이 흘렀다. 배를 움켜잡은 김윤혁이 주춤주춤 뒤로 물러선다.

"개새끼…… 날 때렸어?"

이한영은 악마같이 웃는다.

"왜? 고소라도 하게?"

이한영이 김윤혁을 향해 다가가며 그의 죄가 적힌 A4 용지를 사정없이 밟는다. 김윤혁은 입을 꽉 다문다.

이한영이 즐거운 듯 웃으며 입을 열었다.

"네가 편히 무릎 꿇을까 봐 걱정했어. 내가 이때를 얼마나 기다렸는지 모르지?"

"개새끼가……."

이한영은 말을 더 듣지 않고 김윤혁의 발을 걸어 넘어뜨렸다. 강신진 지원장의 후원을 받는 놈이라 그런지 병실은 때리기에 적합한 크기를 가지고 있었다. 자빠진 김윤혁이 발버둥을 치며 일어서려 했다. 하지만 이한영은 그가 일어나는 것을 허락하지 않고 사정없이 복부를 가격하기 시작했다.

퍽! 퍽! 퍽!

"컥, 컥, 컥! 한영아, 미안! 살려줘!"

김윤혁은 크게 소리도 지르지 못한다. 혹시라도 누가 들어와 일이 커지면 자신의 죄가 낱낱이 까발려지는 것은 물론 식물인간인 척했던 치부가 드러나기 때문이다. 김윤혁은 그저 몸부림을 치고 있었다.

그의 초라한 모습을 보던 이한영은 전생의 마지막 기억을 떠올렸다. 잊고 싶을 정도로 더러운 기억…….

구치소로 찾아온 김윤혁은 테이블에 소주와 청산가리를 올려 뒀다. 그리고 섬뜩한 눈빛으로 말했다.

–사형선고 내리러 왔어.

–어머니, 건강하시지? 네 걱정에 매일 기도한다는 말은 들었는데. 연세도 많이 드셨는데, 힘드시지 않을까?

–네가 더 버텨봐야 어머님만 힘들어.

–그러니까 그냥 소주 한 잔 마시고 가라.

그리고 마지막으로 들은 말…….

–죽어라, 병신아.

이한영의 눈에는 분노가 가득하다.

"죽어, 이 새끼야!"

거센 발이 다시 김윤혁의 복부에 찍혀 들어간다.

쾅! 김윤혁의 몸이 크게 휜다.

"끄어어어억!"

김윤혁은 고통을 참지 못했는지 눈물을 쥐어짜고 있다.

"사, 살려줘, 한영아! 미안해! 내가 다 잘못했어! 미안해! 살려줘! 시키는 대로 다 할게! 제발……!"

그가 뭐라고 지껄이든 이한영의 발길질은 멈추지 않는다. 이제 김윤혁의 얼굴을 향해 발이 휘둘리고 있다. 김윤혁은 공포를 이기지 못하고 눈을 질끈 감았다. 그런데 통증이 느껴지지 않는다. 그때 툭툭, 이한영이 김윤혁의 뺨을 건드렸다.

"눈 떠."

김윤혁이 거친 숨을 몰아쉬며 어렵게 눈을 떴다.

"사, 살려줘."

이한영은 대답하지 않고 가만히 김윤혁의 얼굴을 살폈다. 얼마나 울었는지 눈은 충혈되어 있고, 겁먹은 표정은 꼬리를 말고 배를 깐 개와 같다.

이한영이 낮은 목소리로 말했다.

"꿇어."

분노조절장애는 폭력으로 해결되나 보다. 눈이 뒤집혔던 김윤혁은 복부에 느껴지는 고통을 참으며 무릎을 꿇고 앉았다.

마주 앉은 이한영이 땅에 떨어진 A4 용지를 손에 쥐어 김윤혁의 눈앞에 내밀었다.

"이게 전부라고 생각하지 마. 네가 저지른 죄는 이외에도 많아."

김윤혁의 눈이 다시 충혈되기 시작한다.

이번엔 녹음기를 손에 든 이한영이 말을 이었다.

"네가 여기서 했던 말은 모두 녹음해 뒀어. 녹음기값만 해도 꽤 들었으니까 돈값은 해야지?"

"다 할게. 뭐든 다 할게. 그러니까 제발……."

김윤혁은 영혼을 담아 애원하고 있었다. 조금만 더 몰아치면 두 손을 모아 싹싹 빌 것 같은 분위기다. 그때 이한영이 툭 말을 던졌다.

"네가 할 일은 강신진 지원장의 뜻을 따라 사법부의 영웅이 되는 거야."

"뭐?"

예상을 벗어난 말에 김윤혁은 동그랗게 눈을 뜨며 이한영의 얼굴을 살폈다. 그런데 이한영의 얼굴은 처음과같이 악마다.

악마가 말한다.

"너도 영웅이 되고 싶잖아? 그렇게 하라고. 여기까지는 강신진 지원장의 뜻을 따라. 하지만 그 뒤의 일은 내 말을 들어. 개처럼 꼬리 치면서. 그럼 넌 한동안은 행복할 거야."

김윤혁은 눈을 감는다. 고민하려는 거다. 하지만 이한영은 그 시간을 주지 않았다.

"네게 선택권은 없어."

김윤혁의 입에서 무거운 한숨이 쏟아졌다. 그가 이한영의 눈치를 살피며 묻는다.

"한영아, 하나만 물어봐도 될까? 내가 네 뜻을 따르면 안전할 수는 있는 거지?"

"아마."

"어떻게 믿지?"

"어떻게 믿느냐고?"

이한영은 그만 어이없다는 듯 웃음을 터뜨렸다. 지금 그가 한 말, 전생에서 마지막으로 했던 대화와 비슷했기 때문이다.

그때 이한영이 물었었다.

-하나만 묻자. 어머니의 안전은 어떻게 약속하지?"

그러자 김윤혁은 대답했었다.

-내가 무슨 말을 지껄이든 믿을 수 있겠어? 넌 그냥 믿고 죽는 거야. 그래도 약속은 하지. 어머니께 피해 없도록 노력할게.

전생의 기억을 떠올린 이한영이 김윤혁의 어깨를 꽉 쥐며 말했다.

"내가 무슨 말을 지껄이든 믿을 수 있겠어? 넌 그냥 따르는 거야. 그래도 약속은 하지. 한동안은 피해 없도록 노력할게. 그러니까 네가 할 수 있는 일은 고개를 끄덕이는 거야. 끄덕여, 새끼야."

김윤혁은 힘없이 고개를 끄덕였다.

그의 얼굴에 분노와 억울함은 없었다. 그저 이한영이라는 강자에게 머리채를 붙잡혀 질질 끌려갈 뿐이다. 그때…….

김윤혁의 휴대폰에 진동이 울렸다. 이한영이 침대에 놓인 김윤혁의 휴대폰을 손에 쥐었다. 발신 번호는 강신진 지원장이다.

이한영이 김윤혁에게 휴대폰을 던지며 말했다.

"스피커폰으로 받아."

마른침을 삼킨 김윤혁이 통화 버튼을 누른 후 전화기를 귀에 댄다.

"네, 지원장님."

-지금 병원에 들렀어.

"네?"

-뭘 놀라나? 퇴원하기 전에 면담은 해야지.

통화를 끝낸 김윤혁이 이한영에게 시선을 올렸다.

"지, 지원장님이 오신다는데?"

엘리베이터로 향하는 복도는 하나다.

이대로라면 마주칠 수밖에 없다. 어서 이곳을 벗어나야 했지만 이한영은 여유롭다. 그가 김윤혁 앞으로 얼굴을 바짝 가져다 대며 말했다.

"잘 들어. 사람들은 영웅의 탄생보다 영웅의 몰락을 더 좋아하지. 배신하면 네 인생은 끝이야. 알아들었어?"

김윤혁은 참혹한 표정으로 고개를 끄덕였다.

* * *

뚜벅뚜벅.

병원 복도에 구두 소리가 들렸다. 강신진 지원장이다. 그의 옆에는 김윤혁의 담당 의사가 함께 있다.

"다음 주에 퇴원할 수 있도록 준비해줬으면 좋겠어요."

"건강 상태는 양호하니까 걱정하실 필요 없습니다. 지금 당장 퇴원해도 되는걸요, 흐흐."

강신진 지원장이 고개를 저었다.

"아뇨, 제가 말한 준비는 선생님의 반응입니다. 세간에 식물인간으로 있다가 기적적으로 일어난 판사, 언론은 선생님께도 달려올 겁니다. 그때 어떻게 말해야 할지 준비하셔야죠."

의사가 가볍게 웃었다.

"제가 준비할 게 뭐가 있겠습니까? 의학적으로 설명할 수 없는 부분이라고 하면 끝이죠. 그런 그렇고 우리 아들이 지금 병역 문제로 골치가 아픈데……."

"걱정하지 마세요. 잘 해결될 겁니다."

"하나밖에 없는 아들이라 오냐오냐 키웠더니 워낙 심약한 성격이 되어버려서요. 군대에 가서 적응 못 할까 봐 걱정되거든요. 잘 좀 부탁드리겠습니다."

의사가 강신진 지원장에게 정중히 허리를 굽혔다.

아랫사람을 부리듯 의사의 어깨를 토닥인 강신진 지원장이 입을 연다.

"그럼 김윤혁 판사는 저 혼자 보고 가겠습니다. 일 보세요."

"아, 네."

강신진 지원장은 의사를 그 자리에 두고 몸을 돌려 다시 김윤혁의 병실을 향해 걸어간다. 이제 몇 발만 더 가면 김윤혁의 병실. 성큼성큼 다가간 강신진 지원장이 벌컥 문을 열어젖혔다.

병실에 이한영은 없다. 김윤혁만이 강신진 지원장에게 고개를 숙일 뿐이다.

"오셨습니까?"

강신진 지원장이 물끄러미 김윤혁의 얼굴을 바라보다가 물었다.

"울었나?"

"아……."

김윤혁이 당황한 표정으로 충혈된 눈을 만졌다. 울어서 붉어진 눈시울은 쉽게 없어지지 않는다.

"죄송합니다. 퇴원하라는 지시가 기뻐서……."

강신진 지원장은 남자가 고작 그런 일로 우냐고 타박하지 않고 미안한 눈빛으로 김윤혁의 손을 덥석 잡았다.

"희생을 강요해서 미안하네. 반드시 보답받을 거야."

"네."

"그건 그렇고 다음 주에 퇴원하면 인터뷰가 쇄도할 텐데 컨디션은 어때?"

"좋습니다."

김윤혁은 평소와 달리 억지로 웃고 있었다.

강신진 지원장은 김윤혁의 억지웃음을 봤지만 의심하지 않았다. 그저 오랜 시간 식물인간 노릇을 했던 사람이 사회로 복귀하는 과정에서 얻는 심적 부담이 있을 거라고 생각할 뿐이었다.

한편, 바깥에서는 김윤혁이 있는 병실의 옆문이 열리며 이한영이 나왔다. 그가 병원을 빠져나가며 송나연 기자에게 전화를 걸었다.

"김윤혁 판사에 관한 기사요. 기자님도 쓰시나요?"

–아무래도 제가 쓰게 되겠죠. 중앙지법 법조 기자니까요.

"최대한 좋게 써주세요. 원한다면 제가 몇 가지 소스도 드릴게요. 동기니까 잘 알거든요."

–넵, 그럼 부탁드려요!

전화를 끊은 이한영이 고개를 틀었다. 이한영의 싸늘한 시선이 닿은 곳은 복도 끝에 있는 김윤혁의 병실이다. 이한영의 입가에 눈빛과 다른 미소가 걸린다.

'윤혁아, 철저히 괴롭혀줄게. 너도 내 손바닥 위에서 놀아봐라.'

강신진 지원장 주변으로 석정호와 김윤혁 등 이한영이 심어둔 사람들이 붙고 있다. 조만간 강신진 지원장의 숨겨진 세력은 이한영의 손에 모두 들어올 것이다. 그리고 그 세력은 하나씩 박살 날 거다.

이한영은 가볍게 기지개를 켜며 병원을 벗어났다.

아름다운 판사 김윤혁

몇 달 전, 영화 같은 일이 벌어졌다.……(중략)……재판을 앞둔 판사에게 협박이 먹히지 않자 칼을 들고 찌른 것이다. 그 판사의 이름은 김윤혁, 그는 아직 깨어나지 못하고 있다……(후략)…….

"아름답기는……."

댓글은 더 가관이다.

–저런 판사가 있어야 하는데…….

–어서 깨어나서 정의가 살아 있다는 걸 보여주길.

–악질 판사만 있는 게 아니었네요.

기사를 읽던 이한영은 어이없다는 표정으로 휴대폰을 덮었다.

강신진 지원장과 손잡은 언론사들이 앞다투어 김윤혁에 관한 기사를 쏟아내기 시작했다. 당연하지만 모두 칭찬 일색. 쓰레기 같은 인간이 정의로운 인물이 되어 사람들의 입에 오르내리고 있다. 원하는 이미지를 만들어낼 수 있는 언론의 힘이었다.

이한영의 시선이 모니터로 향했다. 한 포털사이트의 실시간 검색어에는 김윤혁의 이름이 8위에 올라 있었다. 그런데…….

"어?"

김윤혁의 이름만 있는 게 아니다.

"내 이름이 왜 있어?"

9위에 이한영의 이름이 있었다. 이한영의 목소리가 컸는지 업무를 보던 윤슬혜 판사가 쪼르르 달려와 고개를 내밀었다.

"뭐가요?"

그리고 그녀도 이한영의 이름을 봤다. 놀란 눈동자를 깜빡이던 그녀가 시선을 돌려 이한영에게 묻는다.

"부장님 이름, 맞죠?"

"몰라."

이한영이 자신의 이름을 클릭했다.

기사가 뜬다.

"들어가 봐요. 어서요."

윤슬혜 판사가 재촉했다.

"기다려봐."

이한영도 궁금하긴 했다. 그래서 클릭을 했더니…….

정의로운 판사들

김윤혁 판사는 사법연수원……(중략)……그의 동기인 이한영 판사도 있다. 얼마 전 차주성 게이트에서 KH 엔터테인먼트의 대표 지경환이 마약이 든 양주를 먹이려 했던 판사다. 이한영 판사는 마약이 들어 있다는 것을 눈치채고……(중략)……이한영 판사의 활약은 이게 끝이 아니다. 충남 한 도시의 추용진 시장이 재판 중 불성실한 모습을 보여 호통을 치기도 했으며, 이례적으로 판사가 직권으로 증거조사를 하기도 했다. 또 이한영 판사는……(중략)……판사의 업무량은 상당하다. 그래서 때로는 재판이 간단히 끝났다며 불만을 토로하는 민원인들도 있다. 하지만 이한영 판사는 바쁜 와중에 진실을 찾기 위해 애쓰는 진정한 판사다. 앞으로도……(중략)……드림일보 송나연 기자

이한영의 입에서 헛웃음이 터졌다. 김윤혁에 관한 기사를 쓰라고 했더니 단 두 줄을 제외하고 온통 이한영에 관한 내용을 적어 놨다. 이런 기사

를 직접 눈으로 읽으니 부끄러워서 몸 둘 바를 모르겠다.

하지만 윤슬혜 판사는 아닌가 보다.

"댓글 봐요."

"안 봐."

"보면 안 돼요?"

"안 돼."

그때 자기 자리에 앉아 있던 이소이 판사가 큰 소리로 댓글을 읽기 시작한다.

"이한영 판사가 화학 공장 백혈병도 해결하신 분임."

윤슬혜 판사가 손뼉을 짝 친다.

"맞아. 그거 우리가 같이 한 거잖아."

"읽지 마."

이한영이 엄포를 놨지만 이소이 판사는 계속 읽는다.

"이한영 판사님은 예전에 택시 기사 누명도 풀어주신 진정한 판사예요. 귀찮다고 재판 막 넘기지 않음."

"제발……."

"키도 크고 얼굴도 잘생겼음."

댓글을 읽던 이소이 판사가 말을 멈추더니 고개를 틀어 이한영을 물끄러미 바라본다.

이한영이 한숨을 내뱉었다.

"안 잘생긴 거 아니까 그만 봐라."

윤슬혜 판사가 고개를 갸웃거리며 말한다.

"부장님 정도면 준수한 거예요."

"네? 정말 그렇게 생각하세요?"

이소이 판사다. 부장을 앞에 두고 외모가 어쩌고저쩌고하는 것은 분명 예의에 어긋나는 일이지만 이소이 판사는 자신도 모르게 입을 벌리고 있었다.

윤슬혜 판사가 그녀를 보며 오히려 이상하다는 듯 묻는다.

"아니야?"

"키가 큰 것은 맞지만……."

시간은 흘러 일주일이 훌쩍 넘었다.

언론은 다시 김윤혁에게 집중한다. 지금껏 식물인간이었던 김윤혁이 국민의 염원을 받아 기적적으로 깨어난 것이다.

-중앙지법 김윤혁 판사가 의식을 되찾았다고 합니다. 병원 관계자에 따르면 건강 상태는 양호한 편이며 간단한 재활훈련과 회복 기간을 거쳐 퇴원할 것으로 예상한다고 합니다.

-김윤혁 판사가 처음으로 모습을 드러냈습니다. 걱정했던 것보다 훨씬 밝은 얼굴입니다. 김윤혁 판사는 업무에 복귀하고 싶다는 마음을 전했습니다.

-김윤혁 판사의 병실에 국민들이 보낸 꽃다발과 선물이 가득합니다. 김윤혁 판사는 관심을 주셔서 감사하며 앞으로도 법에 따라 움직이겠다고 말했습니다.

김윤혁 영웅 만들기는 차근차근 진행 중이었고 잘생긴 외모는 인기에 힘을 실어줬다. 김윤혁으로 인해 세상이 시끄러울 때 이한영의 관심은 다른 곳에 있었다.

테이블에 손을 짚은 채 윤슬혜 판사와 이소이 판사를 번갈아 보던 이한영이 무겁게 말했다.

"국회의원 박을석 재판이 우리에게 왔어."

테이블에는 박을석 의원에 대한 기록물이 산더미다. 이한영이 기록물 하나를 손에 들며 말을 이었다.

"국회의원을 재판한다는 게 어떤 의미인지 모르지?"

윤슬혜, 이소이 판사의 경력은 채 5년이 되지 않는다. 당연히 권력자를 잡아넣는 위험 부담을 모르고 있다.

두 사람이 고개를 끄덕이자 이한영이 말했다.

"박을석 의원에게 어떤 선고를 내려도 우리는 욕을 먹을 거야."

이소이 판사가 손을 든다.

"여론을 보면 다 박을석 의원에게 큰 벌을 내리라고 하는데요?"

이한영이 고개를 저었다.

"콘크리트 지지율이라는 말은 대통령에게만 적용되는 게 아니야. 상대는 국회의원. 연예인보다 더 무서운 팬덤을 가지고 있어. 박을석 의원이 무슨 잘못을 해도 용서하고 이해하는 사람들이 있다는 거야. 그 숫자는 우리가 상상하는 이상이고, 그 사람들은 우리에게 부담을 주겠지."

"……."

"그렇다고 우리가 가벼운 형량 또는 집행유예나 무죄를 선고해도 마찬가지야. 사람들은 우리가 권력에 놀아났다며 비웃고 손가락질하겠지."

분위기가 서늘해졌다.

이한영이 어떤 말을 하는지 이해한 거다. 어떤 선고를 내려도 이 재판부의 명단은 인터넷에 오르내릴 거다. 어쩌면 소위 말하는 '신상이 털릴 수도' 있었다.

어린 두 판사에겐 부담되는 일일 수밖에 없었다.

이소이 판사가 다시 묻는다.

"……그럼 우린 어떻게 해야 해요?"

이한영이 손에 든 기록물을 내려두며 픽 웃었다.

"뭘 어떻게 해? 법대로 해야지. 판사가 여론에 휩쓸리고 권력에 놀아나서 판결을 내려? 아니야. 우리는 법대로 하는 사람들이야."

이한영의 강렬한 눈빛이 윤슬혜, 이소이 판사를 바라봤다.

윤슬혜 판사가 고개를 끄덕인다.

“전 부장님만 믿겠습니다.”

이소이 판사도 마찬가지다.

“네, 저도요.”

배석판사들이 같은 생각을 해준다는 것은 부장판사에게 큰 힘이 된다.

이한영이 장난스레 웃으며 입을 열었다.

“그럼 내일부터 신경 좀 쓰고 다니자. 인터넷에 우리 얼굴과 사진이 언제 올라올지 몰라. 지울 수도 없을 텐데, 평생 남을 사진이 굴욕 사진이 되어서는 안 되잖아?”

“네!”

두 판사가 동시에 답했다.

이한영이 손뼉을 치며 말을 잇는다.

“그럼 기록물 읽고 회의하자. 윤슬혜 판사는 검사 측 기록물을 확인해주고, 이소이 판사는 변호사 측 기록물을 확인해줘.”

* * *

백이석 대법원장은 자신의 오랜 친구이자 동료인 박주호 전 대법관과 함께 있었다. 박주호는 백이석 대법원장 대신 대법관에 올랐다가 옷을 벗은 사람이다.

박주호 전 대법관이 술잔을 들며 말했다.

“박광토에게 전화가 왔다고? 박을석을 빼달라고?”

“그래.”

“허 참, 이쯤 됐으면 권력을 손에서 놓아야 할 양반이 아직도 추잡스럽게 그러고 있어?”

백이석 대법원장이 슬쩍 웃었다.

"권력을 놓기가 쉽나? 자네가 대단한 거야."

박주호 전 대법관은 정치권과 거대 로펌에서 스카우트 제의를 받았다. 하지만 그는 모든 손을 뿌리치고 등산이나 다니며 인생을 즐기는 중이다.

박주호 전 대법관이 잔을 내려두며 말했다.

"이게 편해. 산을 오르면 내가 왜 그렇게 정상에 서려고 아등바등 살았는지 반성하게 돼. 정상에 서면 뭐 하나? 더러운 것이나 보고 만지고 듣겠지. 하지만 산꼭대기는 달라. 땀도 흘리고 보람도 있어. 아름다운 경치를 볼 수 있는 것은 노력의 결과야."

백이석 대법원장이 부러운 눈으로 박주호 전 대법관을 바라봤다. 박주호 대법관은 모든 것을 놓은 사람만이 얻을 수 있는 자유를 만끽하고 있었다.

백이석 대법원장이 잔을 들며 말했다.

"그래서 난 박광토에게도 자네와 같은 삶을 살게 하고 싶은데……."

순간 박주호 전 대법관의 움직임이 멎었다.

"설마 부탁하겠다고 한 게……?"

"자네의 힘이 필요해. 박광토는 나 혼자 어찌 할 수 있는 사람이 아니야."

"난 이미 법조계를 떠난 사람이야."

"그래도 자네의 사람들은 남아 있지 않나?"

호랑이가 평생을 외로이 살아가듯 백이석 대법원장의 주변엔 사람이 없다. 법에 어긋나면 가족조차 감옥에 보낼 수 있다는 신념을 지닌 그를 두려워했기 때문이다. 하지만 박주호 전 대법관의 옆엔 사람이 많았다. 아직도 각 요직에 그와 친하게 지낸 자들이 자리를 차지하고 있다.

백이석 대법원장이 입을 열었다.

"이빨 빠진 호랭이가 마지막으로 싸워보고 싶은데, 발톱도 남아 있지 않아. 자네가 도와줬으면 좋겠어. 친구가 옆에 있으면 그래도 든든하잖아?”

박주호 전 대법관이 고개를 저었다.

“다 늙어서 싸움은…….”

“도와주게.”

박주호 전 대법관이 술잔을 들어 입에 털어 넣은 후 물었다.

“자네의 돌격대장은 이한영인가? 지금 박을석의 1심을 맡고 있다고?”

백이석 대법원장이 고개를 끄덕이자 박주호 전 대법관이 말을 잇는다.

“이한영이는 아직 초짜야. 무시하는 말이 아니라 판사는 경험이 중요해. 그런데 경력 없는 판사가 여론과 언론의 화살을 견디고 올바른 판결을 내릴 수 있다고 보는가?”

“믿어.”

생각조차 하지 않은 단호한 대답이었다.

“허 참.”

박주호 전 대법관은 고개를 저었다. 그러더니 탁 무릎을 치며 말한다.

“박을석의 1심은 박광토에 대한 선전포고잖나? 이한영이가 어떤 판결을 내리는지 지켜보지. 그 판결이 마음에 들면 자네를 돕도록 하지.”

여론과 언론만이 문제가 아니다. 박을석 의원의 변호인단은 이름만 들어도 호화스럽다. 게다가 검찰은 한 사건만 맞는 것이 아니라 여러 사건을 준비한다. 박을석 의원의 사건만 파고들 수는 없다. 따라서 오로지 박을석 의원의 사건만 파는 변호인단의 논리를 깨기는 어려울 거다.

하지만 백이석 대법원장이 빙긋이 웃었다.

“날 돕겠다는 말을 하는 거지?”

“아니, 보고 돕겠다고.”

“그 말이 그 말이야. 이한영이는 자네를 실망시키지 않을 거야.”

확고한 믿음에 박주호 전 대법관이 백이석 대법원장을 물끄러미 바라본다.

"백이석 대법원장, 자네 이한영이한테 돈 받았어? 뭘 그렇게 예뻐해?"

보통의 판사라면 재판의 무게에 짓눌려버릴지도 모른다. 하지만 이한영은 보통의 판사가 아니었다. 겉보기에만 경력이 없을 뿐, 이미 수십 년을 이 바닥에서 뒹굴었던 사람이다. 언론과 여론은 신경도 쓰지 않고 있었다.

* * *

"회의하자."

이한영이 테이블에 앉았다. 그의 앞으로 두 배석판사가 앉는다. 이한영이 입을 열었다.

"기록물만 보고 말해볼까? 윤슬혜 판사부터."

"검찰 측에서 직권남용과 강요, 뇌물 그리고 강간으로 기소했는데요. 강간은 당하게 된 경위나 관계, 범행 당시의 정황을 종합해야 하는데…… 박을석 의원 측에선 빠져나갈 길이 많아요. KH 엔터테인먼트의 접대였을 뿐 자신은 아무것도 모른다고 주장하고 있잖아요."

"그래서?"

"직권남용과 강요, 뇌물 역시 마찬가지예요. 변호인의 주장과 감형을 생각하면 최대로 선고해봤자 3년이라고 생각해요. 변호인단의 논리는 완벽해요."

"그래서 3년?"

윤슬혜 판사는 어딘지 모르게 불편한 표정이다. 그녀 역시 차주성 게이트를 잘 알고 있었기 때문이다. 어린 연습생들이 개돼지 같은 늙은이들의 노리개가 되었다는 것에 분통을 터뜨렸다. 하지만 법은 합리적이지 않다.

이한영의 시선이 이소이 판사에게 향했다.

"말해봐."

"저도 윤슬혜 판사와 생각이 같습니다."

윤슬혜, 이소이 판사는 침울한 표정이다.

분명 죄가 있는데 어쩌지 못하는 상황. 1심에서 3년을 주면 2심에는 무죄나 집행유예가 될 가능성이 크다. 죄가 분명한 것 같은데, 심증만 있는 상황.

그때 이한영이 손뼉을 짝 쳤다.

"난 15년."

"15년요?"

미꾸라지처럼 도망치는 박을석 의원인데, 15년이라니…….

이해할 수 없었는지 윤슬혜 판사는 다시 기록물을 뒤져보기 시작한다. 하지만 뒤져봐도 똑같다. 박을석 의원의 변호인은 도망칠 구멍을 확실히 만들어 뒀다.

"15년은 불가능할 것 같은데요……."

"기다려봐. 미꾸라지 잡는 법을 가르쳐줄게."

"네?"

"딱 하나만 기억해. 판사란 기록물만 보고 선고를 내리는 직업이 아니라, 부정의 발본에 앞장서는 사람들이야."

* * *

며칠 후, 여름의 무더위가 완전히 가시고 쌀쌀한 가을바람이 불어오기 시작했다. 그리고 박을석 의원에 대한 재판이 하루 앞으로 성큼 다가왔다.

인터넷 포털사이트의 뉴스 댓글은 난리였다. 박을석 의원을 옹호하는 사람과 비난하는 사람들로 나뉘어 싸우고 있었기 때문이다. 이한영의 예상대로 재판부의 명단도 인터넷에 떠다니고 있었다. 지금껏 이한영이 내렸던 판결을 분석하여 선고를 예상하는 사람도 있었고, 자기 뜻과 다른 판결이 나올 시 각오하라는 협박도 존재했다. 그런데 이걸로 끝이 아니다. 검찰과 법원 앞에선 박을석 의원의 석방을 요구하는 시위와 실형 선고를 원하는 시위가 맞붙었다.

박을석 의원이 고위급 인물은 아니지만 현직 국회의원이 구속되어 재판을 앞두고 있다는 파장은 거셌다.

퇴근하기 위해 자리에서 일어선 이한영은 잠시 창문으로 향했다. 그의 눈에 시위하는 사람들이 보였다.

잠시 그렇게 서 있을 때 윤슬혜 판사가 커피를 가지고 와 이한영에게 건넨다.

"따듯해요. 드시고 가세요."

"땡큐."

윤슬혜 판사의 시선이 법원 밖으로 향한다. 확성기를 들고 지르는 목소리가 여기까지 들리고 있다.

"정치적 목적에 끌려다니지 말고 박을석 의원에게 무죄를 선고하라! 정치적 중립을 지켜야 할 법원이 한쪽에 끌려다녀서는 안 된다!"

그러자 반대편 시위대의 목소리가 들려온다.

"어린 연습생을 짓밟은 파렴치한 박을석에게 무죄를 준다는 것은 사법정의가 무너진 것이다! 권력에 끌려다니지 말고 진실을 밝혀라!"

윤슬혜 판사가 옅은 미소를 짓는다.

"어떤 선고를 내리든 우리는 돌 맞아 죽을 것 같아요."

"한동안 숨어 다녀. 필요하면 경호원이라도 붙여줄까?"

"부장님과 같이 있으면 시위대도 무서워서 도망갈걸요?"

장난스러운 목소리에 이한영이 픽 웃으며 커피를 입에 댄다.

"이상하지 않아?"

"뭐가요?"

“박을석 의원은 국회 활동을 제대로 하지 않은 사람이야. 법안을 발표한 적도 없고 당선된 이후로 민생을 돌보지 않았어. 오로지 표와 인기에만 관심 있던 사람이야. 게다가 마약과 성 접대 사건에 연루되었어. 그런데 사람들은 박을석 의원을 두둔하고 있어. 왜 그럴까?”

윤슬혜 판사가 고개를 젓는다.

“전 정치에 관심이 없어서 모르겠어요. 진짜 왜 그럴까요?”

“나도 모르지. 우리는 중립이어야 하니까.”

잠시 씁쓸한 미소로 창밖을 보던 이한영은 몸을 돌렸다. 계속해서 시위대의 싸움을 보고 있을 필요는 없었다. 판사는 다른 사람의 이야기를 듣는 게 아니라 법을 보고 이야기해야 하는 직업이다.

＊＊＊

옥탑방에 들렀다가 집으로 들어가자 밤 11시가 되어 있었다. 그런데 거실의 불이 켜져 있다. 새벽에 출근하는 어머니가 아직도 안 주무시고 계신 거다.

신발을 벗고 거실로 들어온 이한영이 물었다.

“안 주무세요?”

“응…….”

어머니는 텔레비전의 뉴스를 보고 계셨다. 뉴스엔 박을석 의원의 얼굴이 보인다.

내일 박을석 의원의 1심 1차 공판이 열릴 예정입니다. 시위대는…….

박을석 의원의 얼굴이 사라지며 법원 앞에 선 시위대의 격렬한 모습이 나타났다. 그리고 이번엔 이한영의 얼굴이 떠오른다.

1심 재판장은 이한영 부장판사입니다. 이한영 부장판사는 고등법원에 있다가 이번에…….

어머니가 걱정으로 가득한 눈빛으로 고개를 돌린다.

"부장 됐니?"

"아, 네."

"말하지 그랬어. 그럼 엄마가 고기라도 해줄 텐데."

"부장이든 뭐든 똑같은 판사예요. 달라진 것도 없는데요."

"밥은 먹었어?"

먹었다. 하지만 이한영은 싱긋 웃으며 말한다.

"아뇨, 배고파요. 차려 주실래요?"

어머니는 이한영이 잘 먹는 모습을 가장 행복해하시는 분이다. 배가 불러도 먹는 게 효도다.

"기다려봐."

어머니는 자리에서 일어나 주방으로 향했다. 하지만 걱정스러운 표정은 가시지 않았다. 자기 아들이 뉴스에 나오고 있으니 당연한 거다.

이한영이 입을 열었다.

"걱정하실 필요 없어요."

"안 해."

"국회의원이든 뭐든 법 앞에선 평등한 거예요."

"알아. 세상 사람들이 너한테 손가락질하면 내가 그 손가락 다 분질러 버리겠다고 말했잖아. 그러니까 법대로 해."

어머니는 어떤 상황에도 아들을 믿는 든든한 후원자다.

잠시 후, 작은 상에는 보글보글 계란국과 간단한 반찬이 올라왔다. 이한영이 밥을 먹으며 입을 열었다.

"맛있어요."

"반찬도 없는데."

"아뇨, 정말 맛있어요. 그런데 우리 이사 갈래요? 요 옆에 아파트……."

"이사 갈 생각 하지 말고 장가나 가."

이한영은 입을 닫았다. 더 말하다가는 또 어떤 잔소리가 들어올지 모른다.

텔레비전에서는 여전히 박을석 의원에 관한 이야기로 시끄러웠다. 어머니가 힐끗 이한영을 본다.

"그런데 저 사람이 어린 여자애들을 데리고 나쁜 짓을 한 것은 사실이야?"

"네."

"대학생 딸이 있다며?"

"네."

"딸 같은 애들을 데리고? 하이고, 나쁜 놈……. 천벌 받아 죽을 놈……."

국회의원 하나를 잡는 데도 세상은 시끄럽다. 뉴스에 관심이 없는 이한영의 어머니조차 알고 있을 정도다.

'강신진과 박광토를 잡을 땐 어떻게 될까?'

상상할 수 없는 일이 벌어질 수 있다. 전국이 난리가 날 가능성이 크다. 이한영은 물론이고 주변 사람들도 위험해질 가능성도 존재한다.

'그럼 어떻게 해야지?'

이한영의 눈빛이 점차 차가워진다. 그는 이 사건을 진행하며 한 차례 더 성장하는 중이었다.

* * *

이른 아침부터 법원 앞은 난리가 났다.

인기 연예인 차주성 사건 때 시위를 하던 학생들은 양반이다.

"박을석 의원은 무죄다! 당장 석방하라! 이한영 판사는 역사의 죄인이 되지 마라! 권력의 개가 되지 마라! 박을석 의원을 당장 석방하라!"

"석방하라! 석방하라!"

반대편 시위대도 마찬가지다.

"힘없는 여성을 성 노예로 삼은 박을석 의원에게 사형을 선고하라!"

"사형! 사형!"

박을석 의원을 옹호하던 시위대가 사형이라는 말에 눈이 뒤집혔다.

"이 개새끼들아 사형이라고?"

"미친 새끼들!"

"너희나 죽어, 이 새끼들아!"

반대편 시위대도 밀리지 않는다.

"딸 있는 새끼가 벨트를 풀었는데, 죽어야지!"

"넌 자식도 없냐!"

"개 같은 박을석 의원은 죽어야 해!"

양 시위대는 기다렸다는 듯 서로를 향해 돌진한다. 중간에서 막고 있던 경찰들만 고생이다.

그때 박을석 의원이 탄 호송 버스가 법원 앞에 나타났다. 양 시위대의 목소리는 더욱 커진다.

"박을석 개새끼 죽어!"

"진실을 믿어요! 석방! 석방!"

취재를 나온 기자는 시위대와 버스가 잘 찍히는 곳에 서서 카메라를 향해 빠르게 말한다.

"박을석 의원이 탄 호송 차량이 지금 서울중앙지방법원에 도착했습니다! 팔로잉해서 계속 따라가 보도록 하겠습니다. 박을석 의원이 지금 내리고 있습니다. 교도관들에게 이끌려 내린 모습은 구속되기 전보다 수척해 보이기는 하지만 건강한 모습입니다. 잠깐만요! 박을석 의원님, 한말씀만 해주십시오! 박을석 의원님!"

교도관들에게 붙들려 가던 박을석 의원이 기자들을 향해 고개를 틀었다. 그리고 힘없는 모습으로 입을 연다.

"모두 정치적 음모일 뿐입니다. 전 아무것도 모릅니다."

또 다른 사람이 법원으로 들어오고 있었다. 피해자 고현희다. 하지만 그녀에겐 아무도 관심이 없다. 정치라는 게 개입되며 진정한 피해자인 그녀는 잊힌 모양이다. 멀리 호송 버스에 몰린 기자들과 사람들을 바라보던 고현희는 한숨을 내쉬며 법원으로 향했다.

법정으로 들어온 그녀가 자리에 앉았다. 재판이 시작되려면 꽤 많은 시간이 남아 있었지만 빈자리는 거의 보이지 않는다.

주변을 둘러보던 그녀의 시선이 앞으로 향했다. 피고인석에 박을석 의원과 변호인이 앉아 있는 게 보인다. 그녀의 눈동자가 박을석 의원에게서 멈췄다. 동시에 그녀의 입술이 꾹 다물린다.

'개새끼…….'

박을석 의원과 변호인은 귓속말을 주고받고 있었다.

"재판장이 이한영이라고 하는데, 미친놈이에요. 변호사들 사이에서는 어디로 튈지 모른다고 '탱탱볼'이라고 하거든요. 충남의 한 시장님도 이한영에게 망신을 당했었잖아요."

박을석 의원의 눈살이 찌푸려진다.

"시장이 당했다고? 그럼 안 좋은 건가?"

변호사가 손을 저었다.

"아뇨, 미친놈이라고 해도 판사예요. 우리 논리를 깨지 못하면 어떤 벌도 내릴 수 없어요. 그러니까 걱정하지 마세요. 대신 그동안 말씀드렸던 것 있죠? 그렇게만 행동하세요. 그럼 우리가 이깁니다."

"아무것도 몰랐다고 하라는 거지?"

"네."

"그런 건 또 내가 잘하지. 국회의원이라면 치매와 기억상실은 기본으로 가져야 할 덕목이니까."

박을석 의원은 농담까지 할 정도로 여유롭다. 하지만 그의 표정은 말과 달리 억울하고 불쌍해 보인다. 방청석에 앉은 사람들에게 '내가 이만큼 힘들어요'라고 어필하기 위해 짓고 있는 표정이다. 법정에 와서도 이미지를 관리하는 구제불능이었다.

그리고 또 한 사람이 앉아 있었다. 바로 박주호 전 대법관이다. 박주호 전 대법관은 백이석 대법원장에게 전 대통령 박광토와 싸우는 데 함께하자는 말을 들었다.

하지만 절대 쉬운 일이 아니다. 상대는 살아 있는 권력자다. 역으로 당해 이들이 교도소로 향할지도 모른다. 그래서 박주호 전 대법관은 백이석 대법원장의 돌격대장인 이한영의 재판을 보고 판단하려 한다. 가장 앞서 싸울 이한영의 실력을 보고 싸워 이길 가능성이 0.1퍼센트라도 존재한다면, 백이석 대법원장을 도와 전장으로 나갈 생각이었다.

그때…….

"모두 자리에서 일어나주십시오!"

이한영이 등장했다.

동시에 모든 사람들이 자리에서 일어선다.

박주호 전 대법관은 가장 먼저 이한영의 표정을 살폈다. 그리고 어이없다는 듯 웃었다.

'여유를 부려?'

현직 국회의원을 재판하는 자리, 여론과 언론은 눈에 불을 켜고 있고 방청석의 사람들은 '어디 한번 해봐'라는 눈빛으로 쏘아본다. 이런 상황에 재판을 한다는 것은 상당히 부담스러운 일, 경험 없는 판사라면 법정의 분위기에 짓눌리는 게 당연하다. 하지만 이한영은 다르다. 평소와 같은 표정이다.

'상대가 국회의원이라 해도 법 앞에 서면 똑같은 국민이라는 건가?'

박주호 전 대법관은 이한영의 그런 모습이 마음에 들었다.

본격적으로 재판이 시작되었다.

이한영이 입을 연다.

"피고인 박을석."

"네."

박을석 의원은 온갖 불쌍한 표정은 다 짓고 있다. 여전히 이미지를 만들어내는 중이다.

"주소는요?"

"서초동……."

이한영이 고압적으로 그의 말을 끊고 말한다.

"피고인, 도, 시, 군 단위부터 정확히 말해주세요."

"서울특별시 서초동……."

"직업은 무엇입니까?"

"구, 국회의원입니다."

"알겠습니다. 자리에 앉으세요."

아주 잠깐 말이 오갔지만 박을석 의원의 얼굴은 붉어져 있었다. 자신을 내려다보는 듯한 이한영의 태도가 마음에 들지 않은 것이다.

박을석 의원이 자리에 앉으며 변호인에게 귓속말했다.

"저 새끼, 원래 저렇게 뻰대는 놈이야?"

"말씀드렸잖아요, 미쳤다고요."

박을석 의원이 힐끗 이한영을 노려본다.

"별것도 아닌 새끼가, 판사라고……. 재판 끝나면 저 새끼부터 조져야겠어."

이한영의 시선은 검찰 측을 향해 틀어져 있었다.

"검사, 기소 요지를 말씀해주세요."

검사가 자리에서 일어나 기소 요지를 말하기 시작한다.

"네, 피고인 박을석은 대한민국 국회의원으로서……."

검사의 기소 요지가 이어지는 동안 이한영은 재판석을 쓸어 만졌다. 몇 달 동안 장유린 부장 아래에서 배석 생활을 했다가 다시 돌아온 재판장의 자리다. 아무래도 배석보다는 재판장이 마음에 든다. 재판장은 이 법정의 왕이며 신이다. 모든 것을 뜻대로 할 수 있다.

이한영의 시선이 천천히 방청석을 향했다. 자신의 행동 하나하나를 노려보는 방청객들, 윤슬혜 판사의 말대로 잘못했다간 돌이라도 맞을 분위기다. 하지만 이한영은 신경 쓰지 않는다. 박을석이 나쁜 짓을 했으면 감옥에 보낼 뿐이다. 아주 길게…….

검사의 기소 요지가 끝났다.

이한영의 시선이 다시 박을석 의원에게 틀어진다.

"피고인, 공소장 부본 받아 보셨어요?"

"네."

"피고인은 재판 중 불리한 부분에 대해 진술을 거부할 수 있으며 유리한 진술을 할 수 있는 권리가 있습니다. 검사가 피고인을 신문하기 전에 진술할 내용이 있습니까?"

박을석 의원이 크게 한숨을 내쉬며 입을 꾹 다문다. 하고 싶은 말이 많았지만 변호인에게 쓸데없는 말을 최소화하라는 지시를 받았기 때문이다.

박을석 의원이 조용히 있자 이한영이 입을 열었다.

"검사, 신문하세요."

검사가 자리에서 일어나 박을석 의원 앞으로 걸어갔다.

"피고인, 피해자들이 마약이 든 술을 마신 것을 알고 있었죠?"

"몰랐습니다."

"열두 번에 걸쳐 그런 일을 벌였습니다. 그런데 몰랐다는 겁니까?"

박을석 의원이 억울한 표정으로 고개를 젓는다.

"전 정말 아무것도 모릅니다. 여자들 상태가 이상하기는 했지만 술을 많이 마셔서 그런 줄 알았습니다. 그런 자리에 나가는 게 아니었는데, 정말 죄송합니다."

검사가 눈살을 찌푸렸다.

"그럼 피해자들이 연습생이었던 것도 몰랐습니까?"

"몰랐습니다."

"그럼 누군 줄 알았습니까?"

"그냥 접대 자리라고만 생각했습니다."

"열두 번에 걸친 자리에서 연습생들이 신분을 안 밝혔다고요? 피해자들의 진술서에 보면 피고인이 띄워주겠다며 자신만 믿으라고 했다고 진술했어요!"

검사가 윽박질렀지만 박을석 의원은 뻔뻔하다.

"기억나지 않습니다."

박을석 의원은 검사의 신문이 이어지는 내내 '몰랐다', '기억나지 않는다'라는 말로만 일관했다. 검사는 명치에 체기가 꽉 찬 표정이다. 조금만 더 신문을 이어가면 답답해서 죽을 수도 있을 것 같았다. 그렇게 검사의 신문이 끝나고 변호사의 신문이 이어졌다. 짜맞춘 각본의 시간이다.

"피고인, 어떤 자리인 줄 알고 참석하셨습니까?"

"한류 문화의 발전을 위한 자리인 줄 알았습니다."

"열두 번 전부요?"

"제가 부적절한 접대를 받은 잘못은 인정합니다. 하지만 강간이라뇨! 마약이라뇨! 전 그런 짓을 하지 않습니다. 그것만은 떳떳합니다."

강간죄를 피하기 위한 발언이다. 강간은 3년 이상, 접대는 뇌물로 취급되어 3년 이하의 징역이다. 당연히 접대 쪽이 훨씬 남는 장사다. 이들은 이번 재판에서 3년 이하를 받은 후 2심에서 뒤집을 계획을 하고 있었다.

"이상입니다."

변호사는 박을석 의원과 짜맞춘 대화를 나눈 후 자리로 돌아갔다.

잠시 그를 보던 이한영이 입을 연다.

"양측, 더 할 말 없으세요? 그럼 제가 피고인에게 몇 가지 묻겠습니다."

이한영의 시선이 박을석 의원에게 향한다. 동시에 변호사의 눈빛이 박을석 의원에게 이동했다.

'무조건 모른다고 하세요. 저 새끼는 미쳤어요. 제멋대로 하는 새끼예요!'

박을석 의원이 긴장된 표정으로 고개를 끄덕였다.

'내가 청문회도 버틴 사람이야. 풋내기 판사에게 당할 것 같아?'

그리고 이한영이 물었다.

"연습생들과 성행위를 한 것은 인정하십니까?"

"아, 네."

"연습생인 줄 몰랐다면서요?"

"지, 지금은 알고 있습니다."

"피해자의 얼굴을 보면 고등학생이라고 해도 믿겠던데, 미성년자라는 의심은 하지 않았습니까?"

"KH 엔터테인먼트에서 마련한 자리였습니다. 미성년자가 있을 거라는 생각은 하지 않았습니다."

"마약은요?"

"모르는 일입니다."

얼굴에 철판을 깔고 말하는 박을석 의원을 이한영이 노려본다. 그 눈빛이 얼마나 살벌한지 박을석 의원은 자신도 모르게 마른침을 삼켰다.

"진짜 몰라요?"

"……네, 모릅니다."

이한영이 천천히 고개를 끄덕였다.

"알겠습니다."

순간 변호사는 주먹을 꽉 쥐었다. 예측 불가능한 판사의 질문이 끝난 거다.

'됐어!'

그가 박을석 의원을 향해 엄지손가락을 살짝 들어 보였다. 이제 변수는 끝났다. 재판은 그들의 계획대로 진행될 거다.

'잘했습니다. 잘했어요!'

눈을 마주한 박을석 의원이 고개를 끄덕인다.

'별것도 아니네.'

이제 증거와 증인 신청이다.

검사가 자리에서 일어섰다.

"이 사건의 증거자료로……."

이어서 변호사가 입을 연다.

"……증인으로 KH 엔터테인먼트 지경환 대표를 신청합니다. 이상입니다."

이미 지경환 대표가 모든 것을 뒤집어쓰기로 약속되어 있었다. 약속의 조건은 출소 후 박을석 의원이 뒤를 봐주는 것이다.

이한영은 그 사실을 알고 있었지만 모른 척 입을 연다.

"양측, 더 신청할 사람은 없는 거죠?"

"네."

검사와 변호사가 동시에 대답했다.

"그럼 재판부 직권으로 추가 증인과 증거를 채택하겠습니다."

"……!"

뜬금없는 말에 변호사의 미간이 일그러졌다.

'직권? 씨발, 또 뭔 짓을 한 거야! 좀 정상적으로 해!'

하지만 생각한 말을 내뱉을 수는 없다.

재판장은 법정의 왕이다.

이한영이 입을 연다.

"증인으로 박을석 의원의 운전기사 최승남 씨, 비서였던 이송희 씨 그리고 이 사건의 시작인 차주성 씨, 증거 물품으로는 조성훈 PD의 휴대폰을 채택하겠습니다."

이한영의 목소리가 이어질 때마다 변호사의 눈동자는 빠르게 굴러가고 있었다.

'운전기사는 왜? 그 자리로 이동할 때 어떤 말을 했는지 물어보려고? 비서는 왜 부르는 거지? 차주성은 또 왜!'

하지만 이한영의 말은 그게 끝이 아니다.

"마지막으로……."

변호사의 눈에 실핏줄이 그어진다.

'또 남았어? 이걸로 모자라?'

"조성훈 PD의 집과 사무실의 압수수색영장을 발부합니다. 검찰은 집행하세요."

변호사의 이마에 툭 심줄이 솟아났다.

'미친 새끼!'

변호사가 테이블을 두 손으로 짚고 다급히 일어섰다.

"재판장님! 이해가 되지 않습니다! 박을석 의원의 사건입니다! 그런데 조성훈 PD의 집과 사무실을 압수수색 하라뇨!"

이한영은 대수롭지 않게 답한다.

"연관된 사건이잖아요? 그쪽의 증거품이 이쪽 사건과 관련된 건 당연하지 않나요?"

"동의할 수 없습니다!"

이한영이 어이없다는 눈빛으로 변호사를 바라봤다.

"변호인, 조성훈 PD가 휴대폰으로 당시 상황을 촬영한 게 뉴스에도 나왔어요. 그런 동영상이 하나만 있다고 보십니까? 사용했던 지난 휴대폰에도 있을 수 있어요."

"조성훈 PD의 문제예요! 박을석 의원과는 상관이 없다고 생각합니다! 지금 하시는 말씀은 무죄추정의원칙에서 벗어납니다! 박을석 의원을 조성훈 PD와 공모한 죄인으로 단정 짓는 행동입니다!"

"보면 알겠죠."

"재판장님!"

변호사는 어떻게든 막아보려 한다.

하지만 이한영이 재판장이다. 그의 말을 모조리 무시하며 검사에게 시선을 틀었다.

"검사, 집행하세요."

변호사는 계속 악을 쓴다.

"아무것도 없으면 어떻게 할 겁니까? 이미 땅으로 떨어진 박을석 의원의 명예는 어떻게 할 겁니까!"

* * *

서울중앙지법 이한영 판사는 오늘 열린 박을석 의원의 재판에서 사건과 연관된 조성훈 PD의 주거지와 사무실 등에 대한 압수수색영장을 직권으로 발부했습니다. 이에 검찰은 곧바로 조성훈 PD의 집과 근무하는 방송사의 사무실 등에 대한 압수수색에 나섰습니다.

텔레비전에서 아나운서의 목소리가 시끄럽게 울렸다.

그리고 사무실에 앉아 있던 이한영에게 박철우 검사로부터 전화가 걸려 왔다.

–휴대폰 다섯 개 찾았습니다.

"영상은요?"

–찾았죠. 어떻게 할까요? 언론에 뿌릴까요? 이거 터지면 박을석 의원이 많이 울 것 같은데요, 흐흐흐.

이한영의 손에 힘이 콱 들어갔다.

사람들은 쓰던 휴대폰을 버리지 않고 옷장 속이나 어딘가에 내버려둔다. 그 안에 있던 메시지와 동영상 그리고 사진 등은 그대로 남아 있는 상태다. 게다가 변태적 영상을 찍어대는 것은 병이다. 한 번만 찍고 말았을 리 없다.

–이거면 끝나겠네요.

박철우 검사와의 전화를 끊었다. 하지만 이한영은 여기서 끝낼 생각이 없었다.

그는 다시 전화를 귀에 댄다.

"어, 순호야."

전생에서 주식 사기를 쳤던 이순호다.

"박을석 의원의 비서였던 이송희와 운전기사가 있거든. 주소 보내줄 테니까 찾아가서……."

이야기를 들은 이순호가 큰 소리로 답했다.

–네! 알겠습니다! 진실을 말해 달라고 부탁한 후에 도망칠 돈을 마련해 주면 되겠죠?

"그래, 고생 좀 해."

이한영은 전화기를 내려뒀다.

국회의원이라는 자리는 국민이 올려준 자리다. 특권을 갖고 갑질을 해야 하는 것이 아니라 국민의 심부름꾼으로 봉사해야 한다. 그런데 박을석 의원은 개 같은 짓을 했다.

'교도소에서도 거들먹거릴 수 있는지 궁금하네.'

그리고 2차 공판이 열렸다.

짜증으로 가득한 얼굴로 앉아 있는 변호사에게 이한영이 휴대폰을 들어 보였다.

"이건 조성훈 PD의 휴대폰입니다. 변호인, 재판 전에 동영상 보셨죠?"

"봐, 봤습니다."

변호사의 얼굴은 참혹하다.

이한영은 그의 표정을 상관 않고 말을 이어간다.

"추가로 발견된 동영상에 피고인의 모습이 1분 정도 나오는데요. 그때 정확히 피해자의 어깨에 손을 올리고 말했어요. '내가 널 키워줄게. 내 말만 잘 들으면 톱스타가 되는 것도 문제없어. 지금 한류 스타들도 다 내가 키워준 거야'라고요. 기억하십니까?"

"……네."

"어떻게 생각하세요?"

"피, 피고인은 술을 많이 마신 상태였습니다. 취한 상태의 말은 어떤 의미도 없습니다."

유치원생이 들어도 믿지 않을 말로 변명하고 있다.

이한영이 픽 웃으며 물었다.

"주장에 대한 사실을 입증할 수 있습니까?"

변호사는 입을 꽉 다물었다. 할 말이 없을 거다.

이한영은 먹잇감을 앞에 두고 즐기는 호랑이의 눈빛으로 변호사를 바라보다가 입을 열었다.

"그럼, 증인신문 하죠."

자리에 앉은 변호사의 얼굴은 붉으락푸르락했다. 변호사가 이러면 피고인은 더 불안한 법이다.

박을석 의원이 걱정 가득한 표정으로 작게 묻는다.

"어떻게 되는 거야?"

"괜찮아요. 저 판사가 피해자들의 편을 들어주는 것 같은데, 우리에겐 지경환이 있잖아요. 접대로 몰아가면 저 새끼도 어쩔 수 없을 겁니다. 괜찮아요, 괜찮아."

변호사는 괜찮다는 말을 세 번이나 했다. 그 역시 초조하다는 증거다. 박을석 의원이 한숨을 토해내며 증인석으로 시선을 돌렸다.

첫 번째 증인은 이한영이 직권으로 채택한 연예인 차주석이다. 한때 지경환 대표와 의형제니 뭐니 하고 다녔지만 지금은 철저하게 갈라선 상태다. 그가 박을석 의원에게 유리한 증언을 할 리 없다.

검사가 물었다.

"증인, 연습생들이 마약이 든 술을 마셨다는 것을 피고인이 알고 있었습니까?"

"네."

단호한 대답.

법정이 술렁이기 시작했다.

검사가 다시 묻는다.

"자세한 상황을 말해줄 수 있나요?"

차주석이 박을석 의원을 노려본다.

"자기가 마음에 드는 애가 있다고 더 넣으라고 했어요. 더 넣으면 죽을 수도 있는데, 저 사람이 한 말은 '죽어도 상관없으니까 뿅 가게 해봐'라고 했어요."

박을석 의원이 자리를 박차고 일어섰다.

"내, 내가 언제!"

당연히 이한영이 제지한다.

"피고인, 가만히 있어요!"

이어서 두 번째 증인이 올라왔다. 이한영이 채택한 운전기사 최승남이다. 그가 들어오자 박을석 의원의 표정이 조금은 밝아진다. 아무래도 운전기사는 자신의 편이기 때문이다. 그런데…….

"박을석 의원은 성 중독자 같았어요. 매일 룸살롱에 다니고……. 그러면서 자기 딸을 제일 사랑한다는데……."

박을석 의원의 표정이 굳어진다.

"이 개새끼야! 무슨 헛소리를 하는 거야!"

박을석 의원의 큰 소리에 운전기사는 고개를 숙인 채 손가락만 만지작거리고 있다. 하지만 입은 움직인다.

"지경환 대표와 만날 때는 제일 즐거워했어요. 예쁜 애들이랑 논다고요……."

세 번째로 들어온 증인 역시 이한영이 채택한 사람으로 비서였던 이송희다. 그녀도 박을석 의원을 비난한다.

"국회의원들이 모두 그런지는 모르겠어요. 그런데 박을석 의원은 당선된 후 사무실의 넓은 방에 앉아 담배를 피우며…… 잠만 잤어요."

변호사가 벌떡 일어섰다.

"재판장님! 지금 증인은 사건과 관계없는 내용으로 본질을 흐리고 있습니다!"

이한영이 고개를 끄덕였다.

"증인, 이 사건에 관계된 것만 대답해주세요. 이번엔 제가 묻죠. 박을석 의원이 증인에게 했던 추행은 없었습니까?"

그녀가 입술을 잘근 씹는다. 표정을 보면 분명 뭔가 있다. 하지만 지우고 싶은 기억은 말하기 힘든 법이다. 그녀는 말을 해야 할지 말아야 할지 한참을 고민했다. 이한영은 재촉하지 않고 그녀가 고민할 시간을 기다려줬다.

그리고 마침내 그녀가 용기 내어 입을 열었다.

"미국에 갔을 때인데요, 제 앞에서 바지를 벗었어요. 팬티만 입고서……."

"내가 언제!"

'쾅!' 박을석 의원이 테이블을 내리치며 일어섰다. 박을석 의원은 시뻘건 눈동자로 그녀를 쏘아보며 분노를 참는 목소리로 말했다.

"재판장님! 저는 지금 마녀사냥을 당하는 기분입니다! 저런 증언들은 이번 사건과 관계가 없잖아요! 정말 그런 일이 있었다면 정식으로 고소하라고 하세요!"

이송희의 입꼬리가 휘어진다.

"이번 사건과 관련된 거요? 있어요. 말할까요?"

냉담한 그녀의 목소리에 박을석 의원의 마음은 철렁거렸다.

"뭐? 있다고?"

"재판장님, 박을석 의원의 사무실에 그림 하나가 걸려 있어요."

박을석 의원은 창백해진 얼굴로 고개를 젓는다.

"네, 네가 그걸 어떻게……?"

"액자를 떼어 그림을 보면 안에 뭐가 있을까요?"

"하, 하지 마……."

"마약이 있어요. 어디서 받아 왔는지는 모르겠지만 누구에게 쓰려는지는 알아요. 저 인간은 예쁜 여자가 찾아오면 술을 마시자고 하면서 마약을 타죠. 그러면 사람들은 상대가 국회의원이니까 안심하고……."

"하지 마!"

박을석 의원이 악을 썼다.

하지만 늦었다. 비서였던 이송희의 말을 들은 기자들은 빠르게 타이핑을 하기 시작했다. 금배지를 달고 거만하게 다니던 박을석 의원은 이제 시민에게 마약을 먹여 강제 추행한 변태가 되어 갔다.

이한영이 검사에게 고개를 돌렸다.

"검사, 재판 끝나는 즉시 박을석 의원의 사무실과 집을 압수수색 해주세요."

이례적으로 한 재판에서 두 번씩이나 직권에 따른 압수수색이 나왔다.

박을석 의원은 다리가 풀렸는지 풀썩 주저앉는다. 하지만 그에게 쉴 시간은 없다.

이한영이 몰아붙인다.

"피고인, 사무실에 마약이 있습니까?"

"기억이 안 납니다."

"누구에게 받았습니까?"

"몰라요……."

두 사람의 문답이 오가는 동안 변호사는 머리를 쥐어뜯었다.

'씨발, 왜 이렇게 된 거야!'

계획은 물론 논리도 완벽했다. 이번 재판에서 검사의 기소를 '뇌물'로 바꾸고 3년 이하의 징역을 받아낼 자신이 있었다 그런데 모든 게 꼬여버렸다.

'젠장! 젠장! 젠장!'

변호사의 눈이 이한영을 향한다.

'다 저 새끼 때문이야.'

어디로 튈지 모르는 '탱탱볼'로 불리는 판사. 이 재판도 저 탱탱볼을 잡지 못해 망쳐버리고 말았다. 이제 믿을 수 있는 사람은 지경환 대표뿐이다.

'박을석 의원이 아무것도 몰랐다고 증언만 해주면……!'

그나마 도망칠 길은 있었다.

그리고 마지막 증인으로 지경환 대표가 앉았다. 앞선 증인들의 증언을 본 지경환 대표는 몹시 굳은 표정이다.

'씨발, 박을석 저 새끼도 실형을 피하지 못할 것 같은데? 이러다 출소 후에 내 뒤를 봐주기는커녕 같이 망하는 거 아냐? 그러면 나 혼자 뒤집어쓰고 몇 년 더 사는 건 억울하잖아?'

잠시 생각에 빠져 있던 지경환 대표가 고개를 들었다.

그의 앞으로 변호사가 다가간다.

"증인, 증인이 그 모임을 주최했죠?"

"네."

"박을석 의원이 연습생들이 마약을 했다는 걸 알고 있었습니까?"

변호사가 강렬한 눈빛으로 지경환 대표를 쏘아본다.

'아니라고 말해! 박을석 의원은 아무것도 모른다고 말해!'

하지만…….

"박을석 의원도 알고 있었습니다."

"뭐, 뭐요?"

"그리고 마약 유통 경로를 알려 달라고도 했습니다. 하지만 진짜 구해서 사용하고 있었을 줄은 몰랐네요."

박을석 의원이 쾅, 테이블을 찍으며 자리에서 일어섰다.

"야, 이 개새끼야!"

의리 없는 놈들이다.

* * *

선고 공판기일이다.

이한영의 목소리가 법정을 채우고 있었다.

"이 사건은 국회의원이 연예기획사 대표 그리고 PD 등과 공모해 어린 여성들을 강간한 사건입니다. 이들은 수월한 강간을 하기 위해 술에 마약을 탔고, 대범하게 범행 장면을 촬영하기도 했습니다. 피해 여성들은 상대의 직위와 권력을 두려워해 신고하지 못하고 계속해서 범행의 대상이 되었습니다. 본 재판부는 앞으로 이런 일의 발생을 막기 위해 신중한 판단 후 선고를 결정했음을 밝히는 바입니다."

이한영의 시선이 박을석 의원에게 향했다.

"변론 종결 이후 오늘까지 피해자에게 배상했거나 합의했다는 등의 사정 변경이 있습니까?"

단 며칠 사이에 박을석 의원의 모습은 많이 변했다. 피부색은 시커메지고 눈은 퀭하다. 이한영의 질문에 그는 눈을 감는다. 어떤 대답도 하지 않는다.

이한영이 말을 이었다.

"그러면 예정대로 판결을 선고하겠습니다."

법정은 조용했다. 이한영의 말을 하나도 놓치지 않겠다는 듯 모두 귀를 기울인다. 그리고…….

"징역 15년에 처한다."

그 말과 동시에 변호사는 고개를 숙이고 꽉 쥔 주먹만 파르르 떨었다.

'계획은 완벽했는데…….'

박을석 의원은 여전히 눈을 감고 있었다. 이따금 입술을 꽉 깨물 뿐이었다.

어마어마한 형량이 떨어지자 법정엔 수군대는 목소리가 들리기 시작했다.

"15년이면 출소할 때 몇 살이야?"

"교도소에서 죽는 거 아냐?"

"그런데 국회의원이 돼서 여자애들한테 마약을 먹이고 강간한 새끼는 무기나 사형을 때려야 하지 않아? 15년은 약한 것 같은데?"

모두 박을석에 관해 이야기하고 있을 때…….

"엉엉엉……."

우는 소리가 들렸다. 모든 사람들의 시선이 울음소리가 나는 곳으로 향한다. 피해자 고현희다. 그녀는 쏟아져 나오는 눈물을 계속해서 닦고 있다.

그녀가 이한영을 보며 서러운 목소리로 말했다.

"고……맙습니다……. 정말 고맙습니다……."

상대는 국회의원이다. 큰 잘못을 저질렀지만 가진 권력으로 무죄나 집행유예를 받을 거라고 생각했다. 이렇게 15년을 선고할 것이라고는 예상하지 못했다.

"고맙습니다."

그녀는 눈물을 훔치며 계속해서 고맙다는 말만 이어간다.

법정을 빠져나가던 이한영은 걸음을 멈추고 고현희를 바라봤다.

"위로가 될 말은 아니겠지만, 지금의 기억은 잊고 행복한 삶을 사셨으면 합니다. 그리고 고현희 씨의 아픈 기억만큼 피고인에게 많은 벌을 주지 못해 죄송합니다."

이한영이 고현희를 향해 고개를 숙였다.

고현희는 붉어진 눈시울로 이한영을 바라본다.

'내 이름을 알아?'

아무리 사건 피해자라고 하지만 얼굴 한 번 안 본 사람. 게다가 그녀는 이 재판에 증인으로도 채택되지 않았다. 그런데 이한영은 그녀를 알고 있었다.

'내 이름을 어떻게 알았지?'

* * *

"커피 드세요."

윤슬혜 판사가 이한영 앞에 커피를 놓았다.

"고마워."

"정말 15년을 선고하셨네요."

"한다고 했잖아?"

별것 아니었다는 태도에 윤슬혜 판사는 살짝 웃는다. 자신감 넘치고 실력 있는 상사는 원래 멋져 보이는 법이다.

그녀가 말한다.

"이번에 드러난 증거를 보면 2심에 간다고 해도 형이 줄어들 것 같지는 않아요."

"그렇겠지?"

"그런데 변호인 측이 그렇게 많은 준비를 해 왔잖아요? 그런데 부장님이 채택한 증인이 들어오기 시작하니까 말 그대로 찍소리도 못 하던데요? 깜짝 놀랐어요."

때아닌 칭찬이 이어지자 이한영이 어깨를 으쓱했다.

"마이크 타이슨 알아? 그 사람이 이런 말을 한 적이 있어. '누구나 그럴싸한 계획을 세우고 있다, 한 대 처맞기 전에는' 내 앞에 오는 죄인들도 마찬가지야. 모두 빠져나갈 계획을 세우고 있지. 하지만……."

"때리려고 했던 거예요?"

"뭐?"

장난스레 웃는 그녀를 보며 이한영은 고개를 저었다.

잠시 후 이한영은 커피잔을 들고 창가에 서 있었다.

최근 이한영은 차주성 게이트를 통해 모의고사를 봤다. 오답 노트를 통해 약점과 강점을 찾아냈고, 박을석 의원까지 끝내며 드디어 성적표가 나왔다.

점수는…….

'100점.'

이제 강신진 지원장의 팔다리를 자를 차례다. 창밖을 향한 이한영의 눈에 강신진 지원장과 박광토 전 대통령이 보이는 것 같았다. 이한영은 그들을 노려보며 박철우 검사에게 메시지를 보낸다.

―서부지검 검사장하고 마포구 경찰서장을 잡으려고 하는데요.

바로 답장이 온다.

—누구요? 검사장?

메시지만 봐도 얼마나 놀랐는지 알 수 있다.

이한영이 다시 메시지를 적었다.

—옥탑방에서 이야기하죠.

서부지검 검사장 이종대, 마포경찰서장 오종진.

두 사람을 부숴버렸을 때…….

'강신진이 어떤 표정을 지을지 정말 궁금하네.'

* * *

"마시지."

강신진 지원장이 술잔을 입에 댄다. 그의 앞에는 서부지검 검사장 이종대와 마포경찰서장 오종진이 보인다.

미닫이문으로 닫힌 프라이빗한 한정식집이다. 강신진 지원장이 그들의 빈 잔에 술을 채우며 말했다.

"자네들이 해줘야 할 일이 있어."

"말씀하십시오."

"쿠데타 정권의 끝이 어떤지 알고 있나?"

이종대 검사장이 거리낌 없이 답한다.

"비극입니다."

"그래, 비극이야."

역사적으로 쿠데타를 통해 권력을 잡은 사람들의 말년은 비극인 경우가 많았다. 나폴레옹이 비극적인 최후를 맞았고, 고려를 뒤엎고 왕이 된 이성계 역시 자식들의 처절한 싸움을 지켜봐야만 했다.

강신진 지원장이 무겁게 입을 연다.

"백이석 대법원장이 쿠데타를 일으켜 그 자리에 오른 것으로 만들어."

"네?"

검사장 이종대와 경찰서장 오종진의 눈이 튀어나올 듯 커졌다. 상대는 대법원장이다. 자칫 그들이 죽을 수도 있다.

그들의 모습을 보며 강신진 지원장이 재밌다는 듯 웃는다.

"왜 그렇게 놀라나? 전 대법원장인 전흥우가 강제로 내려갔어. 다 알고 있는 일 아닌가? 전흥우는 새로운 사법부를 만들려고 했지만 기존 권력에 부딪히고 뜻을 이루지 못한 거야. 결국 끌려 내려온 거야. 전흥우가 내려온 후 누가 웃고 있나? 가장 이득을 본 사람이 누군가? 백이석 대법원장이야."

전흥우가 옷을 벗은 것은 강신진 지원장의 뒷공작이 있었기 때문이다. 하지만 그걸 교묘하게 뒤틀어 백이석 대법원장의 음모인 것으로 만들어 내라는 말이었다.

어마어마한 이야기에 검사장 이종대와 경찰서장 오종진은 조용해졌다.

강신진 지원장이 술잔을 들며 말한다.

"백이석을 조사할 필요는 없어. 털어도 먼지 하나 나오지 않을 인간이니까."

"그, 그럼……."

"선동."

나치의 정치가였던 괴벨스는 '한 번만 말한 거짓말은 거짓말로 남지만, 수천 번 말한 거짓말은 진실이 된다'라고 했다 강신진 지원장은 백이석 대법원장을 선동을 통해 끌어내릴 계획이었다. 그가 계속 말한다.

"백이석 대법원장에게 현직 대법원장으로서 구속당하는 수모를 만들어. 사법부를 더한 혼란에 빠뜨릴 준비를 시작하도록 해."

이종대 검사장과 오종진 서장은 선불리 답하지 못했다. 백이석이라는 상대는 그만큼 강력하다. 하지만…….

'툭' 그들의 앞에 사진 몇 장이 떨어졌다.

이종대 검사장이 어린 여성과 호텔방에 들어가는 CCTV의 한 장면과 오종진 서장이 성매매 업소 사장에게 돈을 받는 모습을 찍은 사진이다.

두 사람의 눈이 다시 튀어나올 듯 커졌다.

"이, 이게……."

강신진 지원장이 느긋하게 앉아 술잔을 손에 든다.

"내 말을 따르지 않으면 신문 1면에 나올 거야. 하지만 내 말을 따르면 부와 명예를 얻게 되겠지. 이순신 장군은 죽고자 하면 살 것이라 말했어. 어떻게 할 텐가? 죽을 각오로 내 계획에 동참하겠나?"

두 사람은 끄덕일 수밖에 없었다.

"어떻게 하면 되겠습니까?"

강신진 지원장이 크게 웃으며 말했다.

"일단은 자네들의 특기를 써야지. 자네들의 말이 먹히려면 이름을 알리는 게 우선이야. 박을석 때문에 대한민국이 마약으로 시끄러우니 자네들은 마약 사범을 있는 대로 잡아넣어. 언론을 움직여 박수를 받게 해줄 테니까."

두 사람이 떠나고 강신진 지원장은 홀로 그 자리에 남아 있었다. 그의 표정은 방금과 달리 어둡다. 그는 조금 슬픈 눈빛으로 술잔을 들어 입에 댄다.

'백이석 대법원장님, 죄송합니다. 당신은 내가 유일하게 존경하는 법관이었습니다. 하지만 새 시대를 만들려면 세상이 혼란스러워져야 해요. 당신은 새 시대의 거름이 될 겁니다.'

강신진 지원장은 백이석 대법원장이 죄가 있다고 선동한 후 그를 구속할 계획이었다.

두 번이나 대법원장이 임기를 못 채우는 상황. 사법부는 그 어느 때보다 혼란에 휩싸일 게 분명했다. 그때 강신진 지원장이 사법부를 정리할 생각이었다.

'그리고 내가 정점에 오른다.'

영웅이 시대를 만드는 것이 아니라, 시대가 영웅을 만든다는 말이 있다. 하지만 강신진 지원장은 스스로 시대를 만들어내려 하고 있었다.

이것은 이한영의 전생과 다른 상황이었다. 지금은 조용히 힘을 기르고 10여 년 후에나 대법원장에 올라야 할 강신진 지원장이 벌써 정점을 노리고 있었다. 이것은 이한영이 현생에 개입하며 세상이 바뀌었기 때문이다. 그래서 강신진 지원장은 지금이 치고 올라갈 시기라고 생각했다.

하지만 그는 모른다. 영웅이 시대를 만들든, 시대가 영웅을 만들든 상관없이 중요한 것. 바로, 시대는 필요 없어진 영웅을 가차 없이 몰락시킨다는 것을.

그때 미닫이문이 열렸다. 강신진 지원장이 문을 향해 고개를 튼다. 곰같이 거대한 석정호가 서 있었다.

"부르셨습니까?"

강신진 지원장이 서글서글한 미소를 그리며 손을 흔든다.

"키 큰 사람이 그렇게 서 있으면 고개 아파. 어서 앉아."

* * *

이한영은 옥탑방에서 박철우 검사를 만나고 있었다.

"서부지검 검사장 이종대, 그리고 마포경찰서장 오종진. 이 두 사람은 친구예요."

이한영은 박철우 검사에게 두 사람이 어떤 잘못이 있는지 이야기했다.

"범인을 잡지 않아요. 적당한 대역을 고른 후에 잡았다고 소문을 내죠. 즉, 실적 올리기에만 급급한 놈들이에요."

그리고 그 두 사람은 강신진 지원장의 팔다리다. 이들을 잘라내버린다.

"이 두 사람이 어떤 방법을 쓰냐 하면……."

이한영의 말은 이어지지 못했다. 휴대폰의 진동이 울렸기 때문이다.

"잠시만요."

이한영이 휴대폰을 꺼내자 박철우 검사가 가볍게 웃는다.

"휴대폰 또 바꿨어요?"

"아, 이건 정호하고만 통화하는 휴대폰요."

"도대체 휴대폰이 몇 개예요? 또 대포?"

이한영은 고개를 끄덕인 후 통화 버튼을 눌렀다.

"어, 정호야."

—내가 지금 강신진 지원장 만나고 집에 가는 길이거든.

"응."

—약속보다 조금 일찍 장소에 와서 강신진 지원장이 이야기하는 걸 몰래 들었는데…….

석정호가 마른침을 삼키며 뒷말을 줄인다. 그리고 충격적인 말을 토해 다.

—백이석 대법원장님을 타깃으로 잡았어.

이한영의 얼굴이 확 일그러졌다.

"누구랑 대화했는지 알아?"

—이름만 들었어. 이종대와 오종진이야.

이한영의 입가에 헛웃음이 올랐다. 서부지검 검사장 이종대와 마포경찰서장 오종진. 어차피 박살 내려고 했는데, 또 이렇게 싸움을 걸고 있다.

이한영이 전화를 끊으며 박철우 검사를 향했다.

"그냥 박살 내면 안 되겠네요. 부숴버려야겠어요, 다시는 일어나지 못하게."

04

며칠 후, 옥탑방에는 이한영과 박철우 검사 그리고 송나연 기자가 모여 앉아 있었다. 이제 옥상으로 나가 대화를 하기에는 추운 날씨다.

이한영이 화이트보드로 걸어가 섰다.

"지금부터 제 목표를 말씀드리려 해요."

이한영은 보드의 가장 위에 글씨를 적었다.

박광토, 강신진

박철우 검사와 송나연 기자는 적힌 이름을 보고 충격을 받은 것 같다.

박철우 검사가 멍한 눈동자로 더듬더듬 입을 열었다.

"박광토요? 전직 대통령?"

"네."

이번엔 송나연 기자다.

"강신진은 경기남부의 지원장 맞죠?"

"네."

"강직한 판사라고 소문 되게 좋지 않아요? 그렇게 알고 있는데……."

"가식이에요."

이한영은 단 한마디로 강신진 지원장을 정의 내려버렸다. 그리고 말을 이었다.

"일단 강신진 지원장의 라인이에요. 지금까지 제가 파악한 것을 적어보면……."

유성쇼핑 사장 장태식, 검찰총장 엄준호, 서울서부지검 이종대, 드림일보 사장 이성구, MBS 사장 김창복, 중앙고등법원 장유린……(중략)……마포경찰서장 오종진.

사법부부터 검찰, 경찰 그리고 언론 등의 쟁쟁한 이름이 적히고 있다. 그 숫자가 얼마나 많은지 큼직한 화이트보드가 빽빽하게 채워진다.

박철우 검사와 송나연 기자는 숨이 멎을 것 같은 기분을 느끼고 있었다. 저들과 싸우는 것은 갓난아기가 호랑이를 때려잡는 것과 같다.

이한영이 보드 마커를 내려놨을 때 송나연 기자가 다급히 물었다.

"우리 회사 사장님도 강신진 아래에 있다고요?"

"네."

"아니, 말이 돼요? 우리 사장님의 경우는 돈도 많고 언론의 권력도 가졌는데, 도대체 왜요?"

"돈이 많으면 더 갖고 싶고, 권력이 있으면 더 세지고 싶은 게 사람이잖아요. 강신진 지원장은 이 사람들의 작은 비리로 협박하고 그 욕망을 건드렸을 뿐이에요."

이한영이 툭툭 화이트보드를 손으로 두들긴 후 말을 이었다.

"이 사람들은 강신진 지원장을 도와 권력의 단꿀을 먹으려 하죠. 그리고 강신진 지원장의 목표는 사법부를 마음대로 쥐락펴락하려고 해요. 사법부를 쥔다는 게 어떤 의미인지 아시죠?"

대한민국은 입법, 행정, 사법으로 권력을 나눠 놓았다. 이는 별개의 기관이 서로 견제하여 균형을 유지하고 국가권력으로부터 국민의 자유를 지키기 위해서다.

이한영이 말을 잇는다.

"사법부는 입법부와 행정부에 비해 약해 보일 때가 많죠. 독립적인 성향을 지닌 판사들이 하나로 합쳐지지 않기 때문이에요."

사법부는 사람이 사람을 심판할 수 있는 유일한 곳이다. 그런 곳의 힘이 하나로 합쳐진다면……. 그리고 그 힘을 한 사람이 휘두를 수 있다면…….

이한영이 입을 열었다.

"정말 제멋대로 할 수 있습니다. 말 그대로 유전무죄 무전유죄의 세상이 펼쳐질 수도 있어요. 단 한 사람의 기분에 따라 배고파 빵을 훔친 사람이 10년, 20년을 살 수도 있어요. 누명을 쓰고 죽는 사람도 생기겠죠."

누명을 쓰고 죽은 사람은 이한영 본인의 이야기다.

박철우 검사와 송나연 기자는 긴장된 숨을 들이마셨다.

이한영이 말을 잇는다.

"사법부를 손에 쥔 후에 다음 목표는 어디일까요?"

뻔하다.

청와대다.

"이 사람들은 권력을 잡기 위해 온갖 더러운 짓을 일삼고 있습니다. 이들을 막는 데 두 분이 힘을 보태주셨으면 합니다."

이한영이 허리를 굽혔다.

어떤 상황이 벌어질지 모르는 위험한 일이었기에 강제로 함께해 달라고 말할 수 없었다. 그저 간절히 부탁할 뿐이다.

박철우 검사가 어이없다는 듯 웃으며 말한다.

"지금은 누굴 밟는 순간 갈기갈기 찢긴다. 잡아봤자 피라미다. 큰 놈을 잡으려면 우리도 큰 놈이 되어야 한다. 어차피 짓밟힐 거면 큰 놈과 싸우다 장렬히 죽자."

충남에 있을 때 이한영이 했던 말이다. 박철우 검사가 그때 했던 말을 똑같이 따라 하고 있었다. 박철우 검사의 시선이 화이트보드로 향했다.

"상대가 박광토와 강신진이라……. 검찰총장은 보이지도 않네요. 검사라는 직업을 선택한 순간부터 전직 대통령과 현 권력자를 잡아보는 게 꿈이었는데, 꿈을 이룰 수 있게 됐습니다. 난 좋은데, 판사님은 어때요? 난 제안을 했고, 판사님은?"

마지막 말 역시 이한영이 했던 말이다. 그때 박철우 검사가 했던 말을, 이번엔 이한영이 한다.

"콜."

박철우 검사가 씩 웃으며 송나연 기자에게 고개를 돌렸다.

"기자님은?"

"사장의 비리를 폭로하는 여기자. 나중에 영화로 나올까요?"

박철우 검사가 고개를 저었다.

"현실적인 말을 해야 해서 가슴 아프지만, 영화로는 안 나옵니다. 이 사건이 실패로 끝나면 끔찍한 결말이지만 성공적으로 이뤄진다고 해도……."

뻔한 결말이다. 이한영과 박철우 검사는 유배, 송나연 기자는 회사에서 쫓겨나 백수가 될 거다. 정의로운 내부 고발자의 현실이다.

송나연 기자가 머리를 쥐어뜯는다.

"백수가 된다고요? 학자금도 못 갚았는데……. 우리 집 대출도 제 이름으로 되어 있어서 회사에서 쫓겨나는 것보다 은행에서 문자 올 게 더 걱정돼요."

이한영이 픽 웃었다.

"우리 돈 많아요. 백수가 되었을 때를 걱정할 필요는 없어요."

송나연 기자가 활짝 웃는다.

"그럼, 나도 콜!"

이한영이 다시 보드 마커를 들었다. 그리고 화이트보드에서 이종대 검사장과 오종진 서장의 이름에 엑스 표시를 그려 넣는다.

"일단 이 두 사람부터 부숴버리죠."

* * *

"씨발, 실적이 뭔지……."

마포경찰서 강력팀 안재진 팀장과 이성근 형사는 경찰서를 나서고 있었다.

머리가 짧고 날카로운 얼굴의 이성근 형사가 묻는다.

"이렇게까지 해야 해요?"

덩치가 크고 볼에 깊은 상처가 있는 안재진 팀장이 귀찮은 듯 답한다.

"까라면 까야지. 이번 달이 며칠 남지도 않았는데 스무 명 이상 잡아넣으라는 게 말이 되냐?"

이성근 형사가 걱정이 가득한 표정으로 말한다.

"팀장님, 한두 명이면 몰라도 스무 명을 만들어서 집어넣으면 큰일 날 수 있어요."

"알아, 새끼야. 그런데 어떡해? 차주석인지 뭔지 하는 개새끼 때문에 마약범은 다 숨어버렸고, 서장이라는 새끼는 어떻게든 뻥쟁이 만들어서 잡아 오라는데."

"하, 씨발."

이성근 형사가 고개를 저었다.

두 사람은 차에 올랐다. 이성근 형사가 시동을 건 후 라디오를 누르자 뉴스가 들려온다.

서울서부지검 이종대 검사장은 마포경찰서 오종진 서장과 마약 사범 근절을 위해 나섰다고 밝혔습니다. 오종진 서장은 엄중히 단속하여 마약 사범을 뿌리 뽑겠다며…….

이성근 형사는 라디오를 꺼버렸다.

"재주는 곰이 넘고 돈은 엉뚱한 녀석이 챙긴다더니. 죽도록 고생하며 지랄하는 것은 우린데……."

안재진 팀장이 읽던 서류를 이성근 형사에게 던진다.

"됐고, 이거 읽어봐."

출발하려던 이성근 형사는 잠시 차를 멈추고 서류를 읽기 시작했다.

안재진 팀장이 입을 연다.

"김진성이라고 두 달 전에 출소한 놈인데, 딥웹 사이트에서 약을 샀거든."

딥웹은 포털사이트에서는 검색되지 않고 특정 브라우저를 통해서만 접속이 가능한 곳이다. 폐쇄성이 높아 아동 포르노나 자살, 마약과 무기 거래 등의 불법적인 일이 이루어지기도 한다. 이곳에서 무엇인가를 거래할 때 사용하는 화폐는 추적이 어려운 비트코인 등이다.

서류를 보던 이성근 형사가 말했다.

"초범인 새끼가 딥웹을 이용해서 마약을 거래했다고요? 이 정도면 주사로 제 몸 쑤시는 프로 뽕쟁이잖아요?"

"초범이기는 하지만 그동안 경찰의 눈에 걸리지 않은 새끼. 출소해서도 또 마약에 손댄 중독자. 어때? 이 정도면 억울하다고 지랄해도 믿어줄 사람 없지 않겠어?"

"괜찮네요. 바람잡이 구해보겠습니다."

그 시각, 송나연 기자가 옥탑방의 화이트보드 앞에 서 있었다. 보드에는 이종대 검사장과 오종진 서장의 이름이 적혀 있다.

"홍대를 주무대로 하는 기자에게 들은 이야기인데요. 마포경찰서 오종진 서장에게는 강력반 1팀 팀장 안재진이라는 심복이 있다고 해요."

그녀가 오종진 서장의 이름 아래에 안재진을 적어 둔 후 말을 잇는다.

"뭘 약속받았는지는 모르겠지만, 오종진 서장의 지시라면 더러운 짓도 서슴지 않고 따르는 사람이래요. 그동안 실적을 위해 무고한 사람을 잡았다는 의혹이 났던 것도 다 안재진 팀장이었고요. 그리고 이 사람의 아래에는 이성근 형사라고 있는데……."

송나연 기자의 말은 한참 동안 이어졌다. 설명을 다 들은 이한영이 손뼉을 치며 자리에서 일어섰다.

"그럼 안재진과 이성근의 뒤를 밟으면 되겠네요?"

"네."

"일단 이 사람들이 어떻게 움직일지 파악하기 위해 도청부터 하죠."

* * *

안재진 팀장과 이성근 형사가 한 오피스텔에서 차를 세웠다. 오피스텔을 무대로 한 불법 성매매 업자에게 뒷돈을 받기 위해서다. 이들은 업자에게 성매매 단속 정보를 알려주고 월 50만 원의 더러운 돈을 받아냈다. 한 업체당 50만 원씩, 그 숫자가 늘어나면 늘어날수록 이들의 부수입은 짭짤해진다.

두 사람이 엘리베이터를 타고 사라지자 모자를 눌러쓴 남성이 나타났다.

석정호의 부하 중 한 명이다.

잠시 후 안재진 팀장과 이성근 형사는 돈을 받아서 좋은지 뿌듯한 얼굴로 나왔다. 운전석에 탄 이성근 형사가 차의 시동을 걸며 기분 좋게 말한다.

"오늘 좋은 데 가서 한잔 마실까요?"

"됐다. 학원비 내는 날이다."

"흐흐, 그럼 안 되겠네요. 일단 출발하겠습니다."

자동차는 오피스텔의 지하 주차장을 빠져나갔다.

한 5분쯤 주행했을 때 이성근 형사는 차의 상태가 이상한 걸 느꼈다.

"타이어에 바람이 빠진 것 같은데요?"

"뭔 소리야?"

"잠시만요."

이성근 형사가 차를 멈추고 운전석에서 내려 타이어로 향했다.

"아, 씨발!"

"왜?"

"어떤 새끼가……."

네 바퀴 모두 바람이 빠져 있다. 못이 박혀 있고, 바람을 넣는 곳까지 너절하다. 이건 명백히 타이어 테러다.

이성근 형사가 머리를 감싸 쥐며 고개를 흔든다.

"레커차를 불러야 할 것 같아요."

정비소 앞.

타이어 교체를 하는 동안 안재진 팀장과 이성근 형사는 담배를 물고 있었다. 타이어를 테러한 놈을 어떻게 잡아야 할지 이야기하던 그들의 대화는 이내 마약 사범을 만드는 방법으로 이어졌다.

"룸 어때?"

"룸요?"

"바람잡이가 배우를 룸으로 부르고……."

그들이 대화를 이어가는 동안 타이어를 교체하던 남자가 힐끗 눈치를 살핀다. 그리고 자동차의 시트 아래에 위치 추적이 되는 도청 장치를 부착한다. 안재진 팀장과 이성근 형사는 아무것도 모르고 있었다.

* * *

며칠 후.

이성근 형사가 탄 차 안에 한 남자가 앉았다.

"받아."

남자는 심각한 표정으로 얼굴을 쓸어 만진다.

"해야 하나요? 진성이는 이제 마약 안 해요."

이성근 형사가 픽 웃는다.

"아니면 네가 교도소 갈래? 다행인 줄 알아, 새끼야. 우리가 지금 마약 단속하는 게 아니었으면 넌 바로 교도소행이야."

남자는 머리를 쥐어뜯는다.

그는 얼마 전 클럽에서 여자를 만났다. 분위기도 무르익고 자연스레 호텔에 갔는데 그 순간 여자가 이성근 형사에게 신고해 강간으로 잡혀버렸다. 물론 그가 만난 여자도 이성근 형사가 섭외한 배우였을 뿐이다.

이성근 형사가 남자의 어깨를 토닥였다.

"어렵지 않아. 눈 딱 감고 해. 그럼 넌 자유. 아니면 강간범이 돼서 동네에 네 이름하고 얼굴이 뿌려진다. 알지? 전자 발찌는 덤이야."

성범죄자는 어린 학생을 키우는 집이나 학원, 유치원 등에 우편으로 얼굴과 신상이 알려진다. 게다가 '성범죄자 알림이 앱'이라는 걸 다운받아 알림을 설정하면 성범죄자가 500미터 안으로 접근 시 '삐삐' 소리까지 난다.

이성근 형사가 남자의 어깨를 힘주어 잡는다.

"어떻게 할래? 자유? 아니면 전자 발찌."

남자는 힘없이 고개를 끄덕였다.

"하, 할게요."

이성근 형사가 남자에게 코카인이 든 사각형의 작은 비닐을 건넨다.

"김진성을 룸으로 불러내. 그리고 눈치 봐서 김진성 잠바에 이 약을 넣어."

"……네."

"그럼, 잘해라. 앞으로 힘든 일 있으면 형한테 이야기하고."

남자는 고개를 꾸벅 숙이고 차에서 내렸다.

문이 닫히자 이성근 형사는 바로 휴대폰을 손에 든다.

"네, 팀장님. 오늘 밤에 바로 시작하겠습니다. 지원은 필요 없어요. 어차피 애새끼 하난데요. 혼자 가서 점수 좀 따겠습니다."

* * *

짧은 원피스를 입은 여자들, 테이블로 올라온 양주와 과일. 몇 달 전 출소한 김진성과 낮에 이성근 형사와 만났던 남자가 룸 안에 있었다.

남자가 김진성에게 말한다.

"경마로 좀 땄거든, 오늘 내가 쏘니까 많이 마셔."

김진성은 어떤 의심도 하지 않는다.

"병신, 아직도 도박하냐?"

"넌 안 해?"

"이제 사람답게 살려고 한다. 학교 다녀오면서 생각 많이 했어, 내가 왜 그렇게 살았나 하고. 그러니까 너도 정신 차려."

남자는 순간 김진성에게 미안해졌다. 하지만 어쩔 수 없다. 친구를 죽이지 않으면 자신이 죽는다.

남자가 엷은 미소를 지으며 양주를 손에 쥔다.

"마셔."

술이 채워지자 남자의 시선은 여자들에게 향했다.

"오늘 제대로 못 놀면 다 죽는다."

김진성이 마이크를 손에 쥐고 노래를 부르고 있었다.

남자는 품에서 마약이 든 비닐을 꺼낸다.

'미안하다, 진성아…….'

이제 마약을 김진성이 벗어 둔 잠바에 넣고 이성근 형사에게 메시지를 보내면 끝이다. 그럼 김진성은 다시 감옥으로 끌려갈 거다.

'미안, 진성아!'

남자의 손이 김진성의 잠바를 손에 꽉 쥐었다. 김진성은 여전히 아무것도 모르고 노래를 부르고 있다. 그때…….

쾅! 문이 열리고 낯선 남자가 안으로 들어와 신분증을 내민다.

"중앙지검 박철우 검사입니다. 지금부터 발가락도 움직이지 말고 그대로 멈춰주십시오."

검사라는 말에 룸살롱의 분위기는 얼음이 쏟아진 것처럼 싸늘해진다. 남자는 아직 김진성의 잠바에 약을 넣지 못했다. 마약은 그의 손에 들려 있었다.

'씨, 씨발! 검사가 왜 와!'

박철우 검사의 뒤로 수사관들이 섰다. 그들은 룸에 있는 사람들이 도망칠 수 없도록 입구를 막아선다. 그리고 박철우 검사가 남자에게 걸어간다. 천천히 걸어오는 모습이 저승사자처럼 보였나 보다. 남자는 마른침을 삼키며 돌처럼 굳어졌다.

그의 앞에 선 박철우 검사가 손목을 콱 움켜잡은 후 마약이 든 비닐봉지를 빼앗아 들었다.

"이거 뭐야?"

"몰라요, 저도 몰라요. 진짜예요. 정말이에요."

남자는 울 것 같은 목소리다.

하지만 박철우 검사는 봐주지 않는다.

"당신을 마약소지죄로 긴급체포 합니다. 당신은 묵비권을 행사할 수 있고……."

영화나 드라마에서나 봤던 미란다원칙이 박철우 검사의 입에서 읊어지자 남자의 눈동자는 겁에 질려간다.

"진짜 모른다고요!"

하지만 이미 끝이다. 수사관들이 들어와 남자의 손에 수갑을 채워버렸다. 차가운 수갑의 감촉, 꿈이 아니라 현실이다. 남자는 바르르 떨었다.

그때 멍하니 있던 남자의 친구 김진성이 박철우 검사 앞으로 다가왔다.

"마, 마약이라뇨?"

"당신도 참고인 조사를 받을 테니까, 가만히 있어요."

"제 친구는 마약 안 해요."

"그건 조사해보면 알 일이고."

박철우 검사는 김진성을 외면하며 남자의 주머니에 손을 쑥 넣어 휴대폰을 빼내 쥐고 입을 열었다.

"오늘 누구 만났어요?"

"네?"

멍한 눈의 남자를 보며 박철우 검사가 고개를 저었다.

"내가 여기서는 존댓말도 써주니 착한 사람처럼 보이겠지만 당신이 피의자에서 피고인으로 변하는 순간 나도 달라질 거야. 그러니까 지금부터 좋은 관계를 맺기 위해서라도 한 번에 대답합시다. 알겠어요?"

남자가 힘겹게 고개를 끄덕였다.

박철우 검사가 무서운 눈으로 남자를 쏘아보며 묻는다.

"자동차에 앉아서 마약을 주고받았다는 제보가 들어왔습니다. 그러니까 딴소리하지 말고 말해요. 마약을 판 사람, 누굽니까?"

남자의 머릿속에 이성근 형사가 스쳐 지나갔다.

'자동차? 이성근 형사가 나한테 마약을 주는 걸 본 사람이 있다는 거야? 그게 제보돼서 검사가 여기까지 온 거야? 씨발…….'

물론 본 사람은 없다. 자동차에 숨겨진 도청 장치로 들은 이야기일 뿐이다. 하지만 남자는 모든 일이 꼬였다고 생각했다.

박철우 검사가 남자의 허벅지 위에 들고 있던 휴대폰을 툭 내려 뒀다.

"마약 판 새끼에게 전화해요."

"저, 저기, 검사님……."

상대는 형사다. 검사보다 영향력이 크지 않다는 것은 알지만 그래도 공권력이 있는 사람이다. 자칫 잘못 입을 나불댔다간 인생이 꼬일 수도 있었다. 그래서 어물쩍거리는데…….

"전화해!"

박철우 검사의 벼락같은 목소리가 떨어졌다.

"네? 네!"

남자는 서둘러 전화번호를 누른다.

박철우 검사가 남자의 어깨에 손을 올렸다.

"차분한 목소리로 그놈을 이쪽으로 오게 하면 되는 거예요. 알았죠?"

휴대폰에선 통화 연결음이 들리고 있다. 남자는 눈을 꾹 감는다. 그리고 이성근 형사의 목소리가 들린다.

–뭐야? 벌써 끝났어? 우리 동생, 일 처리 빠르네?

"네……."

–갈게. 기다려.

룸살롱 앞으로 차가 세워졌다. 이성근 형사가 수갑을 빙글빙글 돌리며 차에서 내린다. 그가 기지개를 쭉 켜며 중얼댄다.

"오늘 한 놈 잡으면 앞으로 열아홉 명 남은 거네. 스무 명을 언제 다 채워?"

룸살롱은 지하에 있다. 계단을 빠르게 걸어간 이성근 형사는 룸살롱의 문을 열었다.

"오, 오셨어요?"

이성근 형사는 이 룸살롱의 마담을 자주 본 모양이다.

"오늘은 술 마시러 온 게 아니니까, 나 신경 쓰지 말고 일 봐."

"아, 네……."

이성근 형사가 조금만 신경을 썼다면 룸살롱 마담의 굳은 표정을 봤을 거다. 하지만 그는 지금 마약 사범을 만들어내는 게 급했다.

뚜벅뚜벅 복도를 걸어가는 이성근 형사의 뒷모습을 보던 마담이 머리를 쓸어 넘기며 웨이터에게 말했다.

"야, 가서 소금 한 부대 좀 사와."

"지금요?"

"사와!"

웨이터는 눈치를 보며 쪼르르 밖으로 나갔다.

마담은 다시 머리를 쓸어 넘긴다. 검사에 경찰, 마담에게는 뭐가 뭔지 재수 없는 하루다. 그때 룸살롱의 문이 다시 열렸다. 작은 키의 여자가 보인다.

마담이 미간을 찌푸렸다.

"오늘 장사 안 하니까 가세요."

"술 마시러 온 거 아닌데……."

"그럼요?"

"기자예요. 취재 연락받고 왔어요."

송나연 기자였다.

마담이 담배를 입에 문다.

"검사, 경찰, 기자…… 씨발……."

룸살롱 밖에 판사까지 있다는 걸 알았으면 기겁했을 거다.

이성근 형사는 룸살롱 복도 끝으로 향하며 전화를 하고 있었다.

"네, 팀장님. 지금 서에 계시죠? 바로 끌고 갈 테니까 준비 좀 부탁드립니다."

—그래, 때리지는 말고.

"물건 안 상하게 가지고 갈 테니까 걱정하지 마세요. 그리고 오늘 끝나고 술 한잔할까요? 여기 마담한테 얘기해둘게요. 여기서 마약 범죄가 일어났으니까 우리한테 돈 받기는 힘들 거예요. 오랜만에 공짜 술 어때요?"

—좋네.

이성근 형사가 전화를 끊었다. 이제 몇 발짝만 더 가면 룸이다. 수갑을 든 손에 힘을 꽉 준 그가 문을 벌컥 열었다.

"마포경찰서 강력팀 이성근입니다. 마약이 있다는 이야기를 듣고 왔……."

이성근 형사의 말은 이어지지 못했다. 분위기가 이상하다. 여성들과 김진성, 끄나풀이 된 남자는 고개를 숙이고 있다. 그리고 낯선 사내들이 김진성을 노려보고 있다.

뭔가 잘못됐다고 느꼈을 때는 늦은 거다. 낯선 사내 하나가 툭, 김진성 앞으로 신분증을 던졌다. 김진성이 신분증을 들어 본다.

"거, 검사?"

동시에 박철우 검사가 말한다.

"체포하세요."

수사관들이 달려가 이성근 형사의 팔을 꺾었다. 이성근 형사의 얼굴이

'쿵!' 테이블에 처박힌다. 그리고 이성근 형사의 팔과 테이블 다리가 수갑으로 연결되고 있다.

철컥! 수갑이 채워지는 차가운 소리가 들릴 때 박철우 검사가 입을 열었다.

"경찰이니까 잘 알죠? 변호사를 선임할 수 있고……."

이성근 형사는 반항조차 하지 않았다. 아무리 생각해봐도 이 상황이 이해되지 않기 때문이다.

'뭐야? 중앙지검에서 여길 왜 와? 관할도 아니잖아? 여긴 서부지검 관할이잖아!'

잠시 생각에 빠졌던 이성근 형사가 핏줄 선 눈으로 박철우 검사를 바라보며 말했다.

"검사님, 뭔가 오해가 있으신 것 같은데 저 경찰입니다."

"알아요."

"그럼 수갑 좀 풀고 이야기하죠."

"싫어요."

박철우 검사의 모든 걸 알고 왔다는 눈빛. 하지만 이성근 형사는 포기하지 않는다.

"전화 한 통만 쓰게 해주십시오."

박철우 검사가 고개를 끄덕였다.

그러자 수사관이 이성근 형사의 주머니에서 휴대폰을 빼내 테이블에 올린다. 이성근 형사가 거친 숨을 내쉬며 한 손으로 휴대폰을 들었다.

"팀장님……."

–왜? 끝났어?

"여기 중앙지검 박철우 검사라는 분이 와 계십니다. 뭔가 오해가 생긴 것 같은데요."

긴말이 이어지지 않았지만 팀장은 알아들었다.

—알았어. 잠깐만 기다려.

전화를 내려둔 이성근 형사가 박철우 검사에게 다시 시선을 옮겼다.

"잠깐만 기다려주시겠습니까?"

"그러죠."

박철우 검사는 느긋하게 소파에 앉아 안주로 나온 바나나를 손에 들었다. 그리고 여성에게 묻는다.

"여기서 이런 안주는 얼마씩 해요?"

"……안주는 공짜예요."

"정말요?"

"네."

"신기하네. 호프집에선 몇만 원씩 하던데."

박철우 검사는 다시 바나나를 던져둔다. 박철우 검사의 행동에 이성근 형사의 입술이 삐뚤어졌다.

'그래, 계속 여유 부려라.'

이성근 형사가 안재진 팀장에게 건 전화는 곧바로 오종진 서장에게 이어질 테고, 이종대 검사장의 귀에 들어갈 거다.

검사들에게 검사장은 군대의 별과 같다. 이종대 검사장이 전화를 걸어오면 박철우 검사가 뭘 알고 왔는지 몰라도 흐지부지 덮어질 게 분명했다. 돼지 눈엔 돼지만 보인다고, 이성근 형사는 그런 게 이 바닥의 생리라고 생각하고 있었다.

그리고 이성근 형사의 휴대폰에 진동이 울렸다. 드디어 왔다.

이성근 형사가 박철우 검사에게 묻는다.

"받아도 될까요?"

"그러세요."

이성근 형사는 휴대폰을 들어 귀에 댔다.

"이성근입니다."

—나 서부지검 이종대 검사장이야. 누가 찾아왔다고?

"중앙지검 박철우 검사라고 합니다."

—바꿔.

이성근 형사가 휴대폰을 박철우 검사에게 건넸다.

"잠깐 받으시겠습니까?"

박철우 검사가 거부하지 않고 한 번에 전화를 손에 쥐자 이성근 형사의 얼굴이 한결 밝아진다.

'말이 통하는 새끼네.'

상황이 해결되었다고 생각하는 모양이다.

비록 범인으로 만들려던 김진성은 놓치겠지만 상관없었다. 조금만 머리를 쓰면 죄가 없어도 실적으로 만들 수 있는 놈은 대한민국 땅에 많기 때문이다.

"중앙지검 박철우 검사입니다."

—중앙지검 새끼가 거기서 왜 설쳐!

받자마자 호통이 떨어졌다.

"무슨 말씀이신지……?"

—이 미친 새끼야! 거긴 마포경찰서에서 작전을 짜놓은 곳이야! 멍청하면 가만히나 있지, 다 된 밥에 똥을 싸 갈겨! 그냥 조용히 떠나, 이 새끼야!

"작전이라뇨?"

작전 따위는 없다. 그저 박철우 검사가 조용히 사라지도록 윽박지르는 거다.

—너 때문에 석 달간 공들인 작전이 날아갔어! 너희 지검장한테 전화해서 네 새끼 모가지를 따버릴 테니까 기다리고 있어, 이 새끼야!

이제 중앙지검의 검사장까지 들먹이며 협박하고 있다. 이럴 땐 '아이고 죄송합니다'라고 해야 출셋길이 빠르다. 하지만…….

룸살롱 안에서 플래시가 터진다.

"드림일보 송나연 기자입니다. 지금 경찰과 검찰이 서로 봐주기를 하는 현장 맞죠?"

송나연 기자가 온 이유다. 박철우 검사의 윗선에서 힘으로 누르려 할 때 언론이라는 것은 아주 좋은 역할을 한다.

박철우 검사가 송나연 기자를 향해 찡긋 눈인사를 보낸 후 휴대폰을 귀에 대고 말했다.

"기자가 냄새 맡고 쫓아왔네요. 일단 여기에 있는 사람들 중앙지검으로 데려가겠습니다."

—뭐? 기자? 기자가 또 거길 왜 가!

"죄송합니다. 저도 어쩔 수 없을 것 같습니다. 그리고 이곳 상황이 좋지 않아서 일단 끊겠습니다."

—어디 기잔데!

박철우 검사는 더 이야기를 이어가지 않았다. 이 정도면 충분하다. 통화 종료 버튼을 누른 그가 화면을 확인한다. 녹음되고 있었다는 표시가 보인다.

'걸렸어.'

이종대 검사장은 지옥으로 가는 늪에 한 발을 들여놨다. 그렇게 걸어오다가 늪이라는 것을 알았을 땐 벗어날 수 없을 거다.

박철우 검사가 자리에서 일어서며 말했다.

"여기에 있는 사람들 모두 중앙지검으로 데려가주세요. 그리고 기자님, 서로 봐주기하고 그런 거 아니니까 기사 작성은 미뤄주셨으면 좋겠습니다."

수사관들이 이성근 형사를 비롯해 여성들까지 모두 끌고 밖으로 나갔다. 반항은 없었다. 모두 조용히 나갈 뿐이다.

그리고 박철우 검사와 송나연 기자만 이 공간에 남았다. 박철우 검사가 뒷목을 주무르며 말한다.

"아, 오늘도 야근이네."

"집에 언제 들어가 봤어요?"

"사흘 전? 애들이 아빠를 낯설어해요, 흐흐."

박철우 검사가 씁쓸하게 웃으며 담배를 입에 물 때 룸 안으로 이한영이 들어왔다.

"고생하셨습니다."

"고생은요, 가볍게 몸 푼 거지."

"바로 조사할 거죠?"

"네."

"끄나풀이 된 남자요. 제가 몰래 만나보고 싶은데, 가능할까요?"

박철우 검사가 턱을 쓸어 만지더니 고개를 끄덕인다.

"가능하죠, 잠시만요."

박철우 검사가 휴대폰을 귀에 댔다.

"네, 수사관님. 거기 패딩 입고 있던 남자 있잖아요. 제 차에 태워주세요. 가면서 물어볼 게 있어서요."

* * *

늦은 밤, 이종대 검사장과 오종진 서장은 부랴부랴 만났다.

이종대 검사장이 입을 연다.

"이성근 형사가 구속되는 것은 기정사실로 봐야 할 것 같아."

"그럼 어떻게 하지? 우리까지 타고 올라오는 거 아니야?"

이종대 검사장이 굳은 표정으로 답한다.

"일단 적당한 작전 하나 만들어줘."

"작전?"

"마포경찰서가 성매매나 뭐 그런 거 잡으려고 작전 펼치고 있었던 거야. 그런데 거기를 관할도 아닌 중앙지검의 박철우가 멋대로 들쑤신 거지."

이종대 검사장의 눈빛은 비열하다.

그가 계속 말을 잇는다.

"그럼 내가 중앙지검장에게 따질 수 있어. 박철우는 곤란한 상황이 되겠지? 다른 곳에 시선을 돌리기 어려울 거야. 그때 우리는 꼬리를 잘라야 해. 꼬리야 또 자라니까 상관없잖아?"

꼬리를 자른다는 말은 이성근 형사를 버리자는 것이다. 오종진 서장이 괴로운 표정으로 얼굴을 쓸어 만졌다. 하지만 방법이 없다.

"좋아. 그리고?"

"팀장에게 전화해서 이성근과 관련된 모든 자료를 지우라고 해. 이성근을 버려야 우리가 살아! 그놈 혼자 뒈지라고 해! 나중에 그놈이 출소했을 때 먹고살 가게 하나 차려 주면 되니까!"

이종대 검사장의 핏발 선 눈을 보며 오종진 서장은 한숨을 토해냈다. 그리고 휴대폰을 귀에 댔다.

"안재진 팀장, 이성근의 과잉 충성으로 만들어."

이성근 형사만 버리면 살 수 있다. 이들은 그렇게 생각하고 있었다. 하지만, 상대는 이한영이다.

그 시각, 박철우 검사의 차엔 세 사람이 타고 있었다. 운전석엔 박철우 검사, 조수석엔 이성근 형사의 끄나풀이 된 남자. 그리고 바로 뒷자리에 이한영이 앉아 있다.

이한영이 날카로운 눈빛으로 남자를 노려보며 입을 연다.

"이름이 뭐죠?"

"박영준요."

남자의 이름은 박영준, 뒤에 앉은 이한영이 누군지도 모르면서 넙죽넙죽 대답하고 있다.

"마약은 왜 손댔어요?"

“손댄 적 없어요! 형사가 시켜서 그런 것뿐이라고요! 진짜예요!”

“그걸 누가 믿어줘요? 같이 있던 친구가 마약으로 감옥에 갔다가 출소했죠? 형사가 시켰다는 것보다 그 친구와 룸살롱에 앉아 마약을 했다는 게 더 논리적이지 않아요?”

박영준이 다급히 답한다.

“거, 검사해보면 되잖아요! 내 머리카락이고 뭐고 다 뽑아도 좋으니까 검사해보세요! 저는 마약 같은 거 안 해요!”

“소지만 했다?”

“네!”

“마약 소지, 마약류 관리법에 의거 5년 이하의 징역 또는 5천만 원 이하의 벌금. 마약 전과가 있는 친구와 함께 있었으니까 감형 같은 건 어려울 것 같은데…….”

박영준의 얼굴에 핏기가 가시고 있다. 어떤 주장을 하든 실형을 피하기 힘들다는 걸 깨달아가고 있기 때문이다. 박영준은 이미 선고를 받은 표정으로 고개를 숙였다.

그때를 놓치지 않고 박형준의 귀에 이한영의 악마 같은 목소리가 파고들었다.

“살고 싶죠?”

신의 목소리는 두렵고 쓰지만 악마의 음성은 달콤한 법이다.

박영준은 서둘러 고개를 끄덕인다.

“살려주세요. 뭐든지 할게요, 제발요!”

“뭐든지?”

“네, 뭐든지요!”

순간, 녹음된 박영준의 음성이 흘렀다. 도청 장치를 통해 들어온 음성을 녹음기를 통해 녹음해 둔 거다.

–해야 하나요? 진성이는 이제 마약 안 해요.

–네가 교도소 갈래? 다행인 줄 알아, 새끼야. 우리가 지금 마약 단속하는 게 아니었으면 넌 바로 교도소행이야.

"이, 이게 어떻게……?"

박영준이 귀신에 홀린 것 같은 얼굴로 이한영을 향해 고개를 돌리려 했다. 하지만 이한영이 제지한다.

"뒤돌아보지 마세요. 제 얼굴을 보면 기회는 없어요."

차가운 목소리에 박영준의 시선은 멈췄다. 그는 얼굴을 다시 앞을 향한다.

이한영이 녹음기의 재생을 멈추며 입을 열었다.

"녹음기에 기록된 음성이 증거로 사용되면 어떨 것 같아요?"

살 수 있다. 형사의 협박 때문에 어쩔 수 없었다는 진실을 말할 수 있다. 박영준의 눈에 실낱같은 희망이 보였다.

이한영이 말을 이었다.

"박영준 씨, 클럽에서 여자를 강간했다는 혐의로 이성근 형사의 지시를 따랐죠?"

"네."

"그거 꽃뱀이었어요."

"네?"

"박영준 씨를 엮기 위해 이성근 형사가 그 여자랑 짜고 친 거예요."

박영준의 눈에 분노가 가득 차오른다. 어쩐지 형사가 찾아온 게 이상하긴 했다. 하지만 강간으로 몰리는 상황에서 경찰을 앞에 두고 당당할 사람은 없다. 게다가 강간으로 재판을 받으면 이길 가능성도 적고 창피하기만 하다. 이상한 점이 있었지만 고스란히 당할 수밖에 없었다.

박영준이 괴로운 듯 머리를 쥐어뜯는다.

"젠장……."

그때 이한영의 달콤한 목소리가 다시 흐른다.

"이걸 다 해결할 방법이 있잖아요."

바로 녹음이다. 억울함을 토해낼 수 있다.

이한영이 계속 말한다.

"저를 돕는다면 비리 경찰도 잡고 혐의도 벗고 복수도 할 수 있겠네요. 어떻게 하시겠습니까? 저와 함께하겠다고 하면 꽃뱀은 해결해주죠."

선택지는 없다. 당연히 하는 거다.

"제가 뭘 해야 하는 거죠?"

이한영의 무거운 목소리가 이어진다.

"박영준 씨는 꽃뱀 때문에 녹취의 중요성을 알게 됐습니다. 그래서 이성근 형사가 불러냈을 때 조수석 아래에 녹음기를 붙여둔 거예요. 그리고……."

박철우 검사의 차는 어느새 중앙지검 앞 거리에 도착했다. 이한영이 먼저 내리고 차는 다시 중앙지검 건물로 향한다.

박영준이 박철우 검사에게 묻는다.

"검사님, 저 사람은 누구예요?"

"궁예요."

"네?"

박철우 검사는 대답 없이 핸들을 틀었다.

* * *

"강신진이에게 약점 잡혀 있다면서요?"

백이석 대법원장의 말에 찻잔을 들던 엄준호 검찰총장의 얼굴이 창백해졌다.

엄준호 총장이 시선을 올려 앞을 본다.

"그 말씀을 하려고 찾아오신 겁니까?"

대검찰청, 갑자기 백이석 대법원장이 찾아와 엄준호 총장을 압박하고 있었다. 엄준호 총장의 말투가 고울 리 없다.

백이석 대법원장이 손을 저었다.

"내가 엄 총장의 먼지를 털어낼 정도로 한가롭게 보입니까?"

"그럼 무슨 일이십니까?"

"어젯밤에 마포경찰서의 경찰이 중앙지검으로 잡혀 왔다고 합니다."

"들어서 알고 있습니다."

이성근 형사가 중앙지검에서 조사를 받고 있다.

서부지검장은 관할의 문제와 박철우 검사가 작전을 망쳤다는 이유를 들며 이성근 형사를 보내라고 난리다.

"중앙지검에서 계속 조사했으면 해요."

"검찰의 문제입니다. 대법원장님이 관여할 일이 아니라고 생각됩……."

"계속 삐딱하게 굴 겁니까?"

늙은 호랑이라도 호랑이는 호랑이다. 말을 듣지 않으면 먼지를 털어서라도 송곳니를 박아 넣겠다는 눈빛에 엄준호 총장은 고개를 돌려 눈을 피하고 말았다.

"알겠습니다."

* * *

"차를 압수수색 하겠습니다."

마포경찰서에 박철우 검사가 떴다. 그의 말에 수사관들이 빠르게 움직이기 시작하고, 따라온 기자들은 셔터를 눌러댄다.

경찰차의 문이 열리고 안에 있는 물건들을 샅샅이 꺼내기 시작한다.

박철우 검사도 움직였다. 그가 향하는 곳은 이성근 형사와 안재진 팀장이 타고 다니던 차다. 차 문을 연 박철우 검사는 조수석에서 도청 장치를 빼내 주머니에 넣었다. 그리고 녹음기를 손에 쥔다. 마치 조수석에 녹음기가 숨겨져 있던 것처럼…….

창가에 서서 그 모습을 보던 오종진 서장이 휴대폰을 귀에 댔다. 전화하는 상대는 이종대 검사장이다.

"중앙지검에서 우리 애들 차를 압수수색 하고 있어."

-총장님이 중앙지검에서 마무리하라고 지시를 내렸어. 우리가 할 수 있는 일은 흔적을 지우는 거야.

휴대폰을 내려둔 오종진 서장이 무거운 한숨을 내쉬더니 내선 전화를 손에 들었다.

"안재진 팀장 올라오라고 해."

잠시 후 안재진 팀장이 소파에 앉아 있었다.

그 앞으로 오종진 서장이 앉는다.

"차에 뭐 있나?"

"담배나 뭐 그런 거 있습니다."

"그런데 검찰에서 차를 왜 뒤지고 있어?"

"그냥 보여주기 아닐까요? 최근에 경찰 수사권을 달라는 말이 많아지니까 기자들 앞에 두고 경찰은 안 된다, 뭐 그런 거 보여주려고요."

오종진 서장이 짜증 가득한 얼굴로 입을 열었다.

"이성근에 관한 것은 다 지웠어?"

"변호사를 통해서 성근이한테 말은 전해 뒀습니다. 배우 만들던 자료 모두 폐기했고요."

"컴퓨터에 있던 거 아니지?"

"아니에요, 걱정하지 마세요. 성근이도 입 꽉 다물고 있을 테니까 큰일은 벌어지지……."

휴대폰이 불길하게 울리며 안재진 팀장의 말은 이어지지 못했다. 오종진 서장이 허락하자 안재진 팀장이 서둘러 전화를 받는다.

"뭐? 무슨 개소리야!"

험악한 목소리에 오종진 서장의 얼굴에 그늘이 드리워진다. 또 일이 꼬이고 있다는 신호다.

안재진 팀장이 전화를 끊자 오종진 서장이 다급히 물었다.

"뭔데?"

안재진 팀장은 대답 대신 리모컨을 들어 텔레비전을 켰다. 아나운서의 목소리가 울린다.

영화에서나 벌어질 법한 일이 현실에서 벌어졌습니다. 마약 소지로 검찰에 체포된 박 모 씨는 검찰의 조사 과정에서 이 모든 것이 경찰의 협박이었다고 자백했습니다. 그 증거로 박 모 씨가 경찰에 협박당할 때 녹음한 음성이 공개되었습니다.

아나운서의 목소리가 사라지고 화면엔 녹음기의 그림이 떠오른다. 이어서 이성근의 음성이 흘러나왔다.

-김진성을 룸으로 불러내. 그리고 눈치 봐서 김진성 잠바에 이 약을 넣어.

-팀장님, 오늘 밤에 바로 시작하겠습니다. 지원은 필요 없어요. 어차피 애새끼 하난데요. 혼자 가서 점수 좀 따겠습니다.

다시 아나운서의 모습이 나온다.

실적 올리기에 급급한 경찰의 모습, 이게 과연 현실인지 영화 속 이야기인지 모르겠습니다. 검찰은 이 사건의 진실을 찾아…….

텔레비전을 끈 안재진 팀장이 참담한 표정으로 오종진 서장을 바라본다.

오종진 서장이 안타까운 눈빛으로 힘겹게 입을 연다.

"재진아……."

안재진 팀장은 고개를 저었다. 이어질 말이 무엇일지 알고 있어서다.

"안 돼요. 첫째가 이제 고등학생이에요. 대학도 가려면……."

"최대한 막아줄게."

"서장님!"

안재진 팀장이 큰 소리로 말했지만, 오종진 서장은 눈을 피한다. 모든 걸 뒤집어쓰라는 뜻이다.

그때 서장실의 문에 똑똑똑 노크 소리가 어둡게 들렸다. 검찰이 들이닥쳤다는 신호. 안재진 팀장은 무릎을 꿇고 오종진 서장의 다리를 잡는다.

"서장님, 제발! 제발 좀 살려주세요!"

이성근 형사가 잡혀갔다는 소식을 들었을 땐 조금 놀랐을 뿐 당황하지 않고 침착했던 안재진 팀장이다. 하지만 지금은 안간힘을 쓰며 눈물까지 흘리고 있다. 그런 안재진 팀장을 오종진 서장은 외면한다.

"애들 학비는 내가 어떻게든 해볼게."

"서장님!"

이미 늦었다.

스르륵 문을 열고 안으로 들어온 박철우 검사가 오종진 서장을 향해 허리를 굽힌 후 입을 연다.

"서장님, 잠시 실례하겠습니다."

오종진 서장은 눈을 감는다.

바짓가랑이를 잡고 애원하던 안재진 팀장의 손이 힘없이 툭 떨어지더니 바닥을 짚는다. 그는 신경 말단까지 엄습한 절망감을 느끼고 있었다.

* * *

이한영은 옥탑방에 서서 화이트보드를 보고 있었다.

거기엔 강신진 지원장과 박광토 전 대통령을 비롯한 각 악인의 이름이 적혀 있다. 이한영의 시선은 이종대 검사장과 오종진 서장의 이름에 고정됐다.

'이성근이 잡혔을 때만 해도 여유로웠을 거야.'

장기로 치면 이성근은 졸이다. 하나 없어진다고 해도 받을 타격은 크지 않다. 하지만 안재진 팀장은 다르다. 오종진 서장과 다이렉트로 대화를 나눌 수 있으며 이종대 검사장과의 관계도 알고 있다.

'안재진이 입을 열지 않는다고 해도 불안하겠지. 언제 폭탄이 떨어질지 모르니까.'

오종진 서장과 이종대 검사장이 어떤 짓을 할지 생각하며 이한영의 눈동자는 점차 차가워졌다.

'강신진을 찾아가겠지? 검사장과 서장, 강신진으로서도 버리기 아까운 패야. 살려주려고 노력할 거야.'

강신진 지원장이라면 이 정도에서 사건을 종료하도록 만들어낼 힘이 있다.

'하지만 일이 더 커지면? 민심이 불타오르면? 끌 수 있을까?'

이한영의 입가에 옅은 미소가 그려졌다.

'강신진, 이번엔 당신이 시험을 치를 때야. 점수가 낙제점이라면 당신의 왼팔 하나가 사라지는 거야.'

* * *

이한영의 생각대로 이종대 검사장과 오종진 서장은 강신진 지원장을 찾아왔다.

창가로 넓은 저수지가 보이는 한정식집이다. 두 사람의 이야기를 들은 강신진 지원장이 휴대폰을 손에 쥔다.

"중앙지검장, 나 강신진이에요."

—네, 말씀하십시오.

중앙지검장은 최근 교체된 사람으로 강신진 지원장과는 몇 번 얼굴을 본 게 전부다. 하지만 탐욕적인 사람이었기에 강신진 지원장이 다루기 쉬웠다.

"불미스러운 일이 있어서 전화했어요. 이번 이성근 형사 사건에 이종대 검사장까지 연루된 것 같아요."

—네? 이종대 검사장이요?

놀란 목소리에 강신진 지원장이 대수롭지 않게 말을 이어간다.

"많이는 아니고 발을 담근 것 같은데, 여기서 일이 커지면 특검이고 뭐고 설치면서 검찰의 체면만 깎일 수도 있어요. 검찰의 미래를 위해 사건을 여기서 종결하는 게 어떨까요?"

중앙지검장의 입에서 한숨이 흐른다.

강신진 지원장이 말을 이었다.

"조만간에 장태식 사장하고 셋이 한번 봅시다. 같은 법조인끼리 술 한잔해야죠?"

유성그룹 장태식 사장은 강신진 지원장에게 '하이패스'와 같다. '황금대포로 쏘아대면 정의도 힘이 빠진다'는 이탈리아의 속담처럼 돈으로 쏟아부어서 안 되는 일은 없었다. 특히 지금 중앙지검 검사장은 욕심이 많은 사람. 강신진 지원장은 쉽게 일을 처리할 수 있었다.

—알겠습니다.

강신진 지원장이 휴대폰을 테이블에 올려 두며 앞에 앉은 이종대 검사장과 오종진 서장을 향했다.

"마음 편히 식사하게."

두 사람은 환하게 웃으며 고개를 숙인다.

"감사합니다!"

하지만 언제까지 웃을 수는 없었다.

한 오피스텔의 지하 주차장에 박철우 검사와 중앙지검의 수사관들이 차를 멈춰 세웠다. 안재진 팀장과 이성근 형사가 뒷돈을 받던 곳이다.

수사관들이 엘리베이터를 타고 위로 올라가자 박철우 검사가 이한영에게 전화를 걸었다.

"지금 성매매 업소를 치러 왔습니다."

–장부 확보하시고 안재진의 입에서 오종진 서장의 이름이 나오게 만들어야 해요.

안재진은 오종진 서장에게 받은 뒷돈을 가져다 바쳤다. 어떤 식으로든 흔적이 남기 마련이다.

이한영은 그들이 남긴 흔적을 모아 휘발유를 뿌리고 불을 붙일 생각이다. 불꽃은 지옥의 업화가 되어 그들의 몸을 태우고 또 태울 것이다.

전화를 끊은 이한영은 앞을 바라봤다.

백이석 대법원장이 보인다.

"이종대, 오종진, 안재진, 이성근의 재판을 맡겨 달라고?"

"네."

"이종대와 오종진은 잡지도 못했잖나?"

"시간문제입니다. 허락해주십시오."

가만히 이한영을 보던 백이석 대법원장이 술잔을 입에 댄다.

"허락하지."

* * *

"단속을 미리 알려주고 뒷돈을 받았잖아!"

박철우 검사의 호통이 터졌지만 안재진 팀장은 답하지 않는다. 그저 눈을 감고 있을 뿐이다.

자리에서 일어선 박철우 검사가 허리를 굽혀 그의 귓가에 얼굴을 가까이 가져다 댔다.

"경찰이었으니 알잖아. 묵비권이 마냥 좋은 게 아니야. 친절하게 말할 때 대답해."

그래도 마찬가지다. 안재진 팀장은 절대 입을 열지 않겠다는 의지로 눈을 뜨지 않는다.

박철우 검사가 다시 자신의 자리로 돌아갔다. 그리고 툭, 테이블 위로 무엇인가를 던졌다.

"읽어봐."

그 말을 끝으로 박철우 검사는 입을 꾹 다물었다.

취조실에 무거운 적막이 찾아왔다. 고요함이 주는 압박감은 두려운 법이다. 그제야 눈을 뜬 안재진 팀장의 눈동자에 던져진 서류가 보인다.

다리를 외로 꼰 채 팔짱을 끼고 있던 박철우 검사가 턱짓으로 서류를 가리켰다.

"읽어보라니까."

안재진 팀장은 눈동자만 올려 박철우 검사를 향했다.

자신감 있는 눈빛이다. 상대가 자신 있을수록 안재진 팀장의 불안감은 커져만 간다.

그가 떨리는 손으로 서류를 들어 펼쳤다. 그 순간, 눈동자는 지진이 일어난 것처럼 흔들린다.

"이, 이건……."

박철우 검사가 불법 성매매 업소를 조사하며 얻은 장부. 안재진 팀장과 이성근 형사가 받아먹은 돈이 고스란히 적혀 있다.

박철우 검사가 안재진을 향해 몸을 끌어당기며 말한다.

"내가 증거 없이 몰아붙이는 줄 알았지? 그러게 눈 뜨고 대답했으면 얼마나 좋아?"

안재진 팀장의 서류를 든 손이 부르르르 떨려 왔다.

박철우 검사의 말이 이어진다.

"조금 있으면 기자 브리핑을 통해 당신과 이성근의 죄를 세상에 알릴 거야. 범죄자를 만들어 실적을 올리는 악질 형사, 성매매 단속을 알려주고 그동안 12억 원을 처먹은 비리 경찰. 세상은 당신들을 그렇게 기억하겠지."

안재진 팀장은 박철우 검사와 눈을 마주치지 못한다. 눈동자를 내려 장부를 볼 뿐이다.

안재진 팀장의 입에서 자신도 모르게 숨이 들이마셔졌다. 그의 죄는 무겁다. 무고한 시민을 범죄자로 만들어 실적을 올린 죄. 불법 집단이 기생할 수 있도록 돕고 뇌물을 받은 죄. 모든 걸 뒤집어쓰면 언제 나올지 알 수 없다. 게다가…….

박철우 검사의 무서운 목소리가 이어진다.

"증거로 들어온 마약도 빼돌린 것 같던데……. 조사해보면 알겠지?"

정지 화면처럼 멈춰 있던 안재진 팀장의 공허한 눈동자엔 절망만 가득했다.

자리에서 일어선 박철우 검사가 그의 어깨를 툭툭 치며 말한다.

"혼자 독박을 쓰면 뒤를 봐주겠다 어쩐다 그런 말을 들었나? 그거 믿지 마. 어차피 그 말을 한 새끼들도 다 감옥에 갈 거야. 내가 모두 잡아넣을 거니까."

박철우 검사는 그의 뒤에 누가 있는지 모두 알고 있다는 듯 말했다. 안재진 팀장의 불안한 눈동자는 더 어두워진다.

상대의 감정이 흔들리기 시작했다. 지금부터는 친절히 나가야 한다. 박철우 검사가 부드러운 목소리로 입을 연다.

"안재진 팀장님, 저도 딸이 있어요. 그래서 팀장님의 마음이 조금은 이해가 갑니다. 대학 가는 것은 못 봐도 시집가는 건 봐야 하지 않겠습니까? 식장엔 아버지 손잡고 들어가야 하잖아요. 내가 키운 자식, 행복하게 잘 살라고 빌어줘야 하잖아요."

애절한 목소리에 안재진 팀장의 허옇게 말라붙은 입술이 드디어 움직였다.

"며, 몇 년 구형하실 겁니까?"

뒤에 있는 사람을 진술하는 대신 구형을 줄여줄 거냐는 질문이다.

박철우 검사가 사람 좋은 미소를 그렸다.

박철우 검사는 브리핑을 위해 복도를 걷고 있었다. 그의 주먹은 꽉 쥐어져 있다. 안재진 팀장이 자백했기 때문이다.

'역시 오종진 서장이 뒤에 있었다는 거지?'

오종진 서장은 안재진 팀장을 오른팔로 이용해 온갖 더러운 짓을 일삼았다. 그리고 검찰에 걸리자 오른팔을 잘라내고 자기 혼자 살겠다고 도망치고 있다.

'죄를 지었으면 벌을 받아야지.'

오종진 서장의 끝이 보이기 시작했다. 법정에만 올리면 나머지는 이한영이 알아서 해줄 것이다.

박철우 검사가 브리핑실 앞에 섰다. 그때 그의 휴대폰이 울렸다.

"네, 박철우 부부장……."

—검사장실로 올라와.

"지금 브리핑이 약속되어 있습니다."

-기자들은 없어.

"네?"

박철우 검사가 서둘러 브리핑실을 열어 봤다. 아무도 없다. 텅 비어 있다. 강신진 지원장이 언론을 통제하고, 중앙지검장이 브리핑실을 막아버린 것이다.

박철우 검사의 얼굴이 괴물처럼 일그러진다.

"씨발……."

잠시 후 박철우 검사는 검사장실에 와 있었다.

중앙지검 검사장, 강지환. 얼마 전 새로 검사장에 취임한 자다.

강지환은 창밖을 보며 서 있고, 박철우 검사는 그 뒤에서 열중쉬어 자세로 있다.

"박철우 부부장, 이번 사건 임중민 부부장에게 넘겨."

임중민 부부장은 이성대 부장을 사기 칠 때 박철우 검사와 함께 있던 사람이다. 임중민 부부장은 박철우 검사가 자신들의 라인이라고 알고 있다.

"검사장님, 제가 시작한 사건입니다. 끝까지 마무리할 수 있도록 허락해주십시오."

중앙지검 검사장 강지환이 몸을 돌리자 메기 같은 얼굴이 보인다.

"세상이 네 멋대로 움직이는 것 같지?"

"……!"

"검사 생활 그만하고 싶나? 너 같은 새끼 옷 벗게 하는 건 일도 아니야."

박철우 검사가 입을 다물자 강지환 검사장이 다가와 어깨를 꾹 쥐며 말을 이었다.

"지금 하던 일 다 넘기고 형사 4부로 옮겨."

형사 4부는 경제 범죄 전담 부서, 지금의 사건이랑은 정반대로 이동하는 거다.

박철우 검사는 깊은 한숨과 함께 고개를 숙였다. 꽉 쥔 그의 주먹이 애처로워 보인다.

* * *

"남서향이라 늦은 시간까지 해가 들어와요. 거실 뷰도 딱 산이 보이는 게 좋지 않아요? 요즘은 '숲세권'이라 해서 일부러 이런 전망을 찾아오는 분도 많아요."

그 시각, 이한영은 집에서 멀지 않은 아파트에 와 있었다. 어머니와 함께할 아파트를 계약하기 위해서다.

공인중계소 사장의 설명을 들으며 이한영은 집을 둘러본다. 25평 아파트, 어머니를 모시기엔 딱 좋은 크기다.

이한영이 시선을 틀어 사장을 향했다.

"계약하죠."

공인중계소 사장이 활짝 웃는다.

"생각 잘하셨어요. 집은 마음에 들었을 때 사야 해요. 이것저것 생각하다 보면 절대 못 사요. 계약은 언제가 좋을까요?"

"주말이면 좋겠는데요. 제가 지금은 회사에 들어가봐야 해서요."

"그럼 계약금 먼저 보내주세요. 집주인이랑 얘기해보고 주말에 시간 맞춰볼게요."

사장이 집주인과 통화하고 있을 때 이한영은 창가로 걸어갔다. 푸른 산이 한눈에 들어온다.

이한영은 잠시 전생을 떠올렸다. 어머니는 으리으리한 집에 사셨다. 하지만 유배나 마찬가지였다. 유세희와 에스로펌이 서울에서 먼 곳에 집을 지어 놓아서다. 판사라는 바쁜 직업을 가진 이한영은 명절에나 어머니를 찾아뵐 수 있었다.

이한영의 손이 창틀을 쓸어 만졌다. 이번 생에선 호사스러운 집보다 행복한 곳에서 함께하고 싶었다.

이한영은 차를 타고 법원으로 향했다. 마음에 드는 집을 사서 그런지 기분이 좋아 보인다.

'어머니한테 계약한 거 말씀드리면 또 등짝 맞겠네.'

어머니는 어서 장가를 가라고 난리다. 그러니 집을 사서 함께 살자고 하면 화를 내실 게 분명하다. 하지만 맞아도 좋았다. 괴로웠던 전생과 달리 즐겁고 행복하다. 이한영은 자신도 모르게 미소를 그렸다.

그때 박철우 검사에게 전화가 걸려 오며 기분 좋은 시간은 끝이 났다.

"네, 검사님."

-브리핑 실패했습니다.

"네?"

* * *

"형사 4부면 경제 전담이죠?"

"네."

그날 밤, 이한영과 박철우 검사는 마주 앉아 있었다. 다 된 밥상이 엎어져서 그런지 박철우 검사의 표정은 여전히 찌푸려져 있었다. 그런데 이한영의 표정은 담담하다.

이한영이 캔맥주를 테이블에 내려두며 말했다.

"한직으로 빠졌을 줄 알고 걱정했는데, 경제 전담이면 괜찮네요. 유성그룹과 부딪치기 전에 미리 예열할 수 있겠어요."

물끄러미 이한영을 보던 박철우 검사가 고개를 갸웃거렸다. 이한영의 얼굴은 아무리 봐도 기분이 나빠 보이거나 절망적이지 않다. 이 상황을 대수롭지 않게 여기는 듯하다.

"기분 안 나빠요? 우리 계획이 막혔잖아요."

이한영이 고개를 끄덕였다.

"나쁘긴 한데요, 상대는 검사장과 경찰서장이잖아요. 이렇게 쉽게 끝낼 수 있다고는 생각하지 않았어요."

"이제 어쩌죠?"

이한영은 박철우 검사를 향해 살짝 웃어 보였다. 뭔가 있는 듯한 미소에 박철우 검사가 다급히 묻는다.

"방법이 있어요?"

박철우 검사는 승진이나 좋은 위치보다는 정의를 추구하는 열혈 검사다. 그런데 중앙지검장까지 나서서 브리핑을 뒤집어 놓았으니 속이 뜨거울 정도로 쓰릴 거다.

이한영이 박철우 검사의 캔맥주에 자신의 캔맥주를 툭 가져다 대며 말했다.

"기다리세요."

알 수 없는 말에 박철우 검사의 미간이 찌푸려졌을 때, 이한영의 휴대폰에 메시지가 왔다는 진동이 울렸다. 화면을 본 이한영이 말한다.

"기다릴 필요 없겠네요. 끝났어요."

이한영은 리모컨을 들어 뉴스를 틀었다. 아나운서의 목소리가 시끄럽게 들린다.

속보입니다. 서부지검 이종대 검사장과 마포경찰서 오종진 서장이 경찰 비리에 연루되어 있다는 제보가 들어왔습니다. 제보에 따르면 이번에 검찰에 잡힌 안재진 강력팀 팀장이 오종진 서장과 이종대 검사장에게…….

박철우 검사가 놀란 얼굴로 이한영을 본다.

"분명 모든 언론사가 이번 브리핑을 받지 않기로 했는데, 어떻게……?"

이한영이 캔맥주를 든다.

"언론을 믿으면 바보죠."

* * *

"이러면 되겠습니까?"

그 시각, 속보를 알리는 언론사의 대표이사실엔 박주호 전 대법관과 대표가 앉아 있었다. 대표는 무서운 눈으로 노려봤지만 박주호 전 대법관은 느긋하다.

"됐습니다."

그들이 앉은 소파의 테이블에 많은 서류가 놓여 있는 게 보였다. 대표가 서류를 콱 움켜쥐더니 자리에서 일어나 쓰레기통에 버린다. 그가 버린 서류는 지금껏 재판을 받았던 기록 중 판사를 협박하고 섭외해 숨겨둔 증거들이다. 박주호 전 대법관은 당시 판사들을 만나 기록물을 얻었고, 언론사를 찾아와 협박했다.

대표의 선택권은 없었다. 이게 뿌려지면 언론사는 국민에게 외면을 받는다. 진실을 숨긴 언론사의 최후는 당연한 거다. 그것만은 막아야 했다.

할 일을 끝낸 박주호 전 대법관이 자리에서 일어섰다.

"이제 죄짓고 살지 마세요. 착실하게 하세요."

대표가 박주호 전 대법관을 노려봤다.

하지만 박주호 전 대법관은 뒷짐을 진 채 여유롭게 대표이사실의 문으로 향한다. 그러면서 농담까지 던진다.

"뭔 그림을 이렇게 많이 샀어요? 탈세하려는 거 아녜요?"

"탈세라뇨. 마음에 드신 게 있으면 하나 드릴까요?"

"그림은 볼 줄 아는 사람들이나 감상하는 거지. 내 눈엔 이 그림도 탈세로만 보여서…….”

언론사를 나와 차에 오른 박주호 전 대법관이 백이석 대법원장에게 전화를 걸었다.

“다 늙어서 하는 싸움질도 재밌구먼.”

–주책은…….

“이한영의 재판을 보니 나도 그만 피가 끓어버렸어, 흐흐흐.”

아나운서의 목소리는 계속되고 있다.

검찰은 제 식구 감싸기를 하지 말고 성역 없는 수사를 해야 할 것입니다.

쾅! 쾅! 쾅!

서부지검 이종대 검사장이 두 손으로 책상을 내리찍었다.

“어떤 미친 새끼가!”

그의 휴대폰에 진동이 울린다. 서둘러 받자 중앙지검장이다.

–죄송합니다. 수사를 다시 시작해야 할 것 같습니다.

중앙지검장은 욕심이 많고 계산적이다. 언론을 통해 여론이 움직이는 것 같자 재빨리 방향을 틀었다.

이종대 검사장의 눈에 실핏줄이 툭툭 터지기 시작했다. 그가 다급히 오종진 서장에게 전화를 건다.

“누군지 찾았어? 그 관계자라는 개새끼!”

힘없는 목소리만 들릴 뿐이다.

“아직…….”

관계자는 없다. 언론사에서 그럴듯하게 꾸며낸 말일 뿐이다. 하지만 이들은 지은 죄가 많아서인지 그 말을 완벽하게 믿고 있었다.

“씨발!”

전화를 끊은 이종대 검사장은 머리가 뽑힐 듯이 쥐어뜯는다. 평생 쌓아 온 명예가 지옥으로 떨어지는 순간이다. 잠시 그렇게 있던 이종대 검사장이 다급히 강신진 지원장의 번호를 찾아 통화 버튼을 눌렀다.

강신진 지원장 역시 언론사의 속보를 듣고 있었다. 그의 눈이 무섭게 빛나고 있다. 그때 그의 휴대폰이 울렸다. 이종대 검사장이다.

잠시 울리는 벨 소리를 그대로 두던 강신진 지원장이 휴대폰을 손에 쥐었다.

“말해.”

–살려주십시오!

“이종대 검사장, 일단 들어가 있어. 적당한 시기가 되면 빼줄 테니까.”

감옥에 가라는 소리다. 적당한 시기가 되면 보석이든 뭐든 나오게 해주겠다는 거다.

하지만 이종대 검사장도 산전수전 다 겪은 양반이다.

–전 말은 믿지 않습니다. 믿을 수 있는 걸 주십시오. 그러지 않으면…….

강신진 지원장의 눈은 분명 무섭다. 하지만 그의 입술엔 미소가 걸렸다.

“그러지 않으면 어쩌겠다는 거지?”

* * *

이한영은 옥탑방의 옥상에 서서 서울의 야경을 내려다보고 있었다. 쌀쌀한 날씨지만 전혀 춥지 않다. 뜨거워진 가슴은 지금이라도 밖으로 나가 악마들의 멱살을 틀어쥐고 싶을 뿐이다.

이한영은 이번 사건으로 강신진 지원장에게 시험을 냈다. 하지만 강신진 지원장은 자신의 힘을 과신했는지 어떤 방비도 하지 못했다.

이한영이 천천히 입을 연다.

"강신진, 당신의 점수는 낙제."

* * *

이종대 검사장이 사는 아파트 단지.

재개발이 예정된 복도식 아파트다. 이종대 검사장은 집값 상승을 노리며 이곳에 살고 있었다.

늦은 시각, 그 아파트 단지로 차량 두 대가 들어왔다. 차에서 내린 사람은 중앙지검 임중민 부부장. 박철우 검사를 대신해 이종대 검사장의 사건을 맡은 사람이다. 이한영이 강신진 지원장의 돈을 사기 칠 때 박철우 검사와 함께 있던 사람이기도 하다.

건물 앞에 선 임중민 부부장이 담배를 입에 물며 시선을 올렸다. 늦은 시간이었지만 이종대 검사장의 집은 불이 환하게 켜져 있다. 그곳을 지켜보는 임중민 부부장의 눈빛은 착잡하다.

"하, 씨발……. 박철우 이 새끼가 골치 아픈 일을 만들었어……."

검사가 검사장을 체포해야 한다는 것은 부담스러운 일이다. 그는 한참 동안 담배만 피우고 있었다.

한 수사관이 임중민 부부장의 옆에 섰다.

"부부장님, 들어갈까요?"

임중민 부부장은 손목을 들어 시간을 확인했다. 체포영장이 발부된 지 두 시간이 지났다. 멀지도 않은 거리를 두 시간이나 걸려 도착한 이유. 그건 상대는 검사장이고 이 바닥의 선배였기 때문이다. 검사장에 대한 마지막 예우로 가족들과 작별 인사를 하고 주변을 정리할 시간을 준 거다.

임중민 부부장이 담배를 비벼 끄며 말했다.

"이 정도면 가족들은 다 떠났겠지?"

"네, 그럴 겁니다."

"집 주소는?"

"12층 4호입니다."

"가자."

그들이 아파트 현관을 향해 움직였다. 그 순간, 주차되어 있던 한 차의 문이 다급히 열리더니 누군가 빠르게 내렸다. 내린 사람은 박철우 검사와 모자를 눌러쓴 남자다.

"임중민 부부장님!"

박철우 검사가 다가오자 임중민 부부장의 눈살이 찌푸려졌다.

"왜 기어 왔어? 경제범이나 잡아, 새끼야."

임중민 부부장 앞에 선 박철우 검사가 허리를 깊게 숙였다.

"제가 시작했던 사건입니다. 마무리를 지켜보고 싶습니다. 허락해주십시오."

"너 지금 몸 사려야 하는 거 몰라?"

"부탁드립니다. 조용히 있겠습니다."

박철우 검사의 목소리는 간절했다.

임중민 부부장이 한숨을 내쉬며 고개를 튼다. 그의 시선에 고개를 숙인 모자 쓴 남자가 보인다.

"이 사람은 누구야?"

"같이 조사하던 형사입니다. 이번 사건 때문에 유배를 가게 되어서……."

검사가 검사장을 잡고 경찰이 서장을 잡은 상황. 유배는 충분히 이해할 수 있었다.

"두 사람 다 한마디도 하지 마."

허락한 거다.

박철우 검사가 다시 허리를 굽혔고, 모자 쓴 남자도 고개를 꾸벅 숙였다.

임중민 부부장이 모자 쓴 남자의 어깨를 툭툭 치며 말을 이었다.

"어디로 유배 가는지는 모르겠는데, 그렇게 고개 숙이고 있지 마요. 우리가 장소 생각하며 일하는 사람들 아니잖아요? 어디든 나쁜 놈만 있으면 되는 거지. 그럼 조용히 있어요."

그 말을 끝으로 임중민 부부장은 아파트 현관으로 향했다.

그의 발소리가 멀어지자 모자 쓴 남자가 고개를 든다. 모자를 쓴 남자는 이한영이다.

이종대 검사장은 야비한 인간으로 어떻게든 빠져나갈 길을 만들어놓을 거다. 이한영은 그의 계획을 부숴버릴 생각이었다.

그들은 엘리베이터를 기다리고 있었다.

1층을 향해 내려오기 시작한 엘리베이터가 11층에서 멈추더니 3층에서도 멈춰 선다.

임중민 부부장이 툴툴거린다.

"이 시간에 어디를 가려고 이렇게 엘리베이터를 타는 거야?"

오래된 아파트라 그런지 엘리베이터의 속도도 더디다. 한참을 기다려서야 엘리베이터의 문이 열렸다. 그런데 안에는 아무도 타고 있지 않다. 분명 11층과 3층에서 멈춰 섰는데, 텅 비어 있다.

임중민 부부장이 미간을 찌푸렸다.

"이건 뭐야? 왜 아무도 없어?"

먼저 오른 수사관이 12층의 버튼을 누르며 대수롭지 않게 답했다.

"낡아서 그런가 봐요. 우리 집 엘리베이터도 가끔 이러거든요."

"에이."

모든 사람이 엘리베이터에 올랐다. 문이 닫히는 것과 함께 간간이 이어지던 대화 소리가 끊겼다. 다름 아닌 검사장을 체포하는 일. 초조했고 긴장될 수밖에 없다. 층수가 바뀌는 걸 보며 마른침만 삼킬 뿐이다.

"벨 눌러봐."

임중민 부부장의 말에 수사관이 이종대 검사장의 집 초인종을 누른다. 반응이 없다.

"다시."

마찬가지다. 벨 소리 외에는 어떤 소리도 들리지 않는다.

박철우 검사가 문에 귀를 대고 기척을 살피기 시작했다.

"아무 소리도 들리지 않습니다."

임중민 부부장의 마음속에 불길한 생각이 솟구쳐 올랐다. 그는 이종대 검사장에게 두 시간의 여유를 줬다. 주변을 정리하라는 배려였지만 도주하기에도 충분한 시간이다. 같은 생각을 하는지 수사관들의 표정 역시 점점 심각해진다.

"씨발!"

임중민 부부장이 문고리를 잡고 거칠게 잡아당겼다. 그런데 문이 힘없이 열린다. 문이 완벽히 닫히지 않아 도어록이 작동하지 않은 거다.

이한영의 시선은 문으로 향했다.

'뭐지? 문을 닫지 않고 갔다고?'

뭔가 이상하다. 하지만 임중민 부부장은 깊은 생각을 하지 않는 것 같다.

"들어가!"

그의 외침에 수사관들이 안으로 뛰어 들어갔다. 이한영도 안으로 향했다. 뭘 했는지 거실은 난장판이다.

'짐을 빼낸 것은 아니야. 싸움의 흔적 같아.'

이한영의 눈살이 찌푸려질 때 일사불란하게 각 방으로 향한 수사관들이 절망적인 소리를 내뱉는다.

"거실에 아무도 없습니다!"

"안방에도 없습니다!"

"작은방도 마찬가집니다!"

"도망간 것 같습니다!"

임중민 부부장의 눈에 힘이 들어갔다.

"젠장! 튄 거야? 가족들 연락처 있지? 전화해봐!"

검사장의 예우를 위해 시간을 줬는데, 튀었다. 질책을 받을 수밖에 없는 상황이다. 임중민 부부장은 시뻘게진 눈으로 수사관들을 닦달하고 있다. 그야말로 난장판이다.

이한영은 여전히 거실에 있었다.

'도망?'

뭔가 이상했다. 거실에 가족들의 물건은 없지만 이종대 검사장의 물건은 있었다. 그때 이한영의 시선이 텔레비전의 선반에서 멈췄다.

'약 봉투?'

손으로 쥐어 들자 봉투에는 이종대 검사장의 이름이 적혀 있다.

'당뇨?'

매일 먹어야 하는 약이다. 이한영이 박철우 검사에게 약 봉투를 내밀며 작게 말했다.

"도주했다면 챙겼어야 하지 않을까요?"

박철우 검사의 눈도 찌푸려진다.

"뭐죠?"

그때 수사관의 날카로운 소리가 불길하게 들렸다.

"여, 여기!"

이한영과 박철우 검사의 시선이 목소리가 들리는 쪽으로 향했다. 다급한 말이 이어진다.

"이, 이쪽으로!"

목소리가 들려온 쪽은 화장실.

이한영과 박철우 검사는 빠르게 달려갔다. 입을 손으로 가린 채 창백한 얼굴로 서 있는 수사관이 보인다.

"무슨 일이에요?"

박철우 검사의 말에 수사관은 손가락을 들어 올린다. 그 손가락은 화장실의 문을 가리키고 있다.

"저, 저기……."

수사관의 눈동자는 지진이 난 것처럼 흔들렸다. 말을 할 상태가 아니다.

이한영의 시선이 화장실로 향했다. 닫힌 문이 열어서는 안 되는 판도라의 상자처럼 보인다. 하지만 열어야 한다. 그럴 수밖에 없다.

이한영은 아래턱에 힘을 준 채 문고리를 잡고 열어젖혔다. 쏴아아아, 샤워기에서 쏟아지는 물줄기가 욕조를 채우고 있다. 이미 물이 가득 찬 욕조에서 핏물이 넘치고 그 안에 이종대 검사장이 보인다.

임중민 부부장이 뒤늦게 도착했다.

"뭔데? 뭐야?"

고개를 쑥 내밀고 화장실 안을 본 임중민 부부장은 놀란 얼굴로 주춤주춤 뒤로 물러섰다.

"씨, 씨발. 주, 죽은 거야?"

"아직 모릅니다."

임중민 부부장의 질문에 답한 박철우 검사는 다시 시선을 돌려 이한영을 향했다. 이한영은 침착하게 이종대 검사장을 살피고 있었다. 맥박이 뛰지 않는다.

'자살?'

이종대 검사장은 손목을 그었다.

'칼은 어디에 있지?'

칼은 욕조 아래 떨어져 있다. 이한영이 다시 이종대 검사장을 향해 고개를 돌렸다.

'자살이라고?'

이한영은 천천히 이종대 검사장을 훑는다. 그 눈빛이 목에서 멎는다.

목을 졸린 흔적이 보였다.

'누군가가 뒤에서 목을 조였어. 그렇다면 자살이 아니라 타살일 가능성이 커!'

순간, 11층과 3층에서 멈춰 섰던 엘리베이터가 떠올랐다. 이한영의 생각이 빠르게 회전한다.

'범인이 엘리베이터에 타고 있었다면? 그리고 검찰이 왔다는 것을 알고 있었다면? 이종대 검사장을 살해한 후 의심받지 않게 11층에서 탔을 거야. 그리고 우리와 마주치지 않기 위해 3층에서 내렸어!'

3층에서 내리면 1층의 소리를 들을 수 있고 혹시 발각된다 해도 2층보다 여유롭게 도주할 수 있다.

이한영이 몸을 돌렸다. 그리고 화장실을 벗어나며 박철우 검사에게 작게 말한다.

"자살이 아니라 타살일 수 있어요! 일단 나와요."

이한영과 박철우 검사는 1층으로 내려왔다.

하지만 늦었다. 흔적은 물론이고 아무도 보이지 않는다. 늦은 밤의 가로등만 보일 뿐이다.

이한영이 입을 열었다.

"관리실 CCTV 확인하시고요. CCTV를 피해서 도주할 수 있는 길을 찾아보세요."

* * *

―이종대 서부지검 검사장이 자택에서 숨진 채 발견되었습니다.

―검찰의 강압 수사가 또 한 번 도마 위에 올랐습니다.

―일각에서는 이번 이종대 검사장을 향한 망신 주기 기소부터 자살까지의

사건이 검찰 내부의 권력 다툼이었다고…….

뻑, 옥탑방에 놓인 텔레비전이 꺼졌다.

"자살로 인정하고 수사 종료."

이한영이 박철우 검사를 이상한 눈빛으로 바라봤다.

"이렇게 빨리 자살로 인정한다고요? 목에 상흔이 있었잖아요? 거실의 흔적을 봐도 싸움이 일어났던 것 같던데요?"

누가 봐도 졸속 수사.

이한영이 계속 묻는다.

"CCTV는 확인해봤어요?"

"확인해봤죠. 11층에서 엘리베이터를 탄 남자가 3층에서 내리는 것까지는 봤는데요. 그게 끝. 어느 곳의 CCTV를 확인해도 더 보이지 않았어요."

사건이 일어난 곳은 복도식 아파트다. 범인은 3층에서 내린 후 건물 끝에 있는 계단을 이용해 1층으로 내려왔고, 난간을 넘어 도주했을 거다. CCTV로는 찾을 수 없다.

"CCTV를 피해 도주할 수 있는 길은요?"

"오래된 아파트라 그런 길은 많아요."

"범인이 있을 수도 있다는 거잖아요. 그런데 수사 종료?"

박철우 검사가 머리를 쥐어뜯었다. 그리고 고개를 저으며 입을 열었다.

"이건 소문인데요. 판사님이랑 나랑 범인 찾는다고 1층 내려간 다음에 수사관들이 A4 용지 한 장을 발견했나 봐요."

"유서가 발견됐나요?"

다른 의혹이 있다고 해도 친필 유서가 발견되었다면 수사 종결이 말이 된다. 모든 걸 덮을 수 있는 확실한 증거이기 때문이다. 하지만 박철우 검사는 고개를 저었다.

"아뇨. 범인이 두고 간 것으로 추측되는 리스트가 발견됐어요. 거기에 검찰 고위 관계자나 국회의원들의 이름과 돈이 적혀 있었대요. 홍길동 10억, 이런 식으로요."

이한영의 미간이 찌푸려졌다.

"뇌물?"

"네. 시나리오를 써보면 이종대 검사장은 윗선에 엄청난 뇌물을 바치고 있었던 거예요. 그런데 이종대 검사장이 구속돼봐요. 혼자 죽겠어요? 지금까지 적금 넣어둔 거 타 먹으려 했겠죠. 그러니까 이종대 검사장이 입을 놀릴 걸 두려워한 누군가가 킬러를 보내지 않았을까요? 그리고 이종대 검사장이 뇌물을 먹인 사람들의 리스트를 남겨둔 거죠. '내가 너희를 대신해 이종대를 죽였으니 더 수사하지 마라', 이렇게."

이한영이 고개를 끄덕였다.

"검찰을 협박한 거네요?"

"네, 나라가 거꾸로 가고 있어요. 협박에 굴복하는 검찰이나 검찰을 협박하는 살인자나……."

검찰, 권력의 개라는 말을 듣기도 하고 영화나 드라마에선 비리 집단으로 그려져 박살이 나기도 한다. 하지만 영화나 드라마일 뿐이다.

현실의 검찰은 말 그대로 무소불위의 권력을 가지고 있다. 정치권조차 함부로 검찰을 상대할 수 없다. 그런 검찰을 협박할 수 있는 대담함. 이한영이 알기로 그럴 수 있는 사람은 단 한 명뿐이다.

"강신진 지원장이 한 짓일 겁니다."

아직 강신진 지원장의 힘을 모르는 박철우 검사는 아리송한 눈빛으로 이한영을 바라봤다. 하지만 이한영은 더 말을 잇지 않고 눈을 감는다.

'내가 강신진 지원장이라면…….'

상대를 잡기 위해선 상대의 생각을 예측할 수 있어야 한다. 이한영은 깊은 생각에 빠져들고 있었다.

'강신진 지원장은 이종대 검사장을 잃었어. 꼬리를 자른 게 아니라 팔을 자른 거야. 큰 타격을 받았을 텐데, 아무 소득 없이 끝낼 수 있을까? 강신진 지원장은 최대한의 이득을 위해 이 상황조차 이용하려 할 거야. 그런데 어떻게 이용할까?'

여러 상황이 머릿속에서 그려지고 사라지기를 반복했다. 이윽고 눈을 번쩍 뜬 이한영이 박철우 검사를 향했다.

"오종진 서장, 강신진 지원장은 오종진 서장을 찾아갈 겁니다."

"네?"

이한영이 자리에서 일어나며 재킷을 몸에 걸친다.

"우리는 이종대 검사장의 장례식장에 가보죠."

이한영의 입에선 머릿속에 그려진 생각이 그대로 나오고 있다. 오종진 서장을 말했다가 장례식장에 가보자는 앞뒤 맞지 않는 말에 박철우 검사는 눈만 껌벅인다.

"무슨 말을 하는 거예요?"

하지만 대답은 들려오지 않는다. 이한영은 이미 옥탑방을 벗어나고 있었다.

* * *

"검사님 먼저 올라가세요."

이종대 검사장의 장례식장.

박철우 검사가 먼저 계단을 걸어 올라갔고, 이한영은 로비에 서서 주변을 빙 둘러봤다. 장례식은 2층에서 치러지는데 화환은 1층까지 이어지고 있었다. 비리를 저질러 구속 위기에 처해 있던 이종대 검사장인데 화려한 장례를 치르고 있다.

이한영은 송나연 기자의 전화번호를 찾아 휴대폰을 귀에 댔다.

"부탁하고 싶은 게 있는데요."

—말씀하세요.

"오종진 서……."

이한영의 말은 이어지지 못했다.

강신진 지원장이 장례식장으로 들어오고 있다. 자신의 팔이었던 이종대 검사장을 잘라낸 강신진 지원장, 그가 이종대 검사장을 청부 살인한 것이 맞다. 하지만 그의 표정은 가증스러울 정도로 슬퍼 보였다.

05

이한영이 강신진 지원장에게 고개를 숙였다.

"오셨습니까?"

"이한영 부장도 왔나?"

이한영을 본 강신진 지원장은 의외라는 표정을 지었다. 이한영과 이종대 검사장 사이에 접점이 없으니 당연한 반응이다.

"몇 번 마주친 적이 있습니다."

간단한 변명, 불가능한 일은 아니기에 강신진 지원장은 의심하지 않는다.

"그래, 올라가자고."

강신진 지원장은 계단을 오르며 말을 잇는다.

"이종대 검사장, 마지막이 불명예스러웠지만 괜찮은 검사였어. 허물이 있었다고 해도 그 사람의 성과까지 깎아내려서는 안 돼."

“네.”

“이번 사건은 검찰의 수사가 과했어. 언론에서 들쑤시고 민심이 요동치니까 납작 엎드린 거야. 그리고 저지른 죄 이상의 강압적인 수사 쇼를 보였지. 결과적으로 이종대 검사장은 스스로 목숨을 끊었고…….”

강신진 지원장의 말과 달리 검찰은 이종대 검사장을 향해 최대한의 예우를 보였다. 개처럼 취급하는 일반 범죄자와 전혀 다른 모습이었다. 하지만 강신진 지원장은 자신이 이종대 검사장을 죽여 놓고 그 책임을 검찰에 떠넘기고 있었다.

이한영과 강신진 지원장은 이종대 검사장의 조문실 앞에 섰다. 안으로 들어가기 직전 강신진 지원장이 이한영의 어깨를 꾹 누른다.

“잠깐.”

이한영이 고개를 틀어 강신진 지원장을 바라봤다.

강신진 지원장의 눈빛에 지금까지와 다른 싸늘함이 감돌며 낮은 목소리가 조용히 흘러나온다.

“오종진 서장의 재판을 이한영 부장이 맡게 되었다고 들었어.”

백이석 대법원장의 힘으로 마포경찰서 오종진 서장의 재판은 이한영이 맡기로 되어 있었다.

이한영이 고개를 끄덕이자 강신진 지원장의 입에서 악마의 속삭임이 흘러나왔다.

“오종진 서장의 판결문, 내가 검토하지.”

무죄와 유죄, 강신진 지원장이 결정하겠다는 말이다. 즉, 청탁이다.

‘무죄를 선고해서 경찰 쪽의 세력은 남겨두겠다는 건가?’

이한영의 머릿속은 강신진 지원장의 계획을 예측하기 시작했다. 짧은 순간이지만 수만 가지 계획이 그려진다. 그리고…….

“알겠습니다.”

강신진 지원장은 만족스러운 미소를 지으며 이한영의 어깨를 툭툭 두들긴다.

"들어가지."

강신진 지원장은 성큼성큼 조문실로 들어섰다.

이한영은 매서운 눈으로 강신진 지원장의 뒷모습을 쏘아본다.

'오종진 서장에게 무죄를 선고하는 순간, 넌 유죄다.'

조문실에 들어간 강신진 지원장의 모습은 가관이었다. 이종대 검사장 아들의 손을 부여잡고 한참 동안 슬픈 눈으로 바라보고 있다.

"이종대 검사장님은 훌륭한 검사였습니다. 사법부에서도 그의 청렴함은 다 알고 있습니다. 모함을 받지 않았다면 검찰의 별이 되었을 분입니다."

급기야 강신진 검사장의 눈에서 한 방울 눈물이 볼을 타고 흐른다. 이종대 검사장의 아들은 강신진 지원장의 손을 잡고 울기 시작한다.

"와주셔서 감사합니다, 감사합니다."

강신진 지원장이 상주의 어깨를 토닥였다.

"힘내셔야 합니다. 앞으로는 아드님이 집안의 기둥이에요."

강신진 지원장의 가식적인 모습은 소름이 끼칠 정도다. 자신이 죽여 놓고 흘리는 위선적인 눈물. 먹이를 씹으며 먹히는 동물의 죽음을 슬퍼해 눈물을 흘리는 악어의 눈물과 같다.

조문객이 식사하는 문상객실.

강신진 지원장이 검찰의 높은 사람들과 앉자 그 자리에 낄 수 없는 이한영은 구석으로 이동했다. 식사가 나왔지만 이한영은 숟가락을 손에 들지 않는다. 그의 시선은 강신진 지원장에게 박혀 있었다.

강신진 지원장은 심각한 얼굴로 대화하고 있다. 모르는 사람이 봤다면 일반적인 장례식장의 대화로 생각하겠지만 그의 표정과 눈빛을 보면 이종대 검사장 대신 자신의 팔이 되어줄 사람을 찾고 있다.

잠시 그를 보던 이한영은 고개를 저었다.

'그렇게 노력할 필요 없어. 새로운 팔을 찾기 전에 당신은 피고인이 되어 내 앞에 설 거야.'

이한영은 시선을 틀어 주변을 둘러봤다. 박철우 검사는 어디로 갔는지 보이지 않는다. 멀리 김진아 검사만 보인다. 이한영의 시선을 느꼈는지 김진아 검사가 고개를 돌린다. 그녀와 눈이 마주치자 이한영이 손가락으로 밖을 가리켰다.

'잠깐 얘기 좀 하죠.'

김진아 검사가 고개를 끄덕인다.

이한영과 김진아 검사는 장례식장 밖으로 나왔다.

"박철우 검사님 보셨어요?"

"아……."

본론으로 들어가기 전 인사차 가볍게 한 말인데 김진아 검사는 대답하지 못한다. 뭔가 있는 거다.

"무슨 일 있었어요?"

이한영의 찌르는 질문에 김진아 검사는 대답하지 못하고 망설인다. 그때 익숙한 목소리가 불쑥 들렸다.

"뺨 맞았어요. 조문실에서는 쫓겨났고요."

시선을 돌리자 박철우 검사가 서 있다. 그가 자신의 볼을 긁적이며 말을 잇는다.

"검사장 사모님께 제대로 맞았네요. 내가 수사를 했으니까 원흉이라고 생각했나 봐요."

박철우 검사는 대수롭지 않은 표정이지만 이한영의 미간은 찌푸려져 있었다.

"그래서 조문하러 온 검사님의 뺨을 때린 거예요?"

박철우 검사가 어깨를 으쓱해 보인다.

"괜찮아요. 이거 때리고 속이 풀렸으면 다행인 거죠. 가족이 무슨 죄가 있어요?"

김진아 검사가 걱정스러운 눈으로 박철우 검사를 바라봤다.

"정말 괜찮으세요?"

박철우 검사는 고개를 끄덕이며 담배를 입에 물었다.

"응, 괜찮아. 그런데 사십구재 지나기 전에 범인을 잡으면 더 괜찮아질 것 같아."

박철우 검사의 입에서 담배 연기가 씁쓸하게 흘렀다.

이한영의 시선이 김진아 검사에게 틀어졌다.

"물어볼 게 있는데요."

"말씀하세요."

"유성그룹, 어디까지 조사하셨어요?"

"네?"

김진아 검사의 눈이 순간적으로 커졌다. 박철우 검사에게만 말하고 몰래 조사하던 일이다. 그런데 이한영이 알고 있다니…….

그녀의 시선이 박철우 검사에게 향했다. 째려보는 눈빛에 박철우 검사는 고개를 젓는다.

"내가 말한 거 아니야. 판사님이 궁예라 알고 있는 거지."

물론 이한영은 전생을 통해 알고 있었다. 김진아 검사는 이한영이 했던 마지막 재판의 검사, 재계의 거물 장태식 사장을 법정에 앉힌 사람이었다.

장태식 사장은 말 그대로 괴물이다. 1, 2년 수사해서 법정에 앉힐 수 있는 사람이 아니다. 김진아 검사는 예전부터 장태식 사장의 비리를 파고 있었을 것이다.

이한영이 입을 열었다.

"꼭 감옥에 보내고 싶어요. 죄를 지었으면 벌을 받아야죠."

장태식 사장, 전생에선 감옥에 보내지 못하고 이한영이 당했다. 김진아 검사 역시 비극적으로 삶을 마쳤을 가능성이 크다.

사람들의 고혈을 짜내 마시며 생명을 이어가는 괴물 장태식 사장. 이번엔 반드시 법의 엄중함을 보여줄 거다. 그러기 위해선 지금이 기회다.

장태식 사장이 승승장구할 수 있었던 것은 어지간한 비리는 모두 덮어줄 수 있는 강신진 지원장이 있었기 때문이다. 하지만 강신진 지원장의 세력은 크게 흔들리고 있다.

사법부에서 김진한 부장과 이성대 부장이 꺾여 나갔고, 검찰에서도 이종대 검사장이 사라지며 세력이 흔들린다. 경찰도 마찬가지, 오종진 서장이 구치소에 갇혀 있다. 강신진 지원장은 새로운 팔다리를 만들기 위해 애쓰는 중이다. 여기서 유성그룹만 무너뜨리면 강신진의 세력은 모래성처럼 흩어지고 말 것이다. 장태식 사장을 잡고 강신진을 잡는다. 이한영의 계획이다.

하지만 이한영을 믿지 못하는 김진아 검사는 망설이고 있다. 그녀가 고개를 움직여 박철우 검사를 향한다. 박철우 검사는 고개를 끄덕인다.

"믿어도 괜찮다니까."

김진아 검사의 시선이 다시 이한영에게 향했다.

"자료를 정리해서 옥탑방으로 갈게요."

이한영이 슬쩍 미소를 지었다.

"기다리고 있겠습니다."

* * *

강신진 지원장의 사무실은 어두웠다.

불을 켜지 않고 홀로 앉아 있던 강신진 지원장은 빈 잔에 술을 채워 자신의 앞에 놓는다. 이어서 또 다른 잔에 술을 채워 손에 든다. 그리고 앞서 놓았던 잔에 건배하듯 팔을 움직였다. 그리고 단숨에 술을 마시더니 '탁' 소리가 날 정도로 잔을 놓는다.

"이종대 검사장, 미안하네. 가족들은 걱정하지 마. 내가 자네 자식들이 시집, 장가 가는 거 다 챙겨줄 테니까. 자네의 죽음으로 자네의 자식들은 행복한 세상에서 살게 될 거야. 자네의 죽음은 값어치가 있었어."

강신진 지원장은 들고 있던 술잔을 쓰레기통에 버린다. 동시에 그의 얼굴에서 침울한 표정은 사라졌다. 짧은 애도가 끝난 거다.

그때, 똑똑똑 노크 소리가 들렸다.

"들어와."

문이 열리고 들어온 남자는 어둠이 익숙해 보였다.

강신진 지원장이 무거운 음성을 내뱉는다.

"일을 앞당겨야겠어."

"결정하신 겁니까?"

"그래, 수십 년을 계획했던 모든 것이 어그러지고 있어. 그런데 위기는 기회라고 했던가? 내 눈에 정상으로 오를 길이 보여."

어둠 속에서 강신진 지원장의 눈빛이 불을 밝혔다.

남자가 입을 연다.

"제가 무엇을 하면 되겠습니까?"

"구치소에 가서 오종진 서장을 만나고 와."

"어떤 말을 전달할까요?"

"지금 검찰에서는 어떤 소문이 돌고 있어. 이종대 검사장이 윗선에 뇌물을 먹였고 그 뇌물 때문에 살해당했다는 거지."

물론 그 소문의 근원은 강신진 지원장이었다. 그는 이종대 검사장의 죽음을 최대한 이용할 생각이다.

"오종진 서장에게 그 소문을 사실로 만들라고 해. 그리고 뇌물을 받은 사람 중에 백이석 대법원장이 있다고 진술하라고 해!"

오종진 서장의 입이 터지는 순간 사건을 은폐한 검찰은 소란스러워질 테고, 사법부는 다시 혼란스러워질 거다.

강신진 지원장이 말했다.

“그 혼란을 수습할 사람은 나밖에 없어.”

강신진 지원장의 시퍼런 눈빛에 어두운 방은 한파가 찾아온 것처럼 싸늘해졌다. 강신진 지원장이 천천히 남자를 향해 걸었다. 그리고 그의 어깨를 꽉 쥔다.

“자네가 나와 함께해줘서 정말 다행이야.”

어둠 속에 있던 남자가 사라진 후 강신진 지원장은 자리에서 일어나 창문을 열었다. 시원한 바람을 느끼며 눈을 감는다.

“하늘하늘한 바람, 하지만 곧 태풍이 불어올 거야. 태풍이 모든 것을 쓸어버리면 세상은 나를 원할 거야.”

강신진 지원장의 머릿속에 혼란에 빠진 대한민국이 보이는 것 같았다. 여론은 들끓고 세상은 법을 믿지 못한다. 그때 혼돈에 휩싸인 세상을 정리하는 이가 바로 강신진 지원장 본인이다.

세상은 강신진 지원장을 환호한다. 어디를 가든 그의 이름이 사람들의 입에서 떠나지 않는다. 고아로 자라 판사가 된 강신진. 그는 대법원장을 목표로 하고 있다. 그리고 계획만 완벽히 이루어진다면 그 이상도 바라볼 수 있다.

‘대한민국의 정점.’

입가에 미소가 걸리며 그는 눈을 떴다. 여전히 눈빛은 시퍼렇다. 천천히 몸을 돌린 강신진 지원장이 책상 서랍을 열었다. 한 문서가 보인다. 중앙선거관리위원회 위원장이 만들어낸 비리. 백이석이 대법원장이 될 때 상대였던 황남용 대법관을 협박해 얻은 문서다. 그 안에는 국회의원은 물론이고 대통령의 비리까지 들어 있었다.

강신진 지원장이 문서를 꽉 쥐어 서랍에서 빼낸다.

"사용할 때가 되었나?"

* * *

구치소.

차 안에 앉아 있던 송나연 기자가 의자에 몸을 파묻으며 고개를 저었다.

"에구구, 누가 온다고……."

이한영은 강신진 지원장이 마포경찰서 오종진 서장을 만날 것이라 확신하고 있었다. 그녀는 그에게 부탁받고 이곳에서 강신진 지원장에게 지시를 받은 누군가를 기다리는 중이었다. 며칠이나 잠복근무를 해서 그런지 송나연 기자는 몹시 피곤해 보였다. 그녀가 휴대폰을 들어 이한영에게 메시지를 보낸다.

–언제까지 있어야 할까요?

바로 답장이 온다.

–죄송해요. 1차 공판이 시작되기 전에는 나타날 거예요.

메시지를 읽은 송나연 기자는 휴대폰 버튼을 눌러 사진이 저장된 곳을 들어가 봤다. 강신진 지원장과 가까운 판사, 검사 등의 얼굴이 보인다.

"할 일 없는데 얼굴이나 외워야지……."

기약 없는 기다림이다. 휴대폰을 조수석에 던져둔 그녀가 다시 창밖으로 시선을 향했다.

"가을 날씨 좋다. 이런 날엔 놀러 가야 하는데……."

그녀가 이런저런 말을 중얼거리고 있을 때 자동차 한 대가 주차장으로 들어왔다. 그리고 주차된 차에서 한 남자가 내린다.

"어?"

송나연 기자는 그 남자의 얼굴을 보고 그대로 정지해버렸다.

그 시각, 이한영은 레스토랑에서 유세희와 만나고 있었다.

"공부는 어때요?"

"쉽지는 않네요."

공식적으로 에스로펌의 후계자가 된 그녀는 변호사 자격을 얻기 위해 열심히 공부 중이다. 이한영이 가지고 온 홍삼 엑기스를 꺼내 테이블 위에 올려 둔다.

"선물입니다. 공부는 체력이에요."

유세희가 살짝 웃는다.

"고마워요. 잘 먹을게요."

그때 이한영의 휴대폰에 진동이 울렸다. 송나연 기자다.

유세희가 묻는다.

"연락이 많이 오네요?"

"일 때문에요."

이한영은 대수롭지 않게 답하며 휴대폰을 손에 쥐었다.

송나연 기자는 잠복근무가 지루한지 종종 메시지를 보내고 있다. 이한영의 부탁 때문에 기약 없는 시간을 보내고 있는데, 이 정도의 심심풀이는 받아줘야 한다. 그런데 메시지가 아니라 사진 파일이 전송되어 있다.

'뭐지?'

이한영은 사진을 보기 위해 버튼을 터치했다.

그런데 사진에 나온 인물을 보는 순간 이한영의 표정은 관리되지 못하고 굳어졌다. 그의 얼굴은 딱딱하다는 표현을 넘어 허옇게 비틀어지고 있었다. 사진에 나온 인물은…….

'임정식 수석 부장님이 여길 왜!'

"무슨 일 있어요?"

이한영의 심각한 표정을 보고 유세희가 물었다.

"아뇨. 아니에요."

임정식 수석 부장에 관한 생각은 잠시 내려둬야 한다.

지금은 유세희에게 집중할 때다. 하지만 머릿속은 계속해서 임정식 수석 부장에게 향하고 있다. 억지로 웃어보려 해도 얼굴 근육이 따라주지 않는다. 이대로 있을 수는 없다. 생각을 정리해야 한다.

이한영이 자리에서 일어섰다.

"잠시만요. 화장실 좀 다녀오겠습니다."

화장실로 향하는 이한영의 뒷모습을 유세희가 걱정스러운 눈으로 바라보고 있었다.

화장실 벽에 선 이한영은 머리를 쓸어 넘기며 고개를 저었다. 그리고 휴대폰을 손에 들어 다시 사진을 확인한다. 몇 번을 봐도 임정식 수석 부장이 맞다. 이한영의 미간이 일그러진다.

'도대체 무슨 일이 있었던 거야?'

이한영은 최근 임정식 수석 부장과 마주한 적이 없었다. 고등법원에서 중앙법원으로 이동하는 등 바쁜 시간을 보냈기 때문이다. 하지만 길지 않은 시간이다. 그 짧은 기간에 강신진 지원장에게 붙었다고는 보기 어렵다.

이한영은 휴대폰을 주머니에 쑤셔 넣었다.

'어떻게 됐는지는 모르지만…….'

조사해봐서 강신진에게 붙은 것이 사실이라면 상대가 누구라도 봐줄 생각은 없었다. 그것이 임정식 수석 부장이라 해도 마찬가지다.

이한영은 잠시 눈을 감았다. 그의 생각은 점점 깊어지고 있다. 사람은 언제나 최악의 상황을 가정해야 한다. 특히 목숨이 왔다 갔다 하는 순간에는 더욱 조심하는 게 당연한 거다.

'두 사람이 손잡은 게 정말 사실이라고 가정해보자…….'

이한영은 임정식 수석 부장에게 강신진 지원장이 최종 목표라는 말을 꺼낸 적이 없다.

백이석 대법원장의 편에 서 있었다는 것 때문에 의심은 받을 수 있겠지만, 야망을 품은 판사가 대법원장에게 손바닥을 비빈 정도로 넘어갈 수 있다.

'난 괜찮아. 넘어갈 수 있어.'

하지만 자신만 안전하다고 전부가 아니다.

임정식 수석 부장은 백이석 대법원장을 잘 알고 있는 사람 중 하나다. 어떤 정보든 강신진 지원장에게 들어간다면 백이석 대법원장이 위험해질 수 있다.

'조금 서둘러 움직여야겠어.'

위기를 맞기 전 먼저 흔든다. 그게 답이다. 생각을 정리한 이한영은 눈을 떴다. 그 눈빛은 세상 무엇보다 서늘했다.

"괜찮으세요?"

자리에 앉는 이한영을 보며 유세희가 물었다.

하지만 이한영은 대답이 없다. 그저 조용히 그녀를 바라볼 뿐이다.

진지한 눈빛에 유세희가 입을 연다.

"말씀하세요."

"에스로펌을 확장하는 것, 어떻게 생각하세요?"

"확장요?"

"네, 나중에 대표에 올랐을 때 일선 변호사들의 입에서 군소리가 나오지 않으려면 업적을 쌓아두는 게 좋을 것 같은데요."

유세희의 눈빛도 진지해졌다. 그녀는 이한영 덕에 후계까지 올랐다. 그 동안 이한영의 말을 들어 나쁘게 된 것이 없다.

"어떤 확장이 좋을까요? 로펌이 확장을 해봤자……."

이한영이 슬쩍 웃으며 입을 열었다.

"발상의 전환, 유성그룹을 무너뜨리죠."

"네?"

이한영은 대수롭지 않게 말했지만 유세희의 눈동자는 커졌다.

"유, 유성그룹요?"

이한영은 그녀의 눈빛을 쏘아보며 말을 이어간다.

"흔들고 털어서 알짜만 들고 오는 겁니다. 어디에? 유세희 씨의 지갑에."

어마어마한 이야기다. 유세희의 입은 다물어지지 않는다.

이한영이 계속 말했다.

"유성그룹은 상대의 것을 뺏고 짓밟으며 성장한 곳이죠. 계열사 중에 유성그룹에 불만을 가진 곳들이 있습니다. 우리는 그런 계열사를 찾아 기생충처럼 잠입하고 머리를 차지할 겁니다."

"바, 방법이 있나요?"

"네."

이한영은 그동안 생각해온 계획을 이어서 말했다. 말을 듣는 유세희의 눈동자엔 탐욕이 깃든다. 그녀는 원래 욕심이 많은 사람, 눈앞에 보이는 황금을 걷어찰 사람이 아니다. 게다가 이한영의 계획은 실현 가능성이 엿보인다.

이한영이 마지막으로 쐐기를 박았다.

"성공만 한다면 에스로펌에서 유세희 씨를 무시할 사람은 없을 겁니다. 아니, 에스로펌의 주인에 그치지 않고 대한민국의 경제를 좌지우지할 수 있는 사람이 될 겁니다."

하지만 유세희는 선불리 대답하지 못했다.

가능성은 존재했지만 유성그룹은 굴지의 괴물. 자칫 에스로펌이라는 회사가 뿌리째 뽑혀 사라질 수도 있는 일이기 때문이다.

이한영이 입을 열었다.

"그리고 조세헌 변호사가 우리를 도울 겁니다."

"조, 조세헌 변호사가요?"

조세헌 변호사는 유세희의 오빠 유진광의 사람이다. 지금은 유세희의 곁에 있지만 백 퍼센트 신뢰하긴 어렵다. 하지만 그는 인수와 합병에 정통한 사람, 조세헌 변호사가 돕는다면 가능성은 더 커진다.

'유성그룹이 내 손에?'

그녀가 마른 입술을 핥으며 입을 열었다.

"조세헌 변호사가 위험한 일을 할까요?"

이한영이 에이드가 든 음료를 손에 들며 고개를 끄덕였다.

"지켜보세요. 함께할 겁니다. 그리고 인생은 한 번뿐이잖아요. 전 세희 씨에게 더 큰 세상을 보여주고 싶습니다."

자신 있는 말투에 유세희는 이한영을 따르고 싶어졌다. 아니, 그 전에 눈앞에 놓인 황금을 외면할 수 있는 사람은 없다.

그녀는 고개를 끄덕인다.

"생각해볼게요."

말만 생각해보겠다는 거다. 그녀의 저울은 이미 기울어져 있다.

"그러세요."

이한영은 빙긋이 웃으며 음료를 테이블 위에 올렸다.

에스로펌과 유성그룹을 싸우게 한다. 김진아 검사가 준비한 자료로 유성그룹을 벼랑 끝으로 내민다. 유성그룹이 휘청일 때, 강신진의 목에 송곳니를 박아 넣는다.

이한영의 계획이었다.

계획이 앞당겨지긴 했지만 무리는 없다.

'충분히 가능해.'

이한영의 시선이 천천히 유세희에게 향한다. 웃고 있는 그녀를 보며 이한영도 미소를 그린다.

'에스로펌은 간판만 남을 거야. 간판 빼고 다 부숴줄게.'

* * *

옥탑방.

이한영과 박철우 검사 그리고 송나연 기자가 앉아 있었다.

박철우 검사가 입을 연다.

"임정식 수석 부장, 가족의 이름으로 13억 원의 상가를 매입했어요."

송나연 기자가 한숨을 내뱉는다.

"임정식 수석 부장님은 돈 없지 않아요? 그런데 13억 원의 상가를 매입했다는 것은……."

뒷돈을 받았을 가능성이 크다.

이한영이 천천히 고개를 끄덕이며 자리에서 일어나 화이트보드 앞에 섰다. 그리고 임정식 수석 부장의 사진을 손에 들어 '강신진 지원장'이라 적힌 곳 옆에 놓았다.

"지금으로선 임정식 수석 부장도 강신진 지원장의 편이라고 봐야겠죠? 달라진 것은 없어요. 강신진 지원장이 새로운 사람을 찾을 것이란 건 예상했는데, 그게 임정식 수석 부장일 뿐이에요."

송나연 기자가 걱정으로 가득한 눈으로 이한영을 향했다.

"괜찮으세요?"

그녀는 이한영과 임정식 수석 부장이 어떤 관계인지 알고 있다.

하지만 이한영은 단호하다.

"백이석 대법원장님이 그런 말씀을 하셨죠. 가족이라 해도 죄를 지었으면 감옥에 보낸다. 저도 마찬가집니다."

그렇게 말했지만 친한 사람을 적으로 바꾸는 상황이다. 분위기는 침울해지고 있다. 이한영이 분위기를 바꾸기 위해 손뼉을 치며 말을 이었다.

"검사님, 이종대 검사장을 살해한 범인의 동선은 찾았나요?"

이종대 검사장이 살해당한 장소는 복도식 아파트로 범인은 CCTV가 없는 사각지대를 찾아 건물을 탈출했다. 엘리베이터 CCTV에 잡힌 화면이 있지만 모자를 눌러쓰고 있어 얼굴을 알아볼 수는 없었다.

박철우 검사가 말했다.

"내가 경제 쪽으로 오기도 했고 검찰 분위기도 좋지 않아서 사건을 파기가 쉽지 않은데요. 일단 유력한 도주로를 찾아냈어요."

박철우 검사가 지도가 인쇄된 용지를 꺼내며 말을 이었다.

"건물 뒤쪽으로 놀이터가 있잖아요. CCTV는 놀이터만 찍고 있고 건물에서부터 아파트 울타리까지는 사각지대예요. 범인은 이곳을 통해 도주했을 겁니다."

"인근 가게는 확인해보셨어요?"

편의점 같은 경우는 외부에 CCTV를 설치해두기도 한다. 그곳에 범인의 흔적이 남아 있을지도 모른다.

박철우 검사가 고개를 저었다.

"없어요. 바로 앞에 차를 주차해 놓고 도주한 모양이에요."

이한영이 한숨을 내뱉었다.

범인을 잡으면 이종대 검사장의 사건은 새로운 국면에 들어설 거다. 그리고 강신진 지원장의 거침없는 행동을 잠시 멈출 수 있는 길이기도 하다. 하지만 놈은 어디로 숨었는지 보이지 않는다.

박철우 검사가 기지개하듯 팔을 쭉 펴며 말했다.

"그런 표정 하지 마요. 잡을 겁니다. 꼭 잡아야죠. 어떻게 생겼는지 얼굴 한 번 봤으면 소원이 없겠네."

그때 송나연 기자의 휴대폰에 진동이 울렸다. 그녀가 휴대폰을 꺼내 메시지를 확인한다.

"어?"

그녀의 눈빛이 심상치 않았는지 옆에 앉은 박철우 검사가 불안한 목소리로 묻는다.

"왜요? 무슨 일 있어요?"

송나연 기자는 테이블 위에 있는 리모컨을 들더니 텔레비전을 켰다. 속보라는 글씨 위로 아나운서의 얼굴이 보인다.

오늘 오후 9시 30분경, 마포경찰서에 나타난 남자는 자신이 서울서부지검 이종대 검사장을 살해했으며 이종대 검사장은 자살하지 않았다고 주장했습니다. 이에 경찰은…….

범인이 자수했다.

박철우 검사가 더듬더듬 입을 연다.

"뭐, 뭐야……."

"범인이 자수했대요. 마포경찰서 쪽에 가 있는 기자 얘기로는 범인이 확실한가 봐요."

송나연 기자가 말했지만 박철우 검사는 여전히 현실처럼 느껴지지 않는 모양이다.

"완벽 범죄를 만들어 놓은 놈이 도대체 왜……?"

이한영은 고개를 저었다. 강신진 지원장의 의도가 한눈에 보이는 순간이다. 사람들은 뇌물을 덮기 위해 사건을 종결한 검찰을 신뢰하지 못할 거다. 이 사건이 사법부까지 타고 오게 된다면 법이란 질서 자체가 무너질 수도 있다. 그 혼란 속에 강신진 지원장이 영웅처럼 나타난다. 강신진 지원장이 세상에 모습을 드러낼 준비를 하고 있었다.

이한영은 입을 꾹 다물었다. 자신의 개입 때문인지 강신진 지원장의 행동은 전생과 다른 속도로 나아가고 있다. 하지만 멋대로 놔둘 수는 없다. 강신진 지원장의 머릿속에서 나온 계획을 모두 엉망으로 만들어버릴 거다.

송나연 기자가 고개를 틀어 이한영을 본다. 그녀 역시 지금 상황이 심상치 않다는 걸 느끼고 있나 보다.

"우리 이제 뭘 해야 해요?"

"기다려야죠."

"네?"

"오종진 서장의 1차 공판 전까지 푹 쉬세요."

"쉬라고요?"

"앞으로는 바빠질 거예요. 그리고 그 전에 말씀드릴 게 있어요."

이한영은 다시 화이트보드 앞에 섰다.

"강신진 지원장, 이제 본격적으로 싸워야 합니다. 이제 상대가 가진 힘을 자세히 말씀드릴게요."

일전에 겉핥기식으로 말한 적은 있다. 하지만 지금처럼 자세하게 이야기하는 것은 처음이다. 이한영의 이야기를 듣는 박철우 검사와 송나연 기자의 얼굴은 창백하게 변해가고 있었다. 예상했던 것보다 상대의 힘이 막강했기 때문이다. 고작 판사와 검사 그리고 기자가 맞붙어 싸울 만한 자들이 아니었다.

그렇게 이한영의 이야기가 끝났을 때 박철우 검사가 마른침을 삼켰다.

"언론, 재계, 정계, 그리고 법조계와 싸워야 한다는 거네요?"

"네."

박철우 검사가 고개를 저었다.

"담배 한 대 피우고 오겠습니다. 마음이 착잡하네."

박철우 검사의 목소리만큼 분위기는 무겁다.

자리에서 일어나는 박철우 검사를 향해 송나연 기자가 분위기를 바꾸려고 밝은 목소리를 낸다.

"담배는 언제 끊으실 거예요? 건강에 안 좋아요."

"판사님 이야기를 들어보면 내가 장례식장의 주인공이 될 것 같은데, 곧 끊을 것 같네요."

박철우 검사는 농담이라고 답한 거다. 하지만 장례식이란 말을 해서 그런지 분위기는 더 싸늘해졌다.

이한영이 손뼉을 쳤다.

"1차 공판이 싸움의 시작이 될 가능성이 커요. 그러니까 그때까지는 편히 쉬세요."

박철우 검사가 담배를 들어 보였다.

"하루에 두 갑씩 피우겠습니다."

이한영이 슬쩍 웃었다.

"좀 줄이세요."

* * *

마포경찰서 오종석 서장에 관한 1차 공판이 이틀 앞으로 다가왔다. 하지만 판결문을 검토하겠다던 강신진 지원장은 연락이 없었다.

그리고 검찰과 경찰은 이종대 검사장의 자살을 두고 네가 잘했네, 못했네 하며 싸우는 중이다. 시민단체는 검찰과 경찰의 DNA를 바꿔야 한다며 연일 시위를 이어가고 있다.

그 시각, 이한영은 어머니와 함께 얼마 전 계약한 아파트 단지를 걷고 있었다. 세상은 시끄럽지만 단지는 조용하다.

"샀다고?"

"네."

"돈은?"

"모아 둔 돈이랑 대출 조금 받았어요."

대출이라면 덜컥 겁부터 내는 어른들이 있다. 어머니도 마찬가지다.

이한영은 어머니를 안심시키기 위해 서둘러 말했다.

"걱정하지 마세요. 우리 집 전세금 받아서 메꾸면 대출 얼마 안 돼요."

"얼만데?"

"자, 자, 걱정 그만하시고 들어가 보시죠."

이한영은 어머니의 손을 잡고 아파트를 향했다.

문을 열고 안으로 들어가자 햇빛이 들어오는 시간이라 그런지 불을 켜지 않아도 밝다.

집을 둘러보던 어머니는 아무 말씀도 없으시다. 우두커니 거실에 서 계실 뿐이다. 살면서 처음으로 내 집이라는 기쁨, 그것도 아들이 돈을 모아 샀다는 자랑스러움, 하지만 장가를 가야 할 아들이 계속 엄마랑 붙어살면 좋지 않다는 걱정 등등 복잡한 감정이 들기 때문이다.

"좋다."

"좋죠?"

"신혼집 하면 딱이겠네."

"어머니랑 살 거라니까요."

이한영은 어머니의 옆에 섰다. 전생에선 어머니를 두고 먼저 떠난 불효자였다. 이번엔 그런 불효는 하고 싶지 않다. 반드시 마지막까지 함께하고 싶었다.

그때 이한영의 휴대폰이 울렸다. 강신진 지원장이다. 발신 번호를 확인한 이한영의 눈에 살기가 확 돈다.

'기다렸다.'

이한영은 어머니가 통화 소리를 듣지 못하게 다른 방으로 이동하며 전화를 귀에 댔다.

"이한영입니다."

—오종진 서장에 대한 판결문을 생각해봤어.

강신진 지원장은 오종진 서장과 거래했다. 어떤 이야기가 오갔는지는 모르지만 임정식 수석 부장을 통해 무죄 또는 적은 형량을 미끼로 흔들었을 거다. 오종진 서장은 당연히 덥석 물었을 게 분명하고, 강신진 지원장은 이한영에게 재판을 청탁하려 한다.

"네, 말씀하십시오."

이한영은 녹음 버튼을 꾹 눌렀다.

'네 말은 독이 될 거야. 네가 세운 계획으로 침몰하고 말 거야. 이제 그만 죽어라, 강신진.'

이한영의 눈빛에 서슬 퍼런 살기가 감돈다.

강신진 지원장은 세상을 혼돈에 빠뜨리려 하고 있었다. 그리고 그 상황을 수습해 세상을 구원할 영웅이 되려 한다.

'그런데 오종진 서장에 대한 너의 청탁이 세상에 알려지면 어떤 상황이 벌어질까?'

지금까지 강신진 지원장은 사람들 앞에 모습을 드러내지 않고 있었다. 흑막의 뒤에서 세상을 지켜보며 비웃고 있었을 뿐이다. 하지만 이제 그가 정면에 나서려 한다. 그럼 모든 사람의 시선이 그에게 꽂힐 거다. 환호하고 손뼉 치며 강신진이라는 이름을 성역으로 만들어낸다.

이한영이 기다리던 시기다.

세상은 영웅의 비극을 좋아한다. 높은 곳에서 떨어지는 강자의 추락을 즐긴다. 게이트가 열리면 강신진 지원장을 향하던 사람들의 환호는 비난이 될 거다. 그리고 그 비난은 거센 물살로 변해 강신진 지원장을 휩쓸어 지옥으로 떨어뜨리게 될 거다.

'어서 나불거려! 네가 하고 싶은 대로 해!'

이한영의 눈빛은 이제 살기를 뿜어내고 있었다.

이윽고 강신진 지원장의 무거운 음성이 흘렀다.

—검찰이 이종대 검사장의 타살을 덮으며 시국이 불안정해졌어.

"네."

—그래서 말인데, 법에 따라 엄벌을 선고했으면 좋겠어.

"……!"

예상과 다른 발언이다.

'뭐지? 무슨 생각이지? 오종진 서장과 거래가 실패로 끝났나?'

머릿속은 혼란스러웠다. 하지만 생각과 달리 목소리는 담담하게 흐른다.

"알겠습니다. 그렇게 하겠습니다."

—그래, 수고하도록 해.

전화가 끊겼다.

하지만 이한영은 멍하니 휴대폰을 들고 있다.

* * *

그 시각, 강신진 지원장은 휴대폰을 내려뒀다.

그가 시선을 들어 올린다.

임정식 수석 부장이 보인다.

"지원장님, 1심에서 적은 형량을 때리는 게 2심에 갔을 때 유리하지 않을까요?"

강신진 지원장이 고개를 휘휘 저었다.

"그러려고 했는데, 그렇게 되면 이한영이 다칠 수도 있어."

강신진 지원장이 앞에 놓인 신문을 손가락으로 가리켰다. 검찰에 대한 강한 비난이 헤드라인에 적혀 있다.

강신진 지원장이 말을 잇는다.

"예상했던 것 이상으로 세상이 분노하고 있어. 여기서 내 사람을 보냈다간 큰일이 날 수도 있어. 지금은 이 정도로 충분해."

강신진 지원장은 이미 많은 사람을 잃었다.

누군가는 세상을 이끌어가는 힘이 '돈'과 '권력'이라고 하지만 강신진 지원장은 그렇게 생각하지 않는다. 돈과 권력도 사람이 만들어내는 것이다. 강신진 지원장에겐 사람이 가장 중요하다. 그래서 더 잃을 수는 없었다.

그가 말한다.

"이한영은 아직 지켜봐야 할 아이야. 그리고……."

임정식 수석 부장이 강신진 지원장의 다음 말을 기다린다. 하지만 말을 줄이고 잠시 생각하던 강신진 지원장은 고개를 저었다.

"아니야, 아직은 때가 아니야. 다음 일은 생각한 후 알려줄 테니 그만 가보도록 해."

임정식 수석 부장은 몸을 돌려 강신진 지원장의 방을 떠났다.

문이 닫히고도 강신진 지원장은 한참 동안 아무것도 하지 않고 그 자리에 앉아 있다. 임정식 수석 부장을 완벽히 믿지 않는 거다. 그가 문 앞에서서 염탐을 할 수도 있기에 안전한 시간을 기다리는 중이다. 그리고 10여 분이 지난 후 강신진 지원장은 자리에서 일어나 밖으로 나갔다. 문을 열자 복도에는 아무도 보이지 않는다.

강신진 지원장은 다시 책상으로 돌아와 서랍을 연다. 비리가 적힌 문서가 보였다. 그가 손에 든 문서를 넘기며 낮은 목소리로 중얼댄다.

"오종진이 벌써 입을 열면 안 돼. 해야 할 일이 남았어."

이것이 이한영에게 청탁하지 않은 또 하나의 이유다.

오종진 서장은 강신진 지원장의 신호를 받으면 언제든지 뇌물을 받은 사람과 백이석 대법원장의 이름을 지껄일 준비가 되어 있었다. 하지만 강신진 지원장은 아직 남은 일이 있었다.

강신진 지원장이 휴대폰을 손에 들었다. 전화가 가는 곳은 유성쇼핑 장태식 사장이다.

"만나고 싶은 사람이 있어."

–누구?

"대통령."

–대통령?

이런저런 설명 없이 대통령을 만나겠다는 말에 무거운 침묵이 이어졌다.

장태식 사장이 다시 더듬더듬 입을 연다.

–강신진 지원장, 대통령은 나도 아직은 어려워. 우리 아버지급이나 되어야 해. 비서실장 정도면 어떻게 해볼 수 있는데…….

장태식 사장의 입에서 부정적인 말이 이어졌다.

하지만 강신진 지원장은 여유롭다. 강신진 지원장의 시선이 자신의 손에 들린 문서로 향한다. 거기엔 현 대통령의 이름이 적혀 있었다. 강신진 지원장이 느긋하게 입을 열었다.

"대통령에게 연락할 수는 있지?"

–그 정도는 가능하지.

"그럼 선관위 위원장이 가지고 있던 문서가 우리 손에 있다는 것을 알려줘. 먼저 만나고 싶어서 애쓸 거야."

강신진 지원장은 통화를 종료했다. 그의 시선이 다시 문서로 향한다. 그리고 문서에 적힌 대통령의 이름을 툭툭 건드려보더니 빙긋이 웃는다.

"이 양반아, 그러게 법을 지켰어야지."

이제 현직 대통령을 협박할 시간이다.

* * *

이한영의 사무실.

마포경찰서 오종진 서장의 공판 준비가 이뤄지고 있었다. 윤슬혜 판사가 이한영의 책상 위로 서류 뭉치를 올려 둔다.

"검찰 측에서 추가 제출한 거예요. 그동안 만들어낸 죄인, 뇌물 등이 더 밝혀졌고요. 중요한 부분은 밑줄 쳐뒀어요."

"땡큐."

이한영이 윤슬혜 판사의 서류를 받아 넘길 때 이소이 판사가 옆에 섰다.

"변호인 측에서도 추가로 제출했어요. 혐의를 이종대 검사장 측에 떠넘기고 있어요."

죽은 자는 당사자 능력이 없어 공소권이 없다. 오종진 서장은 친구였던 이종대 검사장에게 죄를 뒤집어씌워 법을 빠져나가려 하고 있었다.

이한영이 윤슬혜 판사를 보며 입을 열었다.

"확증된 증거가 뭐야?"

"강력팀 팀장인 안재진이 성매매 업소에서 받은 돈을 나눠 줬다는 것요. 이건 안재진 팀장의 증언도 있고 통장에 기록이 남아서 빼도 박도 못하고 있어요."

자신의 통장으로 뒷돈을 받았다는 과감함, 누구도 자신들을 건들지 않을 것이라고 확신했다는 거다.

"다른 건?"

"정황이에요. 범인을 만들어서 애꿎은 사람을 넣었다는 게 있기는 하지만 아래 형사들이 한 일이고 자신은 모른다고 잡아떼고 있어요."

"조직폭력배들의 뒤를 봐줬다는 것은?"

"역시 정황요. 검찰에서는 마약과 연계해서 물고 늘어지고 있지만 변호인 측에서는 사망한 이종대 검사장이 한 일이라고 주장하고 있어요."

"다른 건?"

"역시 모두 정황요."

이한영은 서류를 덮으며 머리를 쓸어 넘겼다.

'강신진 지원장이 청탁하지 않은 이유가 이것인가? 알아서 빠져나올 수 있을 것 같아서?'

이한영은 아직 강신진 지원장의 계획을 예측하지 못했다. 하지만…….

'법에 따라 엄벌을 주라고 했으면 줘야지.'

이한영이 다시 윤슬혜 판사를 향해 고개를 돌렸다.

"다 정황이라고?"

"네."

"마포경찰서 강력팀장 안재진이 일의 주범이야. 그렇지?"

"네."

"그런데 죄 없는 사람에게 죄를 뒤집어씌워 범인을 만들어낼 때 안재진 팀장의 통화 기록을 보면 하루에 수십 번 이상을 오종진 서장과 전화했어. 왜 그랬을까?"

서류를 손에 들어 넘기던 이한영은 안재진 팀장의 통화 기록이 적힌 곳에서 멈춘다.

"이종대 검사장과 안재진 팀장이 전화한 경우는 없어. 정황일까? 모든 정황이 오종진 서장을 가리키고 있잖아. 그리고……."

늦은 시각이 되어서야 이한영은 퇴근할 수 있었다.

그는 집으로 가지 않고 옥탑방으로 오른다. 잠시 생각할 게 있어서다. 이한영은 차가워진 바람을 맞으며 옥상에 섰다.

'임정식 수석 부장, 강신진 그리고 박광토…….'

이한영의 손가락이 톡톡 움직이기 시작한다.

'무슨 생각을 하는 거냐……. 무슨 짓을 하려는 거냐…….'

여전히 답은 없다.

한 치 앞을 볼 수 없을 정도로 안개가 가득 뿌려진 것 같은 기분이다. 잠시 생각에 빠졌던 이한영은 몸을 돌렸다. 그리고 옥탑방으로 들어섰다. 테이블 위에 서류가 가득 올라와 있다. 다가가 들어 보니 송나연 기자가 두고 간 거다.

'쉬라고 했더니…….'

이한영은 낑낑대며 서류를 들고 왔을 작은 체구의 그녀를 생각하며 서류를 펼쳤다. TJ식품에 관한 기록이다. TJ식품은 유성쇼핑의 계열사로 장태식 사장이 취임했을 때 가장 먼저 인수했던 곳이다. 그리고 장태식 사장은 TJ식품을 통해 강신진 지원장에게 자금을 지원해주고 있다.

이한영은 송나연 기자에게 TJ식품을 조사해 달라고 말했었고 그녀는 조사한 기록을 테이블에 두고 간 거다. 한 장 두 장 넘겨 봤다. 형광펜으로 밑줄을 그어둔 곳이 보인다.

'매달 정기적으로 3억씩 입금되고 있는 통장……. 때때로 수십억이 들어가기도 해. 입금만 되고 출금은 되지 않아.'

강신진 지원장에게 입금되는 통장일 가능성이 크다.

이한영은 휴대폰을 들었다.

"네, 기자님. 지금 놓고 가신 TJ식품 기록을 봤거든요."

—아, 그래요? 방금 나왔는데, 오실 줄 알았으면 뵙고 갈 걸 그랬어요.

"밑줄 그어놓은 부분 있잖아요?"

—판사님이 봐도 이상하죠? 비자금일 가능성이 크다고 생각해서 그어놨어요.

"이거 어떻게 찾으신 거예요?"

—동료 기자가 있는데요. 장태식 사장이 인수하기 전 TJ식품 사장의 아들이랑 친구래요.

장태식 사장은 TJ식품을 강제적으로 빼앗았다. TJ식품 사장은 회사에서 쫓겨났고 현재 어려운 삶을 살아가는 중이다.

—회사 직원들에게 존경받았나 봐요. 지금도 간간이 인사하러 온다고 하더라고요.

강제로 빼앗은 회사, 간부들은 유성쇼핑에 좋은 감정을 가졌을 리 없다. 사장과 간부들은 다시 유성쇼핑을 되찾기 위해 암암리에 계획을 진행 중이었다.

—그래서 어렵지 않게 자료를 받을 수 있었어요. 그런데 그 통장이 누구 것인지는 아무도 모르더라고요.

이한영은 송나연 기자와 통화를 종료했다. 그리고 곧바로 박철우 검사에게 전화를 건다.

"불법적인 일 좀 부탁드리려 하는데요."

—저 지금 퇴근 중입니다. 나흘 만에 들어가는 중이니까 내일 부탁하세요. 딸이 나를 보면 아저씨라고 불러요.

"강신진 지원장에게 입금되는 비자금 통장을 찾은 것 같아요. 그래서 거래 내역을 확인하고 싶은데요."

—비자금요? 에이 씨, 그런 거라면 바로 확인해야죠. 계좌 문자로 넣어 줘요. 바로 확인해서 보내드릴게요.

이한영은 이번엔 유세희에게 전화를 걸었다.

"늦은 시간에 죄송합니다."

—아뇨, 괜찮아요.

"유성그룹의 계열사 중에 괜찮은 걸 찾아서요."

—어디죠?

그녀의 목소리가 변했다. 유성그룹을 꿀꺽할 욕심을 내는 거다.

"유성쇼핑 아래에 TJ식품이라고 있습니다."

이한영은 통화를 종료했다.

TJ식품을 전방위적으로 압박해 유성그룹과의 연관성을 뽑아버릴 생각이다.

이한영에 의해 강신진 지원장의 주변은 점점 틀어막히는 중이다. 마지막엔 손가락 하나 까딱하지 못하는 강신진 지원장을 불구덩이에 던져버릴 수 있다.

'이제 강신진 지원장의 생각만 알아내면 완벽할 텐데…….'

잠시 손가락을 툭툭 움직이며 생각에 빠졌던 이한영이 다시 휴대폰을 손에 든다.

"어, 정호야. 나야."

석정호다.

―응, 어디야? 소주 한잔할까?

"아니, 됐고. 요즘에 강신진 지원장 주변에 특이한 일 없어?"

―특이한 일?

석정호는 강신진 지원장의 사무실을 들락날락하는 중이다.

특별히 나누는 대화는 없어도 돌아가는 상황을 지켜볼 수는 있다.

잠시 기억을 더듬던 석정호가 입을 열었다.

―이게 특이한 건지는 모르겠는데…….

"뭐든 말해."

―얼마 전에 그런 말을 들었어. 강신진 지원장한테 직접 들은 건 아니고 옆에 붙어 다니는 깡패 같은 새끼 하나가 있거든.

깡패 같은 새끼란 장태식 사장이 붙여준 경호원이다.

석정호가 계속 말한다.

―그놈이 일주일 후에 모임이 있는데 나도 오냐고 물어보더라고. 그래서 무슨 모임이냐고 했더니 강신진 지원장이 진짜 믿는 사람들만 모이는 곳이라면서 난 거기에 해당 안 된다고 놀리던데?

'진짜 믿는 사람만 모이는 곳?'

이한영도 들은 적이 없는 말이다.

* * *

다음 날, 이한영은 장유린 부장을 찾아갔다.

"여쭤보고 싶은 게 있습니다."

"뭔데?"

"강신진 지원장님의 모임 중에 진짜 믿는 사람만 모이는 그런 게 있나요?"

장유린 부장이 어깨를 으쓱해 보인다.

"있다고는 들었어."

그녀 역시 가보지는 못했다는 말이다.

장유린 부장은 언제든 배신할 수 있는 사람. 그러니 강신진 지원장이 그녀를 그런 장소에 부르지 않은 것이다.

고개를 숙인 후 밖으로 나가는 이한영을 장유린 부장이 물끄러미 바라본다.

그녀의 붉은 입술이 휘어진다.

'그렇다는 거지?'

복도로 나온 이한영은 다시 휴대폰을 귀에 댔다. 이번엔 김윤혁이다. 김윤혁은 칼에 찔리면서도 강신진 지원장의 옆에 섰다. 그리고 강신진 지원장에 의해 가짜 영웅 노릇을 즐기는 중이다. 강신진 지원장이 믿을 수 있다면 그 한 사람은 바로 김윤혁일 거다.

"모임 있지?"

다짜고짜 찌른 질문에 김윤혁은 답이 없다.

"말해."

고압적인 목소리가 흐르고 나서야 김윤혁이 입을 뗀다.

—어, 있어.

이한영의 입가에 차가운 미소가 걸렸다. 강신진 지원장의 숨겨진 계략을 들을 수 있는 시간이다.

"윤혁아, 네가 할 일이 있어."

이한영의 목소리는 다정했다. 하지만 김윤혁이 듣기엔 지옥에서 들려오는 악마의 목소리 같다. 김윤혁은 자신도 모르게 마른침을 삼켰다.

"그 안에서 어떤 대화가 오갔는지 모두 나에게 보고하도록 해. 그럼 넌 계속 지금처럼 지낼 수 있을 거야. 알았지?"

-그, 그래.

이한영에게 김윤혁은 기분 좋게 이용하다가 가차 없이 버릴 수 있는 제대로 된 스파이다.

이한영은 전화를 끊었다.

'일주일 후라…….'

강신진 지원장이 뱃속에 어떤 꿍꿍이를 감췄는지 살필 기회다.

* * *

그리고 오종진 서장의 1차 공판일이 되었다.

이한영은 법정에 내려갈 시간을 기다리며 창밖을 보는 중이다.

오늘도 법원 앞은 시위대로 시끄럽다. 시민들은 이종대 검사장을 자살로 덮으려 했던 검찰의 행동 뒤에 어떤 음모가 있는 것은 아닌지 의심하고 있었다.

강신진 지원장은 그때를 놓치지 않고 아르바이트를 고용해 인터넷의 한 커뮤니티 사이트에 대대적으로 글을 올려 여론에 불을 붙였다.

-아는 검사를 통해 들었는데, 이종대 검사장을 죽인 범인이 어떤 권력자가 보낸 킬러였대. 살해 장소에 뇌물을 받은 사람들의 리스트가 있었는데 검찰이 그거 덮으려고 자살로 수사 종결했다더라.

-나도 검찰에 다니는 사람한테 들었는데, 위 댓글 진짜라던데? 킬러가 또라이라 자수해서 지금 서로 난처하대.

-검찰 윗선 이름 다 있다던데 진짜임?

-검찰만 있겠냐?

—자세한 신분을 밝힐 수는 없지만 서울 어느 지검에 있는 검사입니다. 지금 나오는 음모론은 모두 사실입니다. 뇌물 리스트가 있었고 검찰은 덮기에 급급합니다. 법원이 잘 해결해주기만을 바라고 있습니다.

신용할 수 없는 인터넷 커뮤니티 사이트의 게시글과 댓글이었지만 들끓는 여론을 움직이기엔 어렵지 않았다.

이런 좋은 떡밥을 놓칠 리가 없는 방송사의 시사 고발 프로그램들은 꽤 완벽한 편집을 통해 검찰을 신뢰할 수 없는 집단으로 만들고 있었다.

이한영은 작게 한숨을 내쉬며 고개를 저었다. 법원 밖 시위대가 외치는 확성기의 소리가 법원까지 들려온다.

"법원은 경찰의 권력을 멋대로 사용한 오종진을 일벌백계해야 한다!"

"이제 국민이 믿을 수 있는 것은 법원뿐이 없다!"

"숨기고 있는 모든 사실을 밝혀내라!"

그때 오종진 서장을 태운 호송차가 법원 앞에 도착했다. 시위대는 물론이고 방송사까지 모두 차 앞으로 달려간다.

"개새끼야!"

"누구에게 뇌물을 줬는지 밝혀, 이 새끼야!"

"너도 뒈졌어야지!"

오종진 서장은 강자였으며 경찰서의 인사권을 갖고 비리 경찰을 움직여 뒷돈을 처먹던 쓰레기다. 그의 자식들은 모두 외국으로 유학을 떠났고 숨겨둔 자산만 해도 어마어마하다.

하지만 옛이야기일 뿐이다. 죄수복을 입은 오종진 서장은 초췌한 모습으로 고개를 숙인 채 법원으로 향하고 있다. 사람들의 비난에 어떤 반응도 하지 못한다.

그때 이한영의 옆으로 윤슬혜 판사가 섰다.

"내려가야 할 시간인데요."

이한영이 고개를 끄덕였다.

"가야지."

* * *

오종진 서장은 대형 로펌의 변호사를 앞세워 어떻게든 빠져나가려 하고 있었다.

변호사는 열변을 토한다.

"모두 의혹이고 정황일 뿐입니다! 이런 식의 검찰 수사는 화풀이이며 국면 전환용일 뿐입니다!"

검사가 벌떡 일어섰다.

"화풀이라뇨!"

변호사가 픽 웃는다.

"검찰은 이종대 검사장의 사건을 덮으려 하다가 걸렸습니다! 그래서 오종진 씨를 더 큰 죄인으로 만들어 국민의 관심을 다른 곳으로 보내려고 하잖아요! 이게 화풀이가 아니면 뭐겠습니까!"

"변호인!"

검사가 소리 질렀지만 변호사는 관심 없다는 표정으로 고개를 저었다.

"재판장님, 지금 대한민국 국민은 검찰에 큰 실망을 하고 있습니다. 검찰은 어떻게든 여론을 덮으려는 생각일 뿐입니다. 거기에 오종진 씨가 재수 없게 걸려든 거죠."

변호사가 오종진 서장의 주변을 빙글 돌며 말을 이었다.

"피고인 오종진은 일선 경찰이 성매매 업소에서 받은 뇌물을 넘겨받았습니다. 청렴해야 할 경찰이 사리사욕에 눈이 멀었고 경찰의 신뢰도를 떨어뜨렸습니다. 이 죄는 무겁습니다. 모두 인정합니다."

변호사가 몸을 돌려 이한영을 향했다. 그리고 잠시 숨을 고른 그가 무거운 목소리로 입을 연다.

"형법 제129조! 공무원이 뇌물을 받았을 때는 5년 이하의 징역 또는 10년 이하의 자격정지 처분을 받는다. 이게 이 재판의 전부입니다. 그런데 검찰은 이종대 검사장에게 있던 죄까지 끌고 와 피고인을 더 큰 죄인으로 만들고 있습니다. 여론도 마찬가지입니다. 피고인에게 더 큰 형벌을 원하고 있습니다! 전 이 재판을 준비하며 마녀사냥이 떠올랐습니다."

여론에 따르지 말고 공정한 재판을 하라는 말이다. 변호사는 찌를 듯한 눈으로 이한영을 바라보며 계속해서 말을 잇는다.

반면 이한영은 담담한 눈으로 변호사의 발언을 지켜보고 있었다.

'이상해…….'

변호사는 마녀사냥이라 말하면서도 언론과 여론에서 떠드는 뇌물 리스트는 언급하지 않는다. 뇌물 리스트를 떠벌리면 이종대 검사장에게 나머지 죄를 모조리 떠넘길 수 있는데, 입을 꾹 다물고 있다.

'뭐지?'

이한영은 손가락으로 툭툭 법대를 두들기며 머릿속으로는 최근 있었던 일을 퍼즐처럼 맞추기 시작했다. 지금 상황을 확인하려는 거다. 순간 머릿속에 강신진 지원장의 목소리가 스쳤다.

-그래서 말인데, 법에 따라 엄벌을 선고했으면 좋겠어.

별것 아닌 말이다.

하지만 그 목소리를 떠올림과 동시에 이한영의 손가락이 멎었다. 방금까지 강신진 지원장이 오종진 서장과 거래했는지 아닌지 고민하고 있었다. 하지만 지금은 확신한다.

'거래했구나?'

대형 로펌의 변호사까지 고용해 어떻게든 중형을 피하려는 오종진 서장, 그가 뇌물 리스트에 대해 침묵하고 있는 이유는…….

'시간을 번 후 더 극적으로 공개하기 위해. 또는 강신진이 이 사건을 통해 얻어내야 할 게 더 있기 때문이야.'

흐릿했던 안개가 조금은 걷히는 기분이다. 이한영이 입술을 쓸어 만졌다.

'강신진, 뇌물 리스트를 공개하고 싶지 않다는 거지?'

적이 좋아하지 않는 일을 하는 게 최고의 전략 중 하나다. 더욱이 이한영은 뇌물 리스트에 대해 입 다물라는 지시를 받은 적이 없다. 강신진 지원장은 법대로 하라고 했을 뿐이다.

이한영의 시선이 오종진 서장에게 향했다. 오종진 서장은 조용히 앉아 변호사의 발언을 듣는 중이다.

이한영이 천천히 손을 들었다.

"변호인."

말을 하던 변호사가 몸을 돌려 이한영을 향한다.

"네, 말씀하십시오."

"제출하셨던 자료에 모두 있는 내용이네요. 다른 것은 없나요?"

"네?"

"있나요?"

"어, 없습니다."

"그럼 그만 들어가주세요. 이미 읽은 내용이라 또 들을 필요는 없을 것 같네요."

변호사는 떨떠름한 표정으로 이한영을 바라본다.

'별명이 탱탱볼이었지?'

변호사들 사이에서 이한영은 어디로 튈지 모른다는 뜻에서 '미친 탱탱볼'이라고 불린다. 그래서 조용히 있던 이한영이 이런 식으로 치고 들어오면 긴장할 수밖에 없다.

변호사는 자리로 돌아가며 오종진 서장에게 눈빛을 보낸다.

'연습했던 대로 하세요.'

오종진 서장은 긴장된 표정으로 고개를 끄덕인다.

'난 아무것도 모르는 거야. 난 뇌물만 받았을 뿐이야.'

그의 시선이 천천히 이한영을 향해 틀어졌다.

그때 이한영의 말이 훅 찔러 들어왔다.

"위에 뇌물을 준 적이 있습니까?"

"네?"

"여러 매체에서 뇌물 리스트를 이야기하고 있어요. 피고인과 망인이 된 이종대 검사장이 누군가에게 뇌물을 바쳤다고요."

오종진 서장과 변호사는 이한영이 검사가 기소한 내용만 질문할 줄 알았다. 그런데 예상치 못한 질문에 오종진 서장의 얼굴이 당황으로 물들어 버린다.

하지만 이한영은 그가 생각할 시간을 주지 않는다.

"언론에서 이종대 검사장이 뇌물을 준 리스트가 존재한다고 연일 떠들어대고 있습니다. 알고 있습니까?"

오종진 서장의 입술이 파르르 떨려 온다.

'강신진이 1심에선 조용히 있으라고 했지? 몰랐다고 말해야 해. 그런데 2심에 가서 뇌물 리스트의 존재를 알고 있었다고 하면 어떻게 되는 거지? 젠장, 진술을 번복하는 게 되는 거잖아?'

피고인의 진술 번복이 없는 것은 아니다. 피고인은 불리한 부분의 진술을 거부할 수 있고 유리한 진술을 할 수 있는 권리가 있다.

하지만 오종진 서장의 재판은 전 국민의 관심을 받는 중이다. 하이에나 같은 기자들이 눈을 번쩍 뜨고 그의 발언을 기다리고 있다. 지금 어떤 말을 하든 전국적으로 알려질 테고, 이런 상황에서 한 진술 번복은 치명적이다. 오종진 서장은 눈동자를 데구루루 굴리며 답을 찾아보려 하지만 등줄기에 식은땀만 주르륵 흐를 뿐이었다.

이한영은 그의 모든 모습을 눈에 담고 있었다. 자리를 찾지 못하는 동공과 씰룩이는 입술, 힘이 들어간 아래턱. 오종진 서장이 초조해하면 초조해할수록 이한영은 강신진 지원장의 계획이 확실히 보였다.

'이제 가지고 놀아볼까?'

이미 오종진 서장의 머리채는 붙잡았다. 이제 사정없이 구타할 시간이다.

"피고인, 대답하세요!"

지금껏 멍하니 있던 변호사가 다급히 일어섰다.

"재판장님, 지금의 질문은 본 재판과 관련이 없는 것 같……."

"변호인, 그건 제가 판단합니다."

이한영의 날카로운 시선은 다시 오종진 서장에게 향했다. 그리고 천천히 묻는다.

"있습니까? 없습니까?"

오종진 서장이 힘겹게 입을 연다.

"어, 없습니다."

"괴소문일 뿐입니까?"

오종진 서장은 마른침을 삼켰다. 그리고 고개를 푹 숙였다.

"네, 그런 일 없습니다."

이번의 진술로 인해 앞으로의 재판이 어떻게 진행될지는 알 수 없었다. 하지만 지금 그가 믿을 수 있는 사람은 강신진 지원장뿐이었다.

법정은 웅성거리기 시작한다.

"없다고?"

"소문이라잖아."

"당연히 루머지."

그 웅성거림 속에 임정식 수석 부장이 앉아 있었다. 이한영의 재판을 지켜보던 임정식 수석 부장은 고개를 저으며 머리를 쓸어 넘긴다.

* * *

1차 공판이 끝났다.

이한영은 법복을 펄럭이며 복도를 걷고 있었다. 저 멀리 익숙한 그림자가 보인다. 임정식 수석 부장이다.

이한영이 그를 향해 고개를 숙였다.

임정식 수석 부장이 고개를 끄덕이며 이한영의 좌우에 있는 윤슬혜 판사와 이소이 판사를 본다.

“먼저 올라가.”

이한영의 말에 두 사람은 먼저 엘리베이터로 향했다.

복도엔 이한영과 임정식 수석 부장만이 있다. 이한영은 평소처럼 임정식 수석 부장을 대하기 위해 선한 눈빛을 보였다.

하지만 임정식 수석 부장의 표정이 예사롭지 않다.

“한영아.”

“말씀하세요.”

“오늘 재판 잘 봤다.”

“감사합니다.”

“2차 공판에서도 뇌물 리스트를 언급할 거야?”

“네.”

“검찰의 기소에 뇌물은 없는데?”

“뇌물이 있다면 기소를 변경해야겠죠.”

두 사람의 목소리는 담담하다. 하지만 두 사람 사이엔 깊은 골에서 불어오는 서늘한 바람이 채워지기 시작했다. 이한영이 평소처럼 행동하려 해도 임정식 수석 부장은 이 분위기를 무겁게 바꿔놓고 있었다.

임정식 수석 부장이 입을 연다.

“그렇게까지 하려는 이유가 뭐야?”

이한영이 한숨을 내뱉었다.

"이유가 있을까요? 판사는 죄를 지은 사람에게 응당한 벌을 내려야 한다고 생각합니다."

"뇌물은 오종진이가 받아먹은 것만 넣어. 뱉어낸 것은 넣지 말고."

이한영의 마음은 요동치고 있었다. 그가 좋아하는 몇 안 되는 법조인이 바로 임정식 수석 부장이다. 이한영은 임정식 수석 부장의 아래에서 배석 생활을 했다. 판사로서 지니는 신념과 행동에 대해 대부분을 배웠다고 해도 무리가 아니다. 게다가 임정식 수석 부장은 법원과 집밖에 모르는 멋진 판사였다.

적어도 전생에서는 그랬다. 그래서 이한영은 그가 전생과 달리 계속해서 좋아하는 판사를 할 수 있도록 돕기까지 했다. 그런데 그가 강신진 지원장에게 붙었다.

송나연 기자에게 사진을 받았을 때도 충격이었지만 이렇게 직접 만나 이야기를 하고 있으니 현실이라는 게 확 와닿는다. 이한영의 마음은 말 그대로 썩어 문드러져 울고 있었다. 그가 터져 오르는 감정을 누르며 입을 열었다.

"받아먹은 것만 넣으라고요?"

"그래."

"왜⋯⋯ 그래야 합니까?"

"그래야 하니까."

냉담한 목소리를 들으며 이한영은 크게 한숨을 내뱉었다.

'생각했던 대로 가자. 강신진이 선택한 사람은 임정식 수석 부장일 뿐이야.'

이한영의 머릿속은 점점 차가워진다.

'강신진 지원장에게 직접 연락받은 것은 엄벌을 내리라는 것뿐이야.'

이한영이 임정식 수석 부장을 향했다.

"죄송합니다. 끝까지 파겠습니다."

"야!"

급기야 큰 소리가 터졌다.

이한영은 물러서지 않는다.

"전 판사입니다."

"백이석 대법원장님 지시야!"

"……!"

강신진 지원장의 이름이 아니라 백이석 대법원장의 이름이 나온다.

이한영이 눈을 깜빡이자 임정식 수석 부장이 고개를 저으며 입을 열었다.

"강신진 잡자며?"

"네?"

"마셔."

임정식 수석 부장이 이한영에게 캔커피를 건넨다. 법원 밖에 있는 등나무 아래에 이한영과 임정식 수석 부장이 앉았다.

이한영이 캔을 받아 들며 고개를 돌렸다.

"대법원장님 지시라뇨?"

"강신진 지원장의 사람들이 제거되고 있잖아? 사람이 부족할 때 중앙지법 민사 수석 부장이 손을 내밀면 어떨 것 같아? 당연히 좋다고 하겠지?"

백이석 대법원장은 이 시기를 놓치지 않고 임정식 수석 부장을 강신진 지원장 옆에 붙인 후 상대를 감시하는 중이었다.

이한영은 얼굴을 쓸어 만졌다. 혼란스러웠다. 지금도 이 말을 믿어야 할지 말아야 할지 고민이 된다. 한번 뿌리 박힌 의심은 쉽게 떨어져나갈 수 없는 일이다.

무거운 한숨을 내뱉은 이한영이 고개를 틀어 임정식 수석 부장을 향했다.

"몇 가지 여쭤봐도 될까요?"

이한영은 임정식 수석 부장이 고개를 끄덕임과 동시에 기다렸다는 듯 가차 없이 찔러 들어갔다.

"최근에 13억 원짜리 건물 사셨죠?"

"뭐?"

커피를 입에 대던 임정식 수석 부장의 얼굴이 딱딱하게 굳으며 기분 나쁘다는 표정이 확 드러났다.

하지만 이한영은 멈추지 않는다.

"무슨 돈으로 13억이나 되는 건물을 매수한 거예요?"

임정식 수석 부장의 눈빛이 일그러졌고 손에 쥔 캔커피가 콰드득 우그러진다.

"너 내 뒷조사했니?"

험악한 억양이다.

하지만 이한영은 움츠러들지 않았다.

"네, 수석 부장님이 오종진을 만나러 구치소에 간 것을 봤어요."

"구치소? 오종진?"

"네."

"그래서 뒷조사를 했다고? 내가 뒷돈을 받았나 하고?"

"먼저 대답해주세요. 오종진은 왜 만났고 만나서 무슨 이야기를 하셨습니까?"

임정식 수석 부장이 백이석 대법원장의 지시를 따르고 있다면 왜 오종진을 만났는지 망설이지 않고 대답할 거다.

그런데 임정식 수석 부장은 머리를 쥐어뜯고 있다.

"씨발, 돌아버리겠네. 내가 너한테 심문당할 짬밥이냐?"

"말씀해주시죠."

"오종진 만나러 간 새끼 쫓아갔다. 만나서 뭐 하려는지 알아보려고! 됐어?"

이번엔 이한영의 미간이 찌푸려졌다.

"오종진을 만나러 간 사람이 수석 부장님이 아니라고요?"

"그래!"

"그럼 간 사람은 누구예요?"

송나연 기자가 며칠 동안 구치소 앞을 지키고 있었다. 그녀는 강신진 지원장의 측근에 있을 만한 사람의 사진을 모두 가지고 있었으니 그 사람들이 왔다면 놓치지 않았을 것이다. 하지만 잡힌 사람은 임정식 수석 부장뿐이었다.

임정식 수석 부장이 담배를 꺼내 입에 물었다.

"나도 모르는 놈이야. 판사도 아니고 직원도 아닌데 강신진 지원장 방에 드나드는 음침한 놈 있어. 됐냐?"

"아뇨."

고개를 흔드는 이한영을 보며 임정식 수석 부장의 눈이 분노로 채워진다.

"이 새끼가 진짜."

"상가를 산 돈은 어디서 나셨어요?"

"우리 집사람이 장모님 돌아가시면서 받은 작은 땅 알지? 충청도에 있는 거."

"네."

"그게 값이 올라서 팔았다. 그리고 대출 왕창 받아 샀다. 됐어? 내가 너 같은 놈한테 재산 상황까지 보고해야 해!"

"왜요? 왜 갑자기 건물을 사셨어요? 그 땅은 형수님의 추억이 담겼다고 안 판다고 하셨잖아요."

"야! 끝까지!"

임정식 수석 부장이 이한영을 쏘아본다. 하지만 이한영은 의심이 풀릴 때까지 계속 물어보겠다는 태도다.

임정식 수석 부장이 화를 꾹 참으며 말을 이었다.

"우리가 상대할 사람이 박광토하고 강신진이야. 우리 옆에 대법원장님이 계시지만 냉정하게 생각해봐. 이번 싸움에 이길 가능성이 얼마나 되냐?"

"……."

"지면 개털 되는데 그럼 난 뭐 먹고살라고? 애들 시집 장가 보내야 하는데, 돈은 어떻게 하라고? 변호사 하고 싶지는 않으니 먹고살 것은 만들어놔야지! 됐어?"

"아뇨."

"아, 씨발 진짜!"

임정식 수석 부장이 쥐었던 주먹을 치켜든다. 이한영이 계속 믿지 않자 분한 모양이다.

이한영은 담담한 표정으로 휴대폰을 꺼내 귀에 댔다.

"네, 대법원장님. 이한영입니다. 여쭤볼 게 있어서 전화드렸습니다. 임정식 수석 부장이……."

임정식 수석 부장은 아랫입술을 꾹 깨문 채 통화가 끝나길 기다렸다. 그리고 이한영이 휴대폰을 귀에서 떼자 빠르게 입을 열었다.

"이 새끼야. 내가 너 똥 기저귀 갈 때부터 키웠는데, 네가 나를 의심하고 뒷조사까지 했다는 게 충격이다. 나를 몰라? 내가 권력 잡으려고 판사하는 것 같아? 그걸 대법원장님께 들어야 믿는 거야?"

이한영이 고개를 끄덕이며 임정식 수석 부장을 향해 휴대폰 화면을 보였다. 임정식 수석 부장이 물끄러미 휴대폰을 들여다봤다. 통화 목록이 보인다. 그런데 백이석 대법원장에게 전화했다는 기록은 보이지 않는다.

이한영이 장난스레 입을 열었다.

"전화 안 했어요. 아까부터 믿고 있었어요. 그냥 수석 부장님 반응이 재밌어서……."

"이 새끼가."

임정식 수석 부장이 이한영의 다리를 걷어찼다. 많이 억울했는지 정말 힘껏 때렸다. 둔탁한 소리와 함께 이한영의 비명이 짧게 들려온다.

"악!"

진짜 아팠다. 하지만 마음은 편하다. 임정식 수석 부장이 정말 강신진 지원장과 손잡고 있으면 어떻게 해야 하나 마음고생이 심했기 때문이다.

이한영이 다리를 잡고 웃으며 임정식 수석 부장을 향해 시선을 들었다.

"수석 부장님, 이거 고소해도 되나요?"

"고소하기 전에 넌 사형이야."

* * *

옥탑방.

박철우 검사와 송나연 기자가 테이블에 앉았다.

이한영이 화이트보드에서 임정식 수석 부장의 사진을 떼며 말했다.

"임정식 수석 부장님은 대법원장님이 보낸 스파이였어요."

박철우 검사가 눈을 동그랗게 뜬다.

"진짜요?"

송나연 기자는 알고 있었다는 듯 고개를 끄덕인다.

"그럼 그렇지. 이한영 판사님을 키워낸 임정식 수석 부장님이 나쁜 놈일 리는 없죠."

"그동안 임정식 수석 부장님이 강신진의 방에 드나들며 듣고 본 것은……."

이한영은 임정식 수석 부장에게 들은 이야기를 설명하기 시작했다.

"강신진의 측근 중에 판사나 직원은 아닌 사람이 있대요. 일단 그 사람이 누군지 모르니 'X'라고 칭할게요."

이한영은 X가 오종진 서장과 거래를 했다는 사실을 이야기했다. 여기까지가 임정식 수석 부장에게 들은 이야기다. 그리고 이한영은 들은 이야기를 토대로 강신진 지원장의 다음 행동을 예측하기 시작했다.

"제 생각에 강신진 지원장은 정치권과 접촉할 겁니다. 그리고 자신이 오종진 서장의 입을 마음대로 할 수 있다고 말하겠죠."

검찰의 사건 덮기가 들통나며 세상의 모든 시선은 이곳에 쏠려 있다. 게다가 뇌물 리스트가 있다는 소문은 전국을 들끓게 하고 있었다.

"강신진 지원장은 정치인과 손잡고 오종진 서장의 입에서 반대파의 이름이 나오게 할 겁니다."

물론 오종진 서장의 입에서 나오는 말은 모두 거짓일 게 분명하다. 하지만 정치권을 불신하는 국민에게는 정치인이 뇌물을 받았든 받지 않았든 상관없었다. 그들은 오종진 서장의 말을 온전히 받아들이고 광기 어린 눈빛으로 중세 시대의 마녀사냥을 할 게 분명하다.

이한영이 테이블에 두 손을 짚으며 무겁게 마지막 말을 내뱉었다.

"말 그대로 생살부가 만들어지는 겁니다."

송나연 기자가 입을 열었다.

"그래도 거짓이 진실을 덮을 수 없잖아요. 언젠가 사실이 드러나면……."

이한영이 고개를 저었다.

"거짓된 진실이 사실이 되는 세상이에요."

분위기가 싸늘해지기 시작했다.

박철우 검사가 머리를 긁적이며 입을 연다.

"강신진 지원장이 누굴 만날까요? 여당? 야당?"

"글쎄요."

강신진 지원장이 누구를 만나든지 상관없었다. 이한영은 강신진 지원장이 결탁한 반대편 당과 손잡을 생각이었다. 돈이 있고 대법원장이 있다. 정치권과 손잡는 것은 어려운 일이 아니었다.

이한영이 박철우 검사를 향해 시선을 옮겼다.

"강신진 지원장의 계획은 예상됩니다. 이제 우리는 그 계획보다 한발 앞서 움직여야 하는데요."

"뭘 할까요?"

이한영이 화이트보드에 붙은 김윤혁의 사진을 가리켰다.

"강신진 지원장은 검찰의 신뢰를 바닥에 떨어뜨려 놓고 법원엔 김윤혁이라는 영웅을 만들어 놓았어요."

얼마 후 사법부도 흔들리기 시작할 거다. 그때 '짠' 하고 나타난 강신진 지원장을 김윤혁이 지지한다. 김윤혁이라는 영웅이 지지하는 법조계의 구원자.

"세상의 시선은 단숨에 강신진 지원장에게 쏠릴 겁니다."

이한영의 시선이 다시 박철우 검사를 향해 틀어졌다.

"히어로를 막을 수 있는 것은 히어로잖아요? 슈퍼맨 검사님."

"이거 또 무슨 말을 하려고 슈퍼맨을 거론하실까요?"

"검사님은 검찰의 영웅이 될 거예요."

"네? 영웅?"

"히어로."

박철우 검사를 보는 이한영의 눈빛은 뜨거웠다. 앞으로 박철우 검사는 검찰의 윗선과 부딪힐 일을 하게 될 거다. 평범한 세상이었다면 유배를 떠나 옷을 벗는 게 당연하다. 하지만 지금은 평범한 세상이 아니다. 강신진 지원장의 계략에 넘어간 검찰은 개보다 못한 신뢰를 받고 있었다.

'고맙다, 강신진.'

이한영은 상대의 계략을 이용하는 중이다.

'난 박철우 검사를 스타 검사로 만들 거야.'

국민에게 신뢰받는 검사 박철우. 검찰은 박철우 검사를 국면 전환용으로 사용하려 할 테니 윗선과 부딪히더라도 어지간한 일은 눈감아줄 게 분명하다.

이한영이 고개를 돌려 송나연 기자를 바라봤다.

“기자님은 당분간 박철우 검사님과 동행 좀 해주세요. 위험하긴 하겠지만 특종을 많이 잡을 수 있을 거예요.”

“넵!”

송나연 기자는 힘차게 대답한다.

하지만 박철우 검사는 눈을 깜빡이는 중이다.

“지금 분명 위험하다고 했죠?”

“네.”

“도대체 무슨 짓을 시키려고…….”

이한영은 슬쩍 웃으며 시선을 달력으로 옮겼다. 미래의 사건을 모두 알고 있는 것은 아니지만 큰 사건은 기억하고 있다. 거기에 신문을 읽어 사건사고를 보면 대략적인 일은 떠오른다.

“고생 좀 해주세요.”

“아니, 무슨 일을 시키려고 그래요?”

* * *

“씨발!”

재개발이 진행되는 아파트 단지.

입주민들이 떠난 이곳은 말 그대로 무법 지대다. 그곳에서 박철우 검사가 있는 힘껏 달리고 있었다. 그의 뒤에는 망치와 칼을 든 남자가 미친 듯이 웃으며 쫓아오고 있다.

“도망가! 나한테 잡히지 마! 잡히면 너 죽어! 하하하하하!”

지금까지 두 명을 살해한 연쇄살인범이다. 이한영의 전생에서는 총 여섯 명을 살해한 후 붙잡혔다. 특별한 동기 없이 묻지 마 살인을 저지르다 보니 잡기가 쉽지 않았다.

이한영이 이 사건에 대해 기억하는 것은 단 하나였다. 이 살인범이 두

명을 살해한 후 재개발 단지에서 살아왔다는 것이다.

박철우 검사의 입에선 거친 숨이 올라오고 있었다.

'저런 위험한 새끼가 있으면 말이나 좀 해주든가!'

살인범은 지치지도 않는지 여전히 미친 듯 웃고 있다.

"꺄하하하! 잡히면 죽는……!"

그런데 살인범의 목소리가 이어지지 않는다.

'콰지지직!' 하는 둔탁한 소리가 들릴 뿐이다.

박철우 검사가 고개를 돌려 보니 석정호가 서 있었고 그의 발아래 살인범이 축 늘어져 있었다.

석정호가 손을 툭툭 털며 말했다.

"늦어서 죄송해요, 흐흐."

그제야 긴장을 푼 박철우 검사가 무릎에 손을 대고 거친 숨을 토해냈다.

"아, 진짜 죽는 줄 알았네……."

어디 있었는지 송나연 기자가 그들의 옆으로 다가왔다.

"사진 찍어야죠. 어서 팔 꺾고 수갑 채우세요."

아나운서의 목소리가 흐른다.

—자취하던 여대생과 직장인 임 모씨를 연쇄 살해한 범인이 잡혔습니다. 검거한 사람은 중앙지방검찰청 박철우 검사입니다. 형사가 아닌 검사가 범인을 검거하는 것은 이례적인 일인데요. 박철우 검사는 범인을 잡는 것은 검찰이 할 당연한 일이라며…….

—박철우 검사는 충남에 있을 때도 잠복근무하여 농작물 도둑을 잡은 적이 있습니다.

—연쇄살인범이 한 말이 충격적입니다. 살인범은 더 살인하지 못한 게 슬프다며 자신을 어서 죽여 달라고 전했습니다. 박철우 검사는…….

—박철우 검사는…….

박철우 검사의 이름이 오르내리기 시작했다.

하지만 아직은 부정적인 반응이 더 많다.

—쇼하네.

—짜고 치는 검찰, 구역질 난다.

그리고 이한영은 신문을 읽고 있다.

박철우 검사의 영웅담을 읽는 게 아니다. 사건 사고를 읽고 최대한 전생의 기억을 뽑아내는 중이다. 그 덕에 박철우 검사는 오늘도 달린다.

"씨발!"

—경기도에서 펜션을 운영하며 사기도박을 하던 일당이 박철우 검사에게…….

—어린이를 납치해 성폭행하려던 범인을 박철우 검사가…….

—오늘 아침, 동물원을 탈출한 반달곰을 박철우 검사가 찾아냈습니다.

박철우 검사는 만신창이의 모습으로 터덜터덜 걷다가 도로 난간에 주저앉았다. 잠시 멍하니 있던 그가 담배를 입에 문다.

"씨발, 곰은 뭐야……."

06

“날 죽이려고 그러죠?”

“아뇨.”

박철우 검사가 황당한 눈으로 이한영을 쏘아본다.

“그럼 곰은 뭐예요?”

“동물원에서 탈출했다고 뉴스에 나와서요.”

“아니, 살인자는 말이라도 통하죠! 말도 안 통하는 짐승을 검사가 왜 찾아야 해요?”

박철우 검사가 답답하다는 듯 가슴을 두들기자 이한영이 휴대폰을 건넨다.

“읽어보세요.”

휴대폰엔 박철우 검사의 모습과 슈퍼맨이라는 타이틀이 걸린 기사가 보인다. 박철우 검사가 기사를 훑어본 후 댓글을 클릭했다.

–도대체 박철우 검사는 뭐 하는 사람이냐?

–곰도 잡고 범인도 잡고…….

–슈퍼맨 인정합니다.

–저런 검사가 있어서 든든합니다.

–검찰 윗선이 나쁜 거지 열심히 일하는 사람도 많음.

–그런데 검사가 저럴 시간이 있나? 자기 시간 쪼개서 저러는 거잖아?

처음엔 검찰이 이미지 쇄신을 위해 짜고 치는 고스톱이라 욕했던 사람들도 어느새 박철우 검사를 인정하기 시작했다. 특히 탈출한 곰의 위치를 찾아낸 검사가 되며 웬만한 스타보다 더 큰 유명세를 치르는 중이다.

이한영이 박철우 검사의 손에서 휴대폰을 받아 들며 말했다.

"검사님은 히어로예요. 곰도 때려잡는 슈퍼맨 검사."

"내가 사람들한테 댓글로 칭찬받으면 좋아할 줄 알아요? 곰을 실제 바로 앞에서 본 적 없죠? 얼마나 무서운 줄 알아요?"

옆에 앉아 귤을 까먹던 송나연 기자가 말한다.

"곰은 얌전했잖아요. 기억해보면 사람이 더 무서웠던 것 같은데요."

"아니, 기자님까지!"

송나연 기자는 그의 모습을 모두 지켜본 사람이다. 같이 있던 사람이 저렇게 말하니 박철우 검사는 짜증이 난 듯 인상을 찌푸린다.

그런 그를 향해 송나연 기자가 귤을 하나 떼서 내민다.

"달아요. 드세요."

"안 먹어요."

"맛있는데."

이한영이 슬쩍 웃으며 자리에서 일어선다.

"제가 궁예잖아요? 관심법으로 보면 검사님은 벽에 똥칠하다가 죽을 거예요. 그러니까 걱정하지 마세요."

전생에서 박철우 검사는 의문의 교통사고로 죽지만 이한영은 그렇게 만들 생각이 없었다. 이번엔 오래오래 행복하게 살게 해주고 싶었다. 사람의 운명은 스스로 바꿔나갈 수 있는 거다.

박철우 검사가 툴툴거리며 담배를 입에 문다.

"벽에 똥칠까지는 안 바라니까 제명에 죽었으면 좋겠네요. 난 담배 한 대 피우고 오겠습니다."

송나연 기자가 박철우 검사의 뒤를 흘겨본다.

"담배 좀 끊으시라니까. 곰보다 담배가 더 위험한 것 같은데……."

"그러게요. 우리도 커피 한잔할까요?"

"넵! 전 믹스요."

이한영이 커피를 타기 위해 티테이블로 향할 때 송나연 기자가 지나가는 투로 묻는다.

"오종진 서장요, 판결 어떻게 내릴 거예요?"

"12년 정도 생각하는데요."

"힉, 그렇게나 많이요?"

"악질이잖아요. 감형 없이 갈 거예요."

송나연 기자가 말한다.

"지난번에 TJ식품 전 사장 아들이랑 친한 동료 기자가 있다고 했잖아요?"

"네."

"그 기자하고 TJ식품 전 사장 아들이랑 내년 5월에 결혼한대요."

"아, 그래요?"

"그런데 아들이 돈이 하나도 없거든요. 그래서 주변 기자들이 결혼은 현실이라면서 말리기도 했는데, 자기가 벌면 된다면서 쿨하게 말하더라고요. 결혼하기 전에 예비 시아버지의 복수도 꼭 해주고 싶대요. 멋있었어요.”

이한영이 커피를 타서 송나연 기자 앞에 놓는다.

“멋지네요.”

그녀가 커피잔을 손에 들며 물끄러미 이한영을 본다.

“그런데 판사님은 일만 해요?”

“일만 하다뇨? 이렇게 커피도 마시는데?”

“연애나 결혼은 생각 없으세요? 나이도 있잖아요.”

이한영이 어깨를 으쓱해 보였다.

“아직은요.”

“왜요? 돈도 많으시면서…….”

“그게 제 돈인가요? 우리 돈이지.”

별생각 없다는 투로 답한 이한영은 커피잔을 입에 댔다가 떼며 말을 이었다.

“기자님은? 연애 안 하세요?”

“글쎄요…….”

그녀는 대답하지 않고 커피잔만 만지작거린다.

이한영의 시선이 달력으로 향한다.

‘조금 있으면 또 한 살 먹는구나…….’

생각해보면 어머니의 결혼에 대한 잔소리는 하루가 바뀔수록 심해지고 있었다. 하지만 전생과 같은 끔찍한 결혼은 하고 싶지 않다. 이번에 결혼을 한다면 좋은 배우자를 만나 자식도 갖고 행복하게 살고 싶었다.

‘그런 삶을 살고는 싶지…….’

하지만 이한영에겐 강신진 지원장이라는 위험한 상대가 남아 있다. 최악의 상황엔 다시 죽음으로 내몰릴 수도 있는 불투명한 미래……. 연애나 결혼은 상대에 대한 배려가 아니었다.

'모든 게 끝난 후에…….'

이한영은 달력을 보고 있었고, 송나연 기자는 조용히 이한영을 보고 있다.

* * *

2차 공판이 하루 남은 날 밤.

김윤혁은 몸을 돌렸다. 그가 지나온 길에는 기와가 멋들어진 한정식집이 보인다. 잠시 한정식집을 보던 김윤혁이 씁쓸하게 웃기 시작했다.

"씨발, 내 인생……."

강신진 지원장의 라인에 완벽하게 오르며 앞으로의 인생은 승승장구일 것으로 생각했다. 그런데 이한영이라는 악마에게 머리채를 잡혀 질질 끌려다니는 신세가 되어버렸다.

"더럽다, 더러워. 내가 전생에 무슨 죄를 지었길래……."

강신진 지원장의 지시를 받아 이한영을 벼랑 끝으로 내몰고 독극물을 전해준 죄가 있다. 하지만 그것을 알 리 없는 김윤혁은 고개를 저으며 휴대폰을 귀에 댔다.

"아, 한영아."

—끝났어?

"그래."

—있었던 사람을 말해봐.

오늘은 강신진 지원장이 믿는 사람들의 모임이 있었다. 이한영의 목소리는 다정하게 흘렀지만 김윤혁이 듣기엔 저주를 토해내는 것 같았다. 하지만 김윤혁에게 저주를 피할 방법은 없다. 그저 따를 뿐이다.

"유성쇼핑 장태식 사장, 이군철 대법관, 하지성 서부지방법원장, 이민진……."

이한영은 귀를 기울이고 김윤혁이 거론하는 인물의 이름을 머릿속에 집어넣고 있었다. 그런데 법조인 외의 인물은 없다. 임정식 수석 부장이 말한 X의 정체는 아직 오리무중이다.

—무슨 이야기를 했지?

"대통령을 만나겠다고 했어."

이한영은 집에 있었다.

김윤혁의 말에 눈살이 일그러진다.

'대통령?'

정치인을 만날 것은 예상했던 일이다. 그런데 그 상대가 대통령이라니……. 이한영은 당황한 티를 내지 않고 다시 다정한 목소리를 뱉었다.

"그리고?"

—백이석 대법원장님을 타깃으로 잡겠다고 했어.

"……!"

이한영의 눈에 불이 뿜어진다.

—오종진 서장의 입에서 백이석 대법원장님의 이름이 거론될 것 같아.

"2심에서?"

—응.

이한영이 턱을 쓸어 만지며 고개를 끄덕였다.

'예상했던 거야.'

그가 입을 연다.

"그래, 다른 이야기는?"

—내가 들은 것은 여기까지. 난 그만 가라고 해서…….

강신진은 믿는 사람도 급을 나눠놓고 있다. 생각할수록 철두철미한 인간이다.

"알았어. 고생했고 잘 들어가."

—그래.

"법원 복귀가 얼마 안 남았지? 법원에 오면 나와 친근한 모습을 보여줬으면 좋겠어."

수화기 너머에서 까득, 이가 갈리는 소리가 들렸다. 하지만 그뿐이다. 김윤혁은 이한영의 손바닥에서 벗어날 수 없다.

—알았어…….

통화는 끝났다.

휴대폰을 내려둔 이한영은 팔짱을 끼고 벽에 몸을 기댔다.

'대통령을 만나? 대법원장을 타깃으로 삼아?'

강신진 지원장의 속도는 전생과 다르다. 거침없다는 단어도 모자랄 정도로 빠르게 움직이고 있다.

'이유가 뭐지? 강신진도 조급해하고 있다는 건가?'

가능성은 크다. 강신진 지원장의 주변 인물들이 하나씩 제거되고 있다. 바보가 아닌 이상 무너지는 세력이 안 보일 리 없다. 시간을 지체하다가 기둥까지 무너질지 모른다는 생각을 하고 있을 거다.

이한영의 입가에 시린 미소가 걸렸다.

'급할수록 천천히 가라는 명언이 있는데, 그렇게 가다간 돌부리에 걸려 넘어질 거야.'

상대가 빨리 움직인다는 것은 이한영에겐 희소식이다. 급히 처리한 일일수록 빈틈을 만들어내는 게 당연하기 때문이다. 이한영의 생각은 다음으로 넘어갔다.

'강신진이 만날 정치인이 대통령이야. 반대파가 누가 있을까?'

이한영은 책상에 놓인 신문을 손에 들었다. 대통령을 비난하는 사람들은 쉽게 찾을 수 있다. 바로 야당의 인물들이다.

'이 중에서 생살부에 들어갈 사람은…….'

이한영의 머릿속에 오종진 서장의 입에서 토해져나올 명단이 그려지기 시작했다. 그중에서 대통령이란 말만 들어도 자다 일어나 송곳니를 드러내고 적의를 표출할 인물을 찾아야 한다. 그리고 이한영의 생각은 한 인물에게서 멈췄다. 야당에서 저격수 또는 미친놈이라는 소리를 듣는 자였다.

'만나봐야겠어.'

* * *

"약속은 잡았나?"

강신진 지원장과 장태식 사장은 반라의 여인들을 옆에 앉힌 채 술을 마시고 있었다. 오늘 모임에 나온 사람은 열 명 가까이 되었지만 최종적으로 남은 것은 이 두 사람뿐이다.

장태식 사장이 고개를 끄덕였다.

"이번 달 말."

대통령을 만날 시간이 정해졌다. 상대가 대통령이지만 강신진 지원장의 얼굴에 긴장의 기색은 전혀 보이지 않는다. 강신진 지원장은 평소와 같이 여유롭게 웃으며 입을 연다.

"날짜는 딱 좋아."

오종진 서장의 1심 선고 다음 날이다. 세상의 관심은 더 집중될 테고 대통령과의 거래는 강신진 지원장의 생각대로 흘러갈 거다.

강신진 지원장이 술잔을 들며 말했다.

"사람은 살면서 세 번의 기회를 만난다고 하지? 내 첫 번째 기회가 자네를 만난 것이고 두 번째가 지금이야."

장태식 사장이 술잔을 들어 강신진 지원장의 잔에 부딪힌다.

"더 큰 세상으로 나가자고."

그때 미닫이문이 열렸다. 종업원이 안주를 가지고 와 술상에 내놓는다. 긴 머리를 하나로 묶은 여성이다.

술을 마시던 강신진 지원장이 물끄러미 종업원을 바라본다.

"처음 보는 얼굴인데……."

강신진 지원장은 이 모임을 준비할 때 이 가게의 주인에게 방에 들어올 종업원까지 요구했다.

종업원이 조심히 입을 연다.

"죄송합니다. 먼저 있던 사람이 집안에 급한 일이 있어서 퇴근해서요."

강신진 지원장이 가진 의심의 눈빛은 풀리지 않는다.

"그럼 사장이 들어오지 않고?"

"거기까지는 생각하지 못했습니다. 앞으로는 사장이 들어오도록 이야기하겠습니다."

"자네, 내 직업이 무엇인지 알고 있나? 항상 거짓말만 듣고 사는 사람이야. 그런데 자네는 지금 나에게 거짓말을 하고 있어."

"네?"

강신진 지원장의 시선이 옆에 앉은 반라의 여인들에게 향했다.

"너, 이 여자 본 적 있어?"

강신진 지원장은 독기 어린 눈빛으로 반라의 여인을 쏘아봤다. 거짓을 말하면 갈기갈기 찢어 죽이겠다는 게 확연히 보인다.

여인은 고개를 저었다.

"아, 아뇨. 처음 봤어요."

동시에 이곳은 찬물이 쏟아진 분위기로 변해버렸다.

종업원이 고개를 숙인다.

"죄송합니다. 전 오늘 처음 출근해……."

그녀의 말은 이어지지 못했다. 미닫이문 뒤에 한 남성이 섰기 때문이다. 이한영이 X로 지정한 사람이었다.

그를 보며 강신진 지원장이 말했다.

"이 여자의 신발을 가지고 와."

남자는 곧바로 몸을 돌려 신발을 들고 방으로 들어왔다.

강신진 지원장이 종업원의 신발을 훑어본다.

"위는 새것인데 밑창은 헐었어. 이런 신발은 보통 두 부류야. 형사 아니면 발바닥에 땀이 나도록 뛰는 기자."

종업원의 얼굴이 딱딱하게 굳어간다.

"기, 기자라뇨……."

강신진 지원장은 겁에 질린 종업원의 얼굴을 외면한다. 그의 시선은 다시 반라의 여인들에게 옮겨졌다.

"너희들은 이 종업원의 몸을 뒤져. 휴대폰이나 녹음기 등의 기기가 나오면……."

강신진 지원장의 말을 장태식 사장이 받았다.

"뭔가 나올 때마다 천만 원씩 주지."

여성들의 눈빛이 탐욕적으로 변했다. 그녀들이 종업원에게 다가간다. 종업원이 고개를 저었지만 여성들은 상관하지 않았다.

* * *

며칠 후.

백이석 대법원장은 일식집에 앉아 야당의 곽상철 의원과 만나고 있었다.

곽상철 의원이 술잔을 들며 묻는다.

"누가 온다고요?"

"내 아래에 있는 놈이 갑자기 곽상철 의원을 한번 만나뵙고 싶다고 해서요."

곽상철 의원은 2선 의원으로 야당의 저격수이자 미친개로 알려진 사람이다. 당연히 여당 의원들에겐 최악의 욕을 모두 듣고 있었다.

그가 털털하게 웃는다.

"날 만나보고 싶다는 사람은 또 처음이네요. 흐흐흐."

그때 문이 드르륵 열리고 이한영이 들어왔다. 백이석 대법원장이 반가운 표정으로 말한다.

"왔습니다."

이한영이 곽상철 의원을 향해 고개를 숙였다.

"이한영이라고 합니다."

"어서 앉아요."

이한영은 백이석 대법원장의 옆에 앉았다.

곽상철 의원이 들고 있던 젓가락을 내려두며 묻는다.

"나를 만나고 싶다고 들었는데, 밥 먹기 전에 들어야 할 말입니까? 아니면 밥 먹고 나서 들어야 할 말입니까?"

"체하고 싶습니까? 아니면 밥맛이 떨어지고 싶습니까?"

이한영의 대답에 곽상철 의원이 무릎을 치며 웃었다.

"체하는 것보다는 배고픈 게 낫겠죠?"

이한영의 시선이 백이석 대법원장에게 향했다. 백이석 대법원장이 고개를 끄덕이자 이한영은 다시 곽상철 의원에게 시선을 옮긴 후 입을 열었다.

"망인이 된 이종대 검사장의 뇌물 리스트에 곽상철 의원님이 들어가 있습니다."

곽상철 의원의 얼굴에 푸른 핏줄이 솟구친다.

"무슨 개소리입니까!"

곽상철 의원이 무서운 눈빛으로 이한영을 노려보며 말을 이었다.

"이봐요, 젊은 판사님. 난 이종대나 오종진을 만난 적이 없어요. 그리고 뇌물이라니? 난 그런 더러운 일에 관여한 적 없습니다!"

"알고 있어요."

이한영이 가볍게 답하자 곽상철 의원의 입술이 뒤틀어진다.

"알고 있다고요? 그런데 내 이름이 뇌물 리스트에 올라 있다니, 장난해요?"

곽상철 의원은 2선으로 50대 중반의 나이다. 분위기는 험악해지고 있지만 여전히 존댓말을 쓰고 있다. 저격수나 미친개 또는 쌈닭으로 언론에 불리는 것과는 전혀 다른 모습이다.

'여기까지는 괜찮네.'

이한영은 곽상철 의원의 표정을 살피며 입을 열었다.

"오종진은 곽상철 의원님께 뇌물을 건넸다고 진술할 겁니다."

"만난 적도 없는 사람이 그게 무슨!"

"여당 측에서 이미 손을 썼어요."

허옇게 질려가던 곽상철 의원의 얼굴이 이내 딱딱하게 굳어졌다. 여당이라는 말을 듣는 순간 모든 상황이 이해됐기 때문이다. 곽상철 의원의 이마에 식은땀이 맺히기 시작한다.

이한영은 계속해서 말을 이었다.

"뇌물은 받은 게 진실이든 거짓이든 상관없어요. 오종진의 입이 열리는 순간 여당 의원들과 그 지지자들은 의원님을 사냥하기 시작할 겁니다."

겪지 않아도 알 수 있는 일이다. 오종진 서장의 입에서 이름이 거론되는 순간 사형선고를 받는 것과 같다. 즉각 법적 대응을 나선다 해도 최종 결과가 나오기 전에 너덜너덜해져 있을 거다. 무혐의 판결을 받는다 해도 조롱은 끝나지 않을 게 분명하다. 그로 인해 3선 도전은 실패로 끝날 것이고 뇌물을 먹은 국회의원으로 낙인찍혀 평생을 손가락질받으면서 살지도 모른다.

곽상철 의원은 가슴이 무너져 내리는 느낌을 받으며 입을 꾹 다물었다. 얼굴은 귀까지 시뻘겋게 물들고 있다. 그렇게 잠시 후, 곽상철 의원이 한숨을 내뱉었다.

"사냥? 날 사냥한다고요?"

"네."

곽상철 의원이 자신의 머리를 툭툭 건드린다.

“오종진의 말이 탄환이고 타깃은 내 머리?”

“아마도요.”

어이없다는 듯 고개를 가로로 흔들던 곽상철 의원이 다시 이한영을 향해 시선을 옮겼다.

“살 방법이 있습니까?”

“네.”

“있다고요?”

“네.”

이한영은 대수롭지 않다는 듯 간단히 대답했다.

그런데 그 태도가 가볍게 보였나 보다. 곽상철 의원의 시선이 백이석 대법원장에게 틀어졌다.

“대법원장님, 이 판사를 믿을 수 있습니까? 제가 대법원장님은 믿지만 이 판사는…….”

백이석 대법원장은 더 듣지도 않고 답했다.

“이한영 판사는 내 장자방입니다.”

“네? 장자방요?”

허튼소리를 하지 않는 백이석 대법원장이다. 그런 사람이 보증하는 인물이라면 믿어도 되는 거다. 이한영을 다시 생각하기로 한 곽상철 의원은 또렷한 눈빛으로 고개를 돌렸다.

이한영은 슬쩍 웃으며 입을 뗐다.

“의원님이 하셔야 할 일은…….”

곽상철 의원은 진지하게 이한영의 말을 귀담아들었다.

* * *

그 시각, 박철우 검사는 파김치가 되어 의자에 널브러져 있었다. 다크

서클이 턱밑까지 내려온 것으로 봐서 몹시 피곤해 보인다.

동료 검사가 박철우 검사의 옆을 지나가며 엄지를 척 내밀었다.

"박철우 부부장, 이번에도 한 건 제대로 했다며?"

"아, 죽을 뻔했죠."

"대단해. 경찰들도 헤매는 걸 어떻게 딱딱 잡아내는 거야?"

"몰라요. 가는 곳에 사건이 터지네요."

박철우 검사는 말할 힘도 없어 보였다. 그가 고개를 돌려 모니터를 향한다. 포털사이트에 그의 이름이 뜬 인터넷 기사 제목이 보인다.

슈퍼맨 박철우 검사, 이번엔 장기밀매단 검거!

박철우 검사가 손을 내밀어 마우스를 잡았다. 그리고 기사를 클릭한 후 쭉쭉 내려 댓글을 확인한다.

–박철우 검사를 국회로!

–내가 처음엔 검찰이 분위기 바꾸려고 스타 검사 기획하는 줄 알았는데, 이 정도 스케일이면 박철우는 진짜다.

–가는 곳마다 사건이 터져. 코난인가?

–코리아 히어로!

–철우와 고등학교 친구입니다. 어릴 때부터 정의로웠어요.

"어릴 때 공부만 했지, 안 정의로웠다. 새끼야."

픽 웃음을 터뜨린 박철우 검사는 다시 의자에 푹 몸을 맡겼다. 그의 눈에 몇 주간 계속된 사건 현장이 떠올랐다. 생각 이상으로 쉽지 않은 일이었고 때로는 정말 죽을 뻔했다.

"내가 람보도 아니고……."

하지만 누군가를 구한다는 것, 정의를 실천한다는 것, 그리고 고맙다는 인사를 받는 것, 그건 기분 좋은 일이다. 게다가 책상에 앉아 서류와 씨름할 때보다 훨씬 즐거웠다.

"괜찮네."

박철우 검사는 잠시 피곤을 풀기 위해 눈을 감았다. 하지만 잠시다.

"박철우 어딨어? 이 새끼 퇴근했어?"

부장검사의 목소리다. 박철우 검사가 눈을 뜨고 재빨리 자리에서 일어섰다.

"여깄습니다."

부장검사가 박철우 검사를 향해 성큼성큼 다가온다.

박철우 검사는 긴장된 표정으로 부장을 기다렸다. 형사에서 경제 쪽으로 이동한 박철우 검사는 평소 부장검사에게 심하게 깨졌다. 뭘 해도 잘했다는 소리를 제대로 들어본 적이 없을 정도다.

'경제에 있는 놈이 형사에 끼어들었다고 욕하려나? 또 깨지겠네.'

가능성은 충분하다. 그런데 다가온 부장검사가 평소와 다른 온화한 표정으로 박철우 검사를 바라본다.

"다행히 퇴근 안 했네. 슈퍼맨 검사가 이렇게 일찍 퇴근하면 안 되지."

지금 퇴근해도 늦은 시간이다. 시간은 밤 10시를 훌쩍 넘기고 있었다.

박철우 검사가 입을 열었다.

"네, 일이 아직 남아서요."

부장검사의 시선은 아직도 따듯하다. 차라리 욕을 하고 혼을 내면 마음이 편할 텐데 저런 눈으로 위아래를 훑고 있으니 박철우 검사가 가진 찝찝함은 더욱 커져만 가고 있었다.

"넥타이는?"

"네, 책상 위에……."

"매."

박철우 검사는 무슨 상황인지 모르고 주섬주섬 넥타이를 목에 둘렀다. 부장검사는 따듯하면서도 위아래를 훑어보는 시선을 계속 보내고 있다.

"넥타이핀은?"

"저 핀은 안 합니다."

부장검사가 자신의 넥타이핀을 떼어 건넨다.

"이거 써. 소매 풀고."

박철우 검사가 와이셔츠의 접힌 소매를 내리고 있을 때, 부장검사가 박철우 검사의 와이셔츠 깃을 매만진다.

"깃 봐라. 평소에 단정하게 다녀야지."

부장검사의 손끝이 목덜미에 닿을 때마다 박철우 검사의 불안감은 더 커지고 있었다.

'도대체 뭐야? 이제 때리려나?'

부장검사가 와이셔츠 깃에서 손을 뗐을 때 박철우 검사가 조심스럽게 물었다.

"그런데 무슨 일로……."

"총장님 호출이다."

"네? 총장님요?"

"그래, 우리 지검에서 검사장님 말고 네가 최초로 불려가는 거니까 잘해, 인마."

부장검사가 자랑스러운 눈빛으로 박철우 검사의 어깨를 툭툭 두들겼다.

검찰은 총장이 바뀌었다. 엄준호 총장이 퇴임하고 새로 오른 사람은 황태일 총장이다. 취임하자마자 검찰의 사건 덮기로 연일 곤욕을 치르고 있던 때, 박철우 검사가 빵빵 터뜨려주고 있으니 기분이 좋을 수밖에 없었다.

박철우 검사가 총장실로 들어가자 황태일 총장이 활짝 웃으며 다가왔다.

"내가 퇴근하는데 잡은 건 아니지? 자네가 장기밀매단을 검거했다는 소식을 듣고 직접 보고 싶어서 혼났어."

* * *

"총장님이 나한테 '슈퍼맨 검사 박철우! 앞으로도 정의를 위해 힘쓰게!', 딱 이렇게 말씀하시는데……."

다음 날, 이한영과 박철우 검사 그리고 송나연 기자는 옥탑방에 앉아 있었다. 박철우 검사는 황태일 총장을 만났던 이야기를 무용담처럼 늘어놓는 중이다.

한참 이야기를 이어가던 박철우 검사가 송나연 기자에게 시선을 돌렸다.

"기자님은 표정이 왜 그래요? 특종 많이 잡았다고 칭찬받는 거 아녜요?"

송나연 기자도 박철우 검사와 함께하며 특종을 쓸어 담는 중이다. 당연히 회사에서는 어마어마한 인정을 받고 있다. 그런데 그녀의 얼굴이 좋지 않다.

시무룩하게 있던 그녀가 이한영을 본다.

"지난번에 말씀드렸던 TJ식품 전 사장 아들이랑 결혼한다고 했던 기자 있잖아요?"

이한영이 고개를 끄덕였다.

"네, 그런데 무슨 일 있어요?"

"연락 두절. 출근도 안 하고 전화도 안 받아요."

항상 담배를 피우러 나갔던 박철우 검사는 처음 듣는 말이다. 그가 송나연 기자를 보며 물었다.

"그게 무슨 말이에요?"

"그러니까요……."

송나연 기자의 말이 이어지는 동안 이한영은 생각에 빠졌다.

'동료 기자는 결혼 전에 예비 시아버지의 복수를 하겠다고 했었지?'

동료 기자가 사귀는 남자는 TJ식품 창립자의 아들이었다.

'그럼 복수 대상은 장태식 사장이야.'

여기까지 생각한 이한영이 송나연 기자에게 물었다.

"동료분이 출근을 안 한 게 언제부터예요?"

"일주일 전요."

이한영은 휴대폰을 들어 김윤혁과 통화했던 날을 찾았다.

"수요일요?"

"네."

동료 기자가 출근하지 않은 것은 강신진 지원장이 모임을 가졌던 바로 다음 날부터다.

'설마?'

그 자리엔 장태식 사장이 있었다.

'장태식 사장을 조사하려고 그 모임에 잠입했을까?'

이한영이 다시 생각에 빠지자 송나연 기자의 말이 다시 이어졌다.

"남자 친구가 오늘 회사에 와서 자기 여자 친구 어디 있냐고 찾았거든요? 울면서 외치는데…… 정말 가슴 아팠어요."

그녀의 표정은 진심으로 슬퍼 보인다. 어떻게든 두 사람을 연결해주고 싶었나 보다.

그녀가 울먹이며 말한다.

"돈이 없어도 자기가 벌면 되니까 상관없다면서, 진짜 사랑하면 행복하다고 말했었는데요……."

아버지의 전화를 받은 송나연 기자가 먼저 옥탑방을 떠났다.

이한영과 박철우 검사는 옥상에 나와 있었다.

"아까 기자님이 말한 그 동료 기자 있잖아요?"

이한영의 말에 담배를 피우던 박철우 검사가 고개를 끄덕인다.

"네, 왜요?"

"사망했을지도 몰라요."

"네? 사망?"

박철우 검사가 눈을 깜빡이며 이한영을 본다.

사건에 관해서라면 용한 점쟁이보다 이한영이 더 용하다. 이한영이 사망이라는 말을 꺼냈으면 거의 확실하다.

이한영이 입을 열었다.

"범인은 장태식 또는 강신진일 겁니다. 동료 기자가 출근하지 않은 바로 전날 그 두 사람은……."

송나연 기자가 있을 땐 일부러 꺼내지 않은 말이다. 동료의 복수를 하겠다며 조사했다가는 자칫 큰일을 당할 수도 있기 때문이다.

박철우 검사에게 정황을 쭉 설명한 이한영이 마지막 말을 뱉었다.

"경기도 광주에 있는 한정식집이라고 들었어요. 이번 주말에 같이 조사하러 가시죠."

"판사님도 같이 가려고요?"

"네."

지금껏 강신진 지원장이 벌인 살인 사건은 오랜 시간 장소를 조사하고 계획 끝에 발생한 범죄였다. 그만큼 범인을 잡기도 어려웠고 잡는다 해도 강신진 지원장과의 연관성을 입증하기 힘들었다. 하지만 송나연 기자의 동료 기자가 살해당했다면 이번은 계획범죄가 아니다. 갑작스레 발견한 염탐꾼을 처리한 우발적 살인…….

'흔적이 남아 있을 거야.'

* * *

"회사까지 찾아왔다고?"

–그래, 경비들이 쫓아내긴 했는데 기분 더러워서.

강신진 지원장은 장태식 사장과 통화하고 있었다.

오늘 유성쇼핑 본사에 TJ식품의 전 사장 아들, 그러니까 실종된 기자의 남자 친구가 찾아왔다. 물론 그는 로비도 통과하지 못하고 입구에서 울부짖으며 자신의 여자 친구를 돌려 달라고 애원했다고 한다.

–그 새끼 집요해 보이던데, 우리 건더기 남긴 거 없지?

"없어. CCTV는 지웠고 여자들은 치웠어. 아무 걱정 할 필요 없어. 자네는 대통령과의 만남이나 잘 준비하면 돼."

–그래그래, 알았어.

사람이 죽었다.

하지만 이들의 대화는 평범하다.

휴대폰을 내려둔 강신진 지원장이 어두운 표정으로 고개를 저었다.

"자네의 죽음은 헛되지 않을 거야. 자네의 남자 친구는 좋은 사람을 만나 행복하게 살 거야."

강신진 지원장은 자리에서 일어나 창가로 걸어갔다. 어두웠던 표정은 이제 슬퍼 보인다. 그가 작은 목소리로 중얼댄다.

"미안하네. 새로운 세상이 열리기 전의 아픔은 내가 모두 안고 가겠네."

그 시각, 이한영과 박철우 검사는 경기도 광주의 한정식집 앞에 서 있었다.

박철우 검사가 고개를 저었다.

"이렇게 깊은 산속에 있으면 보안은 끝내주겠네요."

이곳에 도착할 때까지 산에 오르고도 30분 이상이 걸렸다. 늦은 밤에 들어왔다면 운전하는 것도 곤욕이었을 거다.

박철우 검사가 주변을 둘러보며 말을 잇는다.

"주변이 모두 산이니까 눈도 시원하고 경관은 끝내주네요."

강신진 지원장이 이런 곳을 모임 장소로 잡은 것은 박광토 전 대통령에게 배운 짓이다. 못된 것은 빠르게 배우고 있다.

이한영이 모자를 꾹 눌러쓰며 입을 열었다.

"들어가죠."

이한영에게 경관을 둘러볼 여유는 없었다. 앞서 걷는 이한영의 눈빛은 냉기가 가득하다.

'흔적, 하나만 발견되라.'

이한영과 박철우 검사는 한정식집의 가장 구석에 있는 방에 들어와 있었다. 테이블엔 색색의 음식이 놓여 있었지만 박철우 검사의 미간은 찌푸려져 있다.

"저장 기간이 사흘이라니……."

지금은 한정식집 사장을 만나 CCTV를 확인한 후였다.

사건이 일어난 것은 일주일 전. 사장의 말이 진실이라면 사건 당일의 흔적은 이미 삭제되었다는 것이다.

박철우 검사가 고개를 들어 이한영을 본다.

"방법이 없지 않나요? 일주일 전이면 이미 손님이 몇 번이나 왔다 갔을 거고 흔적은 지워졌을 텐데요. 대놓고 기자를 봤냐고 물어볼 수도 없고요."

"한정식집 사장의 이름 박대석, 사업자 번호는……."

이한영의 입에서 이 가게의 사업자 번호가 흘러나왔다.

박철우 검사가 눈을 깜빡인다.

"그걸 외웠어요?"

"네, 조사해주세요."

더러울 정도로 완벽주의자인 강신진 지원장이 이곳을 선택했다는 것은 사장과의 관계에 뭔가 있을지도 모른다.

박철우 검사가 휴대폰을 들고 통화하기 시작했다.

이한영은 방의 주변을 둘러본다.

'이 방에 있었을 거야.'

이한영은 사장에게 일부러 구석에 있는 조용한 자리를 달라고 했다. 강신진 지원장이 마지막에 장태식 사장과 둘만 남았다면 이런 곳에서 마무리를 지었을 게 뻔하기 때문이다. 하지만 흔적은 보이지 않는다.

그때 전화를 끊은 박철우 검사가 작은 목소리로 속삭였다.

"판사님……."

"뭐 있어요?"

"여기 사장, 포주였어요."

"포주?"

박철우 검사의 목소리는 더 작아진다.

"평택에서 포주를 하던 놈인데, 3년 전에 여기를 인수하고 자리 잡았네요."

이한영의 눈동자는 다시 방을 둘러보기 시작했다.

'사장이 포주……. 강신진 지원장이 포주가 있는 곳을 찾아왔다고?'

이한영의 눈동자에 강신진 지원장과 장태식 사장이 여자의 어깨에 손을 올리고 앉아 있는 게 보이기 시작했다.

'장태식 사장의 변태적 성도착증은 유명해…….'

태어나면서부터 유성그룹을 물려받을 후계로 자라온 장태식 사장은 다른 기업의 자식들과 비교를 당하며 매일같이 어마한 공부에 시달렸다. 어린 나이에 감당할 수 없는 압박감과 스트레스, 그 탈출구가 변태적 성행위였다. 장태식은 회장에 오른 후에 변태적 성도착증을 대놓고 드러내기 시작했고 집에 매춘부를 들이는 것은 예삿일도 아니었다.

손가락으로 툭툭 테이블을 두들기던 이한영이 시선을 틀어 박철우 검사에게 향했다.

“여기 사장 통화 기록을 찾아보세요.”

“통화 기록?”

“사장과 강신진 지원장이 어떤 관계인지는 모르겠지만 이 자리에 여자가 있었을 겁니다. 그 여자를 부른 사람은 사장일 테고요.”

박철우 검사가 천천히 고개를 끄덕인다.

“그 여자는 모든 것을 봤을 거다?”

“네.”

“전화번호를 확인해보려면 시간 좀 걸려요.”

* * *

며칠 후, 이한영은 법정에 앉아 있었다.

그의 눈앞에 오종진 서장이 보인다.

오늘은 최종 선고를 내리는 날, 중형은 이미 정해진 것이나 마찬가지였기에 법정의 분위기는 차갑게 가라앉아 있었다.

이윽고 이한영의 입이 열렸다.

“……12년을 선고한다.”

방청석에 앉은 사람들은 웅성거리기 시작했다. 하지만 오종진 서장은 담담하게 받아들이고 있다. 아직 상황을 역전할 히든카드를 꺼내지 않았기 때문에 2심에서 빠져나갈 자신이 있기 때문이다.

이한영이 자리에서 일어서며 오종진 서장을 내려다봤다.

‘2심에서 폭탄을 터뜨리려고?’

강신진 지원장과 손잡고 대한민국을 농락하려는 목적이 눈에 빤히 보인다.

‘해볼 수 있으면 해봐.’

이한영이 주먹을 콱 쥐었다.

'내가 너희의 계획을 처절할 정도로 박살 내줄게.'

잠시 그를 쏘아보던 이한영은 시선을 돌려 방청석으로 향했다. 멀리 조세헌 변호사가 보인다. 눈을 마주치자 조세헌 변호사가 손가락으로 밖을 가리켰다.

"재판 잘 봤습니다."

이한영과 조세헌 변호사는 법원에서 멀지 않은 차이나 레스토랑에 앉아 있었다. 조용한 방은 비밀스러운 이야기를 나누기에 괜찮아 보였다.

조세헌 변호사가 말을 잇는다.

"그런데 보자고 한 이유가 뭐죠?"

"만났으면 안부도 묻고 해야 하지 않나요? 바로 본론으로 넘어가면 정 없잖아요?"

조세헌 변호사가 픽 웃는다.

"우리가 정 있을 사이는 아니잖아요?"

"잠깐만 기다리세요. 올 사람이 한 명 더 있으니까요."

"올 사람?"

그때 미닫이문이 열리고 한 여성이 들어왔다. 김진아 검사다. 잠시 이한영을 보던 그녀는 무표정한 얼굴로 테이블을 향해 다가와 조세헌 변호사를 바라본다.

이한영이 입을 열었다.

"이분은 서부지검 김진아 검사님, 이분은 에스로펌 조세헌 변호사님."

김진아 검사의 시선이 이한영에게 틀어졌다.

"둘만 보기로 한 거 아닌가요?"

"그런 말 한 적은 없는 것 같은데요. 박철우 검사님 빼고 보자는 말만 했죠."

그녀는 옥탑방에 오기로 되어 있었다. 하지만 이한영은 이곳으로 그녀를 불렀다. 지금의 일을 박철우 검사와 송나연 기자가 알아서는 안 된다고 생각했기 때문이다.

강신진 지원장을 향한 압박은 여러 방향으로 진행 중이었고 언제 누가 그물에 걸려 잡힐지 몰랐다. 박철우 검사와 송나연 기자를 못 믿는 건 아니지만 강신진 지원장은 교활한 악마다. 상대의 무서운 협박을 이기지 못하고 이한영이 세운 계획을 늘어놓는다면 그것이야말로 절망이었다. 그래서 모두에게 모든 계획을 알려줄 수는 없었다.

이한영의 의도를 알았는지 김진아 검사는 한숨을 내쉬며 테이블에 앉았다. 이한영의 시선은 그녀의 손에 쥔 서류봉투에 향했다.

'지금까지 유성그룹을 조사한 건가?'

요약해서 가져왔을 게 분명한데도 꽤 두툼하다. 그녀가 장태식 사장을 잡기 위해 얼마나 많은 노력과 준비를 하고 있는지 예상할 수 있었다.

이한영의 눈동자가 다시 조세헌 변호사에게 향했다.

"유세희 씨에게 이야기 들었죠?"

"어떤?"

"유성그룹을 먹자는 이야기요."

"그 이야기하자고 만나자고 한 거예요? 생각할 필요도 없습니다. 말도 안 되는 이야기예요."

"말이 되면요?"

"현실 가능성이 있는 얘길 합시다. 유성그룹을 에스로펌이 어떻게 먹습니까?"

조세헌 변호사를 향해 몸을 기울인 이한영의 목소리가 낮게 흘렀다.

"TJ식품이라고 있어요. 유성쇼핑의 계열사로 장태식 사장의 비자금을 보관해두는 쓰레기통이죠. 검찰은 TJ식품을 타깃으로 잡고 움직일 겁니다."

박철우 검사가 움직이도록 준비되어 있었다.

조세헌 변호사가 고개를 저었다.

"상대는 장태식이에요. 비자금 정도로 무너질 것 같아요?"

"아뇨. 안 무너지죠."

이한영은 당연하다는 듯 답했다. 그리고 그의 시선이 김진아 검사에게 향한다.

"검사님?"

김진아 검사가 들고 있던 서류봉투를 테이블에 내려 두며 입을 열었다.

"현재 제가 조사한 것에 따르면 장태식 사장은 3천700억을 탈세했어요."

조세헌 변호사가 김진아 검사를 노려본다.

"탈세한 재벌들이 감옥에 가는 것 봤습니까? 유명한 공식 있잖아요. 1심, 실형! 2심, 집유 석방!"

김진아 검사는 담담히 자신의 말을 이어간다.

"주가조작을 통해 180억의 이득을 얻기도 했죠."

"부족해요."

"1천657억을 횡령하기도 했네요. 해외 부동산을 불법으로 매입한 정황도 있어요."

조세헌 변호사의 눈썹이 처음으로 꿈틀거렸다. 하지만 끝이 아니다. 김진아 검사의 말은 계속 이어졌다. 이한영은 조용히 눈을 감고 김진아 검사의 목소리를 귀에 담았다.

전생에서 장태식을 법정에 앉힌 그녀가 기소했던 내용이 그대로 흘러나오고 있다. 그리고 잠시 후, 한참 동안 이어지던 그녀의 말이 끝났다.

멍한 눈의 조세헌 변호사를 보며 김진아 검사가 입을 열었다.

"구속이 어려울 것 같으세요?"

"구속은 가능하겠네요. 하지만……."

"실형은 어렵다는 거죠?"

조세헌 변호사가 한숨을 내뱉으며 고개를 끄덕였다.

"재벌이라는 자들은 사법권 위에 존재하고 있으니까요."

100만 원을 훔친 사람은 어렵지 않게 감옥에 보낼 수 있다. 하지만 수천억의 돈을 도둑질한 장태식 사장은 잡기가 어렵다. 잡는다 해도 집행유예 또는 무혐의……. 더러운 세상이다.

이한영이 입을 열었다.

"김진아 검사님, 추가 조사 부탁드릴게요."

"네?"

"이왕이면 실형을 먹일 수 있는 것으로 해야겠죠? 장태식 사장은 강범재 청와대 비서실장에게 연간 수백억 원을 뇌물로 공여하고 있어요."

강범재 청와대 비서실장은 지난 정권 등에서 국토교통부 장관을 하기도 했다.

장태식 사장은 차명을 이용해 그린벨트가 있는 땅을 사들였고 동시에 그린벨트는 풀렸다. 땅값은 치솟았고 장태식 사장은 뇌물로 바친 수백억보다 더 많은 돈을 벌어들일 수 있었다.

"유성마트가 지어진 곳 중 상당수가 그린벨트 지역이었어요."

김진아 검사는 눈을 깜빡인다.

"그걸 어떻게 아셨어요?"

차명을 이용한 사건은 이 사람, 저 사람의 이름을 모두 알아보고 관계를 찾아내는 등 풀어나가기가 쉽지 않다. 그런데 판사 업무를 보느라 바쁜 사람이 그런 것을 알고 있는 게 신기한 모양이다.

물론 전생에서 그녀가 조사했던 기록물에서 봤던 거다. 하지만 아직은 그녀가 캐내지 못한 사실이기도 하다.

이한영은 어깨를 으쓱해 보였다.

조세헌 변호사가 천천히 고개를 끄덕이며 입을 연다.

"이게 사실이라면 정치권을 이용할 수 있겠네요."

김진아 검사가 그의 말을 받는다.

"정치권이 움직이면 실형은 가능해요."

야당은 어떻게든 대통령의 흠집을 잡아 지지율을 끌어내려야 한다. 그래야 자신들이 살기 때문이다. 현 정권의 비서실장이 재벌의 후계자에게 돈을 받았다는 사실은 야당의 아주 좋은 먹잇감이다. 여당이고 야당이고 대한민국의 미래에는 관심이 없었다. 그들은 그저 자신들의 권력을 놓치지 않기 위해 최선을 다할 뿐이었다.

이한영의 시선이 조세헌 변호사에게 틀어졌다.

"이제 도와주실 겁니까?"

조세헌 변호사가 머리를 쓸어 넘긴다.

"제가 얻을 수 있는 것은 뭐죠?"

상대는 유성그룹, 그들과 싸우는 것은 위험한 일이다.

"유성그룹을 손에 쥔 에스로펌의 부회장 자리는 어떠세요?"

순간적으로 탐욕이 깃든 조세헌 변호사의 눈동자에 수많은 사람들이 고개를 숙이는 모습이 보이는 것 같았다.

이한영은 그 순간을 놓치지 않았다.

"인생은 한 번뿐이에요. 이왕 날아오르는 것, 끝까지 가보는 것도 괜찮을 것 같은데요."

조세헌 변호사가 크게 숨을 들이마셨다.

"제가 무엇을 하면 되겠습니까?"

이한영이 가방에서 서류를 꺼내 조세헌 변호사 앞에 내밀었다.

"유성그룹의 반도체 공장 피해자들, 무슨 이유인지 2심이 질질 늘어지고 있어요. 이 사람들을 도와줬으면 합니다."

TJ식품을 통해 비자금과 반도체 공장 피해자들을 도와 그룹을 흔든다. 그리고 김진아 검사의 기소를 통해 장태식 사장의 심장에 칼을 꽂는다.

이한영의 계획이었다.

* * *

"감히 지원장 따위가 현직 대통령을 협박해? 그것도 뭐? 불법선거자금?"

다음 날, 강신진 지원장은 장태식 사장과 함께 청와대에 들어가 대통령을 만나고 있었다.

책상에 앉은 대통령이 부리부리한 눈으로 강신진 지원장을 보며 입을 연다.

"도대체 어떤 놈인지 얼굴 한번 보고 싶었어. 그래서 부른 거야. 네놈 따위가 날 어떻게 할 수 없어!"

쾅! 대통령이 책상을 손으로 내리찍었다.

하지만 강신진 지원장의 느긋한 표정은 바뀌지 않는다. 그가 천천히 입을 연다.

"저도 이따위 문서로 대통령님을 어떻게 할 생각은 전혀 없었습니다. 그저 얼굴을 뵙고 싶어서 무례한 행동을 했을 뿐입니다. 기분이 나쁘셨다면 죄송합니다."

"내 얼굴을 보고 싶었다?"

강신진 지원장은 천천히 고개를 끄덕였다.

그는 스스로 신이 선택한 사람이라 생각하는 미치광이다. 고아로 자라 세상의 정점을 찍을 수 있는 유일무이한 인간이 자신이라고 생각하고 있다. 그는 자신만이 이 더러운 세상을 바꿀 수 있다고 생각한다. 거기에 비해 대통령은 한낱 인간일 뿐이다. 아무리 윽박질러도 두렵지 않았다.

강신진 지원장이 여유롭게 입을 열었다.

"얼굴을 뵙고 싶던 이유는 두 가지입니다. 하나는 협박, 하나는 거래."

방금 불법선거자금으로 어떻게 할 생각이 없었다고 말했던 인간이 또 협박을 입에 담고 있다.

대통령의 얼굴이 일그러진다.

"좌천되고 싶은가?"

“국가안전기획부장을 지낸 박강서를 기억하십니까? 은퇴 후엔 자금을 전달해 주는 브로커로 활동했죠.”

“너…….”

화를 꾹 참는 목소리가 부들대며 들려온다.

하지만 강신진 지원장은 멈추지 않는다.

“재밌는 게 있더라고요. 군부독재에 맞서 싸웠던 누군가가 군부독재의 돈을 받고 있었어요. 열사였던 사람이 사실 프락치였던 겁니다. 재밌지 않습니까?”

대학생 시절 가난을 벗어나기 위해 친구들의 뒤통수를 쳤던 대통령의 이야기다. 대통령의 얼굴은 붉게 달아오르고 있다. 지금 당장 강신진 지원장의 입을 찢어버릴 것 같은 기세다.

하지만 강신진 지원장은 지금도 여유롭다.

“걱정하지 마세요. 예의 없이 협박이라고 말씀드렸지만 이 사실을 누구에게도 알릴 생각이 없습니다. 전 대통령님을 존경하니까요.”

“그래서 거래는? 무엇을 원하지?”

강신진 지원장이 고개를 휘휘 저었다.

“거래라고 했지만 일방적으로 제가 도와드리는 겁니다. 마음에 들지 않는 의원이 있다면 가차 없이 목을 잘라내겠습니다.”

장태식 사장은 뒤에 서서 두 사람의 대화를 듣고 있었다. 강신진 지원장을 믿고 있어서 그런지 그의 표정에도 긴장은 보이지 않는다.

그의 품에서 휴대폰의 진동이 울렸다. 메시지가 온 거다.

‘뭐야?’

장태식 사장은 휴대폰을 꺼내 메시지를 확인했다. 순간 그의 눈동자에 힘이 꽉 들어간다.

—사장님, 검찰에서 TJ식품을 조사한다고 합니다.

장태식 사장은 다급하게 대통령의 집무실을 벗어나 복도에 섰다. 그리고 휴대폰을 귀에 댔다.

"그게 무슨 개소리야! 그 작은 회사를 왜 조사해!"

—그리고 에스로펌의 조세헌 변호사가 반도체 공장 피해자들 옆에 섰습니다.

"에스로펌? 거기가 왜!"

하지만 불길한 소식은 아직 끝나지 않았다.

—또…… 검찰에서 사장님을 조사한다고 합니다.

* * *

찌익, 찌익.

종이 찢어지는 소리가 들렸다.

옥탑방의 화이트보드 앞에 선 이한영이 장태식 사장의 사진을 찢는 소리다. 찢진 사진은 그대로 쓰레기통에 던져진다.

"장태식, 이번엔 구치소 밥이 아니라 교도소 밥을 먹여줄게. 맛있게 먹어라."

* * *

검찰 유성쇼핑 계열사 TJ식품 압수수색

유성쇼핑의 계열사인 TJ식품에서 장태식 사장의 비자금이 관리되고 있다는……(중략)……법원은 TJ식품에 관한 검찰의 재산 동결 청구를 허가……(중략)……박철우 검사는 이번 기회에 회계 조작 등을 통한 비자금을 뿌리 뽑겠다며……(후략)…….

포털사이트에 기사가 떴다. 이어서 박철우 검사와 장태식 사장의 이름이 실시간 검색어에 오르기까지 한다. 댓글은 검찰을 응원하고 있다.

—검찰이 이제 일 하네.

—뿌리 뽑아야지, 그래야지.

—이번엔 봐주지 말고 하세요. 검찰을 믿습니다!

—재벌 봐주기, 인제 그만!

—장태식에게 고급 양복이 아니라 죄수복을 입혀줍시다!

—장태식도 콩밥을 먹을 수 있을까?

기사를 보던 장태식 사장은 휴대폰을 꽉 쥐었다. 당장에라도 휴대폰을 집어 던져 자근자근 밟고 싶은 표정이다. 하지만 이곳은 청와대다. 할 수 있는 일은 미간을 찌푸린 채 분노를 토해내는 것뿐이었다.

"이런 미친 새끼들이……."

벌레 같은 새끼들이 주제를 모르고 달려드니 짜증이 나고 있었다.

그때 대통령과 대화를 끝내고 복도로 나온 강신진 지원장이 장태식 사장의 옆에 섰다.

"무슨 일 있어?"

장태식 사장은 말없이 휴대폰을 건넸다. 검찰이 압수수색을 한다는 기사가 보인다.

"TJ식품?"

"검찰이 냄새를 맡았나 봐. 회장이 될 날이 얼마 남지 않았는데 검찰이 똥을 뿌리고 있어."

장태식 사장의 목소리는 분노를 억누르지 못해 떨리고 있다.

하지만 강신진 지원장은 대수롭지 않게 말한다.

"별일 아니잖나? 포털사이트에 올라온 기사를 내리고 언론사에 전화해서 막으면 되잖아?"

"막으면 검찰이 멈추나?"

장태식 사장의 다급한 눈동자를 보며 강신진 지원장이 고개를 저었다.

"뭘 그렇게 걱정하는 거야? 대통령이 우리 편이야. 조만간 검찰총장과 식사 자리를 마련해주지. 다음은 자네가 잘하는 일을 해. 어때? 어려운 일인가?"

장태식 사장의 눈에 탈출구가 보였다. 그의 입꼬리가 대각선으로 휘어진다.

강신진 지원장은 시선을 옮겨 창밖을 향한다.

'대한민국의 법과 정치는 제 기능을 할 수 없을 거야.'

대통령은 야당을 뿌리 뽑아 달라는 주문을 했다. 강신진 지원장이 그 끝에 어떤 결말을 준비하고 있는지 모르고 한 부탁이다. 강신진 지원장은 썩어 있던 세상의 시스템을 망가뜨리고 새로운 세상을 만들어내려 한다. 그리고 그 세상이 성큼성큼 다가오고 있었다.

창밖의 세상은 맑았다. 하지만 강신진 지원장의 눈엔 어두운 먹구름이 몰려오는 것처럼 보였다.

* * *

"어?"

모니터를 보던 송나연 기자가 눈을 깜빡였다. 방금까지 있던 자신의 기사가 순식간에 사라져버렸기 때문이다.

그녀는 검색창에 'TJ식품'을 적고 검색해봤다. 제품에 관한 기사만 보일 뿐이다. 자신이 쓴 기사는 보이지 않는다. 페이지를 한참 넘겨서야 자신의 기사가 나타났다. 포털사이트에서 의도적으로 뒤로 뺐다는 이야기다.

"유성쇼핑, 힘 좋네……."

예상은 하고 있었지만 정도가 심하다. 마음에 들지 않았다.

"너는 지워라. 난 또 쓰면 된다."

그녀가 막 키보드에 손을 올릴 때 팀장이 쑥 고개를 내밀더니 모니터를 물끄러미 본다.

"TJ식품 쓰려고?"

"네."

"쓰지 마. 당분간 유성과 계열사에 대한 건 한 글자도 쓰지 마."

송나연 기자가 눈살을 찌푸렸다.

"쓰지 마라뇨?"

"그냥 그렇게 알아들어. 올려도 캔슬될 거야."

송나연 기자가 고개를 획 돌려 팀장을 쏘아봤다.

"째려봐도 소용없어. 위의 지시니까."

"팀장님!"

"로비에 이성혜 기자 남자 친구가 와 있거든. 송 기자 찾는 것 같은데, 거기나 내려가봐."

이성혜, TJ식품의 전 사장 아들과 결혼을 준비하던 기자로 현재는 실종 상태다.

잠시 후, 송나연 기자는 이성혜 기자의 남자 친구와 멀지 않은 커피숍에 앉아 있었다.

"불쑥 찾아와서 죄송합니다."

"아녜요. 괜찮아요."

남자 친구의 피부색은 아픈 사람처럼 창백하다. 얼마나 울었는지 퉁퉁 부은 눈은 가라앉지 않았고, 목소리는 힘이 없다. 하지만 그는 담담하게 말을 이어간다.

“부탁 좀 드려도 될까요? 성혜가 장태식 사장을 노리고 있던 것, 알고 계셨죠?”

남자 친구는 TJ식품 창업주의 아들이었다. 장태식 사장은 TJ식품을 강압적으로 인수했고 그 과정에서 남자 친구의 아버지는 빈털터리가 되어 쫓겨나버렸다. 이성혜 기자는 그 복수를 해주고 싶다는 말을 입버릇처럼 했었다.

남자 친구가 말을 이었다.

“성혜가 그런 말을 한 적이 있어요. 진실은 두려운 거다. 기자들도 진실 앞에서 숨고 싶다. 하지만 송나연 기자는 절대 숨지 않는다. 그러니까 자신이 잘못되면 송나연 기자님을 찾아가라…….”

말을 마친 남자 친구는 품에서 사진 한 장을 꺼내 놓았다. 깡마른 얼굴에 매서운 눈매의 남자다.

송나연 기자가 사진을 손에 들자 남자 친구가 다시 입을 열었다.

“성혜의 마지막 통화 기록이 경기도 광주에 있는 한정식집이에요.”

남자 친구는 한정식집을 찾아가 이성혜 기자의 흔적을 찾았다. 직원들을 잡고 물어봤지만 이성혜 기자를 본 사람은 아무도 없었다.

“그날따라 모두 예정된 시간보다 일찍 퇴근했다고 합니다.”

강신진 지원장의 비밀 모임이 있었다. 한정식집의 사장은 믿을 수 있는 몇몇 직원을 제외하고 모두 퇴근시켜버렸다.

하지만 남자 친구는 그 모임의 흔적을 찾을 수 있었다. 모임의 경호를 위해 사전 점검을 하러 나온 남자가 있었기 때문이다.

“그 남자가 사진의 주인공이에요. 퇴근하던 직원의 블랙박스 영상에 잡힌 거죠.”

남자 친구의 눈동자는 분노로 물들어 있었다. 장태식 사장이 앞에 있다면 산 채로 뜯어 먹을 기세다.

"경찰은 성혜의 실종에 관심이 없어요. 경찰이 나한테 뭐라고 한 줄 알아요? 결혼 전에 신부가 도망갔을 수도 있대요. 믿을 수가 없어요. 그러니까 송나연 기자님뿐이에요. 도와주세요. 성혜가 어디 있는지 찾도록 도와주세요! 제발……."

남자 친구의 눈에서 눈물이 주르륵 흘러내렸다.

송나연 기자의 시선이 다시 사진으로 향했다.

'경호원?'

아무리 봐도 경호원의 인상은 아니다. 사진만 봐도 섬뜩할 정도로 눈이 무섭다. 이런 사람에게 이성혜 기자가 잡혔다면…….

송나연 기자는 마른침을 삼켰다.

* * *

TJ식품 앞에 검찰 차가 멈춰 섰다.

차에서 내린 박철우 검사가 주변을 둘러본다. 적막할 정도로 조용하다. 검찰이 대기업을 친다고 하면 기자들이 우르르 몰려와서 취재해야 하는데, 신기할 정도로 아무도 없다.

박철우 검사가 담배를 입에 물며 픽 웃는다.

'이러니까 기자들이 기레기 소리를 듣는 거지. 권력과 재력의 개들…….'

잠시 착잡한 시선으로 연기를 내뿜던 박철우 검사의 시선이 옆으로 틀어졌다. 검사와 수사관 등이 수십 명 보인다. 박철우 검사가 고개를 까딱 움직이며 말했다.

"화장실 변기부터 화분 받침까지 다 들춰보세요. 비자금과 연관된 것은 뿌리를 뽑아 버려야 합니다."

"네!"

검사와 수사관들이 건물을 향해 걸어가기 시작했다. 그들이 현관으로 들어가는 걸 보며 박철우 검사가 휴대폰을 귀에 댔다.

"판사님, TJ를 털기 시작했습니다."

"너무 애쓰지 마세요. 소득 없을 거 아시잖아요?"

이한영은 사무실에 있었다.

박철우 검사의 목소리가 들려온다.

-에이, 그래도 혹시 알아요? 단번에 장태식의 목을 꺾을지도 모르잖아요? 내가 장태식 목을 가지고 갈 테니까, 판사님은 편하게 앉아서 '사형'이라고 말해주면 됩니다.

"정말 그랬으면 좋겠네요."

-그럼 사형선고 연습이나 하고 계세요.

박철우 검사와 통화가 종료됐다.

이한영은 곧바로 유세희에게 전화를 걸었다.

"시작됐습니다."

이한영과 유세희는 TJ식품을 손에 넣으려 하고 있었다.

"대표님께는 끝까지 비밀로 해야 합니다."

-걱정하지 마세요.

독사 같은 유진철 대표는 유성그룹과의 전쟁을 반대할 거다. 그가 알게 되면 시작부터 난항에 부딪힌다.

전화를 끊은 이한영은 몸을 돌려 창밖을 바라봤다.

'타깃은 장태식 사장.'

이한영은 방아쇠를 당기듯 검지를 까딱까딱 움직였다.

'지금쯤 검찰총장을 만나고 있겠지? 너희의 꼼수는 다 알고 있어.'

무슨 짓을 하든 이한영 손바닥 안이다.

* * *

"수사를 멈춰 달라고요?"

"네."

장태식 사장의 말에 황태일 검찰총장이 고개를 저었다.

"이종대 검사장 사망 사건 때문에 온갖 비난을 받은 게 얼마 되지 않았어요."

그런데 박철우 검사가 TJ식품을 들쑤시며 박수를 받기 시작했다. 이것은 불가능한 범죄를 막아서며 영웅으로 등극한 박철우 효과였다.

황태일 검찰총장이 말을 이었다.

"어렵습니다. 우리도 이미지라는 게 있어서요."

황태일 총장은 검찰을 바로 세운 총장이 되고 싶은 욕망이 있었다.

단호한 대답에 장태식 사장이 천천히 고개를 끄덕인다.

"무리한 부탁이었나요?"

"네."

황태일 총장은 더 들을 것 없다는 듯 자리에서 일어서려 한다.

그때 장태식 사장의 시선이 강신진 지원장에게 향했다. 그러자 지금껏 조용히 앉아 있던 강신진 지원장이 입을 열었다.

"제가 가벼운 의견을 내도 괜찮겠습니까?"

"의견?"

"검찰이 칼을 뽑았으면 무라도 썰어야죠. TJ식품의 대표가 횡령했다는 증거 정도면 괜찮겠습니까? 이 정도면 국민도 납득할 것 같은데요?"

황태일 총장의 미간이 일그러진다.

강신진 지원장이 말을 잇는다.

"무라도 썰 수 있도록 도와드리려는 겁니다."

황태일 총장이 가소롭다는 듯 웃는다.

"지금 검찰총장을 앞에 두고 범죄를 거래하자는 거요?"

강신진 지원장의 눈동자가 황태일 총장을 쏘아본다.

"범죄를 거래하자는 게 아니라 국가를 위하자는 겁니다. 우리는 국가를 위해 일하는 사람들이니까요. 이 나라를 위하려면 누구의 말을 따라야 하겠습니까? 국민의 말을 따라야 하지요. 그 국민이 대표자로 뽑은 사람이 누구입니까? 대통령님입니다. 우리는 대통령님의 지시를 이 나라가 더 발전할 수 있게 해야 하지 않겠습니까?"

서슴없이 대통령을 거론하는 강신진 지원장을 보며 황태일 총장의 얼굴이 딱딱하게 굳는다.

"그, 그게 무슨……?"

강신진 지원장이 휴대폰을 내밀며 말했다.

"대통령님입니다."

발신 번호엔 VIP라는 글자가 선명하게 보인다. 황태일 총장의 얼굴은 순식간에 말라비틀어졌다.

강신진 지원장이 빙긋이 웃는다.

"받으세요."

황태일 총장이 머뭇머뭇 전화를 받았다.

동시에 장태식 사장이 테이블에 놓인 황태일 총장의 자동차 키를 손에 든다.

"요즘 귤이 맛있답니다. 귤 몇 박스, 트렁크에 실어 두겠습니다. 노란색 귤이 싱싱하니까 집에 가서 맛있게 드십시오."

5만 원권이 든 박스를 말하는 거다.

장태식 사장이 손뼉을 치자 미닫이문이 드르륵 열리며 매서운 인상의 남자가 나타나 허리를 굽힌다.

"부르셨습니까?"

그 남자는 송나연 기자가 이성혜 기자의 남자 친구에게 받은 사진의 주인공이었다. 강신진 지원장의 방을 드나들며 어둠에 익숙한 사람이기도 하다.

장태식 사장이 그에게 황태일 총장의 차 키를 건넸다.

"트렁크에 과일 좀 넣어드려."

"네."

남자가 미닫이문을 닫고 사라졌다.

그사이 황태일 총장은 대통령과 통화를 마쳤는지 휴대폰을 내려두고 있었다.

강신진 지원장이 미소를 그린다.

"총장 몇 년 하시다가 장관도 하고 그러셔야죠?"

이번엔 장태식 사장이 말한다.

"장관이 안 되면 귤 까 드시면 됩니다. 제가 귤은 평생 보내드릴게요, 하하하."

황태일 총장은 도깨비에게 홀린 눈동자다. 그가 멍하니 눈만 껌뻑이고 있자 장태식 사장이 다시 손뼉을 친다. 문이 열리고 반라의 여자들이 들어오기 시작했다.

* * *

"씨발…… 판사님 말대로 됐습니다."

박철우 검사는 이한영과 통화하고 있었다. 그의 눈에 수사관들이 파란 박스를 들고 오는 게 보인다. 박스에는 TJ식품에서 나온 자료가 들어 있어야 한다. 하지만 그 안에는 아무것도 없다. 빈 박스일 뿐이다.

"검찰과 기업이 짜고 치는 고스톱을 내가 할 줄은 몰랐네요."

한숨을 쏟아낸 박철우 검사의 시선이 옆으로 틀어진다. 올 것 같지 않았던 기자들이 언제 왔는지 검찰의 모습을 카메라에 담고 있다.

그때 이한영의 목소리가 박철우 검사의 귀에 흘렀다.

―지금 놈들이 저지르는 죄도 판결문에 적어 두겠습니다. 죄는 차곡차곡 쌓이고 있습니다. 그러니까 전진을 위한 일 보 후퇴라 생각하세요.

* * *

장태식 사장의 서재.

장태식 사장은 뒷목을 주무르고 있었다.

"아, 취한다."

검찰총장 그리고 강신진 지원장과 대낮부터 술을 마셔 그런지 꽤 힘든 모습이다. 그가 앉은 책상 앞으로 TJ식품의 대표가 무릎을 꿇고 앉아 있었다.

목을 주무르던 장태식 사장이 고개를 내리더니 시선을 천천히 TJ식품 대표에게 옮긴다.

"총대 메."

잠시 긴장된 숨을 들이마신 TJ식품 대표가 떨리는 목소리로 답한다.

"네."

"네가 횡령했고 네가 지시한 것으로 정리해."

"네."

"기존에 있던 컴퓨터는 어떻게 했어?"

"검찰이 변덕을 부릴지 몰라 모두 소각해버렸습니다."

"잘했어."

기업 수사가 시작되면 범죄의 증거를 없애고 임원 중 한 명이 모든 걸 책임지는 게 관행이다. 넋 놓고 있다가 증거가 드러나서 추징되는 것보다 증거인멸이 훨씬 이득이기 때문이다.

형법 155조 1항을 보면, 타인의 형사사건이나 징계 사건에 관한 증거를 인멸, 은닉, 위조 또는 변조할 시 5년 이하의 징역 또는 700만 원 이하의 벌금을 내는 게 전부다. 기껏해야 5년만 감옥에 다녀오면 장태식 사장에게 충성심을 인정받아 화려한 인생을 살 수 있다.

"변호사는 준비해줄게. 5년까지 안 살 거야. 잘하면 집행유예, 길어야 2년."

"감사합니다."

장태식 사장이 자신의 품을 뒤적였다. 그리고 툭, TJ식품 대표 앞에 카드를 던진다.

"자네가 나올 때까지 가족들 생활비는 거기서 빼 쓰라고 해."

"감사합니다!"

TJ식품 대표는 더 큰 목소리로 답하며 머리를 조아렸다.

TJ식품의 대표가 나간 후, 노크 소리가 들리더니 그의 비서실장이 안으로 들어왔다. 그가 뚜벅뚜벅 장태식 사장 앞에 서서 입을 열었다.

"검찰이 TJ식품에 대해 압수수색 하는 것, 기사로 올렸습니다."

장태식 사장이 술에 취한 눈동자로 비서실장을 보며 입을 연다.

"여론몰이는?"

"나쁘지 않습니다."

비서실장이 들고 있던 태블릿 PC를 테이블에 놓았다. 장태식 사장이 태블릿 PC를 들어 죽 훑어본다. 댓글이 보였다.

-TJ식품 같은 작은 곳을 장태식 사장이 알기나 하겠냐?

-검찰이 또 대기업 노리고 있네, 유성이 한국에서 방 빼야 속이 시원하지?

-유성쇼핑이 TJ식품 인수한 게 10년, 계속 적자 보면서도 직원들을 고용하고 있다고 들었는데…….

장태식 사장의 비서실장은 각 계열사에 전화해 우호적인 댓글을 남기지 않으면 하청을 넣지 않겠다는 협박을 했다. 그렇게 얻어낸 댓글들이다.

장태식 사장이 만족스러운 얼굴로 태블릿 PC를 내려뒀다.

"잘했어, 나가봐."

비서실장이 고개를 숙인 후 서재를 떠나자 장태식 사장은 고개를 젖혀 천장을 바라본다. 그의 입꼬리가 비틀어진다.

"이래서 이 나라가 좋은 거야."

무슨 짓을 해도 대신 나서 감옥에 가줄 거지들이 있다.

무슨 잘못을 해도 싸워줄 노예가 존재한다.

없는 새끼들끼리 지지고 볶는다.

"병신 새끼들……."

장태식 사장이 책상에 놓인 와인 잔을 손에 쥐었다.

"이 세계가 영원히……."

장태식 사장에겐 대한민국이 천국이었다.

* * *

그 시각, 이한영은 조세헌 변호사 그리고 김진아 검사와 함께 바에 앉아 있었다.

"검찰에게 자금을 동결당해 현금이 부족한 TJ식품에 유세희 팀장이 손을 내민다, 이거죠?"

조세헌 변호사의 말에 이한영이 고개를 끄덕였다.

"네, 유성쇼핑은 주변의 눈치 때문에 자금을 지원할 수 없을 거예요. 유세희 팀장이 건넨 손은 달콤할 겁니다."

조세헌 변호사가 팔짱을 꼈다.

"그때 내가 반도체 피해자들을 도와 장태식 사장의 시선을 돌려놓고…….”

김진아 검사가 입을 연다.

“제가 장태식 사장을 계속 기소하면…….”

이한영이 그들의 말을 받았다.

“장태식 사장의 혼이 빠질 겁니다. 그사이에 TJ식품의 경영권은 우리에게 들어오겠죠. 설상가상이라는 말, 장태식 사장은 확실히 배우게 될 거예요.”

설상가상의 마지막은 장태식 사장의 구속이다. 법정에만 잡아 앉혀 놓으면 그다음은 실형 선고를 내릴 수 있다. 전생에선 당했지만 이번은 아니다. 철저하게 박살 낼 수 있다.

김진아 검사가 입에 댔던 잔을 내려두며 이한영을 향했다.

“판사님?”

“네, 말씀하세요.”

“장태식 사장이 구속되면 사건이 유성그룹까지 타고 올라갈 수 있겠죠?”

“도마뱀 꼬리 끊기는 못할 겁니다.”

“그럼 제가…….”

그녀는 뒷말을 끌었다.

“말씀하세요.”

“아니에요, 나중에 말씀드릴게요.”

그녀의 아버지는 수십 년 전, 재개발 참사에서 사망한 경찰이었다. 그 재개발 건설사의 뒤를 유성건설이 봐주고 있었고, 모두 장태식 사장의 지시로 참사가 일어났었다.

그 복수를 하고 싶다는 말, 세상에 유성이라는 이름은 역사를 통해서만 듣고 싶다는 말, 하고 싶었지만 꾹 참는다.

‘아직은 아니야…….’

잠시 그녀를 보던 이한영이 잔을 손에 쥐었다. 그때 그의 휴대폰에 진동이 울린다.

'장유린 부장?'

이한영은 휴대폰을 귀에 대며 입을 열었다.

"네, 이한영입니다."

―퇴근했지?

"술 한잔하는 중입니다."

―지법에 가더니 시간이 널널한가 봐? 술 마실 시간도 있고.

"혼자 즐겨서 죄송합니다."

―좀 봤으면 하는데…….

"네, 알겠습니다."

장유린 부장과 통화를 마친 이한영은 휴대폰을 테이블 위에 놓았다. 하지만 휴대폰의 화면은 여전히 통화 중이다. 일부러 통화 종료 버튼을 누르지 않았기 때문이다.

이한영이 조세헌 변호사에게 고개를 돌렸다.

"박일호 변호사님, 제가 일이 있어서 먼저 일어나 보겠습니다."

조세헌 변호사가 고개를 갸웃한다.

박일호 변호사는 대법관 출신으로 유성그룹의 고문을 맡고 있다. 그 사람의 이름을 갑자기 말한다는 것은 뭔가 있다는 뜻이다.

이한영의 의도를 눈치챈 조세헌 변호사가 입을 연다.

"그러세요."

잠시 후, 이한영은 또 다른 바의 룸 앞에 서 있었다.

이한영은 바로 문을 열지 않고 박철우 검사에게 메시지를 보낸다.

―10분 후에 전화 좀 주세요.

메시지가 전송된 것을 확인하고 나서야 이한영은 문을 열었다.

장유린 부장이 양주를 기울여 잔을 채우고 있다.

“왔어? 앉아.”

이한영은 그녀의 맞은편에 앉았다.

“무슨 일로…….”

“빚진 거 갚아야지. 원금과 이자 받으려고 불렀어.”

장유린 부장은 지난 연예인 사건 때 박을석 의원이 구속 영장을 받도록 도와줬었다. 그때의 빚을 말하는 거다.

술잔을 손에 든 그녀는 물끄러미 이한영을 본다. 그런데 입을 열지는 않는다. 그저 이한영의 얼굴을 살피고 있을 뿐이다.

이한영이 머쓱한 표정을 지으며 입을 열었다.

“말씀하세요.”

“이한영 판사, 우리 솔직해질래? 어떤 생각을 하고 있어?”

“재판만 생각하고 있습니다.”

농담으로 넘어가려 했지만 장유린 부장은 붉은 입술을 끌어 올린다. 그리고 모든 것을 다 알고 있다는 듯 미소 짓는다.

“그래?”

“네.”

그녀는 이한영을 살피는 시선을 거두지 않은 채 술잔을 입에 댔다.

‘아까 전화할 때 분명 박일호 변호사라고 했지? 이한영이 유성그룹의 변호사는 왜 만나는 거지? 강신진의 지시를 받은 건가? 아니면?’

그녀는 이한영이 유성과 싸울 준비를 하고 있을지도 모른다는 추측을 하고 있다. 그동안 이한영이 자의와 타의로 남긴 흔적을 보면 그 가설은 확신으로 다가오는 중이다. 물론 박일호 변호사에게 전화를 걸어 알아보면 가장 확실하겠지만 아쉽게도 그녀와 박일호 변호사의 사이에 연관성은 없었다.

그녀가 술잔을 내려두자 이한영이 물었다.

"그런데 빚은 어떻게 갚으면 될까요?"

"글쎄, 생각 중인데 계속 비싼 것만 떠올리게 되네."

"비싼 거요?"

"응, 한 550조?"

유성그룹의 계열사를 모두 합한 시가총액이다.

이한영은 그녀의 말을 듣는 순간 무엇을 말하려는지 알았다. 하지만 모른 척 고개를 젓는다.

"50만 원은 있는데요."

장유린 부장은 깔깔깔 소리 내 웃는다.

"재밌어. 난 이한영 판사가 550조를 내 주머니에 넣어 줄 것 같다는 생각이 계속 드는데, 어떻게 생각해?"

그때 약속됐던 박철우 검사가 전화를 걸어오며 테이블 위의 휴대폰에 진동이 울렸다. 동시에 이한영과 장유린 부장의 시선이 휴대폰으로 향한다. 발신 번호에 '박 변호사'라는 글자가 보인다.

장유린 부장의 입꼬리가 뒤틀렸다.

'박 변호사? 박일호를 말하는 건가?'

휴대폰에 저장된 박철우 검사의 이름을 박 변호사라고 변경해둔 것뿐이지만 그녀가 알 수는 없었다. 이한영은 발신 번호를 숨기려는 듯 다급히 전화를 손에 들며 입을 열었다.

"부장님, 잠시 전화 좀 받고 오겠습니다."

장유린 부장이 고개를 끄덕인다.

"그래, 천천히 하고 와."

이한영이 룸을 벗어나자 장유린 부장의 입가에 걸렸던 미소가 사라진다. 그리고 그녀의 시릴 정도로 차가운 시선이 이한영이 걸치고 온 가방에 고정된다.

"날 멍청하게 생각하는 거야?"

그녀의 손이 이한영의 가방을 향해 뻗어졌다. 가방을 열자 서류가 보인다. 다리를 외로 꼰 그녀가 서류를 넘기기 시작했다.

'장태식? 강범재?'

강범재는 청와대 비서실장의 이름이다.

'그린벨트? 차명계좌? 유성마트?'

장유린 부장의 눈이 점점 어둡게 변해간다.

서류에 자세한 내용은 없었다. 하지만 그녀는 판사다. 몇 단어만으로 상황을 머릿속에 그리기 시작한다.

다급히 휴대폰을 꺼낸 그녀는 유성마트가 있는 곳을 검색했다. 유성마트가 있는 곳의 대부분은 그린벨트였던 지역이 맞다.

'차명계좌로 땅을 헐값에 사들인 후 국토교통부 장관을 통해 그린벨트를 해제했다는 거지?'

그린벨트가 해제되고 그 자리에 유성마트가 들어선다는 소식이 알려지면 땅값은 하늘을 뚫고 치솟는다. 말 그대로 투기, 돈 놓고 돈 먹기. 10만 원도 안 되던 땅이 100만 원, 200만 원을 돌파하는 것은 순식간이다.

그녀의 붉은 입술에 미소가 걸렸다.

'이거 건들면, 장태식이 난처해지겠어.'

장태식 사장이 유성그룹의 회장 자리에 오를 날이 얼마 남지 않았다. 그녀는 어떻게든 장태식 사장을 박살 내버리고 싶었다.

'장태식, 넌 내가 죽여버릴 거야.'

그녀의 눈빛에 시퍼런 살기가 돌고 있다.

이한영은 휴대폰으로 시간을 확인하고 있었다.

'지금쯤이면 다 봤겠지?'

그는 휴대폰을 주머니에 쑤셔 넣고 다시 장유린 부장이 있는 방으로 성큼성큼 걸어갔다.

이제 날뛰는 그녀를 지켜볼 시간이다.

* * *

며칠 후, 박철우 검사와 송나연 기자 그리고 오랜만에 석정호가 옥탑방에 앉아 있었다. 송나연 기자가 손목을 올려 시간을 보며 말했다.

"판사님이 늦네요?"

"내일 재판 있다고 하잖아요. 정리하려면 시간 좀 걸릴걸요."

박철우 검사가 석정호에게 시선을 틀며 말을 이었다.

"그런데 그동안 뭐 하고 다녔어요? 내가 정호 씨 보고 싶어서 혼났네."

구석에 앉아 맥주를 홀짝이던 석정호가 박철우 검사를 향한다.

"저요?"

"정호 씨가 있어야 판사님의 질풍노도 시기를 들을 수 있잖아요, 흐흐."

송나연 기자도 고개를 끄덕인다.

"맞아요, 저도 듣고 싶어요. 재밌어요."

석정호가 언제 열릴지 모를 옥탑방의 닫힌 문을 바라본다.

"한영이가 하지 말라고 했는데……."

조금만 더 부추기면 하겠다는 의미다. 박철우 검사가 입에 지퍼를 채우는 시늉을 한다.

"우리만 입 닫으면 되는 거 아녜요?"

송나연 기자도 눈을 반짝이며 고개를 끄덕인다. 그러자 석정호가 목청을 가다듬으며 입을 열었다.

"뭐가 있을까요? 맞다. 제가 한영이하고 딱 두 번 싸웠거든요? 고등학교 때 한 번, 커서 한 번."

박철우 검사가 추임새를 넣었다.

"덩치가 있는데, 판사님이랑 게임이 돼요? 그건 싸운 게 아니지."

석정호가 눈을 깜빡인다.

"한영이 싸움 잘해요. 양아치 끝판왕이었어요. 커서 사람 된 건데. 흐흐흐."

이번엔 송나연 기자가 놀란 표정을 지었다.

"판사님이 양아치 끝판왕? 와, 얼굴만 무섭게 생긴 게 아니었구나."

석정호가 고개를 끄덕였다.

"무단횡단도 막 하고 침도 뱉고……."

그때 덜컥 문이 열렸다.

"양아치여서 미안한데, 아무 말도 하지 마."

이한영이다.

박철우 검사가 아쉬운 표정을 지었다.

"판사님은 참 눈치 없어요. 딱 좋은 순간에 들어오고 있어."

석정호가 민망하게 웃는다.

"미안, 검사님이랑 기자님이 심심하다고 하셔서."

이한영이 테이블에 앉으며 단호하게 말했다.

"일하죠."

농담은 그만하자는 거다. 모두의 얼굴에 아쉬움이 짙어진다. 하지만 이한영은 상관하지 않고 송나연 기자에게 시선을 옮겼다.

"모이라고 한 이유가 뭐예요?"

오늘 모임의 대장은 송나연 기자다. 그녀가 모두에게 연락을 걸어 모이게 했다. 그녀가 인쇄된 종이를 꺼내 이한영과 박철우 검사 그리고 석정호의 앞에 각각 놓았다. 실종된 기자의 남자 친구에게 받은 사진이다.

"이성혜 기자, 실종된 기자예요. 사건 당일 장태식 사장의 뒤를 쫓고 있었던 것으로 추정돼요. 통화 기록이 남은 마지막 지역이 경기도 광주의 한정식집인데……."

그녀의 말이 이어지는 동안 사진을 손에 든 이한영의 표정은 점점 어두워지고 있었다.

'이 사람은?'

지금으로부터 약 10년 후, 스물세 명의 매춘부를 살해한 잔혹한 연쇄살인마로 잡히는 인물이다. 잔인하고 완벽한 살인 방식 때문에 현실판 직쏘라는 별명을 갖기까지 했었다. 그런데 그런 살인마가 장태식의 옆에 있다.

'뭐지? 유성그룹의 인물이었다고?'

그때 석정호가 입을 연다.

"어? 나, 이 사람 아는데."

모든 시선이 석정호에게 향했다.

"알아?"

이한영의 질문에 석정호가 고개를 끄덕인다.

"강신진 지원장을 경호하는 사람이야."

07

박철우 검사가 미간을 찌푸렸다.

"이 사람이 강신진 지원장을 경호한다고요?"

"네."

박철우 검사가 힐끗 이한영을 본다.

두 사람은 이미 이 사건을 파는 중이다. 물론 송나연 기자 모르게 하고 있다. 정이 많고 정의로운 그녀가 정보를 알게 되면 앞뒤 따지지 않고 뛰어들다가 위험에 빠질 수 있기 때문이다. 박철우 검사와 눈을 마주친 이한영이 고개를 저었다.

'아직은 비밀로 하죠.'

하지만 송나연 기자는 석정호를 붙들고 집요하게 묻고 있다.

"강신진 지원장 아래 있다고요? 공무원이에요? 아니면 판사 같은 거?

혹시 전화번호 알아요?"

다다다 묻는 그녀를 보며 석정호가 난처한 얼굴로 답한다.

"그렇게 친한 사이는 아닌데요. 많으면 일주일에 한 번 정도 얼굴 보는데, 그냥 가끔 담배 피우면서 잡담하는 정도? 딱 그 정도예요. 공무원은 아닌 것 같아요."

석정호의 팔을 꼭 잡은 송나연 기자가 간절한 표정으로 묻는다.

"연락처, 알아봐주시면 안 될까요?"

"연락처요?"

더 놔두면 송나연 기자가 강신진 지원장의 지원을 찾아가 죽치고 앉아 있을지도 모른다.

이한영이 손뼉을 치며 분위기를 전환했다.

"궁금한 것은 이 사람을 잡아서 물어보면 되는 거죠?"

이번엔 박철우 검사가 눈을 깜박인다.

"잡아요? 무슨 죄로?"

이한영이 사진을 들어 보였다.

"범죄자처럼 생기지 않았어요? 조금만 파도 저지른 죄가 우수수 떨어질 것 같은데요."

"얼굴요?"

"네."

그제야 이한영의 의도를 알았는지 박철우 검사가 사진을 보며 쿡쿡쿡 웃기 시작했다.

"하긴, 판사님 얼굴도 이놈에 비하면 천사예요. 어휴, 인상 한번 험악하게 생겼어. 어쨌든 파보죠."

송나연 기자가 눈을 반짝였다.

"어떤 것부터 할까요? 지원에 찾아가 볼까요?"

박철우 검사가 손을 저었다.

"기자님, 이런 일은 공무원에게 맡기세요. 잡으면 가장 먼저 알려드릴 테니까요."

송나연 기자는 나서지 말라는 뜻이다.

그녀가 아쉬운 목소리로 말한다.

"저도 같이 하면 안 될까요?"

"네."

이번엔 이한영이 단호하게 답했다.

송나연 기자는 간절한 표정으로 이한영과 박철우 검사를 번갈아 본다. 그런데 두 사람의 표정도 그녀만큼 간절하다. 말하지 않아도 '너 위험할 수 있어. 이건 우리가 해결해줄게'라는 목소리가 들리는 것만 같다.

두 사람의 생각을 알았는지 송나연 기자는 고개를 숙였다. 그렇게 잠시 한숨을 내쉬던 그녀가 자리에서 일어서더니 이한영과 박철우 검사를 향해 허리를 굽혔다.

"그럼, 두 분만 믿겠습니다. 부탁드리겠습니다."

박철우 검사가 능글맞게 웃는다.

"이런 것은 판검사 오빠들한테 맡기세요, 흐흐흐."

"아저씨, 부탁드립니다. 막내는 얌전히 있겠습니다."

"아저씨라니……."

"나이 차이가 오빠라고 부르기엔 좀……."

박철우 검사가 고개를 저었다.

"뭐 일단 회의 1차는 끝난 것 같은데, 난 정호 씨와 담배 한 대 피우고 올게요. 두 분은 티타임 가지세요."

흡연하자는 말이 반가웠는지 석정호가 벌떡 일어섰다.

"좋아요!"

박철우 검사가 석정호의 어깨에 다정히 팔을 두르고 나가며 말한다.

"내가 얼마 전에 진짜 곰을 만났거든요? 정호 씨가 생각나더라고."

“아, 기사 봤어요. 안 무서웠어요?”

“곰이 딱 서는데, 그 크기가 10미터예요. 10미터.”

농담을 던지며 두 사람은 문을 벗어난다.

그런데 딱 문을 벗어나자마자 박철우 검사가 표정을 바꾸며 낮은 목소리로 입을 연다.

“사진 속 남자, 이름 알아요?”

집에 돌아온 이한영은 잠자리에 눕지 않았다.

책상에 앉아 사진 속의 남자를 툭툭 건드리고 있을 뿐이다.

‘뭐지?’

이한영이 알기론 연쇄살인범이었다. 그런데 지금은 강신진 지원장의 경호를 맡고 있다고 한다.

이한영의 미간이 찌푸려진다.

‘미래가 바뀐 건가? 아니면 이 남자가 강신진을 도왔다는 걸 내가 몰랐을까?’

인생을 한 번 경험했다고 해서 세상을 모두 알 수는 없다. 남들보다 조금 더 정보를 가지고 있을 뿐이다. 이한영의 머릿속에 수만 가지 시나리오가 적혔다가 사라지기를 반복했다.

‘강신진의 뒤를 도우며 살인을 저지르던 킬러? 토사구팽당한 뒤에 살인마가 된 것인가?’

하지만 확신이 서는 것은 아무것도 없었다. 이한영이 낮은 한숨을 내쉬며 휴대폰을 귀에 댔다.

“정호야, 아까 사진에서 본 남자 있잖아.”

–전화번호 알아 올까?

“아니, 캔커피나 건네줘.”

–캔커피?

석정호와 전화하며 이한영은 사진을 손에 들었다. 사진 속 남자의 매서운 눈빛이 이한영과 마주한다.

'넌 도대체 누구냐?'

* * *

또각또각, 하이힐 소리가 울렸다.

유세희다.

문을 열고 레스토랑 안으로 들어온 그녀가 이한영을 향한다.

이한영이 자리에서 일어섰다.

"앉으세요."

유세희는 자리에 앉아 서류를 꺼내 이한영에게 건넸다. TJ식품에 300억 원을 투자한다는 서류다.

"개인 자산을 처분한 거라 아버지는 모르세요."

보통 사람들이 태어나 돌잡이를 할 때 금반지를 받지만 그녀는 땅을 받았다. 초등학교에 가면서 가방 대신 빌딩을 받았고, 받아쓰기에서 백 점을 받았을 땐 큰사람이 되라며 산을 받았다고 했다. 돈 많은 집의 차이, 300억 정도는 쉽게 융통할 만하다.

이한영은 잠시 그녀를 바라봤다. 전생에서 그녀는 에스로펌을 손에 쥐기 위해 그 많은 돈을 다 쏟아부었다. 하지만 그렇게 하고도 실패했고 마지막엔 가진 것 없이 추악함만 남았다.

지금 와서 생각해보니 욕심부리지 않고 가지고 있던 어마어마한 돈으로 사치만 하다가 죽었다면 행복하지 않았을까 싶기도 하다. 하지만 만약은 가정일 뿐이다. 인간의 욕심은 모든 눈을 멀게 한다.

"고생하셨어요."

"별것 없었어요."

유세희에겐 어려운 일이 아니었다.

TJ식품의 자금은 동결됐고, 유성쇼핑은 나 몰라라 하고 있다. 유세희가 건넨 현금이 독약이라 하더라도 TJ식품은 덥석 물 수밖에 없었다.

이한영이 다 읽은 서류를 그녀에게 내밀었다.

“TJ식품의 대표는 스스로 구속될 겁니다. 새로운 대표를 뽑을 때 유세희 씨의 사람을 경영권자로 추천하세요.”

“제 주변에 사람이 없어서요. 추천해줄 만한 사람 있나요?”

유세희에겐 누가 대표가 되든 상관없었다. 그녀의 관심은 TJ식품 같은 작은 계열사가 아니라 오로지 유성그룹에 맞춰져 있기 때문이다.

“TJ식품의 전 사장은 어떨까요? 전 사장은 TJ식품의 창업주였습니다. 유성쇼핑에 인수되지 않았다면 여전히 사장 자리에 앉아 있었겠죠.”

“전 창업주……. 유성쇼핑에서 가만히 있을까요?”

“유세희 씨가 최대 주주예요. 기업 싸움은 지분 많은 사람이 이기는 거잖아요?”

“하청 주던 것을 끊는다고 하면요?”

TJ식품은 지금까지 유성쇼핑의 일만 해왔다. 유성쇼핑 측에서 새로운 대표가 마음에 들지 않는다고 일방적으로 거래를 끊어버리면 무너질 수밖에 없다. 대기업의 중소기업 길들이기는 어렵지 않은 거다.

하지만 이한영은 대수롭지 않게 답한다.

“끊으라고 하세요.”

“네?”

“절대 못 끊을 겁니다.”

거래를 끊으면 유성쇼핑과 TJ식품 사이엔 지분만 남은 사이가 된다. TJ식품에 그들의 은밀한 계좌가 숨어 있는 이상 관계를 끊을 생각은 절대 하지 못할 거다.

이한영이 말했다.

"아, 한두 달은 새로운 대표를 길들인다고 거래를 끊어버릴 수도 있겠네요. 그때 손실이 나는 부분은 제가 충당하도록 할게요."

유세희가 눈을 동그랗게 뜬다.

그녀가 알기로 이한영은 적금 착실히 부어가며 살아온 가난한 인생이다. 그런데 손실이 나는 부분을 메꿔 주겠다니, 이해할 수가 없었다.

빤히 보는 그녀의 눈빛에 이한영이 어깨를 으쓱해 보였다.

"저도 돈은 있어요."

장태식 사장을 짓밟을 계획은 차근차근 진행되고 있다.

김진아 검사가 기소하고 있고, 조세헌 변호사가 정신을 흔들어놓고 있다. 유세희는 TJ식품을 통해 유성쇼핑에 기생충처럼 달라붙을 것이고, 장유린 부장은 미친 사람처럼 날뛰며 장태식 사장과 전면전을 치르게 될 것이다.

장태식 사장은 그를 향해 뻗쳐 오는 지옥의 검은 손을 아직 모르고 있다. 눈치챘을 때는 바로 그 검은 손이 장태식 사장의 목을 쥐고 부숴버릴 때다.

이한영의 시선이 창밖으로 향했다.

'이쪽 일은 이 사람들에게 맡기고…….'

이제 이한영이 할 일은 송나연 기자가 건네준 사진 속 남자의 정체를 밝히는 거다.

* * *

법원 건물 밖의 휴게실.

이한영이 박철우 검사에게 검은 비닐봉지를 건넸다.

"뭐예요?"

"며칠 전에 송나연 기자님이 준 사진에 있는 남자 있잖아요. 그 사람의 지문이 담긴 캔커피요."

"이걸 어디서 구했어요?"

"정호가 가지고 왔어요. 조사 좀 해주세요."

박철우 검사가 비닐봉지를 받아 든다.

"TJ식품 대표가 자수하겠다고 연락이 왔어요."

역시 예상하던 거다. 영화 속의 조직폭력배나 야쿠자도 아닌데 그들은 저지른 죄를 아랫사람에게 떠밀고 있다.

박철우 검사가 담배를 입에 물며 착잡한 표정으로 말한다.

"우리가 준비하는 게 터지면 몇 명이 옷을 벗게 될까요?"

"모르죠. 적게 잡아도 스무 명은 넘을 겁니다."

이한영은 관련된 모두를 감옥에 보낼 생각이었다. 뿌리를 뽑지 않으면 언제든 새싹을 피우는 게 그들이다. 어떤 이유로 범죄에 가담했든 봐줄 생각은 없었다.

박철우 검사는 천천히 고개를 끄덕인다.

전 정권에서 장관을 했던 대통령 비서실장도 관련되어 있다. 어쩌면 대통령도 존재할지도 모른다. 현직 검찰총장은 물론이고 전 총장의 구속은 당연한 거다. 그 아래 검사들이 얼마나 줄줄이 엮여 있을지…….

박철우 검사가 담배 연기를 한숨처럼 내뱉었다.

"검찰은 내가 할게요. 내 식구는 내가 베어야지 마음이 편할 것 같네요."

이한영은 박철우 검사의 마음을 충분히 알고 있었다.

박철우 검사는 검찰을 자랑스러워하는 사람으로 뼛속까지 검사다.

그가 자랑스러워하는 검찰이 조만간 세상의 손가락질을 받게 될 거다. 그때 받을 치욕은 이종대 검사장의 사건을 은폐했을 때 받은 부끄러움보다 심할 게 분명하다.

"제가 수갑 채우겠습니다."

이한영이 고개를 끄덕였다.

"당연히 그렇게 해야죠. 그런데 검사님, 잡고 이야기하죠. 아직은 감상에 젖을 시간이 아니에요."

이한영이 박철우 검사 옆에 놓인 검은 봉지를 들어 올리며 말을 이었다.

"일단 이 지문의 주인, 장태식 사장 또는 강신진 지원장의 지시를 받아 많은 사람을 살해했을 가능성이 커요. 송나연 기자님의 동료를 살해했을 테고, 어쩌면 이종대 검사장을 죽인 진짜 범인일지도 몰라요."

박철우 검사가 고개를 들어 이한영을 본다.

"진범?"

"아직은 추측일 뿐이에요."

이한영의 전생에서 수많은 매춘부를 죽였던 살인마. 그가 지금 강신진 지원장의 옆에 있다. 과거가 꼬인 건지, 모르던 사실인지는 모른다. 하지만 강신진 지원장은 쓸모없는 사람을 옆에 두지 않는다. 그 남자는 여전히 사람을 죽이고 있을 것이다.

* * *

"또 왔어? 씨발. 그 새끼, 기분 나쁘단 말이야. 받지 말라니까.

—야, 야. 팁 많이 준다며. 그리고 예약할 때도 더블로 주는 새끼야. 그러니까 좀 참아. 얼굴이 그렇게 태어난 게 개 잘못이냐?

오피스텔의 침대에 앉은 여자는 실장의 목소리에 담배를 입에 물었다.

"아, 됐어. 알았으니까 언제 온대?"

—15분 후에 도착이야.

통화를 종료한 여자는 담배 연기를 내뿜는다. 그녀는 오피스텔에서 불법 매춘을 하는 매춘부다. 지금 오기로 한 손님은 무서운 눈매의 남자. 게다가 기분 나쁜 것은 방에 들어와서 어떤 짓도 하지 않는다는 거다.

그저 어떤 말도 없이 조용히 그녀를 지켜보다가 시간이 되면 자리를 떠난다. 팁도 두둑이 놓고 간다. 하지만 그녀는 그 손님이 싫었다.

본능이 말한다. 그 남자는 무서운 사람이라고.

쏴아아아.

송나연 기자가 준 사진에 있던 남자다.

10여 분이 넘게 손을 닦은 그는 수건으로 물기를 닦고 화장실 밖으로 나온다.

젊고 아름다운 매춘부가 침대에 앉아 있다. 하지만 남자는 침대로 가지 않고 소파에 앉는다. 그리고 언제나처럼 그녀를 조용히 바라본다.

여자는 안 되겠다고 생각했나 보다. 남자의 살벌한 눈빛이 두려웠지만 최대한 미소를 그리며 입을 연다.

"오빠, 오늘도 거기에 앉아 있을 거예요?"

남자는 고개를 끄덕인다.

"그럼, 차라도 한 잔 타 드릴까요?"

남자는 또 고개를 끄덕였다.

"어떤 거? 커피? 녹차?"

"커피."

남자의 입에서 처음으로 목소리가 흘렀다.

여자는 생긋 웃으며 차를 타기 위해 아일랜드 식탁으로 향한다.

"그런데 왜 나만 찾아와요? 돈 아깝지 않아요? 오빤 어떤 일 하는 사람이에요?"

남자의 잔인한 눈빛이 천천히 그녀를 좇는다. 남자의 살기 넘치는 눈빛을 느꼈는지 여자가 어색하게 웃으며 입을 열었다.

"왜…… 그렇게 보세요?"

남자는 답이 없다.

"믹스로 탈까요? 아니면……."

남자가 큭큭큭 웃기 시작한다. 고개까지 숙이고 한참을 웃는다. 그러더니 번쩍 고개를 들어 여자를 쏘아본다.

"너, 내가 무섭니?"

"네? 아, 아뇨."

"너도 내 생긴 게 싫어?"

"아뇨, 안 그래요."

"내가 몇 번이나 왔잖아. 그런데도 무서워?"

"아니라니까요. 저, 정말 괜찮아요. 그래서 커피도 타 주잖아요."

여자는 다급히 말했지만 표정엔 모두 드러나 있다. 난 네가 싫고 무서워.

남자가 자리에서 일어서자 여자는 실장을 부르기 위해 휴대폰을 빠르게 손에 쥐었다. 1번 버튼만 누르면 실장이 온다. 그러면 이 남자를 쫓아낼 수 있다. 휴대폰을 들고 번호를 누르는 그녀를 보며 남자가 픽 웃었다.

"안 무섭다며?"

남자는 그녀를 향해 뚜벅두벅 걷기 시작했다. 살벌한 눈빛이다.

그녀는 자신도 모르게 주춤주춤 뒤로 물러서며 말했다.

"오지 마! 오지 말라고, 이 새끼야! 실장 불렀어! 그 실장, 무서운 사람이야! 그러니까 어서 꺼져! 오지 마!"

남자의 입술에 비웃음이 가득 찬다.

"창녀 주제에."

* * *

"신원 확인은요?"

"김신혜, 5년 전 서울에 올라왔고 집에는 회사에 다닌다고 이야기했답니다."

"그런데요?"

"매춘부였습니다."

김진아 검사의 손에는 처절하게 찢긴 시신의 사진이 들려 있었다. 모르는 사람이 그 사진을 봤다면 단지 고깃덩이라고 말할 정도다.

수사관이 사진 한 장을 더 책상 위에 놓았다.

"그리고……."

이번에도 끔찍한 사진이다.

"매춘부와 매수자를 연결해주는 실장도 살해당했습니다. 살해 장소는 같습니다."

"오피스텔의 CCTV는요? 확인해봤어요?"

"있긴 있는데, 범인이 모자를 썼고 화질이 좋지 못해서요. 다른 흔적은 아직이고요."

"지문도?"

"네, 없습니다."

"실장이 통화한 기록은 있지 않을까요?"

수사관이 고개를 저었다.

"둘 다 대포폰을 사용했더라고요."

오피스텔에서 살인 사건이 벌어졌다. 하지만 범인의 윤곽은 드러나지 않는다. 사건은 미궁으로 빠지고 있었다.

김진아 검사가 경찰이 보낸 서류를 넘겨 보며 말했다.

"경찰에 연락해서 오피스텔 부근에 있던 택시를 찾아서 블랙박스를 확인해보고요. 범인이 사용한 휴대폰의 통화 기록을 뽑아서 추적해달라고 하세요."

수사관이 떠나자 김진아 검사는 짜증이 난다는 듯 머리를 쓸어 넘겼다. 그녀는 이런 사건이 가장 많이 화가 난다. 인간을 인간으로 보지 않고 살해한 미친놈들…….

그녀의 아버지가 재개발 참사에서 사망했을 때 건설사는 그녀의 아버지를 인간으로 보지 않고 반대 여론을 바꿀 도구로만 이용했었다. 그녀가 보기엔 이런 형태의 살인자는 그 건설사와 똑같을 뿐이었다.

그녀의 시선이 책상으로 향했다. 휴대폰이 울리고 있다.

"네, 판사님."

이한영이다.

—박철우 검사님께 들었어요. 매춘부가 살해당했다고요?

"네? 네."

—자료가 있으면 보내주셨으면 하는데요.

"판사님, 검찰 측 주장 요약한 거요."

"어? 어."

이한영은 모니터에 집중한 채 손만 뻗어 윤슬혜 판사가 건넨 서류를 받았다.

"어떤 거 보세요?"

"살인 사건."

이들이 맡은 사건 중에 살인 사건은 없다.

윤슬혜 판사가 이한영의 모니터를 물끄러미 바라본다. 그리고 곧 미간을 찌푸렸다.

"……사람이에요?"

나이는 어리지만 형사 쪽 재판을 담당하고 있기에 끔찍한 사진을 많이 접할 수밖에 없다. 한데 그런 그녀에게도 이 사진은 인상을 찌푸릴 정도인가 보다.

마우스에서 손을 뗀 이한영이 윤슬혜 판사에게 고개를 돌렸다.

"어떻게 보여?"

"네? 너무 잔인해요."

"그런 거 말고. 혹시 〈쏘우〉라는 영화 봤어? 이 시신을 보면 그 영화의 악당인 직쏘가 떠오르지 않아?"

전생에서 매춘부를 살해했던 남자의 별명이 직쏘였다. 그래서 물어본 것인데 윤슬혜 판사에겐 이한영의 뜬금없는 질문이 이상해 보였다.

"직쏘요?"

그녀의 눈빛에 이한영이 고개를 저었다.

"그냥 대답해봐."

"그 영화, 잔인하다고 해서 안 봤는데요."

윤슬혜 판사에게 얻을 수 있는 것은 없었다.

이한영은 다시 모니터로 시선을 향했다. 잔혹한 범행 방법…….

'그 남자가 한 짓일까?'

전생에서 남자는 연쇄살인을 저지르다 잡힌다.

'그게 지금부터 시작된 일이었나?'

남자가 잡힌 것은 약 10여 년 후. 하지만 첫 살인이 언제 시작됐는지는 모른다. 이한영은 과거를 더듬으며 현실에 맞춰보기를 반복했다. 그리고 눈살이 찌푸려졌다.

'혹시?'

지금은 이한영의 개입으로 그 시기가 앞당겨졌지만, 전생에서는 강신진 지원장이 본격적으로 움직이는 시기가 약 10년 후였다.

'같은 10년 후…….'

이한영의 손가락이 톡톡 움직이기 시작한다.

연쇄살인범이 잡혔던 시기와 강신진 지원장이 모습을 드러낸 시기가 정확히 일치했는지는 모른다. 하지만 비슷하다.

'뭐지?'

이한영은 다시 모니터로 시선을 향했다. 이번 살인 사건에 묘한 위화감이 들고 있다.

'내 생각이 억측일까?'

그때 이한영의 휴대폰에 진동이 울렸다.

"네, 검사님."

-퇴근 후에 옥탑방에서 보죠.

박철우 검사다.

* * *

"재밌는 걸 발견했어요."

박철우 검사가 묘하게 웃는다.

"뭔데요?"

"송나연 기자님이 가져온 사진 속 남자의 이름은 곽순원. 한국대학교 철학과를 졸업했어요. 성폭행 전과가 하나 있고요."

"한국대학교?"

"네, 엘리트죠."

매춘부라는 특정 대상을 정해 놓고 연쇄살인을 저지르면서도 쉽게 꼬리를 잡히지 않았던 살인범이다.

'머리를 쓸 줄 안다는 건가?'

이한영의 눈이 다시 박철우 검사를 향했다.

"살해 전과는요?"

"없어요. 그런데……."

박철우 검사가 뒷말을 줄이며 테이블에 신문 기사가 인쇄된 사진을 놓았다. 30년 전, 화재로 인해 많은 사상자가 났다는 한 음식점의 기사다.

박철우 검사가 말을 잇는다.

"음식점이라고 했지만 이곳은 요정이었어요. 기생집."

"이 불을 낸 게 곽순원이라고요?"

"그건 모르죠. 그런데 재밌다고 한 게 강신진도 여기서 일을 했었네요."

박철우 검사가 신문 기사의 한 지점을 손가락으로 짚었다. 생존자 명단에 강신진, 곽순원이라는 이름이 명확하게 보인다.

박철우 검사가 말을 이었다.

"고아 출신의 강신진은 껌을 팔다가 기생집에 자리 잡고 돈을 벌었어요."

강신진 지원장이 어려웠던 삶을 이겨내고 판사가 되었다는 이야기는 유명하다.

박철우 검사가 계속 말한다.

"그 후 거대 로펌의 손을 뿌리치고 판사가 되어 승승장구한 강신진 신화. 이게 알려진 사실이죠?"

"네."

동시에 박철우 검사가 탕, 테이블을 두 손으로 내리찍으며 말했다.

"이상하지 않아요?"

"……?"

"강신진의 일화를 종합해 보면 대학 입학 전에 힘들게 산 것은 분명해요. 그런데 대학 입학 후에 돈을 벌었다는 이야기가 없어요. 그 흔한 과외를 했다는 말조차 없어요. 생활이 됐을까요?"

이한영이 고개를 끄덕였다.

"이상하네요."

"내가 소설을 하나 써보면, 당시 곽순원의 나이는 열두 살이었어요. 강신진은 어린 곽순원을 꼬드겨 요정에 불을 냈을 겁니다. 그리고 요정이 불타는 사이 강신진은 돈이 될 만한 것을 훔쳤던 거죠. 두 사람은 도망쳤어요. 그 뒤는 열심히 공부해서 둘 다 한국대학교 입학. 어때요?"

이한영이 픽 웃었다.

"너무 갔는데요."

"가능성은 존재하잖아요? 그 패물을 팔아먹고 둘이 공부를 했다. 말 되죠? 머리는 둘 다 좋았나 보네요. 검정고시로 초중고 졸업하고 한국대학교에 입학할 정도면요."

가능성만 있을 뿐이다.

이한영의 시선이 인쇄된 기사로 향했다. 서울의 중심가에 있던 요정이며 역사적으로 고위층들이 오간 곳이다. 보관된 패물만 해도 어마어마했을 게 당연하다.

'패물을 훔쳐 공부 자금을 마련했다?'

하지만 이한영의 시선은 패물에서 멈추지 않는다. 그의 눈은 신문 기사의 고위층이라는 단어에서 멎는다.

'고위층? 설마?'

눈살이 찌푸려졌다. 강신진 지원장이 가진 힘 중 하나가 고위층의 더러운 이야기를 많이 알고 있다는 거다. 그들의 비리를 손에 들고 반대편을 찾아가 거래하는 게 그의 특기다.

'30년 전부터 쥐새끼 노릇을 했을까?'

이한영은 얼굴을 쓸어 만졌다. 지금은 모두 추측일 뿐이다. 지나친 예측은 생각에 프레임을 씌우게 한다. 프레임이 만들어지면 자유롭던 생각은 틀에 박히고 뻗어나갈 수 없다.

"일단 이 곽순원이라는 놈, 이놈부터 잡아야겠네요."

박철우 검사가 고개를 끄덕였다.

"그래야죠."

이한영이 자리에서 일어나 재킷을 손에 든다. 박철우 검사가 물끄러미 그를 보며 묻는다.

"벌써 집에 가게요? 맥주 한잔하고 가지."

이한영이 이상하다는 눈으로 박철우 검사를 향했다.

"현장에 안 가볼 거예요?"

"현장?"

"오늘 일어났던 살인 사건, 그거 곽순원이 한 짓 같아요."

박철우 검사에게 이한영은 관심법을 쓰는 궁예고 용한 점쟁이다. 이한영이 그런 것 같다고 하면 그런 거다. 박철우 검사도 서둘러 재킷을 몸에 걸쳤다.

* * *

쩌억!

곽순원의 얼굴이 옆으로 휘어졌다. 그의 앞에는 도깨비의 얼굴을 한 강신진 지원장이 서 있다.

"살인을 저질렀어?"

"……."

"그 버릇 언제 없앨 거야!"

거센 고함과 함께 다시 강신진 지원장의 손바닥이 휘둘린다. 다시 또 쩌억! 곽순원의 얼굴이 붉게 부어올랐다.

"이번은 그 여자가 이상한 눈으로 봐서 욱했을 뿐입니다. 앞으로 조심하겠습니다. 그리고 지원장님께 폐가 되는 일은 없을 겁니다."

"말을 해도!"

"죄송합니다."

곽순원이 고개를 숙였다.

"끔" 하는 소리와 함께 책상으로 걸어가 앉은 강신진 지원장이 안타까운 눈으로 곽순원을 바라본다.

"널 괴롭혔던 창부는 이제 없어. 그러니까 그만해."

곽순원이 고개를 저었다. 그리고 더듬더듬 입을 연다.

"없는 거 아는데요. 그 여자가 자꾸 꿈에 나와요. 내 몸을 못으로 긁고, 태어나지 말았어야 한다며 욕을 하고 때리고……."

"꿈일 뿐이야. 그건 그렇고 시내 중심가에서 일을 벌였던데, 흔적을 남긴 건 없어?"

"흔적이라면 시체를 가지고 올 수가 없어서 놓고 왔을 뿐이에요. 없습니다."

"다시는 그런 짓 하지 마."

곽순원은 강신진 지원장을 향해 고개를 숙였다. 그리고 그의 방을 떠났다.

강신진 지원장이 휴대폰을 든다. 전화를 받는 상대는 장태식 사장이다.

"곽순원 저놈이 또 일을 벌이고 다녀."

-어떡해? 참아야지. 아직 치우기엔 아깝잖아? 그렇게 싸이코면서 완벽한 놈은 찾기도 힘들어.

"그래서 말인데, 곽순원 옆으로 사람을 하나 붙여줬으면 좋겠어. 우리가 언제든 발을 뺄 수 있게."

전화기를 내려두는 강신진 지원장의 눈빛은 여러 가지로 복잡해 보였다.

* * *

사건 현장은 검사 신분증이 '하이패스'다.

이한영과 박철우 검사는 현장에 와 있었다. 많은 경찰들이 단 하나의 흔적을 찾기 위해 아직도 현장을 감식하는 중이다. 살해당한 여자가 있던 곳에 이한영과 박철우 검사가 서자 여형사가 옆으로 다가왔다. 일전에 김윤혁이 테러당했을 때 현장에 있던 여형사다.

"끔찍하죠?"

시신은 치워졌지만 벽과 바닥에 뿌려진 핏자국은 그대로다. 여형사가 입을 연다.

"저도 처음에 봤을 땐 짐승이 들어와서 사람을 물어뜯었나 싶었어요."

이한영이 시선을 틀어 그녀를 향했다. 그녀는 모자 쓴 판사를 알아봤지만 고맙게도 모르는 척해 준다.

“지문과 CCTV는 들었고요. 다른 것은 없나요?”

“네, 없어요.”

“확증으로 내놓지는 못하지만 심증이 가는 부분은요? 있나요?”

“글쎄요, 일단 범인은…….”

여형사는 아일랜드 식탁으로 걸어가며 말을 이었다.

“여기서 피해자의 머리를 잡고 식탁에 내리쳤어요.”

“살해 전에 폭력이 우선된 건가요?”

“네.”

여형사의 말을 들으며 이한영의 머릿속엔 현장이 그려지고 있었다. 피해자가 코피를 흘리며 손을 싹싹 빌고 있다. 하지만 범인 곽순원은 멈추지 않고 아일랜드 식탁에 있는 술병을 들어 피해자의 머리를 향해 휘두른다. 그때 초인종이 울리며 또 다른 피해자인 실장이 온다. 범인은 문을 열어줌과 동시에 칼을 들고 실장의 목을 긋는다. 그 뒤로는 잔혹한 이야기다.

여형사의 말을 들은 이한영이 입을 열었다.

“칼과 술병에 있는 지문은 모두 뭉개졌다는 거죠?”

“네, 깨끗이 닦고 도망쳤어요.”

이한영은 오피스텔을 천천히 둘러봤다. 이 세상에 완전범죄라는 것은 없다. 다만 그 흔적을 찾지 못할 뿐이다.

이한영이 박철우 검사의 팔을 툭 쳤다.

“우리는 나가서 찾아보죠.”

박철우 검사가 고개를 끄덕이며 마스크를 꺼내 착용한다. 이한영이 이상한 눈으로 보며 묻는다.

“춥지도 않고 미세먼지도 괜찮다는데, 웬 마스크?”

박철우 검사가 어쩐지 부끄럽다는 목소리로 답한다.

“슈퍼맨 검사잖아요. 알아보는 사람이 많아서…….”

“네, 네, 알겠습니다.”

이한영은 피식 웃으며 앞서 방을 빠져나갔다.

먼저 간 곳은 오피스텔의 관리실이다.

"검찰입니다."

박철우 검사가 신분증을 보이자 관리소는 순순히 범행 당일의 CCTV를 틀었다. 살인 행각을 끝내고 엘리베이터에 오르는 곽순원이 보인다. 모자를 쓴 그는 고개를 숙이고 있다. 자신의 얼굴을 의도적으로 감춘 거다. 검찰과 경찰은 곽순원이 모자를 썼기 때문에 신원을 파악하지 못했다. 하지만 이한영과 박철우 검사는 그가 곽순원이라는 것을 알고 있었다.

박철우 검사가 집중해서 모니터를 보며 말한다.

"체형이 비슷하죠?"

"비슷한 게 아니라 똑같네요."

그리고 모니터에 잡힌 곽순원이 1층에서 내리며 엘리베이터는 텅 비게 되었다.

"가죠."

관리실에서 나온 이한영과 박철우 검사는 오피스텔의 건물 앞에 섰다. 좌측에는 편의점, 우측에는 세탁소가 보인다. 외부에 CCTV가 설치된 곳은 편의점이다.

두 사람은 곧장 편의점으로 향해 모니터를 확인했다. 살인을 저지르고 나온 사람 같지 않게 느긋한 속도로 편의점을 지나는 곽순원이 보인다.

이한영이 말했다.

"따라가 볼까요?"

"여기까지 왔으면 가야죠."

이한영과 박철우 검사는 곽순원이 향한 길을 걷기 시작했다. 늦은 밤이라 그런지 오피스텔 앞에는 꽤 많은 택시가 주차되어 있다. 오피스텔 건물이 끝나자 차도 반대편으로 공원이 펼쳐진다.

걸음을 멈춘 이한영이 조용히 공원을 바라봤다.

"곽순원이 여기서 방향을 틀어 공원으로 들어갔을까요?"

박철우 검사가 휴대폰을 손에 들었다.

"김진아 검사, 오피스텔 살인 사건 말인데, 혹시 공원 쪽 CCTV도 확인됐나?"

―네, 그쪽에는 없어요. 아이들이 노는 것만 있어요.

그녀의 목소리는 스피커폰으로 흐르는 중이다. 밖이었지만 주변에 지나는 사람이 없어 상관없었다.

이한영이 손가락으로 앞을 가리켰다.

"저쪽으로 가면 지하철역인데요. 지하철은 확인됐나요?"

이한영의 목소리에 김진아 검사가 답한다.

―지하철도 아니에요.

박철우 검사가 전화기에 대고 말했다.

"그럼 근처 주차장은?"

―없어요. 중간에 택시를 타고 사라진 것으로 추측하고 있어요.

김진아 검사와의 통화가 종료됐다.

이한영의 시선이 주차된 택시로 향했다.

"택시를 일일이 확인하고 다니는 수밖에 없겠죠?"

박철우 검사가 고개를 젓는다.

"서울시에 택시가 몇 댄 줄 알아요? 아니, 경기도 택시면 어쩌고요? 아, 범인을 알면서도 증거가 없어서 잡을 수 없다니, 진짜 짜증 나네."

박철우 검사가 머리를 북북 긁는다.

이한영은 다시 주변을 확인하며 생각에 빠지는 중이다.

'범인을 알면서도 증거가 없다? 택시만 찾으면 된다? 방법이 없을까?'

있다.

이한영이 빠르게 박철우 검사를 향했다.

"있어요, 방법!"

"잉? 있다고요?"

"곽순원의 집이 어디죠? 알아봐주세요. 집 앞에 CCTV가 있다면 택시에서 내리는 곽순원을 볼 수도 있을 거예요."

곽순원이 택시를 탔고 집으로 향했다면, 그리고 근처에 CCTV가 있다면…….

박철우 검사가 손뼉을 짝 친다.

"CCTV에 찍힌 택시를 찾아 블랙박스를 확인하면 되겠네요!"

박철우 검사는 곧바로 휴대폰을 손에 들었다.

"박철우 검사입니다. 신원 조회 좀 하려고요. 주민등록번호가……."

잠시 후 이한영과 박철우 검사는 택시 앞에 서 있었다. 어느덧 시간은 밤 12시다.

택시 기사가 입을 연다.

"아이고, 검사님들 늦은 시간까지 고생이 많으시네요."

"그럼 잠시 블랙박스 좀 확인하겠습니다."

택시 기사가 물끄러미 박철우 검사를 본다.

"신문에 나온 검사님 맞죠? 박철우 검사님."

"아, 네. 맞습니다, 흐흐."

마스크로 얼굴을 가리고 있지만 들켰다. 그런데 박철우 검사의 표정은 뭔가 멋쩍지만 뿌듯해 보인다.

택시 기사가 담배를 입에 물며 말한다.

"정의로운 검사님인데, 천천히 하세요."

"감사합니다."

조수석에 탄 박철우 검사가 블랙박스의 메모리카드를 뺐다. 그리고 밖으로 나와 이한영의 옆에서 태블릿 PC에 메모리카드를 집어넣는다. 사건이 발생했던 시간을 찾아 화면을 재생시켰다. 택시를 잡는 곽순원의 모습이 보인다. 택시가 멈추자 그는 조수석에 앉는다.

"일치하죠?"

이한영이 고개를 끄덕였다.

"맞네요."

이한영이 시선을 틀어 담배를 피우는 택시 기사를 향했다.

"기사님, 잠시만요. 혹시 이 사람, 기억하세요?"

다가온 택시 기사가 물끄러미 영상을 확인하더니 고개를 끄덕였다.

"아, 기억해요. 차에서 모자를 벗는데 인상이 험악하더라고요. 그래서 기억하고 있죠. 이 사람이 뭔 짓을 저질렀어요?"

이한영은 대답 대신 송나연 기자가 가지고 온 곽순원의 사진을 꺼내 들었다.

"이 사람이 맞나요?"

택시 기사가 손뼉을 쳤다.

"맞아요. 사진으로 봐도 살벌하네요. 이 사람이 옆에 앉아 있는데, 대낮인데도 뭔 일이 날까 봐 겁나더라니까요. 그런데 무슨 짓 한 놈이에요? 박철우 검사님이 나섰다면 평범한 놈은 아닐 것 같은데……."

박철우 검사가 택시 기사를 향해 꾸벅 고개를 숙였다.

"죄송합니다. 아직 확정되지 않아서 말씀드리기 어렵습니다."

"아녜요. 괜찮아요, 흐흐."

"블랙박스 메모리카드는 저희가 가져가도 될까요? 보상은 해드리겠습니다."

"가져가세요. 다 나쁜 놈 잡는 일인데요."

택시 기사가 자리를 떠난 후 이한영이 입을 열었다.

"이번은 혼자 해결하려고 하지 마시고요."

"지원받아야겠죠?"

상대는 사람을 장난감 취급하는 살인마다. 박철우 검사와 이한영 둘이 뭘 어떻게 할 수 있는 상대가 아니다.

박철우 검사가 쭉 기지개를 켠다.

"일단 영장 받아야 하니까, 김진아 검사하고 여형사님께 전화 걸겠습니다."

* * *

곽순원은 집에 앉아 있었다.

강신진 지원장 앞에서 보였던 억울한 눈빛은 없다. 감정 없는 싸늘한 눈빛으로 불 꺼진 시커먼 거실에 앉아 있을 뿐이다. 집엔 소파도 침대도, 심지어 텔레비전도 보이지 않는다. 냉장고만 존재할 뿐이다. 텅 빈 집은 공허하게 느껴진다.

"놈은 과거에 살고 있어."

강신진 지원장이 술병을 들어 장태식 사장의 잔을 채웠다. 그리고 두 사람의 잔이 부딪친 후 강신진 지원장의 말이 조용히 흐른다.

"처음 만났을 때 내가 스무 살이 조금 안 됐었고 놈은 아홉 살이었나 그랬어. 놈의 어머니는 창부였어."

그녀는 원치 않는 임신으로 곽순원을 낳았다.

"내가 머슴으로 들어갔을 때 그놈은 평생을 기생집에서 살며 매일같이 맞았고 또 맞고 있었어. 세상 밖에 뭐가 있는지도 모르고 있었지."

세상의 모든 어머니가 자기 자식을 사랑하는 것은 아니다. 때로는 너 때문에 내 인생이 잘못되었다며 원망하는 사람도 존재한다. 곽순원의 모친은 그에게 증오를 풀어냈다.

그 모습이 가여웠나 보다. 강신진 지원장은 허드렛일 심부름을 갈 때 어린 곽순원을 데리고 다니며 세상을 보여줬다.

"부모에게 버림받은 고아와 창부의 아들, 서로 의지가 되었던 것 같아."

친모에게 필요 없는 아이라며 두들겨 맞던 곽순원은 강신진 지원장에게 의지하기 시작했다.

"그러던 어느 날, 그러더라고. 가게에 확 불을 지르고 도망치고 싶다고, 넓은 세상에서 살고 싶다고……."

그 시각, 곽순원은 여전히 방에 앉아 있었다. 미동도 없다. 그저 시간을 보낼 뿐이다. 그러다 문뜩 이상한 기척을 느꼈나 보다. 자리에서 일어서더니 창가로 향해 창을 가린 두꺼운 커튼을 살짝 열어젖혔다. 조용히 집 앞에 멈춰 서는 경찰차가 보인다. 차의 문이 열리더니 경찰들이 아파트 현관으로 들어오기 시작했다.

지금껏 감정이 없던 곽순원의 눈빛이 확 비틀어진다. 범죄자의 감으로 알 수 있다. 저들은 자신을 노리고 온 것이다.

"어떻게 안 거지?"

절대 알 수 없는 완벽한 범죄였다.

"씨발……."

지금 중요한 것은 저들이 어떻게 알았는지가 아니다. 경찰이 왔다는 게 가장 중요한 사실이다. 곽순원은 휴대폰을 손에 든 채 재빨리 밖으로 나갔다.

'엘리베이터를 타면 잡혀.'

그의 시선이 비상계단으로 향한다. 곽순원은 그쪽으로 귀를 세운다. 멀리 터벅터벅, 걸어 올라오는 소리가 들린다.

'젠장!'

그는 다시 문을 열고 집으로 들어섰다.

'잠긴 문을 열 수 있는 시간은 30분 이상.'

고급 자물쇠다.

쉽게 열 수는 없을 거다. 곽순원은 재빨리 베란다로 향했다. 집은 8층, 떨어지면 죽는다. 산다고 해도 부상을 입어 도망칠 수 없다.

'다른 곳은?'

그는 빠르게 뒤 베란다로 달려갔다. 가스 배관을 타고 도망칠 생각이다. 하지만 뒤에도 경찰이 지키고 서 있다. 평소 병신같이 여겼던 경찰이 오늘따라 왜 저렇게 완벽하게 행동하는지 알 수가 없었다.

그때, 탕탕탕탕!

"곽순원 씨!"

경찰이 문을 두들기는 소리가 들렸다.

"안에 있는 거 다 알아요! 문 열어주세요!"

곽순원의 눈동자가 벌겋게 물들기 시작한다.

"씨발……."

그가 휴대폰을 귀에 댔다.

"지, 지원장님."

—왜?

언제나처럼 강신진 지원장의 느긋한 목소리가 들렸다.

곽순원이 마른침을 삼키며 입을 열었다.

"저, 들킨 것 같습니다."

—들켜? 뭐가?

"오, 오피스텔에서 여자 죽인 거요."

전화기에선 잠시 어떤 소리도 들려오지 않는다.

"어쩌죠?"

곽순원이 초조한 목소리로 다시 물었다.

강신진 지원장의 다정한 목소리가 흐른다.

—도망칠 곳은 없어?

"없습니다."

–그럼 무리하지 말고 그냥 잡혀. 그리고 술을 많이 마셔서 아무것도 기억나지 않는다고 해. 그 뒤는 내가 알아서 해줄게.

어떻게든 해주겠다는 의지가 느껴진다. 곽순원의 눈에서 주륵 눈물이 흘렀다. 그는 한국대학교 철학과를 졸업한 수재다. 여기서 자신이 잡히면 강신진 지원장이 난처해질지도 모른다는 것을 잘 알고 있었다. 오피스텔 살인 사건은 물론이고 경기도 광주에서 있었던 모임이 드러날지도 모른다. 어쩌면 또 다른 범죄 역시 수면 위로 꺼내질 수 있다.

곽순원이 울먹이는 목소리로 입을 열었다.

"지원장님……."

–무리하지 마!

"그동안 감사했습니다. 다음 생이 있다면 꼭 보답하고 싶습니다."

–곽순원!

"원하시는 세상 꼭 이루십시오."

–이 새끼야!

곽순원은 통화를 종료했다. 그리고 뚜벅뚜벅 창가로 걸어가 커튼을 잡고 힘을 줬다. 커튼은 두두둑 소리와 함께 힘없이 뜯겨진다.

곽순원은 커튼을 들고 현관으로 걸어갔다. 거기서부터 커튼을 펼쳐 둔다. 밖에서는 문을 두들기는 소리가 험악하게 들렸지만 그는 상관하지 않았다.

커튼을 바닥에 펼쳐 둔 그는 가방을 열어 라이터의 기름을 꺼냈다. 주르르륵 기름이 커튼 위로 쏟아진다. 계속해서 그의 휴대폰이 울리고 있다. 강신진 지원장에게 오는 전화다. 하지만 그는 받지 않는다. 전원 버튼을 꾹 눌러 꺼버리기까지 한다. 마지막으로 그는 담배를 입에 물며 픽 웃는다.

"개 같은 인생이었다."

그 시각, 강신진 지원장은 여전히 장태식 사장과 앉아 있었다.

"휴대폰을 껐어."

강신진 지원장이 들고 있던 휴대폰을 테이블 위에 놓는다.

장태식 사장이 조심스럽게 묻는다.

"곽순원이 죽을까?"

"아마도."

"괜찮아?"

"괜찮아."

하지만 강신진 지원장은 말과 달리 괜찮아 보이지 않는다. 그는 슬픔이 비치는 눈으로 술을 들어 입에 대고 있다.

장태식 사장은 그의 빈 잔에 술을 채운다.

"자네는 정이 많아서 탈이야."

강신진 지원장이 고개를 저었다.

"아니야. 모두 내 잘못이야. 이렇게 될 것을 예상했으면서도 순원이가 필요해서 외국으로 보내지 못했어."

곽순원은 동남아나 조선족 그리고 한국의 어느 깡패보다 유능하고 완벽한 킬러였다. 강신진 지원장은 그가 필요했고 옆에 뒀다. 그 결말은 비참했다.

강신진 지원장은 괴로운 얼굴로 다시 술잔을 입에 댄 후 내려둔다.

"이제 순원이는 내 마음에 묻어야 해. 지금은 이게 전부지만 언젠가 우리가 원하는 세상이 되었을 때 순원이의 묘지는 가장 크게 올릴 거야. 그게 순교자를 위한 일이야."

장태식 사장이 강신진 지원장의 어깨를 툭툭 쳤다.

하지만 아무도 몰랐다. 30년 전, 불을 지르던 꼬마. 그걸 부추겼던 게 강신진 지원장이었다. 그는 입으로는 말리는 척했지만 계속해서 증오심을 키울 수 있게 만들었다.

-넌 좋은 아이야. 하지만 엄마가 매일 때려서 슬프지?

-이곳을 떠나 큰 세상으로 가면 넌 큰 인물이 될 거야. 하지만 넌 엄마 곁을 지켜야지.

-불을 지른다고? 안 돼. 그런데 저쪽에 기름을 붓고 불을 붙이면 잘 타긴 하겠다. 주방 근처라 누가 불을 지폈는지도 모를 거고. 농담이야. 절대 불 지르는 건 안 되는 거야.

-그렇게 때린 사람은 엄마도 아니야. 자기 자식을 못으로 긁는 사람이 어디 있어?

-널 키워서 몸 팔게 한다고? 네가 가진 뛰어난 점을 못 봐서 그런 거야. 걱정하지 마. 내가 구해줄게. 진짜 불 질러버리고 도망이나 갈까?

그리고 밖에 물건을 사러 심부름을 가던 어느 날, 강신진 지원장은 여느 때처럼 곽순원과 함께 갔다. 그리고 그의 손에 돈을 쥐여줬다.

-일이 좀 늦어지네. 이 돈으로 밥 사 먹고 먼저 들어가 있어.

일부러 돈을 준 거다.

강신진 지원장은 3년이라는 시간 동안 꾸준히 증오심을 불어넣었기에 그가 폭발 직전이라는 것을 잘 알고 있었다. 결국 곽순원은 휘발유를 사서 불을 질렀고, 범죄에 대한 생각이 없던 어린아이는 그날 방화범이 되었다.

그리고 오늘. 강신진 지원장은 그를 위해 술을 마신다.

* * *

불이 붙은 커튼은 이미 흔적도 없었다.

활활 타오르는 불길을 보며 곽순원은 입에 담배를 문다. 이제 마지막 담배다. 아파트 방송에서는 화재로 인해 주민들에게 대피하라는 소리가 시끄럽게 울리고 있다.

"쿨럭."

독한 연기에 곽순원이 기침을 토해냈다. 그는 억지로 웃어 보이며 입을 열었다.

"죽기 딱 좋다."

불이 그의 몸으로 가까이 다가가고 있었다. 그리고 잠시 후, 곽순원의 인상이 심하게 일그러진다.

"끄아아아아악!"

이제 죽으면 된다. 그러면 끝이다. 지랄맞은 세상, 잘 살았다. 곽순원의 의식이 흐려지기 시작했다.

그때, 콰아아앙! 문이 부서지는 소리가 들린다. 그리고…….

콱! 그의 머리가 거친 손에 움켜쥐어졌다.

"죄를 지었으면 벌을 받아야지, 편하게 죽으면 되나? 죗값 다 받고 누가 어떤 짓을 시켰고, 네가 무슨 짓을 했는지 다 불고 죽어라."

이한영이었다.

곽순원은 흐릿한 눈을 깜빡이며 이한영을 보려 했다. 하지만 동공은 초점이 없었고 이미 현실을 구분하지 못하고 있다. 그가 메마른 입술을 움직인다.

"……살려주세요."

죽음을 원했던 곽순원이다. 하지만 끝에 와서 목숨을 구걸하기 시작했다.

이한영이 그의 머리채를 꾹 잡으며 입을 열었다.

"살아야지. 꼭 살아야지. 그래서 죗값을 받아야지."

곽순원의 몸이 질질질 끌려 나간다. 불길이 앞을 가로막았지만 이한영에게 망설임은 보이지 않았다. 그저 앞으로 향할 뿐이다.

“말렸어야죠!”

박철우 검사가 세상 모든 것을 잃은 듯한 눈빛으로 소리를 지르자 여형사가 눈을 피했다.

“말릴 틈이 없었어요.”

곽순원은 커튼을 넓게 펼친 후 휘발유를 뿌리고 불을 질렀다. 박철우 검사와 경찰은 모든 작전을 중지한 후 소방관을 기다리며 주민을 대피시켰다. 그리고 박철우 검사가 다시 현장으로 돌아왔을 때 이한영은 이미 곽순원을 잡기 위해 건물 안으로 뛰어 들어간 상태였다.

박철우 검사는 고개를 저었다. 여형사를 잡고 원망을 토해내봤자 바뀌는 일은 없기 때문이다. 그는 고개를 들어 시선을 건물 위로 향했다. 삽시간에 번진 불은 계단 등에 쌓아둔 물건이나 쓰레기를 태우며 무섭게 타오르고 있었다. 불꽃이 창문 밖까지 튀어나와 이글거릴 정도다.

주민들은 모두 대피했지만 이한영이 아직 안에 있다. 박철우 검사의 입에서 한숨이 흘러나온다.

“씨발…… 마지막 담배일 수도 있겠네.”

그는 착잡한 표정으로 품에서 담배를 꺼냈다. 그리고 담배를 입에 댄 순간, 경찰이 말릴 틈 없이 불길 안으로 향했다.

“검사님!”

여형사가 소리를 질렀지만 박철우 검사의 몸은 이미 사라진 후였다. 멀리 소방차의 사이렌 소리가 들려오고 있었다.

* * *

다음 날, 강신진 지원장은 사무실에 들어왔다.

그리고 여느 때와 다름없이 책상에 놓인 신문을 손에 들었다. 순간 그의 미간이 있는 대로 일그러졌다.

오피스텔 살인 사건 용의자 곽 씨 의식불명

20대 여성과 남성을 끔찍하게 살해하며 세상을 시끄럽게 만든 오피스텔 살인 사건의 용의자가 경찰에 체포되었다……(중략)……곽 씨는 집에 불을 지르고 분신을 시도했지만……(중략)……슈퍼맨으로 알려진 박철우 검사가 불길을 뚫고 들어가……(중략)……곽 씨의 냉장고에서는 신원을 알 수 없는 시신이 발견되었다……(중략)……화상을 입은 곽 씨는 의식불명 상태로……(후략)…….

화상을 심하게 입어 중태라곤 하지만 현재 숨이 붙어 있다. 언제 깨어날지 모른다는 거다. 하지만 강신진 지원장에게 곽순원의 생사는 관심 밖이었다.

'냉장고에서 신원을 알 수 없는 시신이 발견되었다고?'

강신진 지원장의 눈빛이 과거로 향한다. 며칠 전, 경기도 광주에서 믿을 수 있는 사람들만 불러 모은 모임이 있었다.

'그 자리에서 곽순원이 끌고 간 신문 기자……. 설마, 그 기자의 시신일까?'

가능성이 크다. 강신진 지원장의 입에서 '끙' 앓는 소리가 나왔다. 곽순원이 죽든 말든 상관없지만 그 시신이 기자라면, 그리고 발견되었다면 말이 다르다.

'곽순원이 깨어나선 절대 안 돼.'

검찰의 수사가 강신진 지원장까지 번질 우려가 있다. 그건 반드시 막아야 한다. 목표가 눈에 보이는 순간이다. 곽순원 같은 하찮은 놈 때문에 평생의 계획을 망칠 수는 없었다.

강신진 지원장의 눈에 서슬 퍼런 빛이 돌기 시작했다.

'죽여야겠어.'

그리고 그의 살기 넘치는 시선이 책상에 놓인 휴대폰으로 향했다.

'장태식도 기사를 봤을 거야.'

그럼, 전화가 올 것이다.

냉장고에서 시신이 발견된 이상 장태식 사장의 마음 역시 급해졌을 게 분명하다. 강신진 지원장은 툭툭 휴대폰을 건드리기 시작했다. 먼저 전화하고 싶은 마음이 굴뚝같았지만 급할수록 느긋해야 한다.

잠시 후, 기다렸던 전화가 진동을 울렸다. 휴대폰을 손에 쥔 강신진 지원장의 표정은 싸늘했다. 하지만 목소리는 슬픔에 잠겨 있다.

"장 사장……."

—기사 봤어?

"봤어."

—순원이가 살아난 것은 다행이지만…….

장태식 사장은 뒷말을 흐렸다. 강신진 지원장과 어릴 때부터 함께했던 곽순원의 처단을 말하는 게 망설여져서다. 하지만 힘내어 입을 열었다.

—신원 미상의 시신, 그 기자 같아.

"그래, 그런 것 같아."

—어떻게 할까?

강신진 지원장은 대답하지 않았다. 그러자 장태식 사장의 목소리가 이어져 나온다.

—어쩔 수 없는 일이야. 이건 내가 알아서 할게.

"힘든 일만 하게 해서 미안하네."

악마도 가끔은 눈물을 흘린다고 한다. 하지만 강신진 지원장의 입에는 미소가 걸려 있었다. 앓던 이가 빠졌을 때의 시원함을 느끼는 듯했다.

* * *

"안타깝지만 발견된 시신은 동료 기자분일 가능성이 커요. 곧 있으면 결과가 나올 테니까 조금만 기다리세요."

박철우 검사는 송나연 기자와 함께 커피숍에 앉아 있었다. 박철우 검사가 말했지만 송나연 기자는 입을 꾹 닫고 째려보고 있다.

"왜 그렇게 보세요?"

송나연 기자가 어이없다는 듯 고개를 저었다.

"불 속에 뛰어들었다고요? 그러다 큰일 나면 어쩌려고요? 진짜 슈퍼맨인 줄 알아요?"

쏘아대는 말에 박철우 검사가 억울한 표정을 지었다.

"내가 들어가고 싶어서 들어간 줄 알아요?"

"그럼요? 거길 왜 들어가요?"

"판사님이 먼저 들어갔어요. 난 판사님 구하려고 간 거고요."

"기사에는 검사님 이름만 있잖아요?"

"알잖아요, 판사님이 신비주의 콘셉트 잡는 거. 나한테 떠넘긴 후에 모자 쓰고 집에 갔죠."

이한영의 성격이라면 당연히 그럴 수 있다.

송나연 기자가 머리를 쥐어뜯었다.

"아으, 내가 이 두 남자 때문에 골치가 아파!"

그녀는 진심으로 두 사람을 걱정하고 있었다.

박철우 검사가 픽 웃는다.

"이 정도 일에 일일이 마음 쓰면 어떡해요? 앞으로 더 큰 일도 있을 수 있을 텐데요."

"네?"

"우리의 계획이 끝났을 때 셋이 모여 앉아 도란도란 맥주 마시면서 '그때 힘들었지?' 같은 수다를 떨 수 있다고 생각하는 건 아니죠?"

이들이 하는 일은 위험하다. 냉장고에서 주검으로 발견된 동료 기자만 봐도 예상할 수 있다. 성공의 보장도 없고 누가 어떤 일을 당해 죽어 있을

지도 모르는 일이다.

송나연 기자가 한숨을 내뱉었다.

"박 검사님, 말이 씨가 된다고 했어요. 좋은 말만 했으면 좋겠네요."

"셋이 모여 앉아 수다 떨었으면 좋겠네요."

박철우 검사가 커피를 들어 입에 댔고, 송나연 기자는 고개를 푹 숙였다.

창밖을 멍하니 보던 박철우 검사가 말했다.

"어, 눈 내린다."

이번 해의 첫눈이다. 많지는 않지만 하늘하늘 떨어지고 있었다. 박철우 검사는 다시 송나연 기자에게 시선을 옮겼다. 아직 그녀는 고개를 숙이고 있다. 잠시 그녀를 보던 박철우 검사가 장난스러운 목소리로 물었다.

"고백은?"

"뭔 고백요?"

"죽기 전엔 할 거죠?"

"잉? 뭔 소리예요?"

송나연 기자가 기가 차다는 표정으로 웃었다.

그러자 박철우 검사가 송나연 기자의 휴대폰을 손으로 가리킨다.

"거기 하트로 저장된 사람은 누구?"

"박 검사님은 별인데요. 이름을 일일이 저장하기 귀찮아서……."

박철우 검사가 의미심장하게 웃는다.

"내가 이한영 판사 같은 줄 아시나, 눈치가 백 단인데."

송나연 기자는 어색하게 웃는다.

"눈치 백 단은 아닌 것 같은데……."

"맞는 것 같은데, 흐흐."

그 시각…….

"눈 와요."

커피를 손에 쥐고 창밖을 보던 윤슬혜 판사가 고개를 틀어 이한영과 이소이 판사를 향했다.

"눈요?"

이소이 판사가 반짝이는 눈빛을 보이며 자리에서 일어선다. 이들은 첫눈에 마음 설레는 20대 여성이다. 하지만 이한영은 육군 병장 출신, 눈이라면 지긋지긋하다.

"앉아. 회의해야지."

윤슬혜 판사가 아쉬운 눈으로 이한영을 본다.

"조금만 더 보면 안 돼요? 하늘 보니 펑펑 내릴 것 같은데……."

"자연현상일 뿐이야. 앉아."

"첫눈 보면 기분 좋고 그러지 않아요? 올해도 다 갔구나, 이런 생각도 들고 연애하고 싶은 생각도 들고……."

"올해가 가기 전에 TJ식품 대표이사 벌줘야지?"

이한영이 서류를 들어 올렸다.

TJ식품 대표이사는 얼마 전 자수했고, 재판은 이한영의 팀으로 넘어왔다. 당연히 백이석 대법원장의 힘이다.

윤슬혜 판사와 이소이 판사가 자리에 앉자 이한영이 입을 열었다.

"우선 사진 몇 개 볼까?"

검찰이 TJ식품을 압수수색 할 때 찍힌 사진이다. 두 사람이 손에 사진을 쥐자 이한영이 말을 잇는다.

"수사관들이 박스를 들어 나르고 있지?"

"네."

"빈 박스야."

"……!"

사진을 잘 보면 빛이 그대로 통과하는 게 보인다. 안에 아무것도 없기 때문이다. 어떤 수사관은 큼직한 박스를 두 개씩 들고 나르고 있다.

이한영이 그 사진을 손가락으로 짚었다.

"이 정도 크기의 박스에 문서가 가득하다면 절대 혼자 들 수 없어. 그런데 이 사람은 혼자 들고 있어."

윤슬혜 판사가 이한영을 향했다.

"짜고 쳤다는 건가요?"

"뒤에는 유성쇼핑이 있었겠지. 이번 검찰의 기소를 봐도 타깃은 TJ식품이야. 유성쇼핑과 연관된 것은 아무것도 없어."

TJ식품은 도마뱀 꼬리 자르기일 뿐이다. 유성쇼핑은 도망갔다.

윤슬혜 판사가 사진을 내려두며 말했다.

"검찰에 이 사진을 내려보내고 재수사를 명령할까요? 이건 누가 봐도……."

이한영이 고개를 저었다.

"그럼 어떻게 될 것 같아? 검찰이 '내가 잘못했어요. 다시 유성쇼핑까지 조사할게요'라고 할 것 같아?"

아무것도 모른 채 지시를 받고 움직인 수사관 중 하나가 억울한 누명을 쓰고 옷을 벗게 될 것이다. 법원의 명령을 받은 검찰이 유성쇼핑까지 수사한다 해도 흐지부지 끝날 게 당연하다. 최종 명령권자는 이런 일에 걸려들지 않는다.

"애꿎은 가장의 일자리만 사라질 뿐이야."

"그럼 어떻게 해요?"

"TJ식품의 대표를 갈기갈기 찢어버려야지."

장태식 사장과 TJ식품 대표는 5년 이하의 징역을 생각하고 있다. 최종 재판에 가서는 집행유예를 노리고 있을 것이다.

'하지만 그 이상이 되어버리면 어떻게 될까? 대표가 보상받을 것보다 더 큰 죄를 짊어지게 된다면 판이 어떤 식으로 뒤집힐까? 대표는 어떤 선택을 할까?'

그 선택은 뻔하다. 계산적인 인간은 덧셈, 뺄셈에 배신을 하는 법이다.

이한영이 입을 열었다.

"대표의 증거인멸에 집중하지 마. 다른 죄가 있는지 샅샅이 뒤져보도록 해."

이한영은 TJ식품을 시작으로 장태식 사장의 유성쇼핑을 산산조각 낼 생각이었다.

'장태식 사장의 시선은 분산되어 있어.'

비자금 통장이 있는 TJ식품이 재판에 넘겨졌고, 유성전자의 피해자들 옆에 조세헌 변호사가 섰다. 김진아 검사는 계속해서 기소를 남발하는 중이다. 게다가 곽순원 사건으로 기자의 시신까지 발견되었다.

'곽순원만 깨어나면…….'

얼마든지 설득해서 강신진 지원장의 추악함을 토해내게 할 자신이 있었다.

'장유린 부장도 곧 시작할 테고…….'

사냥은 혼자 하는 게 아니다. 여럿이 달려들어 가차 없이 물어뜯는 거다.

'장태식, 네 미래는 내가 결정해줄게.'

이한영의 눈앞에 장태식 사장의 지옥이 펼쳐지고 있었다.

'즐겁네.'

장태식 사장은 고통스러워하겠지만 이한영에겐 유희의 시간이다. 생각을 마친 이한영이 두꺼운 서류를 들어 윤슬혜, 이소이 판사 앞에 각각 놓아두며 입을 연다.

"오늘부터 야근."

"오늘부터요?"

윤슬혜 판사가 아쉬운 눈으로 창밖을 본다.

하지만 이한영은 단호하다.

"응."

"오늘 같은 날 데이트 같은 거 안 하세요?"

"안 해."

"여자 친구 있잖아요?"

"없어."

"정말요?"

"일해."

"네……."

방금까지 찌푸려져 있던 윤슬혜 판사는 어쩐지 기분이 좋아 보인다.

* * *

자정이 넘어가는 시각. 눈이 소복이 쌓인 병원에 검은 그림자가 들어섰다. 검은 그림자가 걸어간 발자국이 길게 이어진다. 자박자박 들리던 발소리가 건물 안에서도 들리더니 이윽고 뚜벅뚜벅 울리기 시작했다.

검은 그림자의 목표는 곽순원의 병실이다. 그가 엘리베이터에서 내리자 지키고 있던 경찰이 고개를 숙인다. 검은 그림자의 비켜 달라는 손짓에 경찰은 기지개를 켜며 휴게실 쪽으로 향한다.

경찰이 사라지자 검은 그림자는 거침없이 문을 연다. 병실 안에는 차가운 기계음이 울리고 있다. 검은 그림자의 시선이 곽순원의 생명유지장치로 향한다. 이 중 하나라도 끊어지면 곽순원은 죽는다. 그때…….

"왔어요?"

검은 그림자가 시선을 돌려 문을 향했다. 문 앞엔 이한영이 서 있었다.

이한영은 곽순원의 침대 옆에 앉은 후 의자를 하나 더 꺼내 옆에 놓았다.

"앉으세요."

검은 그림자의 정체는 여형사였다. 그녀는 조용히 이한영의 옆에 앉는다. 딱히 친분이 없던 두 사람 사이에는 침묵이 돌았다.

먼저 입을 연 것은 여형사다.

"이 시간에 여기는 왜……?"

판사가 병원까지 찾아오는 것은 이례적인 일이다. 그것도 눈이 쌓인 날이다.

이한영이 곽순원에게서 시선을 떼지 않고 입을 열었다.

"이놈은 죽어선 안 되거든요."

"죽어 마땅한 놈 아닌가요?"

그녀의 입에서 뾰족한 목소리가 흘렀지만 이한영은 담담히 답했다.

"그래도 이놈을 죽여서는 안 돼요."

죽여서는 안 된다는 말에 여형사의 미간이 찌푸려진다.

"그게 무슨……? 내가 죽이기라도 한다는 말인가요?"

"곽순원의 전과, 성폭행. 그 피해자……."

곽순원은 성폭행 전과가 있다. 그 피해자는 여형사의 언니였다. 모든 것을 다 알고 왔다는 눈빛에 여형사는 입을 꾹 깨물었다.

이한영이 곽순원의 손을 살짝 잡으며 말을 이었다.

"그거 아세요? 이놈의 어머니는 매춘부였어요. 태어난 곳도 병원이 아니라 술집 화장실이었죠."

"……."

"이놈에게 어떤 과거가 있었는지 자세히는 모르지만 괴로웠던 것 같아요. 어린 나이에 자신의 어머니를 불태워 죽였거든요."

"……."

"하지만 오이디푸스콤플렉스가 있었나 봐요. 어머니를 죽였지만 어머니에게서 벗어나지 못하고 비슷한 생김새의 여성을 성폭행했어요. 그걸로 모자라서 매춘부를 찾아다니며 살인을 저질렀고요."

이한영이 말을 마치자 여형사가 고통스러운 목소리를 씹어 뱉었다.

“걱정하지 마세요. 지금 당장 찢어 죽이고 싶지만 안 죽여요.”

“부탁드립니다.”

“그런데 슬픈 과거가 있으니 이해해줘야 한다는 건가요? 하! 이 새끼의 불쌍한 과거가 언론에 나가면 불쌍한 살인범이니 봐줘야 한다면서 난리가 나겠네요. 그럼 이 새끼 때문에 망가져버린 우리 가족은요? 우린 어디서 위안을 받고 보상을 받을 수 있죠? 그 더러운 과거를…….”

평소 냉철하게 움직이는 여형사다. 그런데 숨겼던 과거가 드러나자 불같은 분노를 쏟아낸다. 그녀의 눈이 곽순원에게 향했다. 죽이고 싶은 인간이 앞에 있는데도 어떻게 할 수 없는 나약함 때문인지 그녀의 눈에 눈물이 맺혔다.

그녀를 보며 이한영이 나지막한 목소리로 입을 열었다.

“죽여줄게요.”

죽이지 말라고 했던 이한영이 이번엔 죽여준다고 한다. 여형사가 눈을 동그랗게 뜨고 바라본다.

이한영의 시선은 다시 곽순원에게 옮겨졌다.

“사형.”

“……!”

“이놈은 사형입니다.”

모든 죄를 토해낸 후 형장에서 사라질 거다. 그렇게 만들 것이다.

“그 판결, 제가 내리겠습니다. 그러니까 이놈이 죽지 않게 잘 지켜주세요. 우리는 법으로 밥 먹고 사는 사람들이잖아요. 그러니까 법대로 해야죠.”

여형사는 이한영의 눈빛에서 풍겨 나오는 한기를 느꼈다. 처절할 정도로 시린 한기……. 옆에 앉아 있는 것만으로 오한이 올 것 같았다. 곽순원에게 어떤 과거가 있든 상관 않고 죽여버리겠다는 의지가 엿보였다. 이런 사람이라면 곽순원의 판결을 맡길 수 있다.

여형사가 이한영에게 고개를 숙인다.

"부탁드리겠습니다."

"저도 도움 좀 받겠습니다."

범죄에 관해선 대한민국 최고의 정보력을 가진 게 경찰이다. 검찰과 달리 범죄자와 맞닿아 있고, 끄나풀을 이용해 범죄의 깊숙한 곳을 들여다보고 있기 때문이다. 일각에서는 경찰에게 수사권을 주지 않는 이유가 그들의 정보력이 두렵기 때문이라고 말하기까지 한다. 그녀를 통한다면 이한영의 정보력은 한층 더 넓어질 수 있다.

이한영의 시선이 여형사에게 향했다.

"TJ식품의 대표이사, 전창진. 그놈의 뒤에 켕기는 게 있는지 확인해줄 수 있을까요?"

경찰의 정보력은 일단 유성쇼핑으로 향한다.

* * *

냉장고에서 발견된 시신이 이성혜 기자라는 것이 밝혀졌다. 하지만 어떤 언론을 찾아봐도 그에 관한 기사는 찾아볼 수 없었다. 심지어 동료 기자들도 그녀의 빈소를 찾지 않았다. 권력과 재력으로 언론을 찍어 누른 것이다. 언론은 침묵했고 화환 하나 제대로 된 것 없는 빈소는 쓸쓸했다.

빈소엔 이성혜 기자의 남자 친구만 외로이 앉아 있었다. 사진 속 이성혜 기자는 환하게 웃고 있지만 남자 친구는 멍하다. 간간이 고개를 숙이고 눈물만 떨어뜨리고 있다.

그곳에 송나연 기자가 찾아왔다. 그녀는 울음을 꾹 참은 얼굴로 이성혜 기자의 영정 앞에 향을 꽂았다. 그리고 몸을 돌려 남자 친구의 앞에 선다.

"……죄송합니다."

그녀가 할 수 있는 말의 전부였다.

남자 친구가 고개를 저었다.

"아니요, 정말 감사합니다."

송나연 기자는 조문객실로 향했다. 조문객실 역시 아무도 없다. 불까지 꺼져 있다. 송나연 기자가 불을 켜고 자리에 앉자 그녀의 앞에 남자 친구가 마주 앉는다.

그가 입을 연다.

"혹시 마지막 모습을 봤나요?"

"네."

"어땠나요?"

송나연 기자는 고개를 저었다. 끔찍했던 이성혜 기자의 시신 상태를 남자 친구에게 말해 줄 수는 없었다.

남자 친구가 울먹인다.

"겁이 많은 앤데, 얼마나 무서웠을까요? 추위를 많이 타는 앤데, 냉장고라니……. 얼마나 추웠을까요? 모두 제 잘못이에요."

그는 한참을 울었다. 아무도 없는 장례식장엔 그의 서러운 목소리만 흐른다. 그리고 그가 고개를 들어 송나연 기자를 본다. 살기로 가득한 눈동자는 섬뜩하게 느껴진다.

"장태식, 그 개새끼. 내가 죽여버릴 겁니다. 가장 고통스러운 방법으로 짓이겨버릴 거예요."

그때 낯선 목소리가 들렸다.

"장태식 사장에게 가장 고통스러운 방법? 난 그게 뭔지 아는데……."

송나연 기자와 남자 친구의 시선이 목소리가 들리는 곳으로 향했다.

빈소 앞에는 세상 그 누구보다 아름다운 여성이 서 있었다. 그녀는 유세희였다. 그녀가 손가락으로 빈소를 가리키며 말한다.

"아무도 없나요? 조문하러 왔는데."

"성혜하고는 어떤 관계죠?"

조문을 끝낸 유세희와 남자 친구가 마주 앉아 있었다. 유세희가 어깨를 으쓱해 보인다.

"한 번도 본 적 없어요."

"그럼, 누구……?"

유세희가 가방에서 명함을 꺼내 상 위에 내려 뒀다. 에스로펌 본부장이라는 직함이 보인다.

"유세희라고 합니다. TJ식품 대주주 중 하나이기도 하죠."

"네? TJ식품 대주주?"

"그쪽 아버지가 창업주라면서요? 그래서 스카우트하기 위해 왔어요. 여기에 계실 줄 알았는데, 안 보이시네요?"

"스카우트요? 우리 아버지를?"

"TJ식품의 대표이사가 구속된 건 아시죠? 자리는 비었는데, 마땅한 사람이 없네요. 창업주라면 어려워진 회사를 잘 일으켜주실 것 같은데요."

남자 친구가 입을 콱 다물었다. 여자 친구인 이성혜가 이렇게 된 것은 모두 TJ식품 때문이다. 뺏겼던 TJ식품을 되돌려주기 위해 위험을 무릅쓰고 장태식 사장과 대적했다. 그런데 지금에 와서 대표이사? 남자 친구에겐 장태식 사장의 농간으로밖에 보이지 않았다.

"나가주세요."

하지만 유세희는 여유롭다.

"제 제안을 받아야 복수에 성공할 수 있지 않을까요? 장태식 사장에게 가장 고통스러운 것은 단순히 죽는 게 아니에요. 가진 돈을 모두 빼앗는 것, 그게 가장 견디기 힘든 고통이죠."

송나연 기자는 두 사람과 반대편에 앉아 있었다. 작은 목소리로 말하고 있지만 아무도 없는 객실이라 또렷하게 들린다. 하지만 송나연 기자에게 그들의 대화는 잘 들리지 않았다. 그녀의 시선은 오로지 유세희에게 향해 있었다.

'저 사람이 판사님의 여자 친구라고 그랬지?'

예전에도 본 적이 있지만 밝은 곳에서 가만히 앉아서 보는 것은 처음이다. 비할 수 없는 아름다움, 동양적으로 생긴 외모는 기품마저 있어 보인다. 목소리 역시 예쁘고 입은 옷도 값비싸 보였다.

송나연 기자는 휴대폰을 꺼내 셀카 모드로 바꾼 후 자신의 얼굴을 살폈다. 이한영이 미용실에 데려가주며 꽤 바뀌었지만…….

"오징어네, 오징어."

유세희의 아름다움과 자신의 얼굴을 비교했다는 것 자체가 부끄럽게 느껴질 정도다. 송나연 기자의 시선이 다시 유세희에게 이동했다. 그녀의 입에서 한숨이 흘렀다.

* * *

"전 사장이던 창업주가 TJ식품 대표이사에 올랐어."

강신진 지원장과 장태식 사장은 룸살롱에 앉아 술을 마시고 있었다. 아가씨는 없다. 두 사람은 조용히 비밀스러운 이야기를 하기 위해 이곳을 찾았을 뿐이다.

강신진 지원장이 고개를 갸웃거리며 물었다.

"전 창업주? 그런 사람이 자리에 앉으면 우리가 위험하지 않나?"

"위험하지."

이들은 이미 사망한 이성혜 기자와 창업주 아들의 관계를 알고 있었다.

장태식 사장이 말한다.

"그 아들놈이 어디까지 알고 있는지는 몰라도 나에 대한 분노가 가득하다는 것만은 확실해.”

“그런데 왜?”

장태식 사장이 고개를 저었다.

“아버지의 지시야. 회사가 어려울 때 신망 있는 지도자가 있어야 한다네.”

말을 하던 장태식 사장이 휴대폰의 진동을 느끼고 귀에 댔다. 그의 표정이 일그러진다.

“또 기소? 도대체 그 검사는 뭐야?”

김진아 검사가 또 장태식 사장을 기소했다는 소식이다. 장태식 사장이 거칠게 휴대폰을 내려 둔다.

“뭔데?”

“서부지검의 병신 같은 검사 있어. 씨발, 나를 못 잡아먹어 안달이야.”

장태식 사장이 거칠게 술잔을 들어 입에 댔다. 평소라면 벌레보다 못한 일개 검사의 기소는 무시해버릴 수 있다. 하지만 요즘은 계획대로 되는 일이 하나도 없어서 그런지 매우 예민하다.

장태식 사장이 ‘쾅!’ 소리가 날 정도로 술잔을 세게 내려두며 입을 열었다.

“그 검사 이름이 김진아야. 다른 곳으로 보내버릴 수 없나? 강원도 아니면 제주도, 어디든 좋으니까 서울과 멀리 떨어진 곳으로!”

“누구? 김진아?”

“그래, 김진아.”

“김진아, 김진아…… 서부지검…….”

강신진 지원장의 시선이 서늘해진다.

그 눈빛에 장태식 사장이 묻는다.

“왜? 뭐 있어?”

하지만 강신진 지원장은 대답하지 않는다. 김진아 검사의 이름을 계속해서 되뇔 뿐이다.

강신진 지원장의 시선이 장태식 사장에게 향했다.

"김진아, 몰라?"

"누군데?"

"재개발 참사, 죽은 경찰의 딸."

장태식 사장의 눈이 확 일그러졌다.

"설마……?"

"설마가 사람 잡지."

강신진 지원장과 장태식 사장 사이에 말수가 줄어들었다. 두 사람은 같은 생각을 하고 있다. 최근 그들의 주변에 낀 악재. 강신진 지원장의 인물들이 감옥에 가고 있고, 장태식 사장의 사업은 휘청인다.

강신진 지원장의 생각이 점점 더 깊어졌다.

'누군가가 우리를 옭아매려는 작전이라면?'

지금까지 벌어진 일의 퍼즐이 모두 맞춰진다.

'누굴까?'

강신진 지원장의 머릿속에 가장 먼저 장유린 부장이 떠올랐다.

'가장 의심스러운 인물.'

언제든 배신할 수 있는 여자다. 유성그룹의 재산이 목적이고 작은 회사를 좌지우지할 자금력도 존재한다.

'그렇다 해도 혼자 할 수 있는 일은 아니야. 조력자가 있어.'

이번엔 임정식 수석 부장이 눈에 보였다. 백이석 대법원장의 옆에 있다가 쪼르르 달라붙은 박쥐 같은 인물이다.

'임정식이 내 앞에 온 시기, 절묘해. 장유린 부장과 손잡은 건가?'

가능성이 크다.

그리고 이한영이 떠올랐다.

'임정식과 충남에 있었어. 장유린과는 고등법원에 있었지. 어렵게 자라서 그런지 성공에 대한 욕심이 큰 놈이야.'

그리고 김진아…….

여기까지 생각을 마친 강신진 지원장이 휴대폰을 들어 귀에 댔다.

“휴대폰 통화 기록을 보내줘. 고등법원 장유린, 중앙법원 임정식, 이한영, 서부지검 김진아.”

장태식 사장이 기분 나쁜 얼굴로 강신진 지원장을 향했다.

“누구? 장유린?”

“그래.”

“그것도 여기에 포함된 건가?”

강신진 지원장이 고개를 저었다.

“그건 아직 몰라. 기다려봐야지.”

하지만 장태식 사장의 얼굴은 귀신처럼 일그러졌다.

“장유린 이 또라이 같은 것. 먹고살게 해줬더니 주인을 물어?”

“장 사장, 아직 모른다니까? 애꿎은 곳에 난사할 필요 없어. 내가 확인해줄 테니 잠시 기다려.”

장태식 사장이 술잔을 들어 단숨에 들이켰다.

“아니야, 나도 그 또라이를 의심하고 있었어. 딱 그놈이야. 그렇지 않고서는 내 앞길을 막을 사람이 없어.”

그때, 장태식 사장의 휴대폰에 진동이 울렸다. 그가 짜증 나는 얼굴로 전화를 들었다.

“또 뭔데!”

–지, 지금 장유린 아가씨가 와서 회장님을 알현하고 있습니다.

“뭐?”

–손에 서류를 잔뜩 들고 왔는데…….

안 들어도 알 수 있다. 장태식 사장의 비리다.

장태식 사장의 얼굴에 힘줄이 솟아났다.

“씨발!”

08

쾅!

거칠게 문이 열렸다.

"장유린 어디 있어!"

장태식 사장은 벌겋게 충혈된 눈으로 장유린 부장을 찾았다.

이곳은 유성그룹 2대 회장인 장용현의 집. 대한민국 재계의 정점 중 하나인 장용현 회장의 집답게 거실만 해도 끝이 보이지 않을 정도로 넓었다.

장태식 사장의 목소리에 반응하듯 2층으로 향하는 계단에서 발소리가 들렸다. 장유린 부장이 붉은 입술로 미소 지으며 내려오고 있다.

장태식 사장이 무서운 얼굴로 성큼성큼 계단을 걸어 올라갔다.

"너 미쳤어!"

"미친 것은 내가 아니라 그쪽 아닌가? 뭐 이렇게 비리를 많이 저질렀어? 회장님이 많이 놀라시더라."

장유린 부장이 장태식 사장의 어깨를 툭툭 쳤다.

하대하듯 하는 동작에 장태식 사장의 얼굴이 더욱 일그러진다. 그가 눈동자만 올려 장유린 부장을 노려본다.

"죽고 싶어?"

싸늘한 목소리가 들렸지만 장유린 부장은 오히려 웃고 있다.

"죽여? 그동안 내가 살아 있는 걸로 보였니, 이 변태 새끼야?"

장태식 사장의 눈살이 찌푸려졌다. 그가 낮은 목소리로 장유린 부장을 협박한다.

"입 닥쳐."

"왜? 겁나? 쪽팔려? 미친 새끼."

"닥쳐!"

급기야 큰 소리가 들리며 장태식 사장의 손바닥이 장유린 부장의 뺨을 향해 날아간다. 동시에 '짝' 하는 소리와 함께 장유린 부장의 고개가 틀어졌다. 장태식 사장은 성난 눈으로 장유린 부장을 내려다본다.

하지만 장유린 부장은 여전히 담담한 표정으로 고개를 천천히 바로 세우며 입을 열었다.

"그동안 후계자라고 행복하게 살았지? 지금껏 사람들이 장난감처럼 보였지? 네 행복은 끝났어. 이제부터가 시작이야. 그 자리, 내가 다 가져갈게."

"너 진짜 죽고 싶어?"

"죽여봐, 이 새끼야!"

장유린 부장이 비명에 가까운 소리를 지르자 2층에 있는 서재의 문이 열렸다. 그리고 유성그룹의 제왕 장용현 회장이 모습을 나타냈다. 드러난 자산만 10조 이상, 재계의 제왕이라는 소리를 들으며 대한민국에서 무엇이든 할 수 있는 사람.

장용현 회장이 높은 곳에서 낮은 곳을 내려다보며 묵직한 목소리로 입을 연다.

"장유린 판사는 그만 돌아가고 태식이는 올라와."

분명 장용현 회장은 장유린 부장의 아버지이지만 그는 장유린 부장을 향해 '판사'라는 호칭을 쓴다. 반대로 장태식 사장에겐 태식이라고 이름을 부른다. 첩에게서 태어난 장유린 부장을 자식으로 인정하지 않고 있다는 뜻이다.

장유린 부장의 눈이 찡그려졌다. 하지만 그뿐이다. 그녀는 장용현 회장을 향해 고개 숙여 인사한 후 몸을 돌린다. 그리고 장태식 사장을 스치며 그만 들을 수 있도록 속삭이며 말했다.

"내 몸이 그리운 건 아니지? 그리우면 연락해."

그 말을 끝으로 그녀는 찬바람을 풍기며 계단을 걸어 내려갔다. 잠시 그녀를 노려보던 장태식 사장의 시선이 계단 위로 향한다. 그곳엔 장용현 회장이 무서운 눈으로 자신을 노려보고 있다. 장태식 사장의 얼굴은 점점 창백해졌다.

장유린 부장이 차에 올랐다.

"어떻게 됐어요?"

운전석에 앉아 있던 남자가 조심스레 묻는다. 남자는 일전에 이한영을 감시했던 강남의 건물주다.

장유린 부장이 싱긋 웃는다.

"회장은 자식들보다 기업이 우선인 사람이야. 내가 아무리 첩의 자식이라 해도 핏줄은 핏줄. 장태식 사장이 구속되면 내게도 0.1퍼센트의 기회는 존재해."

"……."

"사전에 장태식의 비리를 찾아낼 수 있는 정보력, 법에 대한 지식은 말할 것도 없지. 게다가 정계에 파견 나간 동안 국회의원들과도 인맥을 쌓았어. 회장은 유성을 위해서라도 나를 찾을 거야. 그렇게 만들 거야, 반드시."

그녀의 시선이 창밖으로 향했다. 그 눈빛이 쓸쓸해 보인다.

남자가 시동을 걸며 입을 열었다.

"그런데 장태식 사장의 구속은 회장님이 막지 않을까요? 이한영 판사가 날뛴다고 해도 회장님에 비하면 햇병아린데요."

장유린 부장이 픽 웃었다.

"그건 이한영을 몰라서 하는 소리고."

"그래도 장태식 사장이 장남인데……."

"됐고, 그건 내가 알아서 해. 술이나 마시러 가. 더러운 면상들을 봤더니 속이 니글거려."

남자는 더 묻지 않고 핸들을 틀었다. 그는 장유린 부장에게 이용당하는 것을 알면서도 붙어 있는 사람이다. 그리고 여전히 이한영과 연락을 주고받는 중이다.

* * *

"횡령액과 유성쇼핑의 연관성은 없어?"

"없어요."

며칠 후 이한영과 윤슬혜, 이소이 판사는 구속된 TJ식품 대표 전창진의 기록을 살피는 중이었다. 하지만 아무리 뒤져도 유성쇼핑 장태식 사장을 끌어들일 증거는 보이지 않는다.

이한영이 기록물을 쭉 펼치고 입을 열었다.

"소설을 써도 좋아. 영화를 찍어도 좋고. 뭐든 좋으니까 유성쇼핑과의 연관성을 찾아봐."

결론을 만들어 놓고 증거를 찾으면 왜곡된 결과가 나올 수밖에 없다. 하지만 유성쇼핑과 거래한 검찰이 TJ식품의 압수수색에서 빈 박스를 들고 나온 상황이다. 이런 상황에선 가설을 만들고 진실을 더듬는 게 전부다.

윤슬혜 판사가 입을 열었다.

"전창진 대표의 통화 기록을 보면 장태식 사장의 비서와 연락을 한 흔적이 최근 많이 보여요."

이한영이 고개를 저었다.

"꼬리를 감추려 한 것이겠지. 하지만 유성쇼핑의 계열사로서 회사의 경영 문제를 상의했다고 주장할 거야. 그 가설은 약점이 많아."

이소이 판사가 서류를 손에 들었다.

"30억을 횡령했다고 하는데, 기록만 존재할 뿐 전창진 대표의 생활이 나아진 게 없어요. 정말 횡령한 게 맞을까요?"

TJ식품 전창진 대표는 30억이나 되는 돈을 횡령하지 않았다. 그저 검찰의 보여주기식 문화와 유성쇼핑의 꼬리 자르기가 절묘하게 맞아떨어진 가짜 죄다.

문제는 그 죄를 전창진 대표가 모두 인정하고 있다는 것이다.

"지금쯤 장태식 사장이 차명으로 소유하던 외국의 땅이나 계좌가 전창진 대표의 이름으로 바뀌었을 거야. 증거는 만들어졌지만 그걸로 유성쇼핑과 연관 짓기는 어려워. 다른 거."

윤슬혜 판사가 힘없는 목소리로 입을 열었다.

"아…… 오늘도 야근인가요?"

"응."

윤슬혜 판사가 의자에 엉덩이를 반쯤 걸친 후 천장을 본다. 며칠 동안 야근이 이어졌더니 힘든 모양이다.

그녀가 힐끗 이한영을 본다.

"크리스마스 다가오는데, 부장님은 뭐 하세요?"

"〈나 홀로 집에〉 본다."

"약속 없으세요?"

"〈나 홀로 집에〉 본다니까. 잡담 그만하고 기록물 봐."

이한영이 짝짝 손뼉을 쳤다.

두 배석판사는 고개를 숙이고 다시 기록물로 시선을 향한다.

그때 이한영의 휴대폰에 진동이 울렸다. 여형사다.

"네, 이한영입니다."

—TJ식품 조사해 달라고 하셨죠?

"네."

—만날 수 있을까요?

전화를 끊은 이한영은 곧장 재킷을 몸에 걸친 후 두 배석판사를 향해 말했다.

"잠깐 나갔다 올게."

그리고 서둘러 사무실을 벗어난다.

문이 닫히자 이소이 판사가 장난스러운 눈으로 윤슬혜 판사를 본다.

"철벽남이죠?"

"아직 의혹 단계예요."

이한영은 여형사와 근처 커피숍에서 만났다. 여형사가 이한영 앞에 서류를 내려놓는다.

이한영이 서류를 들어 펼친다.

"이유식?"

"TJ식품은 얼마 전부터 이유식을 만들어 팔았어요. 아침에 배달까지 해주는 것으로요."

그녀가 서류의 한 부분, 캐러멜 색소가 들어 있다는 곳을 짚으며 말을 이었다.

"캐러멜 색소를 만드는 시간과 비용을 절감하기 위해 촉매로 암모니아를 첨가한 모양이에요."

암모니아를 가열하면 국제암연구기관이 2급 발암물질로 규정한 4-메틸이미다졸 성분이 생성된다.

그녀가 계속 말한다.

"TJ식품 CS 팀에서 일하는 직원을 찾아 물어봤는데, 이유식을 먹고 아이가 아프다는 소비자들의 컴플레인이 몇 번 있었던 모양이에요. 그런데 그 사람들 것만 회수했고……."

다른 사람들 것은 내버려뒀다. 회수했다는 사실만으로 기업 이미지가 나빠지기 때문이다.

여형사의 말이 이어졌다.

"어제 이 이유식을 먹은 11개월 아이가 급성 골수성백혈병으로 사망했어요."

"면역력이 약한 아기가 화학물질에 노출되어 그렇게 됐다는 추론인가요?"

"네."

이한영은 잠시 눈을 감았다.

여형사가 가지고 온 것도 유성쇼핑과 연관성을 찾아낼 수는 없다. 하지만 TJ식품 전창진 대표를 벼랑 끝으로 몰아 입을 열게 할 수는 있다.

이한영이 다시 여형사를 바라봤다.

"이 서류, 박철우 검사님께 전해 주세요."

"네."

"그리고 전창진 대표에 관한 다른 것은 없나요?"

"하나 더 의혹이 있어요."

"어떤 거죠?"

"통장."

그녀가 이한영 앞에 놓인 서류를 마지막 장으로 옮겼다. 그리고 말을 잇는다.

"곽순원에게 대포 통장이 하나 있어요. 그 통장으로 누군가에게 생활비를 받아 쓴 모양인데, 조사하기 어렵게 대포 통장 여러 개를 거치면서 돈이 들어왔어요."

이한영의 눈이 번쩍였다. 유세희가 TJ식품의 대주주로 갔지만 여전히 찾을 수 없는 강신진의 통장일 가능성이 크다.

이한영이 빠르게 물었다.

"최초로 돈이 빠져나간 통장이 어디죠?"

"TJ식품요."

"계좌 번호는?"

그녀에게 계좌 번호를 들은 이한영은 곧장 휴대폰을 들어 귀에 댔다.

"세희 씨, 부탁할 게 있어서 전화했어요. TJ식품의 통장이고요."

* * *

툭, 서류가 테이블에 던져졌다.

수척한 얼굴의 전창진 대표가 고개를 들어 앞을 본다.

"이게 뭐죠?"

박철우 검사가 입을 연다.

"아이들 이유식에 장난질을 했더라고요?"

전창진 대표가 한숨을 내뱉었다.

"우리 횡령 쪽으로만 이야기하기로 되어 있지 않았나요?"

"그건 그쪽 생각이고……."

박철우 검사가 의자를 빼내 전창진 대표 앞에 마주 앉아 무서운 눈으로 쏘아본다.

전창진 대표가 고개를 저으며 손을 내밀어 서류를 펼쳐 본다. 그리고 가소롭다는 듯 픽 웃는다.

"암모니아를 가열하면 나오는 유해물질. 국제암연구기관이 2급 발암물질로 규정. 지금 이것 때문에 그러는 건가요? 법 공부만 하시느라 이런 쪽은 모르시나 봐요?"

당당한 태도에 박철우 검사의 미간이 찌푸려진다.

전창진 대표가 계속 말한다.

"이게 인체에 유해하려면 얼마나 많은 양을 섭취해야 하는지 아세요? 쉽게 말하면 하루에 콜라 천 잔을 마셔야 해요. 검사님은 그만한 양의 콜라를 마실 수 있나요? 그리고 이게 암을 유발한다는 결과를 낸 실험 과정에 대해서도 말이 많았어요. 인간보다 훨씬 약한 실험용 쥐에게 2년 동안 같은 물질을 계속 주입하고 나서야 실험용 쥐가 백혈병과 폐암에 걸렸으니까요. 게다가 지금까지 이 물질로 암에 걸렸다는 기록은 어디에도 없어요."

박철우 검사가 전창진 대표의 앞으로 몸을 기울였다. 그리고 낮은 목소리로 입을 열었다.

"그래서 안전하다고 생각하고 암모니아를 첨가한 겁니까?"

"우린 사업가예요. 가장 적은 돈으로 최대한의 이윤을 뽑아내야 하죠. 그게 잘못입니까?"

"어젯밤 11개월 된 아이가 급성 골수성백혈병으로 죽었어요. 당신들이 만든 이유식을 먹고!"

전창진 대표의 입술이 비틀어진다.

"급성 골수성백혈병의 원인을 찾는 것은 불가능해요. 학계에서도 여러 요인이 원인이 될 수 있다고 추정하고 있어요. 그런데 그걸 왜 우리 이유식에 갖다 대고 있습니까? 죽은 애새끼의 부모가 흡연하지는 않았는지, 유전적으로 암이 존재하지는 않았는지, 그것부터 따져봐야 하는 것 아닙니까? 이런 것을 가지고 올 때는 확실한 증거를 가지고 오세요."

전창진 대표의 어디에도 반성의 기미는 보이지 않는다. 그가 손에 든 서류를 버리듯 테이블에 던지며 말을 이었다.

"변호사 불러주세요. 변호사 대동하지 않고는 한마디도 하지 않겠습니다. 그리고 계속 검사 생활 하고 싶으면 약속했던 것처럼 횡령으로나 처넣어요."

"뭐라고?"

박철우 검사의 눈동자에 분노가 차오른다.

전창진 대표가 손가락으로 천장을 가리키며 비꼬듯 말한다.

"몰라서 묻는 겁니까? 검사장님 그리고 총장님과 이야기 다 됐잖아요? 저나 검사님이나 시키는 대로 사는 인생, 서로 피곤하게 굴지 맙시다."

그 말을 끝으로 전창진 대표는 입을 다물고 눈을 감는다. 앞으로 어떤 말도 하지 않겠다는 표현이다.

박철우 검사가 테이블에 두 손을 짚고 화를 꾹 참아내며 말했다.

"어쩌나? 난 시키는 대로 살고 싶지 않은데."

"……."

"너 곽순원 알아?"

"……."

"몰라? 오피스텔 살인 사건으로 유명한 앤데, 지금 분신자살을 시도했다가 병원에 있어. 그 새끼 집에서 실종된 기자의 시신이 나오기도 했고."

"……."

"그런데 그 새끼 통장에 돈을 넣어주는 게 너희 회사더라?"

그 순간 감겨 있던 전창진 대표의 눈이 번쩍 떠졌다.

"그, 그게 무슨 말이에요?"

전창진 대표의 목소리가 떨리기 시작했다.

상대의 마음에 두려움이라는 틈이 생겼다. 이 순간을 놓칠 리 없는 박철우 검사다. 먹이의 목덜미를 물어뜯듯 품에서 통장 거래 기록을 꺼내 테이블에 '쾅!' 내려둔 후 무서운 눈으로 노려보며 나지막이 입을 연다.

"읽어, 새끼야."

천천히 기록을 향해 뻗어지던 전창진 대표의 손이 멈췄다. 쉽게 잡을 수 없어서다.

'통장?'

유성쇼핑에서 직접 관리하는 통장이 있었다. 하지만 TJ식품에서 돈만 집어넣을 뿐이지 어떻게 운용되는진 모른다.

'장태식 사장의 비자금이라고만 생각했는데, 그게 살인범이랑 관련이 있다고?'

어떤 상황인지는 알 수 없지만 자칫 단순 횡령이나 증거 삭제가 아니라 그 이상의 죄가 덧씌워질 순간이다. 그럼, 빼도 박도 할 수 없다.

전창진 대표의 앞으로 천천히 몸을 기울인 박철우 검사가 잔인한 음성을 내뱉는다.

"사업하는 놈들은 돈 있는 놈이 이기지? 법밥 먹고 사는 놈들은 증거 찾는 놈이 이기는 거야. 난 찾았고 넌 자백할 시간이야."

전창진 대표가 기록을 꾹 쥐며 고개를 숙인다.

"벼, 변호사를 불러주세요."

"통장 기록을 눈앞에 둬도 입을 열지 않는다고요?"

—네, 이런 상황인데도 장태식이 자신을 살려줄 수 있다고 믿는 모양이에요. 대단한 충성심이죠. 동네 똥개보다 더 주인을 사랑하네요.

이한영은 박철우 검사와 통화하고 있었다.

"내일부터 여론몰이에 들어가겠습니다. 전창진 대표에게 장태식이 도와줄 수 없다는 걸 확실히 보여줘야겠어요."

박철우 검사와 통화를 종료한 이한영은 시선을 창밖으로 향했다. 장유린 부장이 유성그룹 장용현 회장을 만나고 왔고, 여기저기서 사건이 터지고 있으니 장태식 사장은 정신을 차릴 수 없을 거다.

'거기에 하나 더 얹어줘야겠어.'

이한영은 천천히 휴대폰을 귀에 댔다.

"세희 씨, 부탁 하나 더 해야겠네요."

–말씀하세요.

"TJ식품에서 만들던 이유식이 있어요. 자료 보내드릴 테니 확인해보세요."

* * *

다음 날, 이른 아침부터 아나운서의 목소리가 시끄럽게 울리기 시작했다.

TJ식품이 유통된 이유식을 전량 회수했습니다. 유성쇼핑의 계열사인 TJ식품은 이유식에 암을 유발할 수 있는 화학물질이 있음을 확인하고…….

채널이 돌아갔지만 역시 TJ식품의 이야기가 들려온다.

전창진 대표의 구속으로 새로이 대표에 오른 사람은 TJ식품의 창업주입니다. 창업주는 다시 대표 자리에 오른 후 전 제품에 대해 안전 검사를 실시했습니다.

또 채널을 돌렸다. 이번에도 TJ식품이다.

창업주는 30년간 국민의 밥상을 책임졌던 TJ식품에서, 그것도 면역력이 약한 아기들이 먹는 이유식에서 화학물질이 있다는 것을 통탄하며 급히 기자회견을 열었습니다.

방송사뿐만이 아니다. 포털사이트의 메인 기사도 TJ식품에 관한 것으로 꽉 차 있다.

—TJ식품, 급성 골수성백혈병으로 사망한 아기에 대해 책임 느껴, 보상할 것
—TJ식품 전창진 대표, 유성쇼핑 장태식 사장의 오른팔
—증시 개장과 함께 유성쇼핑 관련주 모두 주가 폭락
—검찰, TJ식품 이유식 관련 전창진 대표 추가 조사

쾅! 쾅! 쾅!

리모컨을 집어 던진 장태식 사장이 책상을 내리찍었다.

"이런, 젠장!"

개미 한 마리는 무섭지 않다. 밟아버리면 끝이기 때문이다. 하지만 계속해서 몰려와 어느새 몸을 타오르기 시작하면 덜컥 겁이 날 수밖에 없다. 작게 시작되어 휘몰아치기 시작한 악재, 그것이 지금 장태식 사장의 상황이었다.

그때 문이 열리고 비서가 들어왔다. 장태식 사장이 충혈된 눈으로 비서를 노려본다.

"언론사와 포털사이트 연락했어?"

"네, 바로 기사 내릴 겁니다."

"똑똑히 전해. 앞으로 나에 관한 좋지 않은 소식이 들려오는 곳엔 광고 뿌리지 않을 거라고."

"알겠습니다. 그리고……."

"또 뭐?"

"김진아 검사가 기소했습니다."

"또? 씨발, 포기를 몰라! 그런 것은 일일이 보고하지 말고 알아서 눌러!"

"그리고……."

또 있다. 좋지 않은 소식이 계속 이어지고 있다.

비서가 밖으로 나갔다. 장태식 사장은 짜증 가득한 시선으로 휴대폰을 손에 든다.

"강신진 지원장, 이번 일의 원흉은 찾았나?"

-기다려. 급할수록 느긋해야지.

"지금 돌아가는 꼴을 봐! 느긋할 수가 있을 것 같아! 장유린 그 또라이지? 그게 지금 원흉이지?"

-아직 확정할 수 없어. 의심되는 놈들의 전화 기록을 뒤져봤지만 접점이 보이지 않아.

강신진 지원장은 이한영 등 의심이 가는 사람의 전화 기록을 확인했다. 하지만 장유린, 임정식, 김진아의 연관성은 애초에 존재하지 않았고, 짧은 조사로 여러 대의 대포폰을 사용하는 이한영의 뒤를 밟기는 어려웠다.

강신진 지원장이 계속 말한다.

-그리고 장유린이 범인이라 해도 그 애는 고등법원 판사야. 쉽게 건들기는 어려워. 내가 알아서 할 테니 마음을 편하게 하고 기다리도록 해.

장태식 사장의 마음은 다급하다. 그런데 강신진 지원장의 목소리가 느긋하자 순간 화가 확 치밀었나 보다. 그의 목소리가 커진다.

"내가 마음이 편할 수 있겠어? 오늘 아침 기사 봤어? 이유식인지 뭔지 그것 때문에 지금 주가가 내려가고 있어! 장유린 그 또라이 때문에 아버지 눈치를 보고 있는데, 이런 일까지……!"

-내가 해결하지. 기다리도록 해.

강신진 지원장은 장태식 사장과의 전화를 끊었다. 그의 눈빛이 복잡하다.

'장태식 주변에서 연이어 터지는 일, 내가 타깃인가 아니면 장태식인가?'

잠시 생각에 빠졌던 강신진 지원장이 시선을 옮겼다. 온몸에 붕대를 감고 누워 있는 곽순원이 보인다.

이곳은 곽순원의 병실이었다.

강신진 지원장이 옆에 선 의사에게 물었다.

"깨어날 가능성은 있습니까?"

옆에 섰던 의사는 일전에 김윤혁을 숨겨줬던 사람으로, 강신진 지원장과 긴밀한 관계를 유지하고 있었다.

그가 답한다.

"겉보기에는 심각해 보이지만 곧 의식을 차릴 것으로 보고 있습니다."

"깨어난다고요?"

강신진 지원장이 팔짱을 끼고 미간을 찌푸리자 표정의 의미를 알았는지 의사가 입을 연다.

"탈수 증상이 있기는 합니다. 탈수가 심해지면 혈관이 수축하죠. 정맥 주사로 수분을 공급해서 교정할 수 있지만, 심해지면 정맥마저 무너질 겁니다. 심장은 박동을 유지할 수 없을 테고 마지막으로 뇌간의 기능이 없는 뇌사가 올 수 있습니다."

"의료 과실인가요?"

"네, 의사의 관리 책임이죠."

강신진 지원장이 느긋하게 끄덕였다.

"아드님의 병역은 해결됐고, 또 필요한 게 있나요?"

의사가 기다렸다는 듯 입을 열었다.

"간호사들이 성추행을 당했다고 주장하고 있습니다."

"성추행?"

"회식 자리에서 일어날 수 있는 일반적인 일인데, 시끄럽게 굴고 있어요."

강신진 지원장이 슬쩍 웃으며 의사의 어깨를 토닥였다.

"그럼 의료 과실과 함께 성추행을 해결해주도록 하죠."

곽순원을 죽이는 일, 장태식 사장이 움직이겠다고 말했다. 하지만 강신진 지원장은 필요 이상으로 흥분한 장태식 사장을 믿을 수 없었다. 흥분하면 주변이 보이지 않고 실수를 하게 된다. 누가 노리고 있는지 모르는 지금은 최대한 조심해야 한다. 작은 실수가 그동안의 계획을 모두 뒤엎어버릴 수도 있기 때문이다.

의사가 강신진 지원장을 향해 고개를 숙였다.

"그럼 부탁드리겠습니다."

"저야말로 부탁드립니다."

의사가 병실을 떠났다. 강신진 지원장은 여전히 병실에 남아 있었다. 우두커니 서 있던 강신진 지원장이 곽순원의 손을 꼭 잡는다.

"따듯하구나……."

곽순원은 강신진 지원장의 지시를 받아 많은 죄를 저질렀다. 자의로 사람을 죽이기도 했지만 타의에 의해 죽인 사람도 어마어마하다. 죽은 사람들의 고통 어린 비명이 지금도 들려오는 것 같았다.

"마음 약한 녀석, 힘들었을 거야."

강신진 지원장은 안타까운 눈으로 그를 바라보며 그의 손을 힘주어 잡았다.

"그만 편히 쉬어……."

강신진 지원장은 몸을 돌려 병실을 벗어났다.

탁, 문이 닫힌다.

곽순원만 남은 병실엔 차가운 기계음만 들리고 있다. 그때 그의 손가락이 꿈틀거렸다. 그는 살고 싶어 하고 있었다.

* * *

박철우 검사는 다시 취조실에 섰다. 그의 앞에는 전창진 대표가 보인다.

"또 뭡니까? 변호사 없이는 이야기하지 않겠다고 말했을 텐데요."

"마음대로 하세요."

박철우 검사는 전창진 대표 앞에 신문을 던져 뒀다. 오늘 아침 터진 TJ식품 이유식에 관한 기사다.

전창진 대표의 눈이 찌푸려진다.

"이건 선동성 기사예요! 학계에서도 인정하지 않는 걸 가지고!"

박철우 검사가 고개를 저었다.

"어쨌든 암이 유발될 수 있는 화학물질이 있었고, 그걸로 인해 아기가 죽었어. 미안한 기색이라도 보여라, 새끼야."

"하! 이유식이 원인이 아니라고요!"

악을 쓰는 전창진 대표를 보며 박철우 검사가 자신의 머리를 손가락으로 툭툭 치며 말했다.

"그건 앞으로 내가 알아봐야 할 일이고. 지금부터 네가 할 일은 생각하는 거야. 여론은 널 사형시켜야 한다고 해. TJ식품을 계열사로 둔 유성쇼핑의 주가도 함께 폭락하는 중이지. 누가 널 도울 수 있을까? 이럴 때 혼자 총대를 메고 감옥으로 향하는 게 머저리 아니냐?"

"……."

"난 어떻게든 이유식을 연관 지어서 너한테 15년을 구형할 거야. 아기들 먹는 음식으로 장난친 새끼에게 사형을 안 주는 걸 다행으로 생각해."

전창진 대표가 마른침을 삼킨다. 15년이면 세상이 변한다. 나왔을 땐 할아버지다. 그때 무슨 부귀영화가 필요할까?

박철우 검사가 부리부리한 눈으로 그를 노려보며 입을 연다.

"거래할 생각이 있나? 난 이 세상의 썩은 것을 다 도려내버리고 싶은데."

전창진 대표가 힘없는 목소리로 입을 열었다.

"시, 시간을 주세요. 생각 좀 하고 싶습니다."

* * *

그 시각, 이한영은 여형사와 만나고 있었다.

여형사가 입을 연다.

"다른 통장 기록은 찾기가 어렵네요. 시간이 필요할 것 같아요."

그녀가 찾은 통장의 용도는 딱 곽순원에게만 돈이 들어가고 있었다. 강신진의 주머니에 들어가는 통장은 아직 찾을 수가 없었다.

"이 통장만으로는 전창진 대표만 피를 보겠는데요?"

"네, 꼬리를 자르기 쉽게 준비해 뒀어요."

강신진 지원장은 어릴 때부터 타인의 비리를 찾아다녔다. 그래서 그런지 자신의 비리를 감추는 데에는 일가견이 있었다. 강신진 지원장은 자신의 손에 피와 더러운 것을 묻히지 않는다. 모두 다른 사람을 통해 일을 벌이는 쓰레기다.

이한영이 그녀가 건넨 기록을 품에 넣으며 말했다.

"감사합니다. 계속 고생 좀 해주세요. 그리고 곽순원의 안전도 부탁드리겠습니다."

"네, 바로 병원에 가볼 테니까 특이한 점 있으면 연락드릴게요."

그때 이한영의 휴대폰에 진동이 울렸다. 유세희다.

–회사로 좀 오실 수 있을까요? TJ식품에 투자한 것을 아버지가 알았어요.

잠시 후 이한영은 에스로펌 대표이사실에 앉아 있었다. 유선철 대표가 독사 같은 눈으로 쏘아보고 있다. 그 옆에는 유세희가 앉아 있었고 뒤로는 조세헌 변호사가 보였다.

유선철 대표는 오늘 아침 유성그룹 장용현 회장에게 전화를 받아 유세희가 TJ식품의 대주주가 되었고, 지금 벌어지는 일의 뒤에 서 있다는 이야기를 전해 들었다.

그가 무서운 목소리로 묻는다.

"무슨 생각이지?"

"에스로펌을 더 크게 만들고 싶었습니다."

"그 상대가 유성인가?"

"네."

"헌법이나 넘겨 본 네가 경영을 알아!"

벼락같은 호통이 내려쳤지만 이한영은 담담하다.

"대표님은 에스로펌을 더 크게 만들고 싶지 않습니까?"

"솔잎을 먹고 살아야 할 놈들이 고기를 탐하면, 그 끝은 죽음이야!"

"유성그룹은 장태식 사장을 차기 회장으로 올리기 위해 오랜 시간 동안 준비하고 있었습니다. 전자와 자동차, 화학, 유통의 지분이 장태식 사장에게 가 있습니다."

"그래서 장태식만 무너뜨리면 가능하다? 그 뒤에는 장용현 회장이 서 있어! 넌 장용현이 얼마나 무서운 사람인지 몰라!"

"잘 알고 있습니다."

하지만 이한영은 더 무서운 사람을 알고 있다.

전생의 강신진 대법원장이다. 모든 권력과 재력을 손에 넣은 신과 같은 사람. 대한민국은 단 한 사람에 의해 좌지우지되었다.

유선철 대표가 고개를 저었다.

"너희는 장태식도 잡을 수 없을 거야. 그러니까 여기서 접도록 해. 그리고 세희, 너는 집으로 돌아가. 내가 부를 때까지 회사엔 고개도 내밀지 마. TJ식품의 주식도 모두 처분하도록 해. 조세헌 변호사는 유성전자 피해자들 사건에서 손 떼고."

이한영이 빠르게 입을 열었다.

"장태식을 잡겠습니다. 그럼 기회가 생깁니다."

"못해."

"할 수 있습니다."

"끝까지!"

그때 이한영의 휴대폰이 울렸다. 박철우 검사다. 이한영은 전화를 받아도 되냐는 허락을 받지 않고 휴대폰을 꺼내 테이블 위에 올렸다. 그리고 스피커폰을 꾹 누른다.

-전창진 대표가 자백했습니다. 모두 장태식의 지시였고 곽순원의 계좌로 들어가던 돈도 유성쇼핑에서 관리하던 것이라고 합니다. 바로 장태식 구속영장 집행 들어갑니다.

이한영의 시선이 유선철 대표에게 향했다.

전쟁의 포탄이 쏘아졌다. 이제 멈출 수 없다. 죽든가 싸우든가, 선택의 길은 하나다.

'유선철, 당신 마음대로 할 수 있는 것은 없어. 모두 내 뜻이야.'

절망적인 선택을 앞둔 유선철 대표가 눈을 감고 생각을 가다듬는다. 그리고 잠시 후 무거운 목소리로 입을 열었다.

"조세헌 변호사."

"네, 대표님."

"장태식 사장이 구속될까?"

"아무래도 장용현 회장이 있으니 구속은 어려울 겁니다. 하지만 자백이 나온 상태이기 때문에 수사를 피할 수는 없을 겁니다."

유선철 대표가 천천히 고개를 끄덕였다.

"그럼 우리가 TJ식품의 주식을 처분하고 장태식 사장의 변호를 맡으면 장용현 회장은 어떻게 반응할까?"

조세헌 변호사는 기업 전문 변호사다. 유성뿐만 아니라 대다수 기업 오너들의 성향을 잘 알고 있다. 그래서 물어본 것인데…….

"에스로펌은 무사할 겁니다. 하지만……."

"하지만?"

조세헌 변호사는 잠시 말을 멈춘 후 유세희에게 시선을 옮겼다. 유세희는 조세헌 변호사의 이어질 말을 예상하는지 얼굴이 딱딱히 굳어져 있었다.

그녀의 표정을 살피던 조세헌 변호사는 작게 한숨을 내뱉은 후 어렵게 말을 이었다.

"장용현 회장은 이 사건의 책임자로 유세희 본부장을 지목할 겁니다."

유세희가 후계에 오른 후 조세헌 변호사가 반도체 피해자들과 손을 잡았다. 또한 TJ식품이 휘청거리자 기다렸다는 듯 주식을 매수했고, 그녀가 지목한 TJ식품의 창업주가 대표 자리에 올랐다. 그리고 이유식에 화학물질이 들어가 있다는 게 공개되었다. 겉만 보면 유세희가 이번 사건의 시작이다.

유선철 대표가 다시 묻는다.

"장용현 회장이 세희에게 어떤 처분을 내릴까?"

"장용현 회장 정도면 없는 죄도 만들어낼 수 있습니다. 아마 유세희 본부장은 법정에 세워져 실형을 선고받을 겁니다."

유선철 대표의 시선이 유세희에게 향한다. 그의 눈빛엔 회사를 살리기 위해 자신의 딸을 장용현 회장에게 보내겠다는 의지가 담겨 있다.

유세희는 겁을 집어먹은 얼굴로 고개를 가로젓는다.

"……싫어요."

"세희야……."

"아버지……."

"에스로펌엔 천 명이 넘는 직원이 있어. 우리가 쓰러지면 그 사람들은 모두……."

"잘 먹고 잘살겠죠."

이한영이다. 동시에 유선철 대표의 살벌한 눈빛이 이한영을 향한다.

"넌 가만히 있어!"

호통이 내려졌지만 이한영은 웃고 있었다. 급기야 킥킥킥, 소리 내어 웃기 시작한다.

유선철 대표의 얼굴이 심각할 정도로 일그러졌다.

"웃어?"

이한영이 손을 내저었다.

"죄송합니다. 웃겨서 참을 수가 없네요. 대표님, 에스로펌을 처음 차릴 때를 기억하십니까? 자식들에게 돈 걱정 없이 자장면을 먹이고 싶어서 열심히 일했다고 하셨잖아요. 이 일을 했던 모든 게 자식들을 위해서라고요."

"뭐라?"

"그런데 자식들이 서로 싸우고 지지고 볶으니 마음이 편치 않다면서요."

"입 닫아!"

하지만 이한영은 멈추지 않는다.

"자식들을 위해서라고 하셨는데, 이게 뭡니까? 첫째 아들은 감옥에 가 있고, 둘째 딸은 쫓겨나 외국에 가 있어요. 그런데 이제 막내까지 감옥에 보낼 생각입니까?"

"이한영!"

쾅! 유선철 대표가 손바닥으로 테이블을 내리찍었다. 얼마나 세게 쳤는지 놓인 찻잔이 흔들릴 정도다.

하지만 이한영은 여전히 웃고 있다.

"이게 자식을 위한 일입니까?"

"……!"

"대표님의 자식들은 이 일 때문에 불행해지고 있어요."

유선철 대표가 입을 꽉 다물었다. 눈 주위에는 심줄이 튀어나왔고 손은 파르르 떨리고 있다.

이한영은 말을 멈추지 않는다.

"천 명의 직원? 자식들의 불화? 싸워서 이기면 모두 해결됩니다. 장남 유진광에겐 자동차를 주면 되겠네요. 유하나에겐 백화점을 주세요. 그리고 우리 세희 씨에겐 에스로펌이 아니라 에스그룹을 주세요. 그럼 모두 행복할 겁니다."

유선철 대표의 입술이 비틀어졌다.

"그러다 모든 게 사라지면?"

상대는 대한민국 재계의 괴물이다. 정면으로 붙었다가는 철저하게 박살 나 간판마저 사라져버릴 거다.

하지만 이한영은 자신감에 차 있다.

"유성그룹이 무서운 것은 장용현 회장의 주변에 있는 이사들 때문이에요……."

젊을 때부터 함께해온 이사진, 그들은 유성그룹의 대주주들이자 우호세력이다.

"하지만 장태식 사장으로 시작해 유성그룹의 근본을 흔들고 법으로 압박한다면 배신을 꾀할 이사들도 있을 겁니다. 그들을 회유한다면……."

유선철 대표가 고개를 저었다.

"법으로 압박해? 그자들은 법 위에 있어."

"법 위에 있는 사람은 없습니다."

이한영은 가방에서 김진아 검사가 조사하던 장태식 사장의 서류를 꺼내 테이블에 올렸다. 그리고 유선철 대표를 향해 쭉 밀었다.

"계속해서 수사 압박이 들어와 제대로 진행하지 못하는 사안입니다. 하지만 본격적으로 수사가 진행된다면 피할 수 없을 겁니다."

유선철 대표가 서류를 들어 펼쳤다. 그의 눈이 커진다. 이게 모조리 터진다면 장태식 사장은 실형을 피하기 어렵다.

이한영이 쐐기를 박아 넣었다.

"장태식 사장은 어릴 때부터 나쁜 짓을 많이 했어요. 그 나이에 이런 짓을 혼자 했을까요? 타고 올라가면 걸리는 이사들이 꽤 많을 겁니다. 그들이 우리와 손잡는다면……."

협박이라는 단어로 이사들을 회유할 수 있다. 이한영의 말은 계속해서 이어졌다. 터무니없는 말이지만 가능성이 엿보였는지 유선철 대표의 찌푸려졌던 미간은 점차 펴지고 있었다.

마지막으로 이한영은 자신의 가슴을 탁탁 치며 말했다.

"만약 실패한다 해도 걱정하지 마세요. 대표님과 세희 씨가 먹을 자장면은 제가 사드리겠습니다. 하지만 성공을 한다면 천 명의 직원 모두에게 자장면을 돌릴 수 있겠네요."

장난스럽게 말했지만 이기면 모든 걸 가질 수 있다는 말…….

유선철 대표의 눈에 힘이 들어갔다. 그가 입을 연다.

"조세헌 변호사."

"네."

"TJ식품과 순환 출자로 연결된 곳이 어디지?"

"쇼핑과 음료, 제과, 푸드 그리고 유통이 있습니다."

유선철 대표의 시선이 유세희에게 향했다.

"출자된 회사 지분, 최대한 끌어모으도록 해."

유세희의 입가에 미소가 걸린다.

"기회가 보이면 모두 제 손에 넣을게요."

그의 시선이 다시 이한영에게 옮겨졌다.

"담당 검사가 누구라고?"

"박철우 검사입니다."

"검찰총장과 검사장을 만나서 담당 검사가 바뀌지 않게 막아두지."

"감사합니다."

유선철 대표의 눈이 조세헌 변호사에게 이동했다.

"조세헌 변호사는 박철우 검사와 만나서 서포트 하도록 해. 그리고 장태식의 담당 변호사 찾아가서 전략을 빼 오도록."

"알겠습니다."

유선철 대표가 의자에 몸을 기댄다.

“난 장용현 회장이 손쓰기 전에 대법원장과 법무부 장관을 만나보지. 각 당의 지도부도 돌아보려면 앞으로 바쁘겠어.”

이한영이 슬쩍 웃으며 답했다.

“그럼 판결은 제가 내리겠습니다.”

유선철 대표는 장태식 사장의 목을 단숨에 물어뜯기 위한 결심을 마쳤다.

쉬운 일은 아닐 것이다. 대법원장은 몰라도 검찰총장과 법무부 장관은 이미 강신진의 손에 들어 있다. 하지만 해볼 만하다. 전생에선 강신진 지원장과 장태식 사장에게 찍소리도 내지 못하고 밟혀 죽었을 때와는 다르다.

유선철 대표의 눈이 이한영에게 향했다.

“자네에게 자장면을 얻어먹으려면 상견례 장소를 중국집으로 잡아야겠군. 날은 장태식에게 실형을 내린 후로 하는 게 어떤가? 결혼은 1년 안으로 잡아.”

좋은 이야기만 나오다가 갑자기 딴 길로 새고 있다.

이한영은 어색하게 웃으며 시선을 유세희에게로 향했다. 그녀의 볼이 붉다.

‘넌 왜 부끄러워하고 있냐…….’

* * *

차에 앉아 시동을 걸던 이한영의 입가에 미소가 걸렸다. 에스로펌은 유성그룹과의 전면전을 시작했다. 계획대로라면 에스로펌은 간판만 남고 사라질 거다.

‘일단 장태식과 에스로펌…….’

다음은 강신진 지원장이다. 드디어 강신진 지원장의 멱살을 틀어쥘 시기가 보이기 시작한다. 어서 절망에 휩싸인 강신진 지원장의 표정을 보고 싶었다.

'죽여주지.'

이한영의 눈에 다시 분노가 휩싸인다. 그때 휴대폰으로 여형사에게 전화가 걸려 왔다.

"네, 형사님."

―병실 앞을 지키던 순경한테 들었는데요. 오늘 안산 지원의 강신진 지원장이 왔다 갔대요.

"강신진 지원장이요?"

―네.

강신진 지원장이 직접 찾아올 줄은 몰랐다. 이한영이 다급히 물었다.

"누구랑 같이 왔는지 알 수 있을까요?"

―담당 의사랑 같이 왔다는데요? 곽순원의 상태를 보고 그냥 갔다고 하는데……. 아무래도 지원장이나 되는 사람이 직접 찾아온 게 이상해서 연락드렸어요.

'담당 의사?'

등골이 서늘해지는 느낌이 들었다.

여형사와의 통화를 종료한 이한영은 곧장 김윤혁에게 전화를 걸었다.

"나야."

―응…….

"너 담당 의사가 누구였지?"

―김상준이라고…….

"땡큐."

이한영은 더 이야기를 듣지 않고 전화를 끊었다. 그리고 다시 여형사의 번호를 찾아 눌렀다.

"곽순원의 담당 의사가 김상준인가요?"

―네, 맞아요. 김상준.

이한영의 눈살이 찌푸려졌다. 곽순원을 살해하기 위해 킬러를 보낼 거라고 예상했었다. 하지만 멍청한 생각이었다.

'의사가 관여하면 완벽해져.'

의사는 사람을 살릴 수도 있고 죽일 수도 있다. 설령 범행이 드러난다 해도 의료 과실일 뿐이다.

'젠장…….'

의료 과실로 인한 의료 분쟁 소송은 계란으로 바위 치기에 가깝다는 말이 있다. 전문가인 의사와 병원을 상대로 잘못을 증명하는 게 쉬운 일이 아니기 때문이다.

이한영은 한숨을 내뱉으며 생각에 빠졌다.

'어떻게 해야지?'

곽순원은 반드시 살아야 한다. 그의 입이 열려야 강신진을 지옥으로 끌어들일 수 있다.

'일단은 의사.'

이한영은 다시 휴대폰을 귀에 댔다. 전화가 가는 곳은 송나연 기자다.

"기자님, 곽순원이 입원한 병원에 김상준이라는 의사가 있어요."

—아, 알아요. 텔레비전에 자주 나오는 의사요.

"네, 그 사람을 밀착 마크할 수 있을까요?"

강신진 지원장과 가까이 지낸다면 비리로 가득한 의사인 게 당연하다. 그 더러운 뒤를 캐내야 한다.

* * *

새벽 1시가 넘어가는 시각, 강신진 지원장은 장태식 사장과 만나고 있었다. 두 사람 사이엔 어떤 대화도 없다. 조용히 생각에 빠져 있을 뿐이다.

먼저 입을 연 것은 장태식 사장이었다.

"아무리 생각해도 장유린이야."

강신진 지원장이 고개를 저었다.

"확실한 것은 없어. 내가 해결한다고 했잖아."

"언제? 언제 해결할 수 있는데? 검찰에서 나를 구속하겠대. 이 병신 새끼들, 내가 누군 줄 알고 구속해? 그동안 처먹은 돈이 있으면 돈값을 해야지! 그리고 전창진 이 새끼는 자백을 하고 있어? 미친 새끼."

"전창진의 자백은 번복될 거야. 증거도 없으니까 어렵지 않게 넘어갈 수 있어."

"그건 나도 알아! 그냥 짜증이 나서 그렇지. 거지 같은 새끼들이 감히 나를……."

장태식 사장은 검찰의 수사에 대해선 전혀 겁내지 않았다. 이들의 뒤에는 대통령과 장용현 회장이 있다. 또한 살아 있는 권력이라는 박광토 전직 대통령도 존재한다. 그래서 검찰이 칼을 갈았다 해도 보여주기식으로 몇 번 망신만 준 후에 끝날 거라는 것을 잘 알고 있었다. 그가 무서워하는 것은 이번 일 때문에 아버지 장용현 회장이 후계에 관한 마음을 바꾸면 어쩌나 하는 것뿐이었다.

장태식 사장이 강신진 지원장을 노려보며 살기로 가득한 목소리로 입을 연다.

"장유린을 죽여야겠어. 자네가 데리고 있다고 하지만 나한테 이빨을 드러냈어. 용서할 수 없어."

강신진 지원장은 입을 꾹 닫고 술병을 기울여 술을 채웠다. 그 역시 지금 장태식 사장의 주변에서 벌어지는 일을 예사롭지 않게 보고 있었다.

'적이 있다는 것은 확실한데…….'

현재 의심이 가는 사람은 이한영, 장유린, 임정식 그리고 김진아 검사다.

'의심이 간다고 모두 부숴버릴 수는 없어. 애꿎은 인재만 버릴 수도 있는 일이야.'

숨어 있는 적과 싸운다는 것은 골치 아픈 일이다. 죄 없는 아군을 죽일 수도 있기 때문이다. 생각을 이어가던 강신진 지원장의 눈매가 순간 싸늘하게 변했다.

'김진아?'

김진아 검사는 강신진 지원장의 사람이 아니다. 그리고 이 사건에서 가장 드러난 적이기도 하다.

'쉬운 일을 어렵게 생각하고 있었어…….'

강신진 지원장이 차가운 미소를 지으며 장태식 사장에게 시선을 옮겼다.

"적이 숨어 있으면 나타나게 하면 되는 거였어."

"방법이 있어?"

"일단 김진아가 자네를 향해 대놓고 적의를 뿜어대고 있어. 그 검사의 뒤에 누군가가 있을 거야."

"일단 김진아 검사부터 밟고 보자는 건가?"

강신진 지원장이 고개를 끄덕였다.

"짓밟으면 꿈틀대겠지. 옆에서 조력자가 튀어 올 테고. 그때 튀어나오는 사람, 그게 장유린이든 누구든 없애면 돼."

"방법은?"

"거칠게 해야지."

강신진 지원장이 술잔을 손에 든다.

* * *

다음 날.

"병원에 있던 애들은 집에 가라고 해."

"응?"

이한영은 석정호와 만나고 있었다.

"필요 없을 것 같아."

병원에 킬러가 올 것 같다는 생각이 들어 석정호의 부하를 잠입시켜 뒀었다. 하지만 의사가 나선 이상 주먹들은 그 자리에 있어 봤자 시간 낭비다.

"다른 애들은?"

석정호의 부하들은 유세희, 송나연 기자, 박철우 검사와 장유린 부장 그리고 김진아 검사를 그들 모르게 경호하고 있었다. 위험에 노출되어 있으니 최소한의 안전장치는 해둔 것이다.

"김진아 검사와 장유린 부장, 유세희 쪽은 더 강화해줘."

강신진 지원장의 지금까지 행적을 봤을 때 앞으로의 행동은 뻔하다. 노출된 사람을 잡아 흔들 것이다. 이한영은 전생을 통해 미래를 알고 있기에 그들의 더러운 짓을 손바닥 위에 놓고 훤히 보고 있었다.

이한영이 석정호의 등을 툭툭 두들긴다.

"너도 항상 조심하고."

* * *

"나와 해보겠다는 겁니까?"

"세상 부모가 다 똑같지 않을까요? 지금까지 제 인생을 위해 살아왔는데, 어느새 자식들이 훌쩍 커버렸습니다. 은퇴하기 전에 딸아이가 원하는 걸 들어주고 싶습니다."

유성호텔의 레스토랑, 유선철 대표는 유성그룹 장용현 회장과 만나고 있었다.

선전포고를 듣고 있으면서도 장용현 회장은 화를 내지 않는다. 차분히 입을 열 뿐이다.

"그 끝이 무엇인 줄은 알고 있지요?"

"없어지겠지요."

사람들은 장용현 회장의 힘이 유성그룹에만 존재한다고 생각할 수도 있다. 하지만 장용현 회장은 자식과 친척 등 혼인으로 연결된 인맥으로 재계 전체를 손에 쥐고 있는 것이나 다름없었다. 즉, 에스로펌의 이번 싸움은 재계 전체와의 다툼과 같다. 예상되는 결과는 유선철 대표가 한평생 키워온 에스로펌이 사라진다는 것에 무게가 실려 있다.

유선철 대표의 입에서 결심의 대답이 나오자 장용현 회장이 고개를 끄덕였다.

"원한다면 그렇게 해주지요."

"쉽지는 않으실 겁니다."

"어려운 일도 아니죠."

장용현 회장의 시선이 창밖으로 향한다. 더 할 말이 없다는 뜻이다.

유선철 대표가 자리에서 일어나 장용현 회장에게 허리를 굽혔다.

"나중에 또 뵙겠습니다."

"그때 어떤 얼굴로 마주할지 궁금하네요."

유선철 대표가 방을 떠났다.

장용현 회장은 여전히 창밖을 보는 중이다. 사색에 잠겨 있던 그의 앞으로 비서가 섰다. 나이가 지긋한 사람으로 평생 장용현 회장의 옆을 지켜온 사람이다.

"지시하실 일이 있습니까?"

"지금 검찰에 잡혀 있는 놈이 누구라고?"

"TJ식품의 전 대표인 전창진이라고 합니다."

"그놈이 입을 열고 있다고?"

"네."

"말 바꾸게 하고 조용히 만들어."

"네."

시끄러우면 조용히 만들면 된다. 어렵지 않은 일이다. 장용현 회장은 창밖을 향한 시선을 거두지 않고 말을 이었다.

"사업을 하다 보면 시끄러운 일이 발생하는 건 당연한 거야. 이번 기회로 태식이는 위기 대처 능력을 배울 수 있겠어. 많이 부족한 놈이니까 자네가 도움을 주도록 해."

"알겠습니다."

비서는 고개를 숙인 후 밖으로 떠났다.

* * *

"회장님이 장태식을 도우라고 했다고요?"

"그래."

그날 밤, 서울의 한 룸살롱. 장유린 부장은 장용현 회장의 비서와 만나고 있었다. 그녀가 물었다.

"그래서 어떻게 도움을 준다는 거죠?"

비서가 담배를 물며 입을 연다.

"항상 같지. 시끄러운 놈의 입을 틀어막고 더 시끄러운 일로 덮는 거지."

"더 시끄러운 일이 있을까요? 뉴스가 이렇게 시끄러운데?"

그녀가 휴대폰을 들어 보였다.

유성그룹의 힘으로 포털의 메인 화면에 오르진 못하지만 작은 인터넷 신문 업체에서 계속해서 장태식 사장의 혐의를 작성하는 중이다. 그 기사들은 SNS를 통해 엄청난 속도로 퍼지고 있었다.

비서가 어이없다는 듯 웃는다.

"어려울 것 같아? 내일 당장 연예인의 스캔들 하나만 터져도 사람들의 기억 속에 장태식 사장의 이름은 사라져버려. 그 냄비 근성이 어디 가나?"

"그럼 내가 비집고 들어갈 틈은 없나요?"

"검찰이 제정신을 차리고 제대로 수사하면 되겠지. 그런데 그놈들이 그럴 수 없다는 것 더 잘 알잖아?"

장유린 부장은 조용히 웃는다. 이 사건의 담당 검사는 박철우다. 그의 성향을 보면 위에서 내려오는 압력은 간단히 무시하고 옷 벗을 각오로 싸움에 임할 거다. 그러면 장태식 사장이라 할지라도 법정에 세워질 수밖에 없다.

'장태식의 담당 판사는 이한영이 되겠지?'

그녀가 지금껏 지켜본 이한영 역시 장태식 사장을 가만 놔둘 인물이 아니다. 그녀의 입가에 살짝 미소가 걸렸다.

'이한영, 도움 좀 줘야겠네.'

그녀가 술병을 들어 비서의 잔을 채우며 말했다.

"전창진 대표의 입은 어떻게 다물게 할 거죠? 죽일 건가요?"

"아니, 진술을 번복할 때까지는 살려둬야지."

"어떻게?"

"전창진이 다른 사람 몰래 소외계층을 지원했다는 문서를 만들 거야. 곽순원은 지원을 받던 대상 중 하나였을 뿐인 거지. 통장은 그렇게 해결될 거야."

"문서 조작?"

"그래, 문서 조작."

장유린 부장이 천천히 고개를 끄덕였다.

"이왕 알려주는 김에 하나 더 가르쳐줘요."

"어떤 거?"

"만들어진 문서가 증거로 인정되지 않게 하는 법."

장유린 부장이 붉은 입술로 짙은 미소를 지은 반면, 비서의 얼굴은 딱딱히 굳어졌다.

"기어이 장태식을 감옥에 보내겠다는 건가?"

"장태식이 회장이 되면 아저씨는 직장을 잃어요. 하지만 내가 회장이 되면 아저씨는 계속해서 유성을 주무를 수 있죠. 이게 어려운 선택은 아닌 것 같은데? 그리고 아드님의 2심, 나한테 왔어요."

비서의 아들은 클럽에서 폭행을 벌이다가 구속되었고 지금 재판을 받는 중이다. 모든 상황은 비서의 아들에게 불리하지만…….

장유린 부장이 말한다.

"내가 무죄 줄게요."

* * *

"자백했다고요?"

"네."

"왜 그러셨습니까?"

"살인범에게 돈을 지원하고 있었다면서요? 그걸 내가 떠안게 되면 청부 살인을 한 게 돼버려요. 그래서……."

며칠 후, 전창진 대표는 변호사와 접견하고 있었다.

변호사가 픽 웃는다.

"유성의 힘을 믿지 못한다는 겁니까?"

"아무리 유성이라 해도……."

"됐습니다. 진술을 번복하세요. 그렇지 않으면 유성그룹의 지원은 모두 끊길 겁니다. 밖에 남은 가족들의 생활을 생각하세요. 유성의 도움 없이 가족들이 살 수 있을 것 같습니까? 돈은 어떻게 하고요? 게다가 담당 변호사도 따로 알아봐야 할 겁니다."

이게 돈의 힘이다. 사람은 돈 없이 살 수가 없다.

전창진 대표가 고개를 숙이자 협박이 먹혔다는 걸 눈치챈 변호사가 속삭이듯 입을 열었다.

"전창진 씨가 살 방법이 있어요."

"내가 살 방법?"

"검사의 강압적인 수사 때문에 어쩔 수 없이 거짓 자백을 했다고 주장하세요. 그럼 난 이 서류를 선물로 드리겠습니다."

변호사가 테이블 위에 서류를 올려 둔다. 장유린 부장이 비서와 만나며 들었던 조작된 문서다.

변호사가 낮은 목소리로 말을 잇는다.

"대표님은 곽순원뿐만 아니라 다른 어려운 사람도 많이 도왔던 겁니다."

* * *

이한영은 사무실에서 박철우 검사의 전화를 받고 있었다.

—전창진이 진술을 번복했어요. 나한테 협박당했다고 거짓말을 하고 있네요.

박철우 검사의 목소리는 힘이 빠져 있다. 어렵게 자백을 받았는데 번복해버렸으니 충분히 이해할 수 있었다.

—유성 대단하네요. 겨우 얻어낸 자백을 변호사 접견 한 번으로 싹 바꿔버리네.

이한영이 휴대폰을 내려놓자 윤슬혜 판사가 책상 위에 서류를 올려 둔다.

"검찰에서 전창진이 곽순원을 통해 청부 살인을 했다고 추가 기소한 것 있잖아요? 변호인 측에서 반박 증거를 보내왔어요."

이한영이 서류를 펼치자 윤슬혜 판사의 목소리가 이어진다.

"직접 만나 현금으로 지원한 사람이 아홉 명, 곽순원처럼 타인과 만나지 않는 사람은 통장으로 지원해 줬대요. 그동안 지원받은 사람 모두 증인으로 신청한 것 같아요."

이한영이 픽 웃었다.

"유성의 개가 기부 천사가 되어 있네?"

현금으로 돈을 줬다는 개소리를 하더니 이제 가짜 증인까지 세우려 한다.

이소이 판사가 손을 든다.

"부장님, 전창진에 관한 기사도 떴어요."

한동안 유성에 관한 기사가 포털사이트의 메인에 오른 적이 없는데, 전창진 대표에 관한 기사는 눈에 띄게 올라와 있다.

전창진 대표, 곽순원이 살인범이란 사실 몰랐다

전창진 대표의 변호사는 검사의 강압적인 수사로 인해 허위 자백을 할 수밖에 없었다고 전했다……(중략)……변호사는 이번 검찰의 행동이 유성그룹 장태식 사장을 타깃으로 정하고 상황을 짜맞춘 졸속 수사라며……(중략)……무고한 시민을 간첩으로 몰아 잡던 것이 떠오른다며 이런 식으로 수사를 진행하면 도대체 누가 검찰을 믿을 수 있겠냐고 비난했다.

댓글은 빠르게 늘어나고 있다. 새로 창을 바꿀 때마다 댓글이 백 개, 이백 개씩 생긴다. 아무리 메인에 올랐다고 해도 연예나 스포츠 또는 정치 기사도 아닌데, 이렇게 많은 댓글이 올라오는 것은 이상한 일이었다. 그리고 모든 댓글은 박철우 검사를 비난하고 있다.

—정의로운 척 위선 떨 때부터 알아봤다.
—결국은 건수 챙기려 했던 거야?
—가만히 있는 유성을 왜 건드려?
—이러다가 유성이 외국으로 법인 바꾸면 어쩌려고…….

모두 유성그룹의 힘이다. 계열사 및 하청업체의 임직원까지 동원해 댓글을 달면 박철우 검사가 슈퍼맨 검사에서 국민 쌍놈이 되는 것은 순식간이다.

하지만 이 정도의 비난은 예상했다. 유성그룹은 대한민국 거대 재벌 그리고 강신진 지원장과 손잡은 사람들은 괴물 같은 권력자들이다. 싸움이 본격화되면 여론전에서 밀릴 수밖에 없다. 그럼 기사만 보고 세상을 판단하는 대부분 사람은 이한영과 박철우, 송나연 기자 등을 욕할 게 당연했다. 욕을 먹는 게 문제가 아니다.

'전창진이 진술을 번복하면 장태식에게 대비할 시간을 만들어주는 꼴이야.'

시간을 줘서는 안 된다. 단번에 장태식 사장의 심장에 칼을 꽂고 어떻게든 감옥에 쑤셔넣어야 한다. 장태식 사장이 정신을 차리고 꼼수를 부리기 시작하면 사건은 복잡해질 거다.

잠시 생각에 빠졌던 이한영은 휴대폰의 진동을 느꼈다. 석정호에게 사진 메시지가 도착해 있다. 첫 번째 사진엔 장유린 부장, 두 번째 사진엔 장용현 회장의 비서가 보인다.

'뭐지?'

각각 찍힌 사진이지만 두 사람이 룸살롱에서 나오는 것은 분명하다. 이한영이 휴대폰을 들고 방으로 들어갔다.

"이 사진 뭐야? 둘이 같이 있던 거야?"

–며칠 전 사진인데, 나도 오늘 받았어.

석정호의 부하 중 장유린 부장을 감시하는 사람이 찍어 온 사진이다. 석정호가 계속 말한다.

–장유린이 그 아저씨랑 같은 룸살롱에 있었대. 이놈은 장유린이 하도 술을 많이 마시고 돌아다녀서 그런가 하고 넘어갔다는데, 따로 나오는 게 이상하잖아? 그래서 연락하는 거야. 이 아저씨 누구야?

이한영은 휴대폰을 꽉 쥐었다.

'장유린 부장과 비서?'

장용현 회장의 심복인 비서가 장유린 부장과 내통하고 있다. 이한영의 머릿속에 이 사실을 어떻게 활용할지 수만 가지 계획이 그려지기 시작했다. 어쨌든 그 계획의 끝은 유성그룹 일가의 괴멸이다.

"고생했어."

석정호와의 통화를 종료하자마자 곧바로 휴대폰이 다시 진동했다. 양반은 못 되는지 이번엔 장유린 부장에게 온 전화다. 이한영은 아무것도 모른 척 전화를 받았다.

"이한영입니다."

-오늘 밤에 시간 어때? 선물 줄 게 있는데.

* * *

그날 밤.

이한영은 장유린 부장이 자주 가는 바의 룸에 앉아 있었다. 장유린 부장이 이한영의 앞에 서류를 내려놓는다.

"선물."

이한영은 그녀가 건넨 서류를 손에 들었다.

"이게 뭐죠?"

"전창진 사건 맡았지? 이건 전창진에게 기부를 받았다는 사람들의 인적사항. 그리고 며칠 전, 그 사람들이 유성그룹의 관계자와 만나는 사진."

서류를 펼치자 사진이 보인다. 프라이빗한 고깃집에서 식사하는 모습이다. 장유린 부장의 긴 손가락이 사진에 찍힌 테이블로 향한다.

"여기 쇼핑백에 종이 들어 있는 것 보이지? 이건 이 사람들이 어떻게 증언할지 적힌 대본이야. 이 사람들은 대본을 외워서 올 거고 이한영 판사의 질문에 완벽한 답을 할 거야."

그녀가 이한영 앞에 놓인 서류를 마지막 장으로 넘기며 말을 잇는다.

"여기는 대본."

서류의 마지막 장엔 대본이 적혀 있었다. 그동안 이한영이 내린 판결문을 분석해서 만들었는지 조잡하지 않고 꽤 완벽하다. 실제로 이한영이 하려고 했던 질문도 보인다.

장유린 부장의 시선이 이한영에게 향했다.

"이 정도면 장태식까지 끌어낼 수 있지?"

이한영이 고개를 끄덕였다.

"네."

"그럼 이걸로 빚 청산하는 거로 하자. 장태식 잡아줘. 10년 정도 세상에서 보이지 않았으면 좋겠어."

원하면 해줘야 한다.

"알겠습니다."

장유린 부장이 조용히 웃는다.

"고마워."

지금 지은 미소는 평소의 장유린 부장과 달랐다. 이유는 알 수 없지만 요부의 이미지와 달리 진심으로 고맙다는 게 전해져 온다.

* * *

이한영이 법대에 섰다.

인간이 인간을 심판할 수 있는 유일한 장소. 법정의 분위기는 언제나처럼 싸늘하다. 이한영의 시선이 천천히 방청석을 향했다. 가짜로 만들어진 증인들이 보인다. 알량한 돈을 받고 살인자에게 지원해 줬던 통장의 진실을 흐지부지 만들려는 자들이다. 오늘 그들은 모두 이한영에게 박살 날 거다.

"시작하죠."

* * *

본격적으로 검사의 신문이 시작되었다. 박철우 검사가 날카로운 눈으로 전창진 대표를 쏘아보며 입을 연다.

"매달 15일, 살인범 곽순원에게 돈을 보내 줬죠? 이유가 뭡니까?"

"소외계층인 줄 알고 지원해 줬을 뿐입니다."

"TJ식품 직원들의 평균 월급이 200만 원이 조금 넘습니다. 그런데 300만을 기부했다고요?"

"제 소신대로 했을 뿐이에요."

눈을 동그랗게 뜨고 따박따박 답하는 전창진 대표를 보며 박철우 검사가 고개를 저었다.

"피고인은 유성쇼핑의 장태식 사장이 시켜서 했던 일이라고 진술했었습니다. 진술이 바뀐 이유가 뭡니까?"

"그건 검사님이 윽박질러서, 무서워서……."

"피고인!"

"전 정말 곽순원이라는 사람이 살인자인 줄 몰랐어요! 저는 제가 번 돈의 일부를 환원한다는 생각에 도왔을 뿐이에요. 믿어주세요! 제발!"

전창진 대표는 억울하다는 듯 책상을 쾅쾅쾅 치기 시작했다. 동시에 변호사가 벌떡 일어섰다.

"재판장님! 이의 있습니다! 검사는 지금 피고인에게 무리한 진술을 강요하고 있습니다!"

전창진 대표의 행동은 모두 판사의 마음을 뒤흔들기 위한 변호사의 지시이자 꼼수다.

하지만 박철우 검사는 밀리지 않는다.

"재판장님, 진술 강요가 아닙니다. 진술 번복에 관한 이유를 묻고 있을 뿐입니다!"

박철우 검사와 변호사의 시선이 이한영을 향했다. 이한영은 당연히 박철우 검사의 편이다. 변호사의 꼼수 정도는 손바닥 들여다보듯 파악하고 있었다.

"변호인 측 주장을 받아들이지 않겠습니다. 검사, 계속 신문하세요."

변호사는 조금 화가 난 표정으로 입을 꾹 다문 채 자리에 앉았다. 그가 이한영에게 시선을 보낸다.

'이번 재판에서 끝내. 이 재판이 유성쇼핑까지 이어져서는 안 돼!'

하지만 이한영은 변호사의 시선을 외면했다. 이한영은 이번 재판에서 강신진 지원장의 청부를 받지 않았다. 그리고 강신진 지원장의 입에서 장태식 사장의 관계를 들은 적이 없다. 자신의 힘을 드러내기 싫어하는 강신진 지원장의 성격 때문이다. 즉, 이한영은 '나는 아무것도 몰랐어요'라는 말로 전창진 대표부터 장태식 사장까지 박살 낼 수 있는 멍석 위에 선 것이다. 이 기회를 놓칠 수 없었다.

박철우 검사의 신문이 이어졌다. 그때 이한영의 시선이 법정의 문으로 향했다. 재판이 시작되며 닫혀 있던 문이 조용히 열리고 있었다. 그리고 강신진 지원장이 들어왔다. 그는 태산 같은 모습을 잃지 않고 먼 곳에 서서 이한영을 바라본다. 쏘아보는 것은 아니다. 하지만 만만한 눈빛이 아니다. 등골이 서늘해질 정도로 한기가 가득하게 의심의 눈빛을 뿌리고 있다.

이한영은 그 눈빛을 피하지 않았다.

'나를 의심하는 건가? 의심 많은 네가 이제야 나를 의심하는 거야?'

뱃속에서부터 터져 나오는 웃음을 겨우 참아냈다. 그동안 강신진 지원장은 이한영의 정체와 의도를 알 기회가 많았지만 애초에 신경 쓰지 않았다. 대통령까지 만나고 다니는 강신진 지원장의 눈에 이한영 같은 젊은 판사는 보이지도 않았을 것이다.

'고작해야 김윤혁급이라고 생각했겠지. 언제든 밟을 수 있는 사람이라고 판단했겠지. 키워서 쓸 생각만 하고 있었겠지!'

겉만 보고 판단해버린 프레임이 강신진 지원장을 궁지에 몰리게 하고 있었다. 그리고 이한영은 강신진 지원장이 어떤 생각을 하고 있는지 예측하기 시작했다. 최근 일어났던 사건과 장태식 사장의 처지, 강신진 지원장의 주변에서 벌어진 일 등 모든 인과관계가 이한영의 머릿속에서 재해석되었다. 그렇게 잠깐의 시간이 지나고 이한영은 주먹을 꾹 쥐었다.

'아직은 의심 단계, 결정은 내지 못했어. 강신진이 가장 유력하게 의심할 사람은 장유린이야.'

겉으로 드러난 장유린 부장의 힘은 꽤 강하다. 일단 그녀는 유성그룹의 핏줄이다. 가진 자산만 해도 어마어마하며 국회 파견을 통해 정치권과도 손이 닿아 있다. 머리도 나쁘지 않다. 게다가 유성그룹을 손에 쥐고 싶다는 야망을 숨기지 않고 드러냈었다. 장유린 부장이라면 임정식 수석 부장을 회유할 수 있고 일련의 모든 사건을 만들어낼 힘이 있다.

'장유린을 전면에 내세운다는 작전이 통했어. 강신진은 내가 장유린과 연결되어 있는지가 궁금할 거야. 그런데 어쩌지? 난 아직 네 옆에 더 있고 싶은데.'

이한영은 다른 사람이 알지 못하도록 강신진 지원장을 향해 살짝 고개를 숙였다. 예의를 갖춘 거다.

'의심을 지워주마.'

그때 강신진 지원장이 이한영을 향해 입을 연다. 소리는 내지 않았지만 정확한 입 모양으로 의사를 전달하고 있다.

'김진아가 위험해.'

강신진 지원장은 죽여도 손해가 없는 김진아 검사를 위기에 몰아넣으며 이한영을 시험하고 있었다. 지금은 재판이 이뤄지는 중이다. 전화도 할 수 없고 자리를 박차고 일어날 수도 없다.

'네가 김진아와 같은 편이라면 동요하겠지.'

강신진 지원장은 냉정한 눈으로 이한영을 관찰하기 시작했다. 하지만 이한영의 표정은 바뀌지 않는다. 오히려 강신진 지원장을 향해 되묻고 있다.

'김진아가 누군가요?'

* * *

"아가씨에 관한 이야기는 들었어. 나의 무리한 사업 진행으로 피해를 봤다고?"

그 시각, 용산구에 있는 한 호텔의 레스토랑에서 장태식 사장은 김진아 검사와 만나고 있었다.

김진아 검사가 미간을 찌푸리며 장태식 사장을 노려본다.

"아가씨가 아니라 검사입니다."

"나한테는 똑같아."

장태식 사장은 대수롭지 않게 답하며 그녀를 향해 와인을 기울였다. 비어 있던 와인 잔에 붉은 포도주가 담긴다.

장태식 사장이 말을 이었다.

"재개발 사업, 나도 안타깝게 생각해. 그 사건으로 꽤 많은 분들이 목숨을 잃었지. 철거민, 경찰 그리고 무고한 생명들. 그런데 그분들의 희생으로 서울의 모습이 바뀌었어. 판자촌이 사라지고 멋진 빌딩이 들어섰지. 지금은 대한민국의 자랑이 되었어."

"……."

"판자촌이 계속 있었다면 대한민국이 이 모습이었을 것 같아? 아니야. 계속해서 거지 같은 모습으로 남아 있었을 거야. 그때 우리를 비난하던 시민단체 인간들도 있어. 그 사람들은 매일 회사 앞으로 찾아와서 시위를 했어. 그런데 그 시민단체에 속한 인간들이 지금 뭘 하는 줄 알아?"

장태식 사장이 휴대폰을 만지더니 한 SNS에 접속해 사진을 찾아냈다. 그리고 김진아 검사 앞에 놓았다.

"당시 시위를 했던 시민단체의 대표야. 지금은 그 도시를 거닐며 커피를 마시고 있지. 그걸 SNS에 올리며 인생을 즐기고 있어. 이걸 뭐라고 생각하나?"

장태식 사장이 우울한 표정으로 와인 잔을 들어 입에 댔다. 그리고 다시 김진아 검사를 바라보며 말을 잇는다.

"철거민을 해산하기 위해 무리한 결정을 했던 건 인정해. 그런데 철거민이 해산하지 않았다면 더 많은 사람들이 다쳤을 거야. 시위대의 무기는 진화하는 데 비해 경찰들은 무른 대처를 하고 있으니까. 계속되었다면 아가씨의 아버지뿐만 아니라 다른 경찰도 목숨을 잃었을 거야."

"……."

"그래도 내 결정이 잘못되었다고 생각하나?"

"네."

김진아 검사는 단호하게 답한다.

장태식 사장이 고개를 젓는다.

"대한민국의 수도 서울이 판자촌에 사는 인간들로 득실거리는 걸 원한다는 건가? 제발 생각이란 것을 해. 아가씨가 값싸고 편하게 타고 다니는 버스, 지하철. 주말이 되면 부모들이 자식 데리고 나와 놀 수 있는 공원과 산책로. 퇴근 후 친구들과 맥주 한잔 마실 수 있는 건물까지! 모두 그런 희생이 있어서 만들어진 거야. 지금 누리는 건 당연시하면서 과거의 일을 부정하고 폄하하지 마. 더 나은 미래를 위한 결정이었어. 당시의 시대를 이해해줬으면 좋겠어."

장태식 사장이 품에서 흰 봉투를 꺼내 테이블에 놓았다. 김진아 검사의 시선이 봉투로 향하자 그가 말을 잇는다.

"이쯤에서 그만해."

김진아 검사가 봉투를 들어 올렸다.

"돈인가요?"

"그래."

"우리 아버지의 목숨값?"

장태식 사장이 고개를 저었다.

"사죄하는 마음이라고 하지."

김진아 검사가 봉투를 열어 본다.

하얀색 수표가 보인다. 적힌 숫자는 50억이다. 그녀의 시선이 다시 장태식 사장에게 향한다.

"이거 받고 기소를 중지하라는 건가요?"

"내 마지막 배려야. 더 하면 아가씨가 위험해. 계속 기소를 이어간다 해도 상관은 없어. 카메라 앞에 서서 몇 번 망신당하고 끝날 일이니까."

김진아 검사가 봉투를 테이블에 내려두며 입을 열었다. 그녀의 목소리는 담담하지만 이어지는 내용에는 적개심이 가득하다.

"망신을 당할지 감옥에 갈지는 두고 봐야 아는 거죠. 그런데 제가 위험하다고요? 지금 검사를 협박하는 건가요?"

장태식 사장이 픽 웃었다.

"검사라는 존재가 나한테 위협이 될 것 같은가? 아가씨 말고도 검사는 많아. 하지만 내가 쓰러지면 대한민국의 경제가 흔들려. 내가 가만히 있어도 주변에서 아가씨를 처단하기 위해 움직일 거야."

"……."

"난 다음 달에 미국의 장관과 만나기로 되어 있어. 그다음 달에는 중국의 관료와 약속이 되어 있지. 같은 달에 중동의 왕가와 석유 수입에 관한 의견을 나눠야 해. 모두 아가씨의 월급으로는 상상할 수 없는 돈이 오가는 거래야. 대한민국의 경제를 일개 검사가 박살 내겠다는 건가?"

장태식 사장이 다시 테이블에 놓인 봉투를 그녀의 앞으로 밀어 둔다.

김진아 검사가 봉투를 쥔다.

장태식 사장이 활짝 웃으며 입을 연다.

"더 필요하면 말해. 아니면 내가 집 하나 사 줄까? 한강 변이 한눈에 보이는 집으로 구해 줄 수 있어. 세금이나 자산 조사는 걱정하지 마, 그 정도는 얼마든지 막아줄 수 있으니까."

김진아 검사의 입꼬리가 비틀어졌다. 그녀의 차가운 미소에 장태식 사장은 순간 뭔가가 잘못되었다는 생각이 들었다.

그녀가 말한다.

"검사 안 무섭다고 하더니, 되게 무섭나 보네. 말이 왜 이렇게 길어?"

"뭐?"

김진아 검사가 일어서며 계속 말했다.

"장태식 씨, 착각하는 게 있는 것 같네요?"

"뭐? 착각?"

"난 검사고 당신은 법을 어겼어요. 그래서 기소한 것뿐이에요. 그리고 대한민국 발전? 네 욕심이었을 뿐이잖아요. 이 50억은 어떻게 할까요? 증거로 가져갈까요?"

김진아 검사가 살랑살랑 흔들던 봉투의 끝을 손에서 뗐다. 50억이 든 봉투가 쓰레기처럼 떨어져 내린다.

그녀가 말한다.

"더러워서 못 들고 있겠네."

장태식 사장의 입에서 무서운 음성이 흘렀다.

"아가씨, 죽을 수도 있어."

"사주를 봤는데, 명은 길대요. 조만간 검찰에서 뵙죠."

그녀는 몸을 돌려 레스토랑을 벗어났다.

장태식 사장은 주먹을 꽉 쥔다.

"개 같은 것이……."

그가 김진아 검사를 찾아온 것은 그녀 아버지의 죽음에 대해 사죄하기 위함이 아니었다. 오로지 아버지 장용현 회장의 눈 밖에 날까 걱정스러웠기 때문이다. 그래서 최대한 좋게 좋게 끝내려 했더니 말을 듣지 않는다.

장태식 사장이 휴대폰을 손에 들었다.

"지금 내려갔다. 계획대로 해."

* * *

강신진 지원장은 고개를 갸웃거렸다. 이한영의 표정에 변화가 전혀 없었기 때문이다. 그저 평소처럼 재판을 이어갈 뿐이다.

'김진아, 장유린과 같은 편이 아니라는 건가?'

그때 변호인 측이 신청한 증인이 증인석으로 올라왔다. 전창진 대표에게 기부를 받았다고 주장하는 연기자다. 증인석에 앉은 증인은 긴장된 표정으로 이한영을 올려다봤다.

이한영이 입을 열었다.

"변호인과 검사가 신문하기 전에 본 재판장이 먼저 묻고 싶은 게 있습니다. 증인, 기부를 받았다고요?"

"네."

"매달 300만 원씩요?"

"네."

"그동안 기부한 피고인 전창진 씨는 처음 보고요?"

"네, 처음 뵙습니다."

이한영은 자신의 앞에 놓인 서류를 힐끗 바라봤다. 장유린 부장이 준 증인들의 대본이다. 그리고 다시 묻는다.

"통장이 아니라 현금을 직접 받았다고 했는데, 자세한 상황을 말해줄 수 있겠습니까?"

"제가 통장을 사용할 수 없는 처지라 직접 전해 줬습니다. 방법은……."

이때 증인의 말을 이한영이 이어 받아 말했다.

"매달 15일에 역 앞에서 만나 흰 봉투에 사인하는 방식으로 받았고, 딸이 청각장애인이라 허투루 돈을 쓰지는 않았는지 가계부까지 검토받았다는 거죠?"

"네?"

증인이 할 말을 이한영이 똑같이 내뱉은 것이다. 증인이 깜짝 놀란 표정으로 눈을 동그랗게 뜬다.

이한영이 서류를 손에 들었다. 그리고 그의 엄숙한 목소리가 법정을 울렸다.

“지금 말씀하신 건 대본이잖아요? 증인은 지금 위증을 하고 있습니다. 증인, 진짜 돈을 받은 게 맞습니까?”

“마, 맞습니다.”

이한영이 어이없다는 듯 웃으며 손에 사진을 들었다. 증인과 유성쇼핑의 관계자가 프라이빗한 고깃집에서 식사하는 모습이 찍힌 사진이다.

“여기 유성쇼핑 관계자와 만나 받은 돈 말고 전창진 씨에게 받은 게 또 있다고요?”

증인이 딱딱하게 굳은 얼굴로 변호사를 바라봤다. 하지만 변호사도 마찬가지다. 창백하게 변한 얼굴로 어쩔 줄 모르고 있다.

방청석은 웅성거리기 시작했고 강신진 지원장의 표정은 찌푸려진다.

그때, 쾅!

이한영이 법대를 손으로 쳤다. 갑자기 들린 큰 소리에 모두가 깜짝 놀랄 때, 이한영이 강하게 입을 열었다.

“직권 심리로 증거조사 및 증인을 채택하겠습니다. 유성쇼핑의 대표 장태식 그리고 이 사진에 나온 관계자를 소환합니다. 그리고 검찰은 허위 진술을 꾀한 변호인과 변호인 측의 증인 모두 즉시 수사하도록 하세요.”

법정에 거센 바람이 불기 시작했다. 그리고 이한영의 시선이 강신진 지원장에게 향했다. 강신진 지원장은 장태식 사장과 통화하려는지 급히 법정을 벗어나는 중이다. 그 뒷모습을 이한영이 냉엄한 눈빛으로 쏘아보았다.

09

-서울중앙지방법원 이한영 판사, 법원 직권으로 장태식 사장 증인 소환
-유성쇼핑이 TJ식품의 비리를 막기 위해 증인을 만들어내다
-검찰, 유성쇼핑 조사 임박!

포털사이트에 기사가 떴다.

기사를 작성한 곳은 유성그룹의 눈치를 보지 않는 소규모 언론사였지만 거대 재벌의 후계가 증인으로 소환되는 파격적인 사건이었다. 기사는 순식간에 포털사이트의 중앙에 박혔고 실시간 검색어를 차지해버렸다.

유성그룹은 곧장 포털사이트에 연락해 압박을 가했다. 기사는 찰나의 순간에 사라졌고, 찾아서 읽으려면 몇 페이지나 넘겨야 하는 수고를 해야만 했다. 하지만 해외에 서버를 둔 SNS까지 막을 수는 없었다. TJ식품과 장태식 사장의 소환이 걷잡을 수 없이 퍼지기 시작했다. 어느새 장태식 사장이 곽순원을 킬러로 고용했다는 음모론까지 만들어지고 있었다.

콰직!

땅에 떨어진 휴대폰이 장태식 사장의 발에 밟혔다. 휴대폰의 박살 난 파편이 땅에 튀긴다.

"씨발!"

장태식 사장의 눈은 벌겋다.

"벌레 같은 새끼가 나를 소환해?"

장태식 사장은 계속해서 휴대폰을 짓밟았다. 휴대폰이 밟히는 둔탁한 소리가 조용한 레스토랑을 울렸다. 그의 분노로 가득한 목소리 역시 계속해서 이어진다.

"병신 같은 새끼! 꼭 죽어야 정신을 차리나? 판사라고 불러주니까 뭐라도 된 줄 알지?"

그의 옆으로 비서가 다가섰다.

"사장님……."

"가만히 있어!"

"종업원들이 보고 있습니다."

호텔의 레스토랑에는 그들 외에 아무도 없었다. 김진아 검사를 만나기 위해 통째로 빌렸기 때문이다.

행동을 멈춘 장태식 사장이 번뜩거리는 눈으로 종업원들을 노려봤다. 눈을 마주친 직원들이 흠칫 놀라며 고개를 숙인다. 행여나 장태식 사장의 횡포가 자신들에게 이어질까 봐 겁이 난 거다.

"병신 새끼들."

장태식 사장이 몸을 돌리며 비서에게 말을 이었다.

"해결하고 나와."

그리고 장태식 사장은 뚜벅뚜벅 레스토랑을 벗어났다. 그가 사라졌지만 찬물을 끼얹은 분위기는 여전히 이어지고 있었다. 아직 비서가 있어서다.

"점장."

"네!"

점장이 빠르게 달려와 앞에 서자 비서는 품에서 돈을 꺼내 건넨다.

"애들 밥이나 사줘. 그리고 여기에서 있었던 일이 SNS든 뭐든 세상에 알려지면……."

점장이 황급히 고개를 숙였다.

"절대 그럴 일 없을 겁니다. 걱정하지 마십시오."

레스토랑의 직원들은 그저 이들이 빨리 사라지길 바랄 뿐이었다.

차의 뒷좌석에 앉은 장태식 사장은 아직 화가 덜 풀렸는지 거칠게 넥타이를 풀고 있었다.

"소환? 기소? 판사나 검사나, 개새끼들……."

차의 문이 열리며 조수석에 비서가 올랐다.

장태식 사장이 넥타이를 집어 던지며 묻는다.

"진행 상황 말해봐."

"어떤 것 말입니까?"

"김진아."

"오늘 밤 처리될 겁니다. 걱정하실 필요 없습니다."

* * *

그리고 그 시각, 이한영은 재판이 끝나자마자 강신진 지원장에게 불려 나왔다. 법원에서 멀지 않은 한정식집이다. 강신진 지원장이 휴대폰을 꺼내 테이블 위에 놓는다. 이한영도 휴대폰을 들어 그 옆에 뒀다. 강신진 지원장이 자신의 손목을 툭툭 건들더니 시계를 풀었다. 이한영도 시계를 푼다. 몰래카메라와 녹음기가 안경이나 휴대폰, 볼펜 등 다양한 모습으로 만들어져 나오고, 구매하기도 쉬운 세상이다.

강신진 지원장은 혹시나 모를 녹음을 방지하려 하고 있었다. 그렇게 의심이 가는 모든 것이 테이블에 올라오고 나서야 강신진 지원장이 입을 열었다.

"다른 휴대폰이 있는 건 아니지?"

"없습니다."

"몸을 확인해봐도 될까?"

"네."

이한영은 휴대폰을 여러 개 가지고 있지만 강신진 지원장과 만나기 전에는 단 한 대만 들고 나왔다. 그의 성격을 알기 때문에 예상한 일이다.

잠시 이한영의 몸을 툭툭 두들겨본 강신진 지원장이 다시 자리에 앉으며 입을 열었다.

"주변에 배신자가 있는 것 같아. 이해해줬으면 좋겠어."

강신진 지원장은 대수롭지 않게 말하면서도 이한영의 표정을 관찰하고 있었다. 의심을 풀지 않는 거다.

이한영 역시 긴장을 놓지 않고 모른 척 묻는다.

"배신자요?"

정말 모른다는 표정의 이한영을 보며 강신진 지원장이 손을 저었다.

"아니야, 됐어. 그건 그렇고 자네, 김진아를 모르나? 위험에 처할 것 같은데……."

재판 과정에서도 이야기했지만 그때는 입 모양만으로 내용을 전달했다. 이한영이 못 알아들었을 수도 있었기에 다시 한번 그녀의 이름을 언급하는 거다. 김진아 검사를 알고 있다면 표정의 변화가 있을 수밖에 없다.

하지만 이번에도 이한영의 표정은 평소와 다르지 않다.

"김진아요?"

"그래, 김진아."

잠시 생각하는 척 눈동자를 움직이던 이한영이 입을 열었다.

"서부지검 검사 아닌가요? 몇 번 만난 적이 있습니다. 그런데 김진아 검사가 위험에 빠진다니요? 왜……?"

"아니야. 첩보로 들은 소식이 있어서 그래."

"김진아 검사에게 알려야 하지 않을까요?"

강신진 지원장이 고개를 저었다.

"첩보일 뿐이야. 괜히 말을 꺼냈다간 실없는 사람이 될 수도 있어."

강신진 지원장은 조금 더 구체적으로 김진아 검사의 위험을 알렸다. 하지만 이번에도 이한영의 표정에서 알아낼 수 있는 정보는 없었다.

강신진 지원장의 눈빛이 짙어진다.

'정말 관계가 없는 건가? 아니면…….'

그리고 이한영 역시 강신진 지원장을 살피고 있었다.

'나를 얼마나 얕잡아 보고 있는 거야?'

강신진 지원장은 첩보라고 말했지만 누군가가 김진아 검사를 노린다는 사실을 정확히 말했다. 만약 김진아 검사가 테러를 당한다면 이한영의 의심이 강신진 지원장에게 쏠릴 것은 당연한 일이다. 하지만 강신진 지원장은 김진아 검사가 무슨 짓을 당한다 해도 이한영이 어떻게 할 수 없다는 자신감을 갖고 있었다.

'고맙네, 얕잡아줘서.'

이한영은 젓가락을 들어 접시에 놓인 고기를 쿡쿡 쑤셨다. 언젠가 강신진 지원장 역시 한 점 고기처럼 힘없이 쑤셔지게 될 거다.

'조금만 더 세상을 즐겨라…….'

그때까진 얕잡아 보여도 상관없다.

이한영은 고개를 틀어 창밖을 바라봤다. 어느새 어둠이 깔리기 시작했다. 어둠은 빛을 삼키고 정의를 감춘다. 그리고 끔찍한 일을 만들어내기도 한다. 강신진 지원장의 앞이라 최대한 웃고 있지만 이한영의 마음속은 김진아 검사에 관한 일로 걱정이 태산이다.

'부탁한다, 정호야…….'

전생에서는 실패했던 장태식 사장의 실형. 이번에는 그녀가 실패하는 모습을 보고 싶지 않았다.

* * *

한 자동차가 지하 주차장에 들어섰다.

차에서 내린 사람은 김진아 검사, 이곳은 그녀가 사는 아파트다. 뒷좌석에서 여행용 가방을 빼낸 그녀는 엘리베이터를 향해 걸었다. 여행용 가방엔 사건 문서가 가득하다. 남자 판사나 검사는 주로 보따리에 일거리를 들고 다닌다. 하지만 여성들은 무겁게 들고 다니는 대신 여행용 가방을 이용하기도 한다. 조용한 지하 주차장에 드르륵 바퀴 굴러가는 소리가 들려왔다.

그녀의 얼굴엔 피곤이 가득 묻어 있다. 하지만 조금만 있으면 장태식 사장을 잡을 수 있다는 생각 때문인지 표정은 어둡지 않다.

잠시 후 엘리베이터의 문이 열리고 김진아 검사가 내렸다. 그녀가 현관문의 비밀번호를 누르는 소리가 삑삑삑 울린다. 평소와 같이 문을 열고 안으로 들어서던 그녀는 순간 걸음을 멈췄다.

"어?"

불이 꺼져 있어야 하는 맞은편 방에 희미한 불빛이 보였기 때문이다.

'뭐지?'

순간 장태식 사장이 했던 말이 스쳤다.

–아가씨, 죽을 수도 있어.

상대는 대한민국에서 뭐든지 할 수 있는 유성그룹의 장태식 사장이다. 정말 검사를 살해할 계획을 세웠을 수도 있다. 그녀는 쿵쿵쿵 울리는 심장을 달래며 주춤주춤 뒤로 물러섰다. 영화나 드라마에선 여검사나 여형사가 깡패를 물리치기도 하지만 현실에선 말도 안 되는 일이다. 지금은 이곳을 빠져나가는 게 우선이다.

그때 채 닫히지 않은 현관문이 확 열렸다. 그녀의 고개가 현관문을 향해 빠르게 돌아가는 순간 콱 머리채가 잡혔다. 동시에 날카로운 날붙이가 목에 닿으며 수건 같은 것이 입을 틀어막는다. 비명을 지를 시간조차 주지 않는다. 프로의 솜씨다.

남자의 목소리가 흐른다.

"가만히 있지 않으면 알지?"

어눌한 발음. 단번에 알 수 있었다. 뒤에서 칼을 대고 있는 사람은 외국인이다.

그 목소리를 들었는지 맞은편 방문이 열리며 모자를 눌러쓴 남자가 나타났다. 모자 쓴 남자는 외국인에게 잡힌 김진아 검사를 물끄러미 보더니 다시 몸을 돌린다.

"데려와."

외국인이 김진아 검사의 목에 댄 칼로 툭툭 친다.

"가자."

김진아 검사는 긴장된 표정을 숨기지 못한 채 모자 쓴 남자가 들어간 방으로 향했다. 방으로 들어가자 모자 쓴 남자가 컴퓨터 옆에 놓인 프린터를 가리킨다. 프린터에는 문서가 인쇄되어 있다.

"집어. 종이에도 지문이 남는다며? 인쇄된 종이에 네 지문이 남아 있어야 정말 네가 썼다고 믿을 거야."

이럴 때 놈들을 자극하면 안 된다. 순순히 따라야 살 수 있다. 김진아 검사는 종이를 들었다.

남자가 컴퓨터 책상 앞 의자에 앉으며 말했다.

"읽어."

김진아 검사의 시선이 손에 들린 종이로 향했다.

저는 오늘 생을 마감하려 합니다.

열심히 공부해서 검사가 되었지만 중앙지검 박철우 검사의 계속되는 성폭행에 여성으로서 수모를 느꼈습니다. 슈퍼맨이라는 이름으로 세상의 정의처럼 여겨지는 박철우 검사를 제가 어떻게 할 방법이 없어 죽음으로 그의 죄를 폭로하려 합니다. 꼭 처단해주시길 바랍니다.

김진아 검사의 눈이 커졌다. 이자들은 자신만 죽이려는 게 아니다. 박철우 검사 역시 사회적으로 매장하려 하고 있다. TJ식품으로 장태식 사장까지 엮으려 하는 것이 못마땅했기 때문이다.

남자가 히죽 웃는다.

"소리 질러도 상관없어. 여긴 아파트야. 옆에서 누가 죽어 나가도 도와주지 않아. 그리고 옆집 사람들은 휴가 보냈어. 유성그룹 직원이거든. 아, CCTV도 걱정하지 마. 오늘은 보안 점검으로 다 먹통이니까."

남자의 말에 외국인이 수건과 칼을 치운다. 그리고 현관으로 걸어간다. 남자는 잔인한 웃음을 입가에서 지우지 않는다.

"도망치려 해도 상관없어. 반항해도 상관없고."

외국인이 현관문을 열면 열댓 명의 남자들이 들어와 그녀의 사지를 잡고 자살로 몰기 위한 작전을 시행할 거다. 이제 그녀의 죽음은 초읽기에 들어갔다.

남자가 그녀의 전신을 위아래로 훑으며 입을 열었다.

"그냥 죽이기엔 아까운데……."

김진아 검사는 입을 꾹 다물며 주변을 둘러봤다. 죽는 건 당연시되는 것 같다. 그럼, 최소한의 다잉 메시지는 남겨둬야 박철우 검사가 연관되는 것을 막아낼 수 있고 장태식 사장이 연관되어 있다는 걸 알릴 수 있다. 하지만 이자들은 어떤 기록을 남겨두든 깨끗이 치우고 사라질 자들이다.

자해를 한다고 해도 마찬가지다. 유서까지 남은 상황, 죽기 전에 정신적으로 힘들었던 그녀가 난동을 피운 것으로 수사가 종료될 것이다. 그럼 남은 것은 하나…….

'강간을 당했다는 흔적을 내 몸에 남겨두면…….'

최악의 생각을 한 그녀는 눈을 질끈 감았다. 죽기 전까지 치욕을 당해야 한다는 게 너무나 억울했기 때문이다. 하지만 지금은 방법이 없다. 그녀의 시선이 다시 남자에게 향했다.

"죽이기 아까우면 원하는 대로 해."

남자가 픽 웃는다.

"왜? 조금이라도 더 살고 싶어서? 아니면 너도 즐기고 싶어?"

"그래."

"쏘리."

자리에서 일어선 남자가 김진아 검사의 어깨를 툭툭 두들기더니 히죽 웃으며 말한다.

"네가 어떤 생각 하는지 다 알고 있어."

김진아 검사는 눈을 감았다. 이제 방법이 없다. 그녀가 힘없는 목소리로 입을 열었다.

"유서…… 제가 직접 자필로 쓸게요. 그냥 힘들어서 선택했다고 할게요. 그러니까 박철우 검사님만 빼주세요."

"안 돼."

"제발요."

그녀의 눈에서 눈물이 주르륵 흘렀다. 박철우 검사는 그녀가 믿는 유일한 사람이다. 그런 사람이 이런 말도 안 되는 일에 휘말려 최후를 맞이하게 하고 싶지는 않았다.

하지만 남자는 단호하다.

"안 돼."

"제발! 박철우 검사님만 빼달라고!"

그때…….

"나를 빼면 섭섭하지."

박철우 검사의 목소리가 들렸다. 동시에 꽈드드드득! 뼈가 어긋나는 소리가 들리더니 외국인의 비명이 이어진다.

"끼아아아아아아악!"

끝이 아니다.

쾅! 쾅! 쾅!

둔탁한 소리가 계속해서 들려온다. 석정호와 그 부하들이 모자 쓴 남자 일당을 박살 내는 소리다. 도대체 무슨 일이 일어난 것인지 모자 쓴 남자의 눈동자는 갈피를 못 잡고 있다.

그때 방문 앞으로 박철우 검사가 섰다. 그가 분노한 눈으로 모자 쓴 남자를 노려본다.

"감히 검사를 건드려?"

이한영은 옥탑방의 옥상에 있었다.

차가운 바람이 불어왔지만 긴장된 표정으로 서 있을 뿐이다. 계단에서 타박타박 발소리가 들리자 이한영의 시선이 빠르게 이동했다. 석정호가 보였다. 이한영은 석정호의 표정을 살핀다. 평온하다.

그제야 이한영의 입에서 참았던 한숨이 흘렀다.

"전화라도 좀 해주지."

석정호가 액정이 깨진 휴대폰을 들어 올렸다.

"미안, 싸움 중에 고장 나서."

“다친 곳은?”

석정호가 자신의 팔을 걷어 보였다. 이빨 자국이 보인다.

“물렸어.”

다른 곳은 멀쩡하다.

“김진아 검사님은?”

“목에 기스 난 것 빼고는 없어.”

김진아 검사는 외국인이 칼을 대고 있을 때 목이 살짝 베였다고 한다.

“박철우 검사님은?”

“멀쩡해.”

석정호가 손을 탁탁 털며 말을 이었다.

“깡패들만 처리하고 난 빠졌어. 놈들에게 얼굴 안 보였으니까 그것도 걱정하지 말고.”

이한영의 시선이 다시 서울 시내로 향했다.

석정호는 제 할 일을 끝냈다. 이제 박철우 검사를 믿어야 한다. 박철우 검사가 놈들에게 자백을 받아낼 수 있다면 장태식 사장의 인생은 끝날 것이다.

그 시각, 서울중앙지방검찰청의 취조실.

박철우 검사는 모자 쓴 남자 앞에 섰다. 검사 앞에서 범죄자는 고양이 앞의 쥐와 같다. 겁먹고 파르르 떨어야 하는 게 당연하다. 하지만 남자는 느긋한 태도로 박철우 검사를 보고 있었다.

“이름.”

“윤지환요.”

“누구 지시야?”

“제 뜻입니다.”

박철우 검사가 싸늘한 시선으로 남자를 노려봤다.

"넌 검사를 건드렸어. 이게 무슨 의미인 줄 알아?"

낮은 음성이 무시무시하게 들려왔지만 남자는 픽 웃을 뿐이다.

"검사를 건드린 의미가 뭔데요? 그럼 검사가 아닌 일반인은 건드려도 된다는 건가요? 특권 의식 있어요?"

"뭐?"

남자가 귀찮다는 듯 손을 흔든다.

"됐고, 특권 의식 있는 검사님을 죽이려 했으니까 그냥 사형시키세요. 계속 귀찮게 할까 봐 미리 말씀드리는 건데, 누가 사주한 것 없고 다 내가 알아서 한 겁니다."

답이 안 나오는 놈이다. 하지만 박철우 검사는 다시 찌르기 시작했다.

"김진아 검사는 어떻게 알았지? 집은 누가 알려준 거야?"

"그냥 예뻐서 쫓아다녔습니다. 그래서 알았어요. 됐죠?"

"왜 죽이려 한 거지?"

"예쁜 꽃은 꺾어야 제맛이라."

"유서에 내 이름은 왜 넣었어?"

"정의의 용사인 척하고 다니는 게 같잖아서."

남자는 할 말을 다 했다는 듯 다리를 외로 꼬며 입을 꾹 다문다.

박철우 검사의 얼굴엔 황당함만이 남았다. 그는 지금껏 많은 범죄자를 만나 왔다. 하지만 이렇게 막무가내인 놈은 처음이다.

"입을 열지 않는다고요?"

–네, 생각이 없는 놈이에요. 감옥에 가는 걸 무서워하지 않으니…….

아직 옥탑방에 있던 이한영은 고개를 틀어 벽면에 붙은 시계를 바라봤다. 밤 11시가 지나고 있다.

"놈에 관한 인적 사항을 메일로 보내줄 수 있을까요?"

–바로 보낼게요.

이한영은 박철우 검사와 전화를 끊고 바로 노트북을 열었다. 장태식 사장에게는 시간을 주지 않고 몰아쳐야 한다. 그러지 않으면 강신진 지원장에 의해 상황을 모면할 수 있는 길이 제시될 것이다.

'오늘 밤 안에 끝내야 해.'

박철우 검사로부터 메일이 왔다. 이한영은 빠르게 열어 본다. 남자의 인적 사항을 파악한 후 가족 등을 동원할 생각이었다. 최악의 살인범이라도 어머니의 눈물엔 약한 법이니까. 하지만 놈은 고아다. 가족이란 없다.

이한영의 눈이 찌푸려졌다.

'젠장, 뭘 어떻게 해야 해?'

생각을 해봤지만 꼬인 실타래는 풀리지 않는다. 그때 휴대폰이 울렸다. 장유린 부장이다. 그녀의 이름을 발신 번호에서 확인한 순간 이한영의 머릿속에 길 하나가 스쳐 갔다.

'방법이 있어!'

이한영은 서둘러 휴대폰을 귀에 댔다.

"네, 부장님."

—장태식 사장을 소환한다고? 그쪽에서 불응할 것 같은데…….

장유린 부장은 TJ식품 전창진 대표의 재판에서 나온 장태식 사장의 증인 소환을 이야기하고 있다. 하지만 지금은 그게 중요한 게 아니다.

이한영이 빠르게 입을 열었다.

"장태식 사장을 증인이 아니라 피고인 신분으로 바꿀 기회가 왔습니다."

—피……고인?

"네, 구속만 할 수 있다면 철저하게 조사할 수 있습니다. 그래서 조금 위험할 수는 있지만 부탁드릴 게 있습니다."

장태식 사장을 단번에 물어뜯을 기회를 저버릴 장유린 부장이 아니다. 그녀가 시원하게 답한다.

—말해봐.

"일단 장태식 사장에게 전화 한 통을 넣어주십시오."

* * *

그 시각, 서울의 룸살롱.

평소 여자를 좋아하는 장태식 사장이다. 하지만 지금은 넓은 방에 홀로 앉아 있었다. 그가 무섭게 일그러진 얼굴로 술잔을 채우더니 단번에 털어 마신다.

"실패해?"

그의 표정은 펴질 줄을 몰랐다. 그때 똑똑똑, 노크 소리가 들리더니 문이 열리고 비서가 들어왔다. 테이블 앞에 서는 비서를 장태식 사장이 무서운 눈으로 노려본다.

비서는 나라를 팔아먹다가 걸린 죄인의 표정을 지으며 입을 열었다.

"죄송합니다."

그 말이 끝남과 동시에 장태식 사장이 앞에 놓인 양주 병을 집어 던졌다. 양주 병이 비서의 얼굴을 스치며 뒤에 있는 노래방 기기에 부딪쳤다. 그리고 '쾅!' 소리와 함께 바닥에 떨어져 산산조각 나버렸다.

시끄러운 소리가 사라지자 숨이 막힐 정도로 무거운 적막이 깔리기 시작했다. 비서는 고개를 숙이고 있을 뿐이다.

장태식 사장이 손을 흔들었다.

"야, 꺼져."

"죄송합니다."

"꺼지라고!"

"그놈은 입을 열지 않을 겁니다. 입을 연다고 해도 제 이름만 알고 있을 뿐이니 걱정하실 필요 없습니다."

장태식 사장이 픽 웃으며 비서를 향해 삿대질했다.

"병신아, 네 이름을 알고 있는 것부터가 문제야."

"제가 잡혀간다면 개인적으로 김진아 검사에게 원한이 있었다고 주장하겠습니다. 그러니까……."

"네가 감옥에 가는 것은 상관없어. 난 김진아라는 그 검사가 아직 숨을 쉬고 있는 게 마음에 안 들어."

"죄송합니다."

"죄송하면 그만 꺼져."

"밖에 대기하고 있겠습니다."

비서는 고개를 숙이고 방을 벗어났다.

장태식 사장은 기분 나쁘다는 표정으로 담배를 입에 문다. 뿌연 연기가 입에서 흐를 때 그의 휴대폰에 진동이 울렸다. 장유린 부장이다.

"이건 또 왜……."

못마땅한 눈으로 휴대폰을 바라보던 장태식 사장이 통화 버튼을 눌렀다.

"왜?"

–어머, 목소리 멀쩡하네?

"쓸데없는 말 할 거면 끊어."

–도움을 주려는 건데, 쓸데없기는. 방금 서부지검 검사가 테러를 당했다네?

장태식 사장의 얼굴이 있는 대로 찌푸려졌다. 하지만 그는 티를 내지 않는다.

"누가 테러를 당하든 무슨 상관이야?"

–상관있으니까 전화하지 않았을까? 테러당한 검사가 출근하면 너를 기소한다는 김진아 검사야. 그런데 검사를 죽이려 한 범인의 뒤에 누가 있었는지 궁금하지 않아? 가르쳐줄까?

장태식 사장의 얼굴은 딱딱하게 굳어지고 있었다. 그리고 장태식 사장을 밟기 위해 수단과 방법을 가리지 않는 장유린 부장의 목소리가 불길하게 이어졌다.

—그러게 얌전히 있지 그랬어. 지금 일을 벌이면 '내가 범인이오' 소문내고 다니는 건데. 왜 그렇게 멍청하니?

"무, 무슨 소리야? 내가 그랬다는 거야?"

—발뺌하지 마. 이제 넌 끝이야. 회장님이 아니라 할아버지가 와도 이것은 못 막아. 도망가든 죽든 알아서 해.

"씨발, 뭔 헛소리야! 난 아무 짓도 하지 않았어!"

—미친 새끼.

전화가 뚝 끊겼다.

휴대폰을 든 장태식 사장의 손이 파르르 떨린다.

* * *

장유린 부장은 이한영과 통화하고 있었다.

"전화했어."

—감사합니다. 자백은 했나요?

"전혀, 끝까지 잡아떼던데?"

—아쉽네요.

"장태식이 네 생각대로 움직일까?"

—도둑이 제 발 저리다는 말 있잖아요. 지금쯤 꼼수를 부리기 위해 머리를 쓰고 있을 겁니다.

장태식 사장은 장유린 부장이 냄새를 맡았다는 것만으로 초조함을 느낄 것이다. 최악의 순간을 벗어나기 위해 발악할 테고, 급조한 계획은 최악의 악수가 되어 자신의 목을 조를 거다.

—그럼 조심하십시오.

"그래, 알았어."

통화를 종료한 장유린 부장은 소파 테이블에 놓인 와인 잔을 들고 거실 창가로 향했다. 불이 꺼진 거실과 달리 한강 건너편의 불빛은 화려하게 타오르고 있었다. 그야말로 불야성. 그러나 그녀에겐 잠들지 않는 도시가 탐욕의 불꽃으로 보일 뿐이었다.

"부질없어."

그녀의 입술이 붉은 와인에 닿는다.

사람들은 그녀가 배다른 어미에게서 태어났다는 자격지심과 욕심 때문에 유성그룹을 노린다고 생각한다. 하지만 겉으로 보이는 것뿐이다.

한 치의 망설임 없이 앞에서 옷을 벗어 던지던 장태식, 힘없이 유린당하던 소녀. 알고 있으면서도 쉬쉬하는 유성그룹의 개새끼들…….

과거를 회상하던 그녀가 입술을 잘끈 깨문다. 그리고 기억하고 싶지 않다는 듯 고개를 저었다. 제자리를 찾은 그녀의 눈동자엔 서슬 퍼런 살기가 끼어 있다.

"죽여버릴 거야."

* * *

"내 이름이 나오지 않았다는 거지?"

―그래, 입을 다물고 있어서 검사도 골치가 아픈 모양이야.

장태식 사장은 강신진 지원장과의 통화를 종료했다. 장유린 부장이 전화로 지껄인 말은 모두 거짓이었다.

"떠본 건가?"

그의 눈동자에 핏줄이 죽죽 그어진다.

"왜? 무슨 생각으로 나를 떠본 거지? 도대체 왜!"

이유는 알 수 있었다. 모두 자신을 궁지에 몰기 위해서다. 장태식 사장은 손에 쥔 휴대폰을 부서질 듯 쥐었다.

"장유린…… 내가 멍청하게 넘어갈 것 같아? 그리고 나를 궁지에 몰아서 뭘 어쩌려고? 내가 없다고 네가 유성을 가질 수 있을 것 같아?"

그의 머릿속은 온통 장유린 부장으로 차 있었다. 그녀가 장태식 사장의 꼬리를 밟았다. 그녀의 성격이라면 꼬리를 잘라내기 전에 어떤 짓이든 벌이고 말 거다. 그녀의 머리는 강신진 지원장이 인정할 정도로 뛰어나다. 장태식 사장의 계획은 손바닥 보듯 들여다보고 있을 게 분명했다. 그는 그렇게 생각하고 있었다.

"씨발, 어떻게 해야 하지?"

그는 술잔을 들어 입으로 넘겼다. 그래도 응어리가 풀리지 않는지 술이 한 잔 두 잔 더 넘어간다. 그렇게 마시다 보니 어느새 테이블에는 양주 네 병이 뒹굴고 있었다. 그리고 어느새 반라의 여자가 옆에 앉아 있었다. 여자가 장태식 사장의 옆 가까이에 붙는다.

"제가 따라 드릴게요."

장태식 사장의 고개가 여자를 향해 틀어졌다. 지금껏 어떤 관심도 주지 않던 장태식 사장이 눈을 마주하자 여자는 최대한 아름답게 보이기 위해 활짝 웃는다.

"술 많이 드셨나 봐요."

그녀는 장태식 사장과 하룻밤을 보내면 어마어마한 돈이 들어온다는 것을 잘 알고 있었다. 그래서 더 다정하게 굴고 있다. 그녀의 손이 장태식 사장의 뺨을 쓰다듬는다. 그러자 장태식 사장이 술잔을 손에 쥐며 중얼댄다.

"장유린……."

"유린요? 맞아요. 제가 오늘 유린이 할게요."

"유린아……."

"네, 저예요."

콱! 장태식 사장의 손이 여자의 머리카락을 거칠게 움켜쥐었다. 그리고 그녀를 노려본다. 찢어 죽일 듯 소름 끼치는 눈빛에 여자의 눈동자가 공포에 질려갔다.

"왜, 왜 그러세요?"

"장유린……."

"저, 유린이 아니에요……!"

그녀의 눈동자가 움직인다. 바닥에 깨진 양주 병과 부서진 노래방 기기, 그리고 술에 취해 인사불성이 된 재계의 거물 장태식 사장. 폭행을 당한다 해도 어디에서 입을 뻥끗할 수 없다. 그때 장태식 사장이 그녀의 머리카락을 쥔 손에 더욱 힘을 줬다. 고통을 이기지 못한 그녀가 비명을 질렀다.

"아아악! 아파요! 아파요! 살려주세요!"

문이 벌컥 열리며 비서가 황급히 들어왔다. 그가 장태식 사장을 말리기 시작한다.

"사장님, 사장님!"

장태식 사장이 게슴츠레한 눈으로 비서를 본다.

"안 갔냐?"

"술이 과하십니다. 그만 들어가시지요."

"됐어. 안 취했어, 새끼야."

장태식 사장이 비틀거리며 일어선다. 걸음걸이가 많이 취해 보인다.

비서가 고개를 틀어 머리가 헝클어진 여자를 향했다. 그리고 그녀의 앞에 봉투를 던져 둔다.

"머리해."

"……."

"입 놀리는 순간 그 입 찢어버릴 테니까 그렇게 알고."

여자는 겁에 질린 눈으로 고개를 끄덕일 뿐이었다.

룸살롱을 벗어난 장태식 사장은 기사를 부르지 않고 직접 운전석에 올랐다. 뒤이어 주차장으로 온 비서가 말릴 시간조차 존재하지 않았다. 시동을 건 장태식 사장은 휴대폰을 귀에 댄다.

"유린아, 오빠다."

그의 차가 장유린 부장의 집을 향해 가기 시작했다. 그리고 그 뒤를 이한영의 차가 쫓고 있었다.

현관문이 부서질 듯 열렸다.

성큼성큼 들어온 장태식 사장이 말도 없이 장유린 부장의 멱살을 틀어잡고 빨건 눈으로 쏘아본다.

하지만 장유린 부장은 태연하다.

"취했니?"

"네가 이런다고 유성그룹을 가질 수 있을 것 같아! 넌 절대 가질 수 없어. 그래, 내가 아버지의 눈 밖에 날 수는 있겠지. 하지만 잠깐이야. 난 회장에 오를 거야. 이건 결정된 일이야."

장유린 부장이 자신의 멱살을 쥔 장태식 사장의 손을 툭툭 쳤다.

"미안한데, 전화 왔거든. 손 좀 치워줄래?"

손을 뿌리친 그녀가 소파에 놓인 휴대폰을 들었다. 그리고 장태식 사장을 향해 보였다. 발신 번호에 '중앙지검 검사'라고 적혀 있다.

"검찰이네. 지금 시간에 왜 전화했을까?"

장태식 사장의 얼굴이 딱딱하게 굳어졌다. 장유린 부장은 스피커폰 버튼을 누른다. 그러자 남성의 목소리가 흘러나왔다.

–부장님 덕에 범인이 자백했습니다. 유성쇼핑의 지시를 받았다고 합니다. 장태식 사장이 연루된 게 확실하니까 바로 구속 진행하겠습니다.

목소리의 주인공은 이한영이었다. 하지만 장태식 사장은 통화 목소리가 검사라고 믿을 수밖에 없다. 그의 표정이 태풍을 맞은 것처럼 박살 나기 시작했다.

장유린 부장이 휴대폰을 소파에 내려두며 생긋 웃는다.

"어쩌나? 이번에도 빠져나갈 수 있을까? 살인 청부는 빠져나가기 힘들 텐데……."

"누구야? 너한테 정보를 빼준 새끼가 누구야!"

방금 통화에서 '부장님 덕에 범인이 자백했습니다'라는 말이 들렸다. 장태식 사장은 자신의 수하 중 한 사람이 정보를 흘렸다고 느낄 수밖에 없었다.

장유린 부장이 고개를 저었다.

"지금 그게 중요한 게 아니잖아? 어서 네 친구와 만나서 작당 모의해야 하지 않아?"

"너만 입 닥치고 있으면 덮을 수 있어."

장태식 사장의 뒤에는 유성그룹이 있다. 게다가 현직 대통령은 물론이고 살아 있는 권력이라 불리는 전직 대통령 박광토까지 존재한다. 그들의 힘을 빌리면 월급쟁이 검사 몇 명이야 쉽게 입을 닫게 할 수 있었다.

하지만 문제는 장유린 부장이다. 그녀는 여전히 비꼬는 목소리로 장태식 사장을 자극한다.

"어쩌지? 난 입 닥칠 생각이 없는데? 언론에도 알리고 여기저기에 다 떠들고 다닐 건데? 장태식이 검사를 죽이려 했다고."

장태식 사장의 몸이 분노를 참지 못해 사시나무처럼 떨리기 시작했다. 그러더니 돌연 그의 억센 손이 그녀의 가녀린 목을 틀어쥐었다.

"끕!"

그녀의 얼굴에 핏줄이 솟는다. 동시에 장태식 사장은 그녀를 거실의 창으로 밀어붙였다. '쾅!' 소리와 함께 그녀의 등이 거실 창에 부딪힌다.

장태식 사장이 죽일 듯한 눈빛으로 그녀를 노려보며 살기 어린 음성을 내뱉었다.

"너 같은 것은 지금 당장 죽일 수도 있어."

장유린 부장은 목이 죄어오는 고통 속에서도 힘겹게 입을 연다.

"……죽여. 난 너 때문에 평생을 죽은 것처럼 살아왔어."

장태식 사장의 입술이 비틀어졌다.

"왜 그러나 했더니, 그래서 계속해서 나를 걸고넘어진 거야? 고작 그런 일 때문에?"

"고작?"

장유린 부장은 장태식 사장에게 유린당했다. 어린 나이였다. 그 사실을 장용현 회장도 알고 있었다. 하지만 집안 망신이라며 그녀의 입을 힘으로 눌러 막았다.

그 사건이 트라우마로 남아 지금도 잠을 자기가 어렵다. 꿈에서도 더러운 새끼가 옷을 벗어 던지기 때문이다. 그래서 매일같이 술의 힘을 빌린다. 그런데, '고작'이란다.

장태식 사장의 미소가 짙어졌다.

"그 일 이후로 20년이 지났지? 또 즐길까?"

"미친 새끼. 검사는 죽이고 판사는 강간하겠다는 거야? 예전에는 내가 멍청해서 가만히 있었지만 이젠 아니야."

"그때와 지금, 달라진 것은 없어."

지금도 마찬가지다. 장태식 사장이 그녀를 어떻게 한다고 해도 장용현 회장이 막아줄 것이다. 장태식 사장은 장남이며 후계자이지만, 그녀는 법적으로 없는 자식이기 때문이다.

판사의 힘과 약자라는 이미지를 이용해 반항할 수도 있다. 하지만 국민의 반짝 관심을 얻을 뿐이다. 관심이 사라진 뒤엔 철저하게 밟힌다. 그게 유성그룹이었다.

장유린 부장의 눈에 눈물이 주르륵 흘렀다.

그녀의 집 밖에는 이한영과 김진아 검사가 서 있었다. 이한영이 들고 있는 휴대폰엔 통화가 녹음되고 있다는 표시가 보인다.

방금 장유린 부장과 전화했을 때 그녀는 통화를 종료하지 않고 테이블에 휴대폰을 내려뒀다. 안에서 일어나는 일은 고스란히 휴대폰에 저장되는 중이다.

김진아 검사가 걱정스러운 표정으로 입을 연다.

"들어가 봐야 하지 않아요?"

안의 상황이 심각하게 돌아간다. 자칫 장유린 부장이 무슨 봉변을 당할지도 모른다.

하지만 이한영은 고개를 저었다.

"아직……."

장태식 사장이 김진아 검사를 청부 살해하려 했다는 결정적 말이 나오지 않았다. 기다려야 한다. 지금까지 가진 혐의로는 장태식 사장을 잡아넣기가 어렵다. 유성그룹의 힘으로 어떻게든 빠져나갈 게 분명하기 때문이다. 하지만 검사를 살해하려던 청부 사실이 드러나면 말이 달라진다. 지금껏 의혹으로만 존재했던 모든 혐의까지 뒤집어씌울 수 있다.

그리고 천재일우의 기회는 아무 때나 오지 않는다. 오늘이 지나고 아침이 오면 장태식 사장의 옆에는 강신진 지원장이 설 것이다. 그 전에 끝내야 한다.

휴대폰에서 다시 장유린 부장의 고통으로 가득한 음성이 들려왔다.

–아아악!

이한영은 눈을 질끈 감았다.

'제발…… 어서!'

그리고 기다리던 목소리가 들렸다.

–김진아 그 검사를 왜 죽이려 했냐고? 귀찮게 하니까! 그뿐이야. 오늘은 실패했지만 내일은 실패하지 않아. 비서 그 새끼가 멍청하긴 해도 두 번 실수는 안 하거든. 그러니까 너도 나를 귀찮게 하면 쥐도 새도 모르게 죽여버릴 수 있어.

–놔! 새끼야! 놔!

–그동안 귀찮게 한 값이야. 오늘은 즐기자고.

장유린 부장은 장태식 사장에게 머리를 잡힌 상태로 질질 끌려가고 있었다. 뺨을 맞았는지 손바닥 자국이 붉게 올라와 있다. 장유린 부장이 안간힘으로 버티려 했지만 무리였다.

장태식 사장이 발버둥 치는 그녀를 탐욕스러운 눈으로 보며 묘한 웃음을 흘린다.

"내가 좋아하는 말이 뭔지 알아? 약육강식이야. 약한 자의 고기는 강한 자가 먹는다. 강자가 약자를 지배하는 게 세상의 이치라는 거지. 네가 아무리 고등법원 부장판사라고 해도 나한테는 병신일 뿐이야. 즉, 내가 먹을 고기. 알았어? 앞으로도 그렇게 살아."

그때 '삑삑삑' 하고 현관문의 비밀번호를 누르는 소리와 함께 문이 열렸다.

장태식 사장이 찌푸린 눈으로 시선을 옮겼다. 김진아 검사와 모자를 눌러쓴 이한영이 들어오고 있다.

장태식 사장은 눈을 깜빡였다. 아직 술이 깨지 않았지만 김진아 검사의 얼굴은 확실히 알아볼 수 있었다.

"아가씨가 여긴 왜 왔어?"

"장태식 씨, 살인 청부 그리고 강간 미수 혐의로 긴급체포 합니다."

"뭐?"

"묵비권을 행사할 수 있고……."

장태식 사장이 잡았던 장유린 부장의 머리채를 놓았다. 그리고 손을 털며 김진아 검사를 향했다.

"미쳤어? 지금 나를 긴급체포 한다고? 하, 살인 청부에 강간 미수? 지금 검사라고 선량한 시민을 범죄자로 만들어도 되는 거야? 증거 있어? 이게 강간으로 보여? 이건 즐기는 거야! 남의 집 무단으로 들어와서 개소리하고 있어! 변호사 불러, 씨발!"

하지만 이한영은 그의 팔을 꺾어버렸다.

"악!"

외마디 단말마의 비명이 들려오는 것을 한 귀로 흘리며 그는 김진아 검사에게서 수갑을 받아 장태식 사장의 손목에 채웠다.

힘없는 여성인 장유린 부장의 멱살을 쥐고 머리채를 잡았을 때의 장태식 사장은 꽤 당당한 모습이었다. 하지만 이한영에게 손목이 채워져 바동대는 모습은 한낱 취객일 뿐이었다.

이한영이 몸을 기울여 장태식 사장의 귀에 가까이 대고 입을 열었다.

"이번엔 기필코 중형."

* * *

김진아 검사가 장태식 사장을 연행해 갔다. 가지 않겠다고 난동을 부리는 탓에 인근 경찰의 도움까지 받아야 했다.

그리고 이한영은 아직 장유린 부장의 집에 있었다.

"괜찮으세요?"

장유린 부장은 고개를 저으며 담배를 찾아 입에 문다.

"왜 이리 늦었어? 조금만 더 늦었으면 정말 당할 뻔했잖아."

"죄송합니다."

"됐어."

라이터를 켜서 담배에 불을 붙인 장유린 부장이 시선을 틀어 거울을 향했다. 뻘겋게 부어 있던 뺨은 어느새 시커먼 멍으로 변하고 있다. 자신의 뺨을 어루만지며 그녀가 입을 연다.

"추하지?"

"아뇨. 나이에 비해 아름다우십니다."

"나이라는 말은 빼지."

"죄송합니다."

거울을 향해 자신의 얼굴을 이리저리 보던 그녀가 말한다.

"추하다는 게 내 얼굴이 아니야. 유성이라는 집안을 말하는 거야. 회장이라는 새끼는 제 딸이 당했어도 모른 척하는 개새끼고, 대한민국의 경제를 이끈다는 장남 새끼는 변태 새끼고."

이한영에게 시선을 옮긴 그녀가 말을 잇는다.

"장태식, 이번에 못 집어넣으면 우리 모두 끝이야. 꼭 잡아넣으라고 강간 미수까지 만들어낸 거야. 알지?"

"네."

"그리고 여기서 장용현 회장까지 끌어내려야 해. 안 그러면 여론이 잠잠해졌을 때 우리가 죽을 수도 있어."

말하지 않아도 잘 알고 있다. 뿌리까지 뽑아내야 한다.

그 시각, 박철우 검사는 아직 남자와 마주 앉아 있었다.

"퇴근 안 하세요?"

"안 해."

남자는 느긋하게 의자에 등을 기댄다.

"전 할 말 다 했어요. 그러니까 그만 퇴근하세요."

박철우 검사가 손목을 들어 시간을 확인한다. 새벽 1시 30분이다. 그때 문이 열리고 김진아 검사가 들어와 박철우 검사 옆에 앉았다. 잠시 어떤 말도 이어지지 않았다. 김진아 검사는 쏘아보고, 남자는 실실 웃을 뿐이다.

김진아 검사가 입을 열었다.

"장태식이 시켰지?"

남자가 고개를 저었다.

"똑같은 말 또 하게 하시……."

김진아 검사가 남자의 앞에 휴대폰을 내려놓는다. 사진이 보인다. 장태식 사장이 수갑을 찬 모습이다. 남자의 눈이 커질 때 김진아 검사가 단호한 목소리로 말했다.

"입 열어!"

* * *

"지금 회사로 가는 중이에요."

―기사 쓸 수 있겠어요?

"써야죠. 여기까지 왔는데, 쓰지 말라고 하면 이런 회사 그만둬야죠."

송나연 기자는 드림일보로 향하며 이한영과 통화하고 있었다.

회사에 도착한 송나연 기자가 빠르게 사무실로 향했다. 먼저 와 있던 팀장이 피곤한 얼굴로 송나연 기자를 본다. 잠을 자던 팀장은 송나연 기자에게 전화를 받은 후 부랴부랴 회사로 뛰어온 상태였다.

"유성쇼핑, 장태식?"

"네, 지금 긴급체포 됐다고 연락 왔어요."

"쓴다고?"

"의혹이 아니라 긴급체포예요. 써야죠. 쓰게 해주세요."

팀장의 입에서 한숨이 흘렀다. 단순히 기사를 작성하고 말고가 문제가 아니다. 잘못하면 유성그룹과의 전면전이 되어 광고가 끊긴다. 게다가 상대는 유성의 후계인 장태식 사장이다. 정치적 문제로 연결될 수도 있었다.

그가 힘없이 입을 열었다.

"이런 건 소규모 업체에 맡기고, 돌아가는 상황을 본 후에 쓰든 말든 하자."

"팀장님! 장태식 사장은 고등법원 부장판사를 강간하려 했고, 검사를 청부 살해하려고 했어요! 돈이 많다고 제멋대로 하는데, 그 돈이 무서워서 쉬쉬해야 하나요?"

"하지 말라면 하지 마!"

팀장의 입에서 벼락같은 호통이 떨어졌다. 평소 이렇게 소리를 지르면 송나연 기자는 조용히 입을 다물었다.

그런데 지금은 다르다.

"독재정권 때와 뭐가 달라요! 그때는 총이 무서워서 숨었고, 지금은 돈이 무서워서 피하는 건가요? 이러니까 사람들이 기레기라고 부르죠! 클릭 수 늘리려고 자극적인 제목으로 낚시하는 게 기자인가요? 아니잖아요! 그건 기레기고 우린 기자잖아요!"

팀장은 할 말이 없었다. 이럴 때 할 수 있는 것은 다시 화내는 것뿐이다.

"대기발령 받고 싶어!"

송나연 기자가 울먹였다.

메이저 언론사인 드림일보조차 유성그룹에 벌벌 떠는 현실이 더러워서다.

"팀장님은 왜 기자가 되셨어요? 이러려고 공부해서 들어온 거 아니잖아요. 공부 정말 열심히 했는데……."

왜 기자가 됐을까? 기자는 회사에 다니며 이득을 내는 직업이 아니다. 사명감으로 선택하는 직업이다. 하지만 현실은 달랐다. 얼마 되지 않는 월급과 위에서 내려오는 압박…….

팀장이 얼굴을 쓸어 만진다.

"아오!"

* * *

도 넘은 재벌 권력, 유성쇼핑 장태식 사장.

현직 검사를 청부 살해하려다가 실패한 장태식 사장은 몇 시간도 지나지 않아 판사를 강간하려 했다. 영화나 드라마의 내용이 아니다. 어젯밤 일어난 현실이다.

먼저 장태식 사장이 청부 살해를 시도한 김진아 검사는 그동안 유성쇼핑을 상대로 계속해서 기소를 시도한 여검사다.

기소 내용은……(후략)…….

대형 언론사인 드림일보에서 장태식 사장을 쳤다.

단순히 청부 살해와 강간뿐만이 아니라 김진아 검사가 기소한 내용까지 소상히 적었고, 그동안 주변에 존재하던 의혹도 낱낱이 까발렸다. 추악한 재벌의 민낯에 대한민국은 난리가 났다.

-헐, 검사와 판사를 하룻밤 만에……. 장태식이면 저렇게 할 수도 있는 거구나.

-구속, 구속, 구속, 구속, 구속.

-구속은 개뿔, 전관예우 변호사 쓰면 집행유예, 땅땅땅!

-구속 절대 안 당하고 재판받아도 집행유예 나올 거라는 쪽에 내 손모가지를 건다.

-진짜 웃긴 게, 법은 평등하다는데 일반인과 장태식의 차이가 뭐냐? 얼마 전에 가짜 증인 만든 것도 장태식 아냐? 일반인이 저런 짓 했으면 검찰이 가만 놔뒀겠냐?

-더럽다, 퉷퉷퉷.

여론이 몰아치기 시작했다. 권력자들이 유일하게 겁내는 것은 사람들의 관심이다. 이 분위기를 타야 한다.

이한영은 출근하자마자 박철우 검사에게 전화를 걸었다.

"아직도 입을 열지 않았나요?"

–네, 끝까지 모른다고 잡아떼네요.

김진아 검사를 테러하려던 남자는 장태식 사장이 긴급체포 되는 것을 알았지만 여전히 입을 다물고 있다. 도대체 얼마를 받기로 약속되었는지 알 수 없는 일이다.

이한영의 입에서 한숨이 흘렀다.

"문제네요."

상대는 유성그룹의 후계 장태식 사장이다.

완벽한 증거가 없이는 구속조차 어려우므로 남자의 진술이 필요했다. 게다가 시간이 흐를수록 유리해지는 것 역시 장태식 사장이다. 유성그룹에는 사람들의 관심을 돌릴 카드가 얼마든지 존재했고, 실제로 긴급체포와 동시에 구속을 막기 위한 변호인단이 만들어졌다. 변호인단의 숫자는 백 명이 넘는다.

그리고 긴급체포로 잡아둘 수 있는 시간은 약 40시간밖에 남지 않았다. 그 안에 구속하지 못하면 어려운 길을 걸어야 한다.

* * *

"술은 좀 깼나?"

강신진 지원장은 구치소에 앉아 장태식 사장과 마주 보고 있었다.

장태식 사장이 얼굴을 쓸어 만진다.

"아, 술이 웬수지. 내가 무슨 짓을 했는지……. 씨발, 쪽팔려서……."

장태식 사장은 김진아 검사를 죽이려 했고, 장유린 부장을 성폭행하려 했다.하지만 잘못했다는 말은 나오지 않는다. 단지 들켰다는 것이 창피할 뿐이다. 평생을 법 위에서 살아왔기에 이번 역시 여유롭게 풀려날 거라고 생각했다.

강신진 지원장이 담배와 숙취 해소 음료를 놓으며 입을 열었다.

"자네를 위해 백 명이 넘는 변호인단이 꾸려졌어."

"천 명이 아닌 게 아쉽네."

"난 변호인단의 대표와 연락하며 섀도 애드버킷으로 도울 거야."

섀도 애드버킷은 그림자 변호사라는 뜻으로, 강신진 지원장이 재판부의 입장을 변호사들에게 알리며 장태식을 무죄로 만들겠다는 것이다.

장태식 사장이 고개를 끄덕인다.

"땡큐."

장태식 사장이 숙취 해소 음료의 뚜껑을 뜯고 입에 털어 넣었다.

강신진 지원장이 말을 잇는다.

"우선, 김진아가 녹취를 했어. 녹취가 불법이라고 하지만 증거로 인정되는 것은 어디까지나 판사의 재량이야. 증거로 채택되지 않게 만들어주지."

"그것도 땡큐."

"그게 아니더라도 자네는 만취 상태였어. 그때 했던 말과 행동은 모두 제정신이 아닌 상태에서 지껄인 것이라고 주장될 거야."

장태식 사장이 픽 웃으며 담배를 입에 물었다.

"내가 미친놈이었다는 건가?"

"정상은 아니었지."

"마음에 드네."

김진아 검사를 살해하려던 남자가 여전히 입을 닫고 있다.

이런 상황에서 '술에 취해 제정신이 아니었고 아무것도 모른다'라고 주장한다면, 판사의 저울은 장태식 사장 측으로 기울어질 수밖에 없다.

강신진 지원장의 말이 이어졌다.

"그리고 만에 하나 놈이 입을 연다고 해도 자네의 비서가 총대를 메기로 되어 있어. 문제는……."

강진진 지원장이 뒷말을 끌자 장태식 사장이 담배 연기를 내뱉으며 물었다.

"문제?"

"자네가 짊어질 죄 중에 탈세와 뇌물……."

장태식 사장이 강신진 지원장의 말을 자르고 입을 열었다.

"뇌물은 현금으로 오갔어. 혐의를 찾기가 힘들 거야. 탈세도 2천억 정도 자진 납세한다고 성의를 보이면 되지 않을까?"

"맞아."

"그럼 문제없잖아?"

강신진 지원장이 휴대폰을 꺼내 장태식 사장 앞으로 밀었다. 장태식 사장이 휴대폰을 바라보며 묻는다.

"뭐야?"

"회장님께 전화 넣어. 장유린을 네 편에 서게 해달라고 해. 성폭행은 제삼자라도 신고할 수가 있어. 하지만 당사자인 장유린이 자네에게 유리한 증언을 해주면 말이 달라지지."

장태식 사장의 입가에 어색한 웃음이 걸렸다.

"아버지한테 욕 처먹겠네."

"감옥에 있는 것보다는 낫지."

"씨발……."

장태식 사장이 휴대폰을 손에 들었다.

강신진 지원장이 다시 입을 연다.

"자네와 장유린 그리고 유성그룹의 관계를 아는 사람은 극히 적어. 그러니까 자네와 장유린이 원래 사귀는 사이였던 걸로 하지. 하지만 어제, 장유린은 어떤 이유로 기분이 나빴던 거야. 그래서 홧김에 성폭행을 당했다고 주장했던 거지. 그러면……."

그럼 장유린 부장이 너무 불쌍해진다. 하지만 이들은 그런 것 따위는 생각하지 않는다. 자신들의 더 나은 미래만을 생각할 뿐이다.

장태식 사장이 고개를 끄덕이며 휴대폰을 귀에 댔다.

"아버지, 부탁드릴 게 있어 전화드렸습니다. 장유린이……."

장태식 사장은 강신진 지원장이 한 이야기를 그대로 전했다. 그러자 맞은편에 앉은 강신진 지원장도 알 수 있을 정도로 큰 호통이 들려왔다. 하지만 결국 장용현 회장은 장태식 사장의 말을 들어준다.

-알았어.

장태식 사장이 휴대폰을 내려둔다.

"됐나?"

강신진 지원장이 고개를 저었다.

"아니, 하나 더 있어."

"또?"

"전창진의 재판, 증인 소환에 대한 거야."

유성쇼핑은 전창진 대표를 살리기 위해 가짜 증인을 만들어냈다. 하지만 이한영이 그 증거를 손에 얻으며 그 사실이 발각되고 말았다. 그 덕에 여론의 비판을 받는 중이다.

장태식 사장이 고개를 저었다.

"증인 소환은 거부할 거야."

"소환 거부가 문제가 아니야. 재판부와 검찰은 가짜 증인까지 만들면서 숨기려 했던 통장의 진위를 파악하려 하고 있어. 우리나라 검찰을 무시하지 마. 이대로 가면 최종적으로 자네의 통장까지 올라갈 거야."

"……!"

아버지 장용현 회장조차 모르는 비자금 통장.

그는 강신진 지원장의 자문을 받아 제2 금융권을 매수했다. 물론 차명이었다. 은행을 인수한 그들은 높은 이자 상품을 미끼로 서민들을 향해 흔들었다. 서민들은 1퍼센트라도 더 높은 이자를 받기 위해 한 푼 두 푼 모은 쌈짓돈을 들고 찾아왔고 그렇게 돈이 쌓였다.

그러면 장태식 사장은 제로 금리로 대출을 받아 회사를 인수하고 땅을 사며 자산을 키웠다. 만약 돈이 모자라 예금과 적금을 돌려줄 수 없을 때가 오면 간단히 파산할 생각을 하고 있었다. 어차피 차명이고 서민들의 돈이니까 미안한 마음은 없었다. 그리고 그들은 이 은행을 통해 대포 통장을 만들어냈다. 살인자 곽순원에게 돈을 지원해 줬던 TJ식품의 통장 역시 이 은행이다.

강신진 지원장이 장태식 사장을 향해 몸을 숙였다. 그리고 낮은 목소리로 속삭인다.

"그 통장, 나에게 넘겨. 내가 가지고 있지. 그럼 안전할 거야."

장태식 사장의 눈동자가 강신진 지원장에게 향했다. 그가 강신진 지원장을 통제할 수 있는 유일한 것이 바로 돈이다. 강신진 지원장은 자금을 받기 위해 장태식 사장의 옆에 있다. 그런데 통장에 있는 어마어마한 돈을 손에 쥐어도 지금처럼 옆에 있을까? 장태식 사장의 눈에 고민이 가득해졌다.

그 눈빛을 본 강신진 지원장이 자리에서 일어나 장태식 사장의 옆으로 걸어가며 말했다.

"지금은 통장을 숨겨야 할 때야. 내가 은행장을 만나 자금을 세탁해 두지. 검찰은 절대 찾을 수 없을 거야."

장태식 사장은 대답하지 않는다. 여전히 고민이 가득하다.

그러자 강신진 지원장이 그의 어깨를 다정하게 감싸며 말을 이었다.

"처음부터 돈 관리는 자네가, 뒤처리는 내가 하기로 약속했잖아. 난 그 약속을 잊지 않고 있어. 지금 이것도 뒤처리일 뿐이야. 걱정하지 마. 우리는 '친구'잖아. 자네가 나오면 바로 돌려줄 거야."

* * *

서초구에 있는 아파트.

엘리베이터의 문이 열리며 강신진 지원장이 내린다. 그는 몸을 돌려 우측에 있는 현관문 앞에 섰다. 비밀번호를 누르고 안으로 들어가자 거실 중앙에 책상과 노트북만 놓여 있다. 다른 가구는 어떤 것도 보이지 않았다. 이곳은 장태식 사장이 비리를 감추기 위해 구매한 아파트이기 때문이다. 만에 하나 검찰이 집이나 회사, 별장까지 압수수색을 한다 해도 이곳은 절대 찾을 수 없었다.

강신진 지원장은 책상으로 걸어가 서랍을 열었다. USB와 보안 카드 그리고 통장과 도장이 보인다. 강신진 지원장은 그것들을 모두 손에 쥐었다. 그리고 휴대폰을 들어 귀에 댔다.

"장유린 부장, 나야."

−말씀하세요.

장유린 부장의 목소리에는 적대감이 가득하다.

강신진 지원장이 미안한 목소리로 입을 연다.

"간밤에 좋지 않은 일이 있었다고?"

−지원장님, 난 장태식을 감옥에 보낼 거예요. 그러니까 회유하려고 하지 마세요.

"그래, 그렇게 해."

−……!

예상치 못한 말에 장유린 부장은 대답하지 못했다.

강신진 지원장의 목소리가 이어졌다.

−난 자네가 행복하길 바라는 사람이야. 그래서 해주고 싶은 말이 있는데, 장용현 회장님이 자네를 부를 거야. 이유는 알고 있지?

강신진 지원장은 통화 종료 버튼을 눌렀다. 그리고 통장에 찍힌 금액을 확인한다. 그의 눈빛이 서슬 퍼렇다.

"이 돈이면……."

원하는 세상을 만들기에 충분한 돈이다. 그렇게만 된다면 살아 있는 권력이라 불리는 박광토 전 대통령을 뛰어넘는 절대 권력을 손에 쥘 수 있다. 그럼, 유성그룹 따위는 아무것도 아니다. 대한민국이라는 작은 땅에서 원하는 것은 뭐든 손에 넣을 수 있다.

그가 낮은 목소리로 중얼댄다.

"장태식 사장, 자네가 나오면 바로 돌려줄 거야. 자네가 나오면……."

* * *

그날 밤.

이한영은 퇴근 후 주택가를 걷고 있었다. 김진아 검사를 테러하려 했던 남자의 집을 찾아가는 중이다.

아무리 생각해도 이상해서다.

법적으로 살인미수범의 형량은 살인범에 비해 감경을 받을 수 있다. 하지만 그 대상이 검사다. 검찰은 본보기를 보이기 위해 감경 없는 최고형을 구형할 게 분명하다. 판사 역시 검찰의 구형을 따라갈 것이 당연했다. 적어도 10년이다. 젊은 나이에 들어가 강산이 변한 후에 나와야 한다.

'그런데 왜?'

그는 고아였다. 가족에게 돈을 주기 위한 목적도 보이지 않는다. 10년 이상의 희생을 하면서까지 유성쇼핑을 보호할 명분이 없다.

잠시 걷던 이한영은 남자의 집이 있는 주택 앞에 도착해 걸음을 멈췄다. 손목을 들어 시간을 확인했다. 이제 장태식 사장을 가둬 놓을 수 있는 시간이 약 30시간 정도밖에 남지 않았다. 그 안에 남자의 진술을 얻어내야 한다.

남자의 집은 201호.

이한영의 시선은 자연스레 2층으로 향했다. 그런데 불이 켜져 있다.

'뭐지?'

분명 남자는 혼자 살고 있다. 그런데 불이 켜져 있다는 것은…….

이한영은 빠르게 2층으로 향했다. 그리고 문을 두들겼다.

"윤지환 씨!"

윤지환은 남자의 이름이다. 남자가 안에 없다는 것은 안다. 하지만 의심받지 않고 문을 열려면 상대의 이름을 사용해야 한다. 대답이 들려오지 않자 다시 문을 두들겼다.

"윤지환 씨, 계십니까?"

그러자 삐걱 문이 열린다.

창백한 얼굴의 여인이 문틈으로 얼굴을 내밀며 입을 연다.

"누구세요?"

* * *

"송 기자, 올라오래."

책상에 앉아 기자를 작성하던 송나연 기자가 고개를 돌렸다.

팀장이 착잡한 얼굴로 서 있다.

"저요? 어디요?"

팀장이 손가락으로 위를 가리킨다.

"사장님."

팀장이 그녀의 어깨를 토닥이며 말을 이었다.

"나한테 했던 것처럼 말대답하지 말고 무조건 죄송하다고 해."

팀장의 목소리엔 힘이 없다. 송나연 기자보다 먼저 깨지고 온 것이 분명하다.

"팀장님은 괜찮으세요?"

"아직은……."

회사 전체 내에서 유성그룹의 기사를 쓰지 말라는 지시가 내려왔었다. 이것은 드림일보뿐만이 아니라 다른 메이저 회사도 마찬가지였다. 그런데 다른 회사보다 앞서 기사를 작성했으니, 사장의 분노가 이만저만 큰 것이 아니었다.

드림일보 사장의 이름은 이성구.

송나연 기자는 사장의 책상 앞에 가만히 서 있었다. 그녀가 들어온 지 30분이 넘어갔지만 사장은 어떤 말도 하지 않는다. 그저 무거운 침묵만이 감돌고 있을 뿐이다. 그리고 한 시간이 더 지나고 나서야 사장이 입을 열었다.

"송나연 기자라고?"

"네."

사장이 안경을 쓰며 말을 잇는다.

"자네 월급이 얼마지?"

"네?"

"자네 월급을 누가 주는 것 같아? 그 월급이 신문 몇 장 팔아서 나올 것 같아? 자네가 기사를 쓴 걸로 클릭 몇 번 받았다고 나올 것 같아? 아니야. 광고야, 광고."

"……."

"자네 기사를 읽었어. 그 덕에 전화도 많이 받았지. 기사를 아주 잘 쓰던데? 사람들의 감성을 흔드는 재주가 있어. 그래서 앞으로 내가 직접 가르쳐보고 싶어."

"네?"

"앞으로 쓰는 기사를 모두 내 앞으로 가지고 오도록 해. 내 컨펌을 받지 않고는 문장 하나도 나갈 수 없을 거야."

기사를 쓰지 말라는 말이다.

송나연 기자가 머뭇머뭇 입을 열었다.

"기사를 썼다는 이유로 자를 수 없으니까 그러시는 건가요?"

사장은 단호하게 답한다.

"응."

"유성그룹의 지시인가요. 저 같은 일개 기자는 잘라 버리라는?"

"알아들었으면 사직서 내고 나가. 난 열혈 기자가 필요한 게 아니라 광고가 끊이지 않게 만들어줄 기자가 필요해."

송나연 기자가 고개를 숙였다.

"죄송합니다. 앞으로도 계속 기사 쓰겠습니다."

동시에 '쾅!' 사장이 책상을 내려치는 소리가 들렸다. 그리고 그가 무서운 눈으로 송나연 기자를 노려보며 윽박지른다.

"곧 인사위원회가 열릴 거야. 넌 발령 대기 상태로 화장실 앞에서 근무하게 되겠지. 그런 치욕을 받고 싶지 않다면 나가."

송나연 기자가 주섬주섬 주머니에서 휴대폰을 꺼냈다. 그리고 사장 앞에 놓았다. 누군가와의 통화가 녹음되고 있다는 표시가 보인다.

"받아보세요."

사장이 무서운 눈으로 송나연 기자를 노려본다.

"녹음?"

"정확히는 통화 중 녹음요."

"누구지?"

"검사요. 지금 사장님의 말씀이 법적으로 협박에 들어가는지 궁금해서요."

바보가 아닌 이상 사장실에 끌려와 어떤 일이 벌어질 것이라는 건 알고 있었다. 그래서 송나연 기자는 박철우 검사에게 전화를 걸어두고 지금을 준비했다.

사장의 얼굴이 쩍쩍 갈라졌다.

"법조 기자를 하면서 검사 하나 안 걸로 나를 어떻게 할 수 있을 것 같아?"

언론사의 사장쯤 되면 일개 검사는 안 무서운가 보다. 송나연 기자가 휴대폰을 들며 대답했다.

"그럼 이 녹음, 노조에도 돌릴까요? 인터넷에 올리는 방법도 있는 것 같은데요."

"송나연!"

"제가 알기로 협박당했을 때 공포심을 느끼면 누구나 고소할 수 있다고 하는데요. 고소도 할까요?"

사장이 주먹을 꽉 쥔 채 부르르 떤다. 통화 중만 아니었다면 뺨이라도 때렸을 기세다.

하지만 송나연 기자는 사장의 눈을 피하지 않았다. 그녀는 기사를 작성하며 그만둘 각오까지 했다. 회사를 그만두면 아무리 사장이라 해도 동네 아저씨일 뿐이다. 무서울 것 없다.

송나연 기자가 다시 고개를 숙였다.

"기사, 쓰게 해주십시오."

"할 말 없어요. 그러니까 이제……."

쉬지 않고 조사를 받는 것은 맨정신으로 하기 힘든 일이다. 처음엔 막무가내로 행동했던 남자의 두 눈에도 피곤이 가득했다.

팔짱만 끼고 있던 박철우 검사가 입을 열었다.

"배고프지? 밥 먹자. 그래야 계속 힘내서 이야기할 수 있으니까."

"전 정말 할 말 없어요."

"그건 내가 판단해."

"검사님!"

"설렁탕이야, 자장면이야? 말 안 하면 설렁탕 시킨다."

남자는 고개를 숙였다.

“씨발…… 이게 지금 고문하는 것도 아니고…….”

“그럼 대답해. 누가 지시한 거야?”

“지시한 사람 없다고요!”

“그럼 네가 데리고 있던 외국인들은? 그 새끼들은 네가 다 고용했다고 진술했는데, 네가 무슨 돈으로? 너 다니던 직장에서 퇴직금도 못 받았다며?”

남자가 주먹을 콱 쥔다.

“똑같은 말 계속하게 하시네! 현금으로 돈 모아둔 것 있었어요!”

“제발 앞뒤 안 맞는 개소리 하지 말고 진실을 이야기해봐. 어차피 드러날 문제야! 네가 입 다물고 있다고 감춰지는 게 아니야! 너 이대로 가면 10년이야. 젊은 나이에 10년이나 있다가 나오면 세상이 바뀌어 있어. 그럼 그땐 뭐 해 먹고 살래? 또 검사 건드리고 감옥에 갈래?”

“…….”

“넌 도구였을 뿐이야. 쓰고 버리는 도구. 널 쓴 사람을 말해. 그럼 네 형량은 최대한 낮춰줄 수 있어.”

남자가 대답하지 않자 박철우 검사가 테이블을 내리찍는다.

“씨발! 돈이 뭔데, 새끼야!”

“돈이 뭐긴요. 전부죠.”

그 말을 끝으로 남자는 입을 꾹 다물더니 눈까지 감는다. 더 이야기하고 싶지 않다는 뜻이다.

박철우 검사는 두 손을 테이블에 짚고 오랜 시간을 그대로 있었다. 그때 이한영으로부터 전화가 걸려 왔다.

잠시 더 남자를 쏘아보던 박철우 검사가 휴대폰을 들어 전화를 받았다.

“네, 말씀하세요.”

—아직 취조 중이죠?

“네.”

–검찰로 가겠습니다.

"지금요?"

–네, 다른 사람은 모르게 들어가고 싶은데요. 아무도 모르게요.

이한영이 이곳으로 직접 온다는 것은 뭔가 해결책을 가지고 온다는 뜻이다.

"알겠습니다."

* * *

그 시각, 장태식 사장도 조사를 받는 중이었다. 그런데 박철우 검사가 있는 취조실과 분위기부터가 다르다.

우선 검사는 김진아 검사가 아니었다. 그녀가 장태식 사장을 잡아 왔지만 그녀는 어디까지나 이 사건의 피해자다. 수사의 공정성을 의심받을 우려가 있기에 장태식 사장의 조사에 참여할 수 없었다.

담당 검사는 김영우 부장검사로, 검사장이 지명한 사람이다. 물론 유성그룹과 유착 관계가 존재한다. 장태식 사장은 느긋하게 앉아 휴대폰을 만지작거리며 있다. 하지만 김영우 부장은 아무 말도 하지 않는다. 그저 변호사와 이야기를 이어갈 뿐이다.

변호사가 서류를 펼치며 입을 열었다.

"김진아 검사가 녹취해 온 것은 불법으로 취득한 증거잖아요? 이거 증거로 제출할 겁니까?"

김영우 부장이 난처한 얼굴로 대답한다.

"검사가 직접 듣고 온 거라 빼기는 어려워요. 하지만 사장님이 취중이었으니까 증거로서의 가치는 없다고 생각합니다."

"잘 좀 써주세요."

"아이고, 걱정하지 마십시오."

화기애애한 대화가 이어질 때 장태식 사장이 입을 열었다.

"김 부장, 구속영장 안 쓸 거지?"

"여론이 있어서 쓰긴 해야 할 것 같습니다. 하지만 지금 조사한 것을 보면 구속은 절대 안 됩니다."

"진짜야?"

"네."

장태식 사장이 장난스레 웃으며 휴대폰을 테이블에 내려 뒀다. 그리고 김영우 부장을 향해 밀었다.

뉴스의 제목이 보인다.

–검찰, 모든 혐의 부인한 장태식 사장, 구속영장 '카운트다운'

–유성쇼핑 장태식 사장에게 반드시 구속영장을 청구할 것이라는 검찰

–장태식 사장 구속 수사는 불가피, 증거인멸의 우려 있어

김영우 부장이 픽 웃는다.

"왜 그러십니까? 우리도 어쩔 수 없다는 것 아시잖아요. 만약에 우리가 '사장님은 죄가 없으니까 구속 안 할 거다'라고 발표해봐요. 폭동 일어납니다, 폭동."

"김 부장만 믿어."

언론을 보면 검찰은 장태식 사장을 반드시 구속하겠다며 벼르고 있었다. 하지만 그 이면을 보면 이러고 앉아 있다. 상황을 모르는 일반 사람들은 구속영장 청구가 기각되면 영장 전담 재판부를 잡고 비난할 거다. 김영우 부장검사로서는 부담스러울 게 전혀 없는 사건이다.

장태식 사장이 입을 열었다.

"내가 나갈 시간이 앞으로 27시간 정도 남았네? 그때까지 여기 좀 써도 되나? 구치소는 구질구질해서."

"편하게 쓰세요. 이불이랑 간이침대 좀 넣어 드릴까요?"

"그럼 고맙고."

"알겠습니다. 더 조사할 것도 없는데 바로 준비하도록 하겠습니다."

김영우 부장검사가 자리에서 일어섰다.

취조실에는 변호사와 장태식 사장만 남았다. 검사가 사라지자 두 사람의 표정이 진지하게 바뀌어 갔다.

변호사가 눈치를 보며 조용히 입을 열었다.

"문제가 하나 있습니다. 장유린 부장이 회장님의 연락을 피한다고 합니다. 장유린 부장이 이런 식으로 나오면 재판이 문제가 됩니다."

장태식 사장의 미간이 찌푸려졌다.

"씨발…… 재판까지 얼마나 걸리지? 최대한 늦춰. 그 또라이는 내가 알아서 할 테니까."

"알겠습니다."

"다른 건? 그 새끼는 계속 입 다물고 있는 거지?"

"네, 비서에게 들은 이야긴데 입을 열 가능성은 전혀 없다고 합니다. 만에 하나 연다고 해도 비서가 다 끌어안기로 했으니까, 사장님은 김진아 검사와 어떤 연관도 없을 겁니다."

장태식 사장이 천천히 고개를 끄덕였다.

문이 열리고 김영우 부장이 말한 간이침대가 조사실 안으로 들어왔다. 침대에 엉덩이를 걸치고 앉은 장태식 사장이 양말을 벗으며 변호사에게 말한다.

"들어가. 더 있을 필요 없잖아."

"그럼 무슨 일 있으면 연락하십시오."

"갈 때 김 부장한테 인사 좀 하고."

돈을 주라는 말이다.

"알겠습니다."

변호사는 장태식 사장에게 고개를 숙이고 취조실을 벗어났다.

그 모습을 취조실 반대편 유리에서 김진아 검사가 보고 있었다. 그녀의 눈빛이 차갑다. 검사를 죽이려 한 자가 검찰에 와서 호의호식하는 걸 보고 있으니 분노가 치미는 게 당연하다.

잠시 더 장태식 사장을 노려보던 그녀가 시선을 돌렸다. 취조실의 녹화 파일이 저장된 USB를 빼내는 직원이 보인다.

"위험하지 않을까요? 김영우 부장님이면 검사장님 라인인데……."

"괜찮아요. 제가 몰래 수집한 정보라고 할게요."

김진아 검사는 자신이 위험해지는 것은 생각도 하지 않는 모양이다. 직원은 한숨과 함께 손에 든 USB를 건넸다.

* * *

김진아 검사를 살해하려던 남자는 여전히 눈을 감고 있었다. 박철우 검사가 수사관에게 맡기고 취조실을 비웠어도 눈을 뜨지 않는다. 취조실에는 침묵의 무거움만이 내려앉고 있었다.

그때 남자의 귀에 문이 열리는 소리가 들렸다. 그는 박철우 검사가 다시 들어왔다고 생각했다. 그런데…….

"아빠!"

아이의 목소리에 남자의 눈이 번쩍 떠졌다. 앞에는 네 살짜리 남자아이가 보인다. 남자의 아들이다. 그리고 그 뒤에는 병약해 보이는 여성이 서 있다. 그의 아내다.

남자의 표정이 바뀌기 시작했다. 피곤하고 힘이 없어도 지금껏 잘 참아 왔던 표정이 한순간에 무너져 내린다.

"씨…… 씨발."

남자는 원망스러운 눈으로 박철우 검사를 노려봤다. 박철우 검사는 고개를 젓는다.

남자의 시선이 아내에게 향했다. 아내는 울고 있다.

"외국에 갔다 온다면서요……. 여기가 외국이에요? 돈이 있으면 뭘 해요? 당신이 없는데……."

남자는 아내와 눈을 마주치지 못하고 고개를 숙였다. 그러자 아내가 흐느끼는 목소리로 묻는다.

"정말 사람을 죽이려고 했어요? 당신 스스로 결정해서? 아니잖아요? 도대체 누구예요?"

남자의 손을 아들이 꼭 잡는다.

"아빠, 싸우지 마. 이제 집에 가자."

네 살짜리 아이는 엄마와 아빠가 무슨 말을 하는지 제대로 모른다. 그저 오랜만에 만난 아빠가 반가울 뿐이다.

아들이 손을 잡아끌자 남자의 몸이 가늘게 떨리기 시작했다. 자신도 집에 가고 싶다. 하지만 갈 수 없다.

"잠깐만…… 잠깐만 아빠 여기 있다가 갈게."

"아빠, 가자. 집에 가자."

그들의 모습을 보던 박철우 검사가 팔짱을 낀 채 말한다.

"초등학교 입학식에는 가야죠?"

박철우 검사가 지금껏 반말하다가 갑자기 존댓말을 하는 것은 아내와 아이의 앞이기 때문이다. 자식을 키우는 처지에서 조금이나마 남자의 마음을 이해하기 때문이다. 그러자 가늘게 떨리던 남자의 몸이 사정없이 흔들리기 시작했다.

박철우 검사가 다시 입을 연다.

"아내가 몸 아픈 것은 걱정하지 마세요. 주변에 돈 많은 사람이 있어서 병원비를 지원해 주기로 했으니까. 유성에서 받은 만큼 돈도 주죠. 얼마

받았어요?"

남자의 입술이 달싹거렸다. 아들의 앞에서 끝까지 거짓말을 할 수 없었는지 드디어 진실이 토해져 나왔다.

"1억요……."

"청부는 누가 했어요?"

"……장태식 사장의 비서요."

"감사합니다, 말씀해주셔서."

박철우 검사는 몸을 돌려 취조실을 빠져나갔다. 잠시 가족과 함께 있으라는 배려다. 남자는 아들을 끌어안고 서럽게 울기 시작했다.

그는 전과 2범이다. 감옥에 다녀왔더니 붕어빵처럼 닮은 아들이 태어나 있었다. 하지만 일부러 혼인신고를 하지 않았다. 아들의 성도 아내를 따르게 했다. 전과자의 아들이란 소리를 듣게 하고 싶지 않아서다.

그래서 자리를 잡고 떳떳하게 살 수 있을 때까지 기다려 달라고 했다. 열심히 일했다. 그런데 아내가 아팠다. 가난해서 보험도 못 드는 형편에 막대한 치료비를 내기는 어려웠다. 세상이 지옥처럼 느껴질 때, 장태식 사장의 비서가 악마의 손길을 내밀었다.

-조직에 있었다고요? 사람 하나만 죽여줄 수 있을까요? 아내분의 병원비는 물론이고 생활비까지 마련해줄 수 있는데요.

박철우 검사가 밖으로 나가자 모자를 눌러쓴 채 복도에 등을 기댄 이한영이 보였다.

박철우 검사가 슬쩍 웃는다.

"그 얼굴로 밤에 모자 쓰고 나가면 사람들이 범죄자인 줄 알아요."

이한영이 손으로 취조실의 문을 가리키며 물었다.

"진술했어요?"

"네. 바로 장태식의 비서를 잡아들일 겁니다."

이한영이 고개를 저었다.

"그럼 장태식은 빠져나갈 거예요. 비서가 모든 책임을 질 게 뻔하니까요."

이한영이 손목을 들어 시간을 확인했다. 장태식 사장이 풀려나기까지 26시간이 남았다.

"기다려주세요. 저 사람이 진술했다는 사실도 아직 알리지 말아 주시고요."

이게 이한영이 다른 사람 모르게 검찰에 온 이유다. 상대가 강할 땐 모든 정보를 통제하고 예측 범위 밖에서 움직여야 한다.

* * *

다음 날, 장태식 사장은 소매를 걷고 있었다.

"이거 얼마짜리야?"

"거기까지는 잘 모르지만 최대한 싼 옷을 가져오라고 했습니다."

이제 몇 분 후면 그는 검찰을 떠나 집으로 간다. 긴급체포로 잡아둘 수 있는 시간이 끝나가기 때문이다. 그래서 취재진 앞에 최대한 초췌한 모습으로 서기 위해 준비하고 있었다.

거울을 보며 머리를 만지던 장태식 사장이 물었다.

"이러면 좀 피곤해 보이나?"

"네, 밤을 새운 것처럼 보입니다."

변호사의 말에 장태식 사장이 씩 웃으며 몸을 돌렸다.

"기자들 앞에서 뭐라고 말해야 하지?"

"준비해 뒀습니다."

장태식 사장은 변호사에게 종이 한 장을 건네받았다.

검찰 조사를 성실히 받았습니다.

요즘 사업이 잘 풀리지 않아 고민이 있었던 가운데 술을 많이 마셔 잘못된 행동을 하고 말았습니다.

국민 여러분은 해프닝으로 여기시겠지만 저는 이번 일을 반성의 기회로 삼아 앞으로 더 겸허히 살 수 있도록 하겠습니다. 다시 한번 심려를 끼쳐 죄송합니다.

장태식 사장이 고개를 끄덕였다.

"좋아. 집에 가서 이번 일과 연관된 새끼들을 싹 치워버리자고."

* * *

검찰청 앞에는 기자들이 인산인해를 이루고 있었다.

모두 장태식 사장을 기다리는 중이다. 생방송으로 진행하는 방송사가 보일 정도다. 유성그룹의 장용현 회장은 모든 언론사와 방송사에 연락해 장태식 사장의 모습을 찍으라고 지시했다. 방송이야말로 단번에 혐의를 벗을 수 있는 수단이기 때문이다.

장태식 사장의 비서가 기자들 사이를 비집고 계단으로 올라섰다. 그리고 그가 몸을 돌려 기자들 앞에 선다. 굳어 있는 표정이다. 순간, 기자들의 카메라가 비서에게 향했다. 기자로서의 촉이 뭔가 있다고 느껴졌기 때문이다.

그리고 비서가 입을 열었다.

"전 장태식 사장의 지시를 받아 처, 청부 살인을 기획했습니다. 목표는 김진아 검사였고……."

그때 기자들의 휴대폰이 울리기 시작했다. 검사 살인미수 혐의로 잡힌 남자가 진실을 자백했다는 알람이다.

-김진아 검사 살인미수범 자백, 유성쇼핑 장태식 사장의 청부였다.

앞에서 비서가 하는 말과 메시지가 일치한다.
동시에 기자들의 목소리가 다급해졌다.
"뭐야?"
"진짜야?"
"재벌이 검사를 살해하려고 한 거야?"

10

한 기자가 다급히 물었다.

“지금 한 말씀이 진짜입니까?”

장태식 사장의 비서는 단호히 답한다.

“네.”

기자가 다시 묻는다.

“혹시 증거가 될 만한 것을 가지고 있습니까?”

그러자 비서가 태블릿 PC를 꺼내 들었다.

“전 장태식 사장이 지시한 일을 기억하기 위해 전화는 항상 통화 중 녹음으로 설정해 둡니다. 지금 들으실 것은 장태식 사장과 통화하던 내용 중 일부입니다.”

그가 태블릿 PC의 버튼을 누르자 장태식 사장의 목소리가 흘러나왔다.

아무래도 안 되겠어. 처리하도록 해.

비서의 시선이 다시 기자들에게 향했다.

"처리하라는 말은 살인을 의미합니다. 물론 김진아 검사를 대상으로 한 것입니다. 그리고……."

비서가 수첩을 들어 기자들을 향해 보였다.

수첩에는 범행의 방법과 일시 등이 똑똑히 적혀 있었다. 김진아 검사가 당했던 방식과 정확히 일치한다.

"여기에 적힌 것은 장태식 사장의 글씨입니다. 전 장태식 사장의 지시를 받아 범행을 계획했습니다."

기자들의 카메라는 수첩을 향해 플래시를 터뜨리기 시작했다.

그 시각, 취조실의 문이 벌컥 열리고 담당 검사인 김영우 부장이 뛰어 들어 왔다. 검찰을 떠나기 위해 여유롭게 준비하던 장태식 사장의 시선이 김영우 부장에게 향한다.

김영우 부장의 표정은 심각했지만 장태식 사장은 그의 얼굴은 신경 쓰지 않았다.

"이틀 동안 고마웠어. 나중에 술 한잔하지."

장태식 사장은 그 말을 끝으로 김영우 부장을 스쳐 떠나려 했다. 하지만 김영우 부장이 팔을 들어 그를 가로막는다.

"아, 안 됩니다."

걸음을 멈춘 장태식 사장이 손목을 들어 시간을 확인했다.

"한 5분 정도 남은 것 같은데 기다려야 하나? 융통성 있게 하자고. 팍팍하면 살기 어려워."

장태식 사장은 밖의 상황을 몰랐다. 그래서 대수롭지 않게 농담을 섞어 말한 것인데, 김영우 부장의 입에서 개소리가 터져 나왔다.

"사장님은 구속될 겁니다."

장태식 사장의 얼굴에 짜증이 확 솟아오른다.

"뭐야!"

분노로 가득한 장태식 사장을 향해 김영우 부장이 휴대폰을 꺼내 보였다.

자극적인 제목의 기사가 보인다.

장태식 사장 살인 청부, 비서가 자백!

장태식 사장의 얼굴이 형언할 수 없을 정도로 쩍쩍 갈라지기 시작했다.

"씨, 씨발……."

장태식 사장의 떨리는 눈동자가 변호사를 향한다.

"도대체 뭐지?"

변호사도 모르는 것은 마찬가지다.

"모, 모르겠습니다. 도대체 무슨 일인지……."

"뭐냐고!"

벼락같은 호통이 내려쳤지만 변하는 것은 없다. 비서는 자백했고 모든 죄는 장태식 사장을 겨누고 있었다.

그때 문이 또 벌컥 열리더니 검은 양복을 입은 검사들이 취조실로 우르르 들어왔다. 검사들이 자신을 잡으러 왔다고 생각한 장태식 사장이 검사들을 노려보며 입을 열었다.

"검사장 불러."

무거운 목소리지만 검사들은 장태식 사장을 상관하지 않는다. 그들의 시선은 김영우 부장에게서 멈춰 있다.

가장 앞선 검사가 입을 열었다.

"김영우 부장님…… 조사를 받으셔야 할 것 같습니다."

뜬금없는 말에 김영우 부장의 눈이 동그랗게 커졌다.

"누구? 나?"

"네."

"내가 왜?"

검사가 휴대폰을 꺼내 인터넷 동영상 사이트에 접속한 후 제목 하나를 찾아 보였다.

장태식 사장에게 굽실거리는 검사

김영우 부장의 미간이 일그러진다.

"이거 뭐야!"

검사는 대답 없이 제목을 터치한다. 화면에 김영우 부장과 장태식 사장의 모습이 보이더니 그들의 목소리가 또렷이 들리기 시작했다.

–김 부장, 구속영장 안 쓸 거지?

–왜 그러십니까? 우리도 어쩔 수 없다는 것 아시잖아요. 만약에 우리가 '사장님은 죄가 없으니까 구속 안 할 거다'라고 발표해봐요. 폭동 일어납니다, 폭동.

검사는 영상을 스킵한다.

그러자 김영우 부장이 떠난 후 장태식 사장과 변호사만 취조실에 있는 화면이 보인다. 화면 속 변호사가 말한다.

–장유린 부장이 이런 식으로 나오면 재판이 문제가 됩니다.

–씨발…… 재판까지 얼마나 걸리지? 최대한 늦춰. 그 또라이는 내가 알아서 할 테니까.

잠시 넋 나간 표정으로 휴대폰의 화면을 보던 김영우 부장이 더듬거리며 입을 열었다.

"이, 이게 뭐야? 어떤 새끼가 취조실 영상을 밖으로 뿌리고 지랄이야!"

검사는 고개를 젓는다.

"확인하고 있습니다. 곧 잡을 수 있을 겁니다."

"그럼 나한테 지랄하지 말고 그 새끼부터 잡아! 검찰 망신시킨 새끼를 가만히 놔두고 뭐 하는 짓이야!"

붉어진 얼굴로 화를 내는 김영우 부장을 향해 검사가 고개를 숙였다. 그리고 사무적인 목소리를 내뱉는다.

"부장님과 장태식 사장님은 중앙지검으로 이관될 겁니다. 가시지요."

장태식 사장과 김영우 부장의 얼굴은 참혹해지고 있었다.

* * *

ㅡ장태식 사장, 살인 청부 미수로 구속!

ㅡ장태식 사장, 고등법원 판사 강간 미수 확실!

ㅡ장태식 사장 중앙지검으로 이동, 본격적인 조사 시작될 것!

장태식 사장의 비서가 생방송으로 자백했다. 그리고 취조실의 영상이 세상에 뿌려졌다. 유성그룹이라 해도 언론을 막을 순 없었다.

기사는 포털사이트의 중앙을 차지했고 텔레비전과 라디오의 뉴스도 쉬지 않고 장태식 사장을 겨냥했다.

아나운서가 입을 연다.

장태식 사장이 검사를 살해 모의한 혐의로 구속되었습니다. 장태식 사장은 범죄를 은폐하기 위해…….

불이 꺼져 어두운 방에 '찌익, 찌익' 종이 찢는 소리가 들렸다. 그리고 찢긴 종이가 투투툭 쓰레기통으로 쏟아진다. 그 위로 라이터 기름이 뿌려지더니 불붙은 성냥이 쓰레기통에 툭 떨어졌다. 곧 화르르 불이 붙었다.

이글거리는 불꽃을 보는 사람은 강신진 지원장이다. 그의 시선이 텔레비전 화면으로 향한다. 여전히 아나운서는 장태식 사장의 이름을 시끄럽게 외치고 있다.

장태식 사장이 중앙지검에 도착했습니다. 조금은 피곤한 모습인데요…….

'삑' 소리와 함께 텔레비전의 화면이 꺼졌다. 쓰레기통의 불꽃만이 어두운 방을 비출 뿐이다.

강신진 지원장은 다리를 외로 꼬며 조용히 미소 지었다.

"장 사장에게 지금처럼 좋은 친구가 될 수 있겠어."

불에 타들어가는 종이는 장태식 사장의 비리였다. 강신진 지원장은 장태식 사장이 나오는 동시에 그의 비리를 언론에 터뜨리려 했다. 그래야 겨우 얻은 통장을 마음대로 쓸 수 있기 때문이다. 그런데 비서가 입을 열고 동영상이 유출되며 굳이 나서지 않아도 될 상황이 만들어졌다.

"다행이야."

강신진 지원장의 옆으로 종이가 타들어가는 소리가 조용히 울렸다. 일렁이는 불꽃에 강신진 지원장의 그림자가 비친다. 그 모습은 악마였다.

* * *

"동영상, 너지?"

"네."

박철우 검사는 야외 휴게실에 앉아 담배를 입에 물며 고개를 틀었다.

김진아 검사가 보인다.

"어떻게 할 거야?"

"제가 했다고 말해야죠. 그러지 않으면 취조실의 직원분이 난처해지니까요."

박철우 검사가 담배 연기와 함께 한숨을 내뱉는다.

"검사 생활, 계속할 거야?"

그녀는 취조실의 영상을 유출해 부장검사를 날려버렸다. 상명하복의 문화가 녹아 있는 이곳에서 김진아 검사의 행동은 큰 일탈이다.

단순한 징계는 문제가 되지 않는다. 앞으로 쉽지 않은 삶이 될 게 분명했다. 직장 내 왕따를 당할 수 있고 정말 한직으로 이동해 시간만 때울 수도 있다.

하지만 그녀는 바로 대답한다.

"계속해야죠. 천직인 것 같아요."

박철우 검사가 고개를 끄덕였다.

"유배 가겠네."

그녀가 계속 검사로 있겠다고 하면 본보기를 보이기 위해서라도 가만두지 않을 거다. 산 좋고 물 좋은 곳으로 이동할 게 분명하다.

김진아 검사가 고개를 끄덕였다.

"그렇겠죠. 그런데 선배님……."

"말해."

잠시 우물거리던 그녀가 힘을 내 입을 열었다.

"……장태식 사장, 반드시 감옥에 보내주세요."

이제 그녀가 할 수 있는 일은 끝났다.

이한영의 전생에서는 그녀가 장태식 사장의 법정에 섰지만 현생에서는 다르다. 지금부터는 박철우 검사와 이한영이 할 일이다.

박철우 검사가 담배 연기를 내뱉는다.

"그래야지."

"쉽지 않을 거예요."

박철우 검사가 김진아 검사의 어깨를 토닥였다.

"걱정하지 마. 법은 평등하니까. 죄지은 만큼 구형할 거야."

그의 눈빛에 반드시 해내겠다는 의지가 느껴졌다.

김진아 검사가 고개를 숙인다.

"감사합니다."

"그리고 김 검사."

"네."

박철우 검사는 잠시 말을 멈추고 조용히 그녀를 본다. 하지만 쉽게 입을 열지는 못한다. 담배 연기를 길게 내뿜고 나서야 입을 열 수 있었다.

"내가 김 검사의 마음을 이해할 수는 없겠지만, 만약 내 딸이 김 검사와 같은 삶을 산다면 부모로서 괴로울 거야."

"……."

"평생의 시간을 복수에 쏟는 건 슬픈 일이라고 생각해. 아직 연애도 하고 여러 가지를 즐길 수 있는 나이잖아. 장태식 같은 놈에게 시간 뺏기지 말고 김 검사의 삶을 살았으면 좋겠어."

김진아 검사는 답하지 않았다. 그저 조용히 있다가 박철우 검사에게 고개를 숙일 뿐이었다.

"그럼 부탁드립니다."

그리고 그녀는 박철우 검사의 앞을 떠났다.

그녀의 뒷모습을 보며 박철우 검사가 한숨과 함께 담배를 비벼 끈다. 그에겐 그녀의 모습이 너무 안타깝게 느껴졌다.

그때 그의 뒤에서 낯익은 목소리가 들렸다.

"평생 복수에 매달리지 않게 하는 방법이 딱 하나 있는데요."

박철우 검사의 시선이 뒤로 향했다. 이한영이다. 언제 왔는지 자판기에서 커피를 뽑으며 말을 잇고 있다.

"확실하게 복수해주면 되는 거죠. 장태식을 감옥에 보내면 되는 거예요. 징역 1, 2년이 아니라 10년 이상. 누구나 납득할 수 있는 시간 그리고 특사로 나오지 못하게 막아버리는 거죠."

이한영이 자판기에서 뽑은 커피를 내밀며 씩 웃었다.

박철우 검사도 픽 웃는다.

"누구나 납득할 수 있는 시간이 10년 이상인가요?"

"사람들은 장태식이 결국 집행유예를 받을 거라고 예상해요. 그게 아니면 중간에 특사로 나올 거라고 생각하겠죠. 김진아 검사도 그렇게 생각하고 있을 겁니다."

박철우 검사는 씁쓸한 표정으로 다시 담배를 입에 문다.

"방금 피운 것 아니었어요?"

"속이 타서 그럽니다. 왜냐하면 나도 지금 판사님이 말한 것과 똑같이 생각하고 있었으니까요. 내가 아무리 구형을 강하게 때려도……."

박철우 검사는 뒷말을 잇지 않고 담배 연기를 내뿜었다. 검사가 아무리 구형을 내려도 판사가 도와주지 않으면 아무것도 되지 않기 때문이다.

잠시 담배 연기만 내뿜던 박철우 검사가 분위기를 돌리며 물었다.

"그런데 장태식 사장의 비서는 어떻게 회유한 거예요? 여간해선 입을 열지 않을 사람인데, 몇 시간 만에 뚝딱 해치웠네요?"

"그 사람 아들이 미국에서 유학하는데요……."

장유린 부장에게 들은 정보다. 비서의 아들은 한국에서 성적과 행실이 좋지 않아 도피성 유학을 떠났다. 하지만 깨진 바가지가 밖에서도 샌다고, 미국에서 제대로 생활했을 리가 없다. 게다가 부모까지 떨어져 있는 상황에서 이뤄진 방탕한 생활은 누구도 막기 힘들었다. 결국 아들은 마약과 미성년자 성매매까지 손댔고 이한영은 그 정보로 비서를 회유했다.

만약 아들이 범한 죄가 대한민국에서 일어난 일이었다면 비서는 어떤 협박을 받아도 콧방귀만 뀌었을 것이다. 미성년자 성매매는 많아야 10년 이하의 징역이기 때문이다.

하지만 비서의 아들이 죄지은 곳은 미국이다. 콜로라도주에서는 아동 성매매범에게 징역 472년이 선고된 일이 있다. 이한영이 미국에 연락을 취한다면 어떤 벌을 받을지 알 수 없었다.

아무리 개 같은 아들이어도 자식은 자식인가 보다. 비서는 자기 아들이 한국에서 벌받기를 원한다며 빌었고, 그 대가는 장태식 사장의 죄를 폭로하는 것이었다.

* * *

중앙지검에서 장태식 사장의 본격적인 조사가 시작됐습니다. 담당 검사는 박철우 부부장으로…….

이한영은 옥탑방에 있었다.

그의 시선은 화이트보드에 붙은 장태식 사장의 사진을 보고 있었다. 사진 속 장태식 사장은 웃고 있지만 몇 번을 구겨서 그런지 표정이 일그러져 보인다.

이한영은 장태식 사장의 사진을 뜯어 갈기갈기 찢었다. 그리고 툭툭 손을 털며 땅에 떨어뜨렸다. 형체를 알아보기 힘들 정도의 사진이 바닥에 뒹굴고 있었다. 이제 장태식 사장은 끝났다.

이한영은 아쉬움 없이 시선을 올려 다시 화이트보드를 향했다. 거만하고 위선적인 강신진 지원장의 얼굴이 보인다. 이한영은 강신진 지원장의 사진을 뜯어낸다.

"다음은 너."

이한영이 강신진 지원장의 사진을 노려보고 있을 때 똑똑똑, 문 두들기는 소리가 들렸다. 문 앞에서 송나연 기자가 검은 비닐봉지를 흔들고 있다. 흔들리는 비닐봉지에서 유리 부딪치는 소리가 들려온다.

그녀가 싱긋 웃으며 말한다.

"장태식 사장 구속 기념으로 소주 어때요?"

항상 맥주를 사 오는 그녀다. 그런데 오늘은 소주다. 뭔가 이상하다. 테이블 앞에 선 그녀가 비닐봉지를 풀더니 치킨 상자를 들어 보인다.

"치킨엔 소주죠, 히히."

소주 네 병에 안주는 치킨이다.

두 사람은 한 잔 두 잔 술을 마시기 시작했다.

그렇게 잠시 후, 송나연 기자가 이한영의 잔에 술병을 기울이며 입을 열었다.

"저 이동했어요."

"이동요?"

"네, 이제 법조가 아니라 연예 전문 기자 송나연이에요."

며칠 전, 송나연 기자는 드림일보 사장 이성구에게 불려 갔었다. 그녀는 박철우 검사와 통화 녹음까지 하며 사장을 몰아붙였다. 하지만 상대는 드림일보의 언론 권력을 가진 사람이다.

"검찰과 노조에 고발하겠다고 했는데 콧방귀도 안 뀌더라고요. 에휴……."

오히려 사장이 협박했다.

—조용히 있지 않으면 네가 있는 법조팀을 해체해버릴 거야! 뿔뿔이 흩어진 팀원들이 창고에서 연필이나 깎는 모습을 생각해봐!

송나연 기자가 술잔을 입에 댄 후 말했다.

“제가 다치는 건 상관없어요. 그런데 우리 팀장님은 중학교에 들어간 아들의 학원비를 고민해요. 저랑 친한 선배 기자는 남편의 병원비를 걱정하고요. 기자라는 직업이 명함만 그럴싸하지 월급은 박봉이라…….”

말을 이어가며 빈 잔을 채우던 그녀가 벌떡 일어나 고개를 숙인다.

“장태식 사장 구속 기념일에 푸념을 늘어놔서 죄송합니다.”

“푸념이라뇨. 괜찮아요.”

“그럼, 도움이 못 돼서 죄송합니다.”

이한영은 술잔을 들었다.

“기자님에겐 항상 감사해요.”

송나연 기자가 아쉬운 표정으로 웃으며 이한영의 잔에 자신의 잔을 부딪쳤다.

조용히 미소 짓던 이한영의 표정이 잔을 입에 대며 굳어진다. 그들은 이번 사건으로 장태식 사장을 집어넣었다. 유성그룹의 후계를 무너뜨렸으니 분명 대단한 일이다.

하지만 그 과정에서 이한영 측의 전력 손실이 컸다. 송나연 기자가 연예부로 이동했고, 김진아 검사는 조만간 유배를 가게 된다. 장유린 부장은 유성그룹과 강신진 지원장의 눈에 완벽하게 찍혔다. 그리고 강신진 지원장은 박철우 검사 역시 적으로 간주할 게 분명하다.

이한영은 작게 한숨을 내뱉었다.

‘나는? 난 들키지 않았을까?’

이리저리 생각해보면 강신진 지원장은 아직 이한영을 적으로서 확신하지 못하고 있을 게 분명하다. 아직 강신진 지원장의 옆에 남아 있을 수 있었다.

‘그나마 다행이네.’

게다가 이한영의 가장 큰 장점은 전생을 경험했다는 것이다. 그래서 강신진 지원장의 수법과 성격을 잘 알고 있었다. 혹시라도 튀는 불똥을 조심하는 성격인 강신진 지원장은 지금처럼 큰일이 벌어지면 여진이 꺼질 때까지 기다릴 사람이다.

'상대가 웅크리고 있을 때 움직여야 하는데…….'

이한영의 고민으로 가득한 표정을 봤는지 송나연 기자가 입을 열었다.

"그래도 의사는 계속 지켜볼게요."

살인범 곽순원을 살해하려 하는 의사. 이한영은 그녀에게 그 의사를 지켜봐 달라고 말했었다.

"괜찮겠어요? 연예부 일은 아니잖아요."

"연예부에서도 제가 골칫덩이라고 생각할 거예요. 사장한테 찍힌 기자를 좋아할 곳은 없으니까요. 밖으로 도는 게 연예부 사람들에게도 좋을 거예요. 기사는 다른 사람 기사를 복사해서 붙여넣기 하면 될 거고요. 제가 뭘 쓰든 기사가 나가는 일은 없을 테니까 상관없어요."

송나연 기자가 씁쓸하게 웃었다.

그때 옥탑방의 문이 열렸다.

"난 배고픔을 참고 일하는 중인데……."

이한영과 송나연 기자의 시선이 문으로 향했다.

박철우 검사가 서 있다. 정말 배고팠는지 안으로 들어온 박철우 검사는 치킨부터 집어 먹기 시작했다.

한참을 먹던 박철우 검사가 송나연 기자를 빤히 본다.

"기자님, 얼굴이 왜 이렇게 빨개요? 술 많이 먹었네?"

"쫌?"

"어허, 남녀칠세부동석인데 둘이서 이렇게 술 먹으면 안 돼요. 위험해."

송나연 기자가 소주병을 흔들었다.

"검사님도 한잔?"

박철우 검사가 손을 저었다.

"아뇨. 난 또 들어가 봐야 해요."

박철우 검사는 장태식 사장을 조사하는 중이다. 쉽지 않은 일일 거다.

송나연 기자가 아쉬운 얼굴로 박철우 검사를 보며 물었다.

"그럼 왜 오셨어요? 식사는 근처에서 하시면 될 텐데요."

박철우 검사가 입에 묻은 튀김 가루를 손으로 털어내며 말했다.

"장태식 사장 일은 아니고 따로 조사하다가 알아낸 게 있어서 왔어요."

"어떤 거요?"

이한영이 묻자 조금 머뭇거리던 박철우 검사가 입을 열었다.

"김효나."

아이돌 가수 출신 연예인이다. 나이가 든 후 가수는 그만두고 청순가련한 외모를 이용해 영화와 드라마에서 활발히 활동을 이어가고 있다.

뜬금없는 이름이 튀어나오자 이한영과 송나연 기자의 시선이 박철우 검사를 향했다.

박철우 검사가 말을 잇는다.

"내가 명동 사채업자 오판석을 조사하고 있잖아요?"

오판석은 명동 사채업자로 과거 국가안전기획부에서 근무했지만 1980년대 초반에서 90년대 초반까지 약 10년간의 행적이 묘한 사람이다.

박철우 검사가 계속 말했다.

"사채업자 주제에 법정이율을 지키고 있어서 잡아내기가 어려웠어요. 부하 중 한 새끼가 법정이율을 초과했지만 오판석과 연관성을 짓지는 못했고요."

이한영이 고개를 갸웃거렸다.

"김효나와 오판석은 연관성이 있나요?"

박철우 검사가 고개를 끄덕였다.

"확실한 것은 아닌데, 오판석이 박광토 전 대통령에게 여자를 선물한 모양이에요."

얼굴에 느낌표가 새겨진 송나연 기자가 다급히 입을 연다.

"그게 김효나라고요?"

"추측이라니까요."

송나연 기자가 고개를 가로저었다.

"설마요. 지라시에서도 들어본 적 없어요. 그리고 김효나가 돈을 얼마나 많이 버는데요. 얼마 전에 40억짜리 집도 샀다는데……. 게다가 그 착한 얼굴로……."

박철우 검사가 손을 저었다.

"아직은 추측. 그런데 오판석에게 돈을 받은 정황이 있고, 최근에는 박광토 전 대통령의 집에 드나드는 모양이에요."

이한영의 시선이 송나연 기자에게 향했다.

"연예부 기자 되신 것 축하드립니다."

송나연 기자가 고개를 끄덕인다.

"네, 방금까지 짜증 났었는데 지금 보면 잘된 일인가요? 김효나, 알아봐야겠네요."

송나연 기자는 자기 앞에 있는 술잔을 치웠다.

그녀는 할 일이 많다. 곽순원을 살해하려는 의사부터 김효나까지 조사해야 한다. 더 술을 마시는 건 다음 날에 지장이 생긴다.

박철우 검사가 뒷목을 주무르며 자리에서 일어섰다.

"그럼 전 또 들어가 보겠습니다. 아이고, 오늘도 밤새우겠네."

이한영이 안쓰러운 얼굴로 박철우 검사를 향했다.

"조금 더 쉬다 가시죠."

"할 일이 태산이라, 흐흐."

박철우 검사는 손을 흔들며 옥탑방을 떠났다.

계단을 걸어 아래로 내려온 박철우 검사가 차에 오르며 휴대폰을 꺼냈다. 휴대폰이 진동하고 있다. 박철우 검사가 차가운 눈빛으로 휴대폰을 귀에 댄다.

"박철우 검사입니다."

–나 강신진이에요.

* * *

잠시 후 송나연 기자마저 떠난 옥탑방엔 이한영이 홀로 앉아 있었다. 책상에는 술병 대신 서류가 산더미처럼 쌓여 있다. 미처 마무리하지 못한 일을 하는 중이다. 집에서 하면 어머니가 걱정하신다.

옥탑방엔 서류 넘기는 소리만 들렸다. 한참 일하던 이한영이 쭉 기지개를 켰다. 그때 그의 휴대폰에 진동이 울렸다.

백이석 대법원장이다.

"네, 대법원장님."

–장태식 사건, 자네가 맡고 싶겠지?

"부탁드리겠습니다."

–그래, 그렇게 하지.

"감사합니다."

계속해서 사건을 이한영에게 모는 것도 위험한 일이다. 하지만 백이석 대법원장은 확실히 이한영을 밀어주고 있었다.

테이블에 내려둔 휴대폰에 다시 진동이 울렸다. 이번엔 모르는 번호다.

"네, 이한영입니다."

–이한영 부장님입니까?

낯선 목소리에 이한영의 미간이 찌푸려졌다.

"누구시죠?"

–유성그룹에서 장용현 회장님을 모시는 비서입니다. 이한영 부장님이 장태식 사장의 재판을 담당한다고 들었는데요.

백이석 대법원장과 통화를 마친 게 1분도 지나지 않았다. 하지만 유성그룹은 이미 담당 판사가 누가 될지까지 알아내버렸다.

장용현 회장 비서의 목소리가 수화기 너머에서 들린다.

—한번 만나뵙고 싶습니다.

그 목소리가 음침하다.

* * *

1인당 최저 식사비가 10만 원인 호텔의 레스토랑.

이한영이 그곳으로 들어갔다. 그런데 종업원과 무대에서 첼로를 연주하는 사람만 있을 뿐이다. 손님은 없다.

이한영을 알아본 종업원이 앞으로 다가와 고개를 숙였다.

"이쪽으로 오십시오."

이한영은 종업원을 따라 이동했다. 입구에서 보이지 않는 창가 쪽 자리에 머리가 희끗희끗한 남자가 보인다. 장용현 회장의 비서다.

그러니까 장유린 부장에게 아들의 폭행 사건을 맡기고 TJ식품 가짜 증인들의 사진과 대본을 가져다줬던 사람이다. 물론, 그 일은 이한영이 자세히 알고 있지 못했다.

이한영이 가까이 다가서자 비서가 자리에서 일어나 맞은편 의자를 빼낸다. 나이는 이한영이 한참 어리지만 꽤 예의를 갖추고 있다.

이한영이 자리에 앉자 비서가 입을 연다.

"이곳에선 편히 말씀하셔도 좋습니다. 오늘 하루는 우리가 빌렸으니까요."

이한영이 주변을 둘러본다.

"이런 곳은 통째로 빌리려면 얼마나 드나요?"

"많이 들겠죠. 하지만 값어치가 나가는 일은 돈을 쓰는 게 아니라 투자를 하는 겁니다."

이한영의 시선이 첼로를 연주하는 여인에게 이동했다. 다른 손님들에게 음악을 들려주고 싶었던 그녀는 지금 이한영과 비서만이 있는 곳에서 첼로를 연주하고 있다.

이한영의 시선이 다시 비서에게 향했다.

"이곳을 빌리는 것도 투자인가요?"

"네, 우리가 이곳에서 할 대화는 이곳을 빌리는 값과 비할 수 없으니까요."

이한영의 시선이 다시 비서에게 향했다.

전생에서도 만나본 적이 없는 사람이다. 하지만 누군지는 알고 있다. 겉으로 드러난 직업은 장용현 회장의 비서. 하지만 그 뒷모습은 더러운 핏물을 손에 묻히는 해결사다.

전생에서 장유린 부장은 교통사고로 사망했다. 이한영은 그 일이 이 비서를 통해 일어난 일이라고 추측하고 있다. 그리고 이 비서의 결말도 좋지는 않았다. 새롭게 회장이 된 장태식 사장의 눈에 장용현 회장의 곁에서 세력을 키운 비서가 마음에 들 리가 없었기 때문이다. 그는 강신진 지원장과 장태식 사장에 의해 감옥에서 인생을 보내다가 쓸쓸히 마지막을 맞이했다.

잠시 옛 기억을 더듬은 이한영이 입을 열었다.

"그래서 저를 만나자고 한 이유가 무엇입니까?"

비서가 조용히 미소를 그린다.

"그것은 제가 말씀드리기가 어렵군요. 잠시만 기다리세요."

비서는 누군가를 기다리는지 손목을 들어 시간을 확인한다.

잠시의 시간이 지났다.

레스토랑의 문이 열리더니 검은 양복을 입은 사람들 수십 명이 다급히 달려 들어왔다. 그러더니 좌우로 나뉘어 길게 늘어선다.

그들을 보던 비서가 자리에서 일어섰다.

“오셨습니다.”

그 말과 동시에 탁탁하고 지팡이를 짚는 소리가 들리며 한 노인이 들어왔다.

거대한 덩치, 탐욕스러운 볼과 욕망에 가득 찬 눈빛. 유성그룹 장용현 회장이다. 그는 유성그룹의 두 번째 회장으로서 IMF와 글로벌 금융 위기를 이겨내고 지금의 유성을 만들어냈다는 평가를 받고 있었다.

그가 검은 양복들이 만들어낸 길을 지난다. 동시에 검은 양복들이 고개를 숙이는 모습은 그야말로 장관처럼 느껴졌다. 그렇게 장용현 회장이 위엄 있는 모습으로 이한영 앞에 섰다.그러자 검은 양복들은 엘리베이터에서부터 레스토랑의 곳곳에 자리를 잡는다.

지팡이를 짚고 바라보는 장용현 회장을 향해 이한영이 고개를 숙였다.

“이한영입니다.”

“장용현이라고 하네.”

비서가 의자를 빼내자 장용현 회장이 앉았다. 비서는 장용현 회장의 뒤에 섰고, 이한영이 그와 마주 앉은 상태였다.

장용현 회장은 힘이 들어간 눈동자로 이한영을 바라보며 입을 열었다.

“이한영이라고?”

“네.”

“공무원이라고?”

“네.”

“공무원은 나라의 미래를 걱정해야 하지 않는가?”

“맞습니다.”

장용현 회장의 입가에 미소가 걸린다. 그 미소 역시 탐욕스럽게 보인다. 그가 무겁게 입을 열었다.

“그렇다면 태식이에게 징역 5년을 선고해.”

"5년요?"

"그래, 5년."

장용현 회장이 노리는 것은 명확하다.

지금의 여론을 볼 때 장태식 사장이 실형을 피하는 것은 불가능한 일이다. 하지만 다음 재판이 이뤄지기 전에 국민의 관심을 다른 곳으로 옮겨 놓는 것은 어려운 일이 아니다. 1심에서 5년을 받고 다음 재판에서 집행유예나 무죄를 받는 것, 이것이 장용현 회장의 계획이었다.

장용현 회장이 말을 멈추자 뒤에 서 있던 비서가 품에서 봉투를 꺼내 테이블 위에 올리며 말한다.

"유성카드입니다. 한도가 없으니까 마음껏 쓰셔도 상관없습니다."

이한영이 봉투를 들어 카드를 꺼내 봤다. 경제인과 고위 관료 등에게만 제공하는 VVIP 블랙카드다.

"지금, 청탁하시는 겁니까?"

장용현 회장이 고개를 젓는다. 그리고 무서운 눈으로 이한영을 쏘아보며 입을 연다.

"청탁이라니……. 내가 일개 판사에게 청탁할 급으로 보이나?"

비서가 말했다.

"이한영 부장님, 투자입니다."

이한영은 언론에 노출된 판사다. 게다가 현 대법원장이 충남에서 끌고 올라왔으며 강신진 지원장이 눈여겨보고 있다. 지금은 하찮아 보여도 나중에 크게 쓸 수 있다고 생각됐나 보다.

이한영이 손에 든 카드를 내려두며 입을 열었다.

"제가 잘 클 수 있도록 먹이를 주시는 겁니까?"

비서가 고개를 끄덕이는 것으로 대답을 대신했다.

이한영의 시선이 다시 장용현 회장에게 옮겨졌다.

"거부하면 어떻게 됩니까?"

장용현 회장이 픽 웃으며 이한영의 앞에 놓인 카드를 손에 쥔다.

"거부……. 내 앞에서 그런 말을 지껄이는 공무원은 본 적이 없어. 거부라는 말은 자네가 하는 게 아니야. 내가 하는 거야. 내가 시키는 대로 하는 것, 그게 자네의 일이야. 방금 말했지? 공무원은 나라를 위해 사는 사람들. 내 지시가 국가를 위한 일이야, 알겠나?"

장용현 회장이 손에 든 카드를 이한영의 앞으로 던지듯 내려놓은 후 천천히 자리에서 일어선다. 그리고 지팡이를 짚고 서서 이한영을 내려다보며 입을 열었다.

"패기란 젊을 때만 가질 수 있는 특권이야. 하지만 지나치면 못써."

장용현 회장이 몸을 돌렸다.

잠시 후, 테이블엔 이한영과 비서만 앉아 있었다.

비서가 입을 연다.

"회장님께서 이한영 부장님이 마음에 드셨나 봅니다. 패기 있는 사람을 좋아하시거든요."

테이블에 놓인 카드를 손가락으로 툭툭 치던 이한영이 고개를 들어 비서를 향했다.

"제가 아직 대답을 못 들어서요. 이 카드, 거부하면 어떻게 됩니까?"

비서가 빙긋이 미소를 그린다.

"부장님께 해가 되는 일은 없을 겁니다. 회장님께 부장님은 보이지 않으니까요. 회장님께 부장님은 그저 마음에 드는 공무원, 그뿐입니다."

이한영이 비서를 향해 카드를 밀었다.

"그럼, 거부하죠. 법에 따라 재판하겠습니다."

비서가 고개를 흔든다.

"회장님은 부장님을 건들지 않을 뿐입니다. 그리고 혹시 장태식 사장에게 실형을 내려달라는 국민의 '뗏법'이 무섭다면, 두려워할 필요도 없습니다. 연예인의 스캔들 등 시선을 돌릴 일은 얼마든지 많으니까요.”

‘날 건들지 않아?’

이한영은 비서의 말 한마디 한마디를 귀에 담는 중이었다.

비서가 계속 말한다.

“그리고 회장님께서 자주 하시는 말씀이 있습니다. 지금은 알량한 애국심 때문에 이 나라에서 장사하지만 해가 지날수록 손해가 커지고 있다고요.”

“…….”

“정치인들은 서민들의 표를 얻기 위해 우리를 적으로 삼아요. 이 나라에서는 가진 놈이 죄인이거든요. 정치인들은 자기 주머니에서 나가는 돈이 아니라고 세금과 인건비를 천정부지로 올려놓습니다. 그래, 여기까지는 참을 수 있어요. 그런데 임금을 올려도 노조는 툭하면 파업을 벌이고, 정부는 무슨 일만 있으면 돈을 내놓으라고 합니다. 노조와 정부만 그럴 것 같습니까? 우리가 어려운 사회를 위해 기부를 해도 사람들은 국민의 주머니를 털어 돈을 번 약탈자로 여기며 손가락질을 합니다.”

비서가 앞에 놓인 카드를 손에 들며 말을 이었다.

“부장님이 이 카드를 거부하면, 회장님은 한국에 있는 공장을 전부 해외로 보낼 겁니다. 베트남, 인도 등 한국을 제외한 전 세계는 우리 유성을 원하고 있어요. 한국 사람이 고급 인력이라고 반론할 수는 있겠죠. 하지만 실제로는 단순노동일 뿐입니다. 우리는 그런 사람들에게 몇백만 원의 월급을 주며 데리고 있어요. 그래도 고마워할 줄을 몰라요. 반면에 외국에선 몇십만 원만 줘도 충성을 다하죠.”

비서가 이한영의 앞에 카드를 내려둔다.

이한영의 시선이 카드로 향하자 비서가 낮은 목소리로 말을 잇는다.

“잘 선택하세요. 우리가 나가면 우리의 하청을 받던 중소기업은 부도가 날 테고 공장이 있던 도시는 마비될 겁니다. 투자자는 빠져나가고 주가는 폭락하겠죠. 대한민국의 경제가 박살이 날 겁니다. 10년, 20년, 어디까지 후퇴할지 몰라요. 그러니까 공무원은 공무원답게 국가의 미래를 위해 일하세요."

비서가 천천히 자리에서 일어섰다. 그리고 이한영을 향해 정중히 고개를 숙인 후 자리를 떠난다.

이한영은 카드를 손에 쥐었다.

'장태식 하나를 꺼내려고 대한민국의 경제를 운운하고 있어?'

웃기는 일이다. 대한민국 5천만 인구의 경제는 어느새 유성의 인질이 되어 있었나 보다. 그들은 경제를 인질로 잡고 살인미수에 강간, 탈세와 횡령 등 온갖 고약한 범죄를 일으킨 장태식을 빼내라고 협박하고 있다. 대한민국 법을 얼마나 우습게 보는지 모를 일이다.

이한영의 입가에 비웃음이 가득 담겼다.

'장태식과 대한민국 경제 중에서 선택하라고?'

미소가 사라지자 그의 표정이 점차 서늘해진다. 가까이 다가가기만 해도 냉기에 몸을 떨 정도다.

콱! 이한영은 손에 쥔 카드를 구겨버렸다.

'유성을 내 손에 넣어야겠어. 전부 내 손에…….'

레스토랑엔 첼로 연주 소리만 들려오고 있었다.

* * *

TJ식품 전창진 대표의 재판이었다.

법대에 앉은 이한영이 법정을 둘러봤다. 결국, 장태식 사장은 증인 소환에 불응했다. 이유 없이 불응할 경우 500만 원 이하의 과태료를 내게 되지만 장태식 사장에겐 껌값일 뿐이다. 수모를 당하느니 돈을 내는 게 낫다고 판단한 모양이다.

이한영의 시선이 전창진 대표에게 향했다.

"피고인, 마지막으로 하고 싶은 말이 있습니까?"

전창진 대표는 대답하지 않는다. 침울한 표정으로 입을 꾹 다문 모습에서 어떤 말도 하지 않겠다는 각오가 보인다. 자신이 입을 열지 않으면 밖에 있는 가족의 안녕이 보장되기 때문이다.

이한영이 고개를 들어 법정을 둘러봤다. 기자들은 곧 있을 이한영의 판결문을 듣기 위해 귀를 바짝 세우고 있다. 그리고 저 멀리 전창진 대표의 가족이 모여 앉아 간절한 표정으로 기도하는 게 보인다. 하지만 죄를 지었으면 벌을 받아야 한다. 그게 이치다.

이한영이 입을 열었다.

"판결을 선고한다."

적막한 법정에 이한영의 단호한 목소리만 들릴 뿐이다.

"피고인 전창진을 징역 10년에 처한다."

업무상 횡령과 배임은 10년 이하의 징역이다. 거기에 증인을 만들어 법망을 빠져나가려 했으며, 살인범 곽순원을 통해 청부 살인을 했다는 의혹도 존재한다. 또한, 아이들이 먹는 이유식에 발암물질이 생성되도록 지시했다. 그의 죄는 절대 가볍지 않았다.

선고를 들은 전창진 대표가 고개를 푹 숙인다. 맞잡은 두 손이 파르르 떨리고 있다.

'10년? 10년이라고?'

전장친 대표는 유성그룹에 충성을 맹세하며 모든 것을 짊어지고 감옥에 들어가게 된 것을 처음으로 후회하고 있었다. 악마와는 거래하지 말라는 이야기가 있다. 처음은 달콤하지만 끝은 파멸이기 때문이다.

차가운 시선으로 그 모습을 내려다보던 이한영이 자리에서 일어섰다.

'돈의 노예가 됐던 걸 평생 반성해라.'

* * *

재판이 끝난 후 이한영은 멀지 않은 커피숍에서 유세희와 마주 앉아 있었다.

유세희가 테이블 위에 서류를 내려둔다.

"차명을 통해 유성그룹의 지배 구조 핵심 계열사의 지분을 사고 있어요."

조세헌 변호사는 기업 전문 변호사다. 그를 통해 유세희는 유성그룹의 맹점을 찔러 들어가고 있었다.

그녀가 계속 말을 잇는다.

"개인투자가로 보인 후 공시 전까지만 매입할 거니까 유성에서는 우리가 어디를 노리는지 알 수 없을 거예요."

상장된 회사의 지분을 5퍼센트 이상 보유하게 된 사람은 5일 이내에 금융위원회와 한국거래소에 보고하고 공시해야 한다. 기업 소유 구조의 변동을 파악해 투자자에게 올바른 정보를 제공하기 위함이다.

유세희는 차명을 통해 공시 직전까지만 지분을 얻을 계획이었다. 그렇게 유성의 눈을 피해 주식을 모으고 그 지분이 한 번에 그녀의 손에 들어온다면 유성에게는 꽤 위협적인 존재가 될 것이다.

이한영이 서류를 내려두며 물었다.

"돈은 모자라지 않은가요?"

유세희가 살짝 웃는다.

"조금요? 그래도 모자란 돈은 대출을 받고 있고 장태식 사장이 구속되면서 주가가 내려가고 있잖아요. 그러니까 걱정하지 마세요."

이한영은 천천히 고개를 끄덕였다. 그는 유세희를 통해 유성그룹을 손에 쥘 생각이다. 그리고 마지막에 가면, 그녀는 에스로펌의 간판만 손에 쥔 채 사라질 거다. 잔인하고 처절하게, 이한영을 원망하며…….

유세희는 분명 아름답다. 어떤 연예인을 옆에 둬도 그녀의 얼굴은 밀리지 않을 게 분명하다. 하지만 이한영에겐 욕심을 뒤집어쓴 사람으로 보일 뿐이다.

그는 전생을 기억하고 있었다. 그녀는 어머니를 시골에 가둬두고 이한영을 마음대로 움직이려 했다. 탐욕 앞에 발가벗고 이득을 얻기 위해 이한영을 벼랑으로 밀어버렸다. 이한영이 누명을 쓰고 법정에 끌려와 앉았을 때, 그녀가 했던 말.

—여보…… 사람까지 죽였잖아요. 그 남자의 아내가 막 돌 된 아기를 업고 우리 집 앞에 와서 자기 남편을 살려 달래요. 지금 밖에 나가면 뉴스에 당신 이름만 나와요. 이제 인정해요. 여기서 멈춰야, 그나마 명예로울 수 있어요.

이한영은 유세희의 끝없는 욕심을 믿을 수 없었다. 지금은 에스로펌의 후계로 만족하고 있지만, 그다음엔 어디까지 원할지 모른다.

잠시 옛 생각을 하던 이한영이 쓰게 미소를 지으며 고개를 들었다. 유세희는 여전히 아름다운 모습으로 테이블에 놓인 서류를 정리하며 입을 연다.

"그런데 이런 이야기는 전화로 해도 되잖아요? 근무시간에 부르신 이유가 뭐죠?"

이한영이 의자에 느긋이 등을 기댄 채 답했다.

"데이트할까요?"

"데이트요? 시간 괜찮으세요?"

"네."

판사들에게 가장 여유로운 시간이 언제냐고 묻는다면 재판이 끝난 날이다. 은어로 장날이라 부르는데, 그나마 심적으로 여유롭기 때문이다.

이한영의 시선이 커피숍의 창밖으로 향했다.

"날도 좋은데, 명동에나 가볼까요?"

"명동요?"

뜬금없이 명동이 나오자 유세희가 눈을 동그랗게 뜨며 물었다.

이한영이 고개를 끄덕이며 말을 잇는다.

"명동에서 만나볼 사람이 있거든요."

명동엔 사채업자 오판석이 있다. 박철우 검사가 조사하고 있지만 생각 이상으로 더디다. 장태식 사장이 구속당했고, 강신진 지원장의 행동에 제약이 생기며 장용현 회장까지 등장했다.

지금 몰아쳐야 한다. 시간이 늦으면 기회의 문은 좁아진다. 이한영에겐 그 첫 번째 단추가 오판석이었고 박철우 검사에게만 맡겨둘 수는 없었다.

이한영은 유세희에게 오판석에 관한 이야기를 짧게 전한 후 말을 이었다.

"에스로펌의 후계라는 이름값을 빌리고 싶은데요."

* * *

낡은 건물의 3층, 이한영의 차가 멈춰 섰다. 이한영은 글로브 박스에서 카메라와 모자를 꺼냈다. 그 모습을 유세희가 물끄러미 보고 있다.

"기자인 척하시려는 건가요?"

"판사라고 소문내고 다닐 수는 없잖아요. 이 직업이 제약이 많아서요."

"믿을까요?"

상대는 오랜 세월 동안 죄를 지으며 항상 남을 의심하고 긴장하고 살아온 자다. 어설픈 변장에 속아 넘어갈 일은 없었다.

"아뇨, 안 믿겠죠. 하지만……."

이한영은 손목을 들어 시간을 확인했다. 그때 휴대폰이 울린다.

"네, 건물 지상 주차장에 차 대고 있는데요."

-아, 봤어요.

송나연 기자다. 드림일보의 진짜 기자인 그녀가 옆에 있다면 오판석도 이한영이 누구인지 의심하지 않을 게 분명하다.

이한영이 전화를 끊으며 유세희에게 말했다.

"송나연 기자님이라고 드림일보에서 일하시는 분이에요. 오늘 우리를 도울 거고요."

잠시 후 차 뒷문이 열리고 송나연 기자가 들어왔다. 유세희가 고개를 틀어 입을 연다.

"유세희라고 해요."

몇 번 얼굴을 마주한 적이 있다. 하지만 유세희는 송나연 기자를 기억하지 못하는 모양이다.

송나연 기자 역시 꾸벅 고개를 숙인다.

"송나연이라고 합니다."

짧은 인사를 마친 후, 유세희의 시선이 다시 이한영에게 향했다.

"그럼 제가 할 일은요?"

"가만히 계시면 됩니다. 존재만으로도 큰 도움이 되니까요."

오판석이 아무나 만나주지는 않는다. 일개 기자가 찾아왔다면 얼굴도 못 보고 당장 쫓겨날 게 분명하다. 그래서 에스로펌의 후계인 유세희가 필요했다.

이한영이 모자를 눌러쓰며 말을 이었다.

"만에 하나 위험한 일이 벌어질 수도 있어요. 그때 두 분은 제 뒤에 바짝 붙어 서 계세요."

상대는 마른오징어도 쥐어짜낼 수 있다는 사채업자 중에서도 톱급의 인물이다. 상상할 수 없는 거친 인물들을 거느리고 있을 가능성이 크고 국가안전기획부, 즉 안기부에서 근무했던 경험도 존재한다.

유세희 역시 상대의 위험성은 인식하고 있었다. 하지만 그녀는 살짝 미소 지으며 말한다.

"괜찮아요. 믿어요."

송나연 기자와 유세희의 명함을 들어서 보던 오판석의 시선이 앞으로 향했다. 그의 앞에는 이한영과 송나연 기자, 유세희가 보인다.

"배우신 분들이 이런 누추한 곳까지 어쩐 일이십니까? 돈이 필요한 것은 아닐 테고요."

낡은 소파와 청소하지 않아 찐득거리는 테이블, 오판석의 사무실은 허름했다. 오판석 역시 값비싼 옷을 입고 있지 않다. 대단한 돈을 가진 사람이지만 시장에서 산 것 같은 체크무늬 남방과 솜을 넣은 바지를 입고 있을 뿐이다.

대답은 송나연 기자가 했다.

"김효나 씨, 아시죠?"

김효나는 아이돌 출신 연예인으로, 지금은 박광토 전 대통령의 여자가 되어 있다. 박철우 검사가 김효나에 관한 정보를 가져온 이후, 송나연 기자는 그녀의 뒷조사를 시작했다. 그리고 지금 김효나가 공천을 바라며 박광토 전 대통령의 옆에 있다는 것을 알게 되었다. 대한민국 정치의 민낯이다.

정치 경험이나 비판적 사고가 없어도 공천을 받아 정당의 텃밭에 나오면 당선된다. 그리고 사람들은 이미지만 본다. 김효나는 청순가련한 얼굴 덕에 드라마와 영화에서 좋은 배역만 맡아 왔다. 숨겨진 더러운 모습을 모르는 사람들은 그녀에게 환호를 보낸다.

오판석은 모른 척 고개를 저었다.

"이 나이가 되면 친구가 텔레비전밖에 없죠. 말씀하신 김효나가 요즘 드라마에 자주 나오는 사람이라는 건 알고 있습니다."

송나연 기자가 품에서 사진을 꺼내 끈적이는 테이블 위에 올렸다. 사진 속엔 김효나가 이 사무실에 들어가는 모습이 찍혀 있다.

오판석이 물끄러미 사진을 바라봤다.

"이 건물엔 우리 사무실만 있는 게 아닙니다. 어디 다른 곳에 갔나 보죠. 온 걸 알았으면 사인이라도 받았어야 했는데, 아쉽네요.”

여전히 여유롭다. 결정적인 증거가 놓이기 전까지는 입을 꿈쩍이지 않겠다는 고집이 보인다.

송나연 기자가 다른 사진을 꺼내 놓았다. 이번엔 김효나가 박광토 전 대통령의 집에 들어가는 모습이다.

“이건요? 이것도 모르세요?”

오판석은 고개를 저었다.

“모르겠습니다. 누구 집입니까? 연예인이 이렇게 좋은 집에 사는 걸 보면 기분이 묘해요. 우리는 악착같이 돈을 벌어도 이런 골방에서 장사하는데요, 하하하하.”

이한영은 조용히 오판석의 얼굴을 보고 있었다.

이무기 같은 인간이다. 얼마나 두꺼운 가면을 썼는지 표정의 변화가 전혀 없다.

이럴 땐, 구석으로 몰아넣어야 한다. 하지만 쥐도 구석에 몰리면 고양이를 문다. 하물며 명동의 돈을 손에 쥐고 있다는 오판석이다. 벼랑 끝에 섰을 때 어떤 짓을 벌일지 예상하기 어려웠다.

‘위험하지 않을까?’

이한영의 손가락이 툭툭 움직이기 시작했다. 앞으로 벌어질 일을 머릿속으로 계산하는 중이다.

‘다행스러운 점은 유세희가 함께 있다는 거야.’

유세희는 에스로펌의 후계다. 그녀를 잘못 건드렸다가 오판석은 대한민국이란 땅에서 흔적도 없이 지워질 게 분명하다. 하지만 만약이라는 게 있다.

지금부터 이한영이 입을 열 이야기에 오판석이 위기를 느낀다면 살인을 저지르면서까지 비밀을 숨기려 할 가능성도 존재한다. 0.1퍼센트의 위험성도 막아야 했다.

이한영의 시선이 사무실을 죽 훑었다. 송나연 기자와 유세희를 안전하게 지키며 도망칠 곳과 싸울 곳을 찾는 거다. 그렇게 계산을 끝낸 이한영의 시선이 오판석에게 향했다.

오판석은 여전히 개소리를 이어가는 중이다.

"설사 이 연예인이 손님으로 우리 사무실에 왔다고 해서 제가 입을 열 수 있겠습니까? 고객의 정보를 지켜주는 게 신용 장사잖아요? 하하하하."

"그래요?"

삐뚜름한 목소리가 들리자 오판석의 시선이 이한영에게 향했다.

이한영이 품에서 어떤 사진을 스캔한 종이를 꺼내 '탁' 소리가 날 정도로 강하게 테이블 위로 올렸다. 그리고 낮은 목소리로 입을 연다.

"이제 본론으로 들어갈까요? 국가안전기획부 공안분실장 오준식 씨?"

오준식, 오판석의 본명이다. 그는 지금 사채업자이지만 정권이 바뀐 후 유일하게 살아남은 고문 기술자이기도 하다.

이한영이 차갑게 미소를 그리며 손바닥을 천천히 치우자 테이블에 올려진 종이에서 사진이 보인다.

예전에 음주운전을 하다가 다른 차량과 시비가 붙은 후 "감히 국산 차를 타는 새끼가 추월을 해?"라는 말을 지껄였던 DH제강 박대환 대표가 있었다.

테이블에 놓인 사진은 박철우 검사가 박대환의 집을 압수수색 하며 찾아낸 사진이다. 양복을 입은 두 명의 남자. 한 명은 당시 국가안전기획부장이었고 박대환의 아버지인 브로커 박강서, 다른 한 명은 오판석이다.

박강서는 은퇴 후 기업과 정계의 브로커 역할을 하며 죽기 전까지 기록을 남겼다. 그 기록은 오판석이 갖고 있었는데 현재는 강신진 지원장의 손으로 넘어간 뒤다.

사진을 본 오판석의 얼굴이 참혹하게 갈라지기 시작했다. 동시에 사무실의 분위기는 서늘한 바람이 부는 것 같다.

하지만 이한영은 분위기를 아랑곳하지 않고 여유롭게 말을 잇는다.

"젊을 때는 고문 기술자, 늙어서는 사채업자. 파란만장한 인생이네요."

오판석의 대답은 없다. 무서운 눈으로 사진을 보고 있을 뿐이다.

이한영이 계속 말했다.

"성형과 개명까지 하면서 숨어 산 이유를 기사로 쓰고 싶은데, 허락해 주시겠습니까?"

기사가 나가면, 오판석은 죽는다. 아마 법정에 올려지기 전에 간첩으로 몰려 고문을 받았던 피해자들과 그 유족들에 의해 맞아 죽을 거다.

오판석이 살기 넘치는 눈빛으로 하지만 억지로 미소를 그리며 고개를 들어 올린다.

"돈이 필요해서 오신 분들 맞네요. 얼마나 필요하신 겁니까?"

이한영이 고개를 저었다.

"돈은 필요 없고 정보를 원합니다."

오판석이 낮은 한숨을 내뱉었다.

"꽤 큰 정보를 원하나 보네요? 들어나 보죠."

기다렸다는 듯 이한영이 입을 연다.

"박광토 전 대통령의 역린을 원합니다."

역린, 용의 목에 거꾸로 난 비늘이라는 뜻으로 왕이 분노할 만한 약점을 말한다.

"박광토 전 대통령요?"

"네."

이한영의 대답은 단호하다.

하지만 박광토 전 대통령의 이름이 거론되자 오판석의 얼굴에 어이없다는 미소가 걸렸고, 유세희의 얼굴에선 핏기가 사라졌다. 사무실의 분위기는 점점 더 싸늘하게 변해가고 있다.

이한영의 전생에서 강신진이 절대 권력자였다면 현재는 박광토 전 대통령이다. 쓰레기 박광토 전 대통령에서 개 같은 강신진으로 이어지는 한국의 권력 계보, 씁쓸한 현실이다.

박광토 전 대통령은 문제가 많은 사람이었다. 대통령으로 지내며 해먹은 것도 많고 경제를 폭락하게 만들기도 했다. 지금도 암중에서 권력을 손에 쥐고 대한민국을 휘두르고 있다. 하지만 사람들은 그가 성군이었다며 좋아하고 지금도 지지를 보낸다. 특히 그의 열성적인 지지자들은 박광토 전 대통령이 무슨 짓을 하든 다 칭송하고 있다.

그런 박광토 전 대통령을 건든다는 것은 목숨을 걸어야 하는 일이다. 하지만 강신진 지원장을 잡기 위해선 박광토를 찍어내야 하는 게 순서다. 두 사람은 서로의 약점을 쥐고 상호 보완하는 관계이기 때문이다. 강신진 지원장은 브로커 박강서의 기록을 가지고 있고, 박광토 전 대통령은 강신진 지원장의 비밀 통장을 알고 있다. 즉, 박광토 전 대통령을 무너뜨리지 않으면 강신진 지원장은 그의 힘을 빌려 좀비처럼 계속 부활할 거다.

그리고 오판석은 박강서의 기록을 최초로 소유하고 있던 사람이다. 그 안에 있는 박광토 전 대통령의 무엇인가를 알고 있는 게 분명하다.

오판석이 살기로 가득한 눈동자로 이한영을 쏘아본다.

"그분을 건드렸다가는 죽을 수도 있어요."

"내 남은 수명 걱정해주시는 것은 됐고, 박광토 전 대통령의 역린이나 말씀해주세요."

"당신들이 아니라 내가 죽을 수도 있다는 말입니다!"

급기야 거친 소리가 질러졌다.

이한영은 픽 웃는다. 그리고 테이블에 놓인 오판석의 과거 사진을 손가락으로 가리키며 입을 열었다.

"이렇게 죽나 저렇게 죽나 다를 게 있습니까?"

오판석이 번뜩이는 눈으로 이한영을 노려본다.

"내가 당신들을 죽이면 어떻게 할 거죠? 대한민국의 살인 검거율은

100퍼센트에 육박하지만 실종자 수는 매년 약 10만 명이에요. 살인을 실종으로 만드는 건 어렵지 않아요."

옆에 에스로펌의 후계가 있지만 그보다 박광토 전 대통령이 두렵기 때문에 하는 말이다.

살기 넘치는 목소리가 흘렀지만 이한영은 움츠러들지 않는다.

"사람들은 우리나라 경찰이 썩었다고 말하죠. 하지만 신고 후 5분이면 오는 고마운 분들입니다. 나를 죽이고 이 두 분을 건드리려면 5분은 넘길 것 같은데요."

이한영이 휴대폰을 들어 보였다. 누군가에게 보내는 메시지가 눈길을 끈다.

-받는 즉시 경찰에 출동 부탁해. 주소는…….

오판석의 미간이 찌푸려질 때, 이한영이 입을 연다.

"전송 버튼, 누를까요?"

오판석은 대답하지 않는다. 잠시 이한영을 노려볼 뿐이다. 그러다 급기야 반말이 흘러나온다.

"너 누구야? 기자 아니지?"

그는 쭉 이한영을 관찰하고 있었다. 모자를 눌러쓰고 있어서 인상이 잘 보이지는 않지만 드러난 눈매는 무섭게 느껴진다. 한평생 살얼음판에서 살아온 오판석도 움츠러들게 한다. 평범한 기자가 가질 수 없는 눈빛이었다.

이한영이 웃는다.

"내가 누군지 알면 당신은 죽어야 하는데요. 그래도 알고 싶은가요?"

이한영의 말에서 진심으로 오판석을 죽일 수 있다는 살기가 느껴졌다.

두 사람의 서늘한 눈빛이 허공에서 부딪친다. 테이블에 놓인 종이가 오판석의 손에 의해 콱 우그러들었다.

그 순간, 이한영이 입을 연다.

"내가 누군지 가르쳐줄까요?"

결국, 고개를 숙인 것은 오판석이다. 그가 길게 한숨을 흘렸다.

"야, 양보해줄 순 있습니까? 역린이지만 드러나지 않은 것이 우연히 발견된 것처럼 느껴지게 할 수도 있으니까요."

나쁘지 않은 제안이다. 이한영 측 역시 박광토 전 대통령의 시야에 걸리지 않고 작업할 수 있다.

"말해보세요."

"고려행복재단이라고 있습니다."

고려행복재단, 소년 소녀 가장과 난치병에 걸린 아동을 돕는 기부 단체다. 수십 년의 전통을 가졌으며 텔레비전과 포털사이트 등에서 활발한 광고를 하고 있다.

사람들은 보통 그 단체에 월 2만 원 또는 3만 원씩 기부한다. 적은 돈이라 느껴질 수 있겠지만 한 달 내리 쉬지 않고 일한 후 얼마 남지 않은 돈을 쪼개서 내는 거다.

오판석이 입을 연다.

"그 돈의 일부가…… 박광토 전 대통령의 지갑으로 들어갑니다."

* * *

평생 모은 전 재산 6억을 기부한 할아버지

고려행복재단에 따르면 강영범(76) 할아버지는 자신이 평생 모은 재산 6억을 재단에 기부하고……(중략)……젊을 때는 청소부로 일했고 퇴직 후 폐지를 주웠다.……(중략)……부모가 없이 어렵게 자란 강영범 할아버지는 자신이 모은 돈이 어려운 환경에 있는 아이들을 위해 잘 쓰였으면 좋겠다고……(후략)…….

강영범은 평생을 일했다.

이 돈은 그가 평생 일한 시간의 대가다. 먹지 않고 입지 않고, 더위와 추위, 사람들의 멸시를 견디며 힘겹게 모은 돈이다. 그렇게 모은 돈 6억은, 크다. 그 돈이면 지방의 괜찮은 아파트를 사서 남은 인생을 편히 지낼 수도 있다. 하지만 강영범은 그 돈을 전부 기부한 후 오늘도 차가운 바람을 맞으며 폐지를 주우러 떠난다. 어려운 환경 속의 아이들이 행복하게 지내길 바라면서…….

고려행복재단.

"네, 확실히 감성이 중요하지 않습니까? 폐지 줍던 노인이 전 재산을 기부했다는 것이 마음을 울렸나 봅니다. 광고효과가 아주 좋았습니다. 오늘만 해도 기사 보고 새로 가입한 사람이 어마어마합니다. 큰 걸로 기부한 사람도 꽤 되고요. 광고비 확실히 뽑았습니다, 흐흐흐."

강순철 고려행복재단 이사장은 박광토 전 대통령과 통화하고 있었다. 그가 말을 잇는다.

"네, 고생한 직원들에게 회식시켜 주겠습니다."

통화를 마친 그가 담배를 입에 문다. 한 건 했다는 자부심이 표정에 머물러 있다. 한참 여유를 만끽하던 강순철 이사장이 연기를 길게 내 뿜으며 책상 위의 벨을 누른다.

곧 머리를 예쁘게 땋은 비서가 들어왔다.

"시키실 일 있으십니까?"

"오늘 본사 직원들 회식이라고 전해. 부서별로 진행하도록 하고 이사진은 김 비서가 따로 자리 만들어."

"네, 알겠습니다. 이사진 회식은 어디서 진행할까요?"

강순철 이사장이 빙긋이 웃는다.

"뭐가 좋을까? 1차는 회로 하고, 2차는 룸살롱 하나 빌리도록 해."

"알겠습니다."

강영범이 평생을 어렵게 모은 돈이 한순간에 직원들의 회식비와 이사들의 횟감, 그리고 술집 여자의 품에 들어가게 됐다.

* * *

"내부자 정보가 없다면 오판석의 말만 믿고 덤벼들 수가 없어요. 알잖아요? 게다가 기부 재단이에요. 잘못 건드렸다가는 우리가 박살 나요."

며칠 후, 밤.

이한영과 박철우 검사, 송나연 기자 그리고 석정호는 옥탑방에 모여 있었다. 그들의 앞에는 고려행복재단의 조직도가 놓여 있다. 박철우 검사의 말대로 오판석의 말만 믿고 그들과 싸우기는 어려웠다.

그들은 세상에 선량한 기업으로 비치고 있다. 뒤에 선 시민단체도 만만치 않다. 자칫 권력을 쥔 검찰이 기부 재단을 공격해 어려운 사람들의 삶을 더 피폐하게 만들 수 있다는 말을 들을 수도 있다.

이한영이 고개를 끄덕였다.

"내부자, 회사의 내막을 가장 잘 알고 있으면서 쉽게 등을 돌릴 수 있는 사이는 누굴까요?"

그 말에 송나연 기자가 입을 연다.

"모두 회사에 다녀보지 않아서 모르시겠지만, 회사에서 제일 무서운 사람은 대표님이나 부장님이 아니라 경리예요."

뜬금없는 이야기에 석정호가 고개를 갸웃거린다.

"경리요?"

"네, 경리요."

"경리가 무섭다고요?"

"진짜 무서워요."

석정호는 물론이고 이한영과 박철우 검사도 그녀의 말을 전혀 이해하지 못하겠다는 표정이다.

송나연 기자가 답답하다는 표정으로 계속 말했다.

"경리가 입출금 관리뿐만 아니라 거래처 대금 지급이나 마감 같은 것도 다 하거든요. 일반 사원들 경비 처리도 마찬가지고요. 우리가 일 때문에 쓴 걸 증빙서류로 낼 때 경리가 승인해주지 않으면 우리 돈으로 내는 게 돼요. 가뜩이나 월급도 쥐꼬린데……."

"경리가 일반 사원들의 돈줄을 쥐고 있다는 건가요?"

"네, 그리고 고려행복재단처럼 현금 거래가 많은 곳은 장부에 넣지 않고 쓰는 돈도 많을 거예요. 그런 것도 다 알고 있을걸요?"

송나연 기자가 고려행복재단의 조직도를 손에 들었다. 그리고 사람들의 이름을 손가락으로 훑으며 계속 말한다.

"이곳처럼 회사 인원수가 몇 명 되지 않는 곳은 경영지원팀에 투자하지 않으니까 경리의 파워가 더 크겠죠."

그녀의 손가락이 경리의 이름에서 멈춰 섰다.

경리의 이름은 한보담.

이한영의 시선이 석정호에게 향했다.

"한보담 씨를 만나봐."

"누구? 나?"

"응."

박철우 검사와 송나연 기자는 직업의 특성상 자칫 박광토 전 대통령에게 꼬리를 잡힐 수도 있다. 하지만 석정호는 아니다. 이곳에서 누구보다 자유로우며 어떤 식으로 움직여도 상관없는 사람이다. 게다가 이한영의 계획에서 이런 일에 나설 수 있는 사람은 석정호뿐이었다.

석정호가 눈을 동그랗게 뜨며 다시 묻는다.

"내가? 진짜?"

"응, 네 외모가 필요해."

"허허."

어이없게 웃는 석정호에게 머물러 있던 이한영의 시선이 이번엔 송나연 기자에게 향했다.

"고려행복재단의 정보를 최대한 빼낼 수 있을까요? 가능하면 경리의 정보도요."

"기사를 통해 광고하는 회사니까 기자들이 많이 알고 있을 거예요. 한번 알아볼게요."

* * *

며칠 후, 드디어 김윤혁이 법원으로 복귀했다.

오랜 시간 병석에 누워 있던 그가 드디어 법원에 모습을 드러낸 것이다. 법원 앞에는 김윤혁의 사진을 담기 위해 꽤 많은 기자들이 모여 있었다.

겉으로 보이는 김윤혁은 정의로운 판사이자 부패와 싸우다 칼에 맞고 식물인간이 되었지만 기적적으로 살아난 사람이다. 이곳에 모인 기자들은 장태식 사장으로 시끄러운 세상에서 김윤혁이라는 영웅적인 판사의 이야기를 담아 조금이나마 희망의 기사를 쓰고 싶었다.

김윤혁이 앞에 서자 기다렸다는 듯 어느 기자가 손을 들며 질문한다.

"몸 상태는 어떠십니까?"

"걱정해주신 덕에 충분히 쉬었습니다. 지금 당장 업무에 들어가도 문제없습니다. 앞으로도 계속 법에 따른 재판을 할 수 있도록 노력하겠습니다."

김윤혁은 사람 좋은 미소를 그리며 카메라를 향했다. 그러자 카메라 플래시가 터져 오른다.

"이쪽 한 번만 봐주십시오!"

"손을 좀 흔들어주세요."

연예인이 아닌 판사지만 김윤혁은 기자들의 말을 따라 움직였다. 잘생긴 외모는 언제나 플러스 점수를 받는다. 사진을 본 사람들은 더욱더 김윤혁이 정의의 편이라고 생각할 게 분명하다.

그렇게 카메라 세례를 받은 김윤혁이 기분 좋은 미소를 숨기지 않고 몸을 돌렸다. 하지만 그 미소는 오래가지 못했다. 그에겐 저승사자나 다름없는 사람, 이한영이 그 앞에 서 있었기 때문이다.

이한영이 들고 있던 꽃다발을 김윤혁에게 건넸다.

"퇴원 축하한다."

"어? 어."

꽃다발은 일반적인 안개꽃에 장미가 있는 게 아니다. 어디서 샀는지 온갖 잡다한 꽃이 꽂혀 있다. 김윤혁이 꽃다발을 받으며 억지 미소를 그렸다. 그러자 동시에 카메라 셔터가 다시 눌리기 시작했다.

조용한 사법부에서 굵직굵직한 사건을 맡아 공평한 판결을 내리는 이한영은 그나마 눈에 띄는 판사였다. 그런 이한영과 영웅 같은 김윤혁이 나란히 서 있는 그림은 기자들에게 놓칠 수 없는 장면이었다.

한 기자가 손을 들었다.

"두 분 친하신가요?"

대답은 이한영이 했다.

"저희 동기예요. 충남에서 함께 배석 생활을 했고 서울도 비슷한 시기에 올라왔어요. 친하다기보다는 원수죠, 하하하하."

원수라는 말은 진심인데, 듣기에는 친분을 통한 장난으로만 들렸을 거다.

기자들이 따라 웃으며 질문을 한다.

"이한영 판사님, 김윤혁 판사님은 평소 어떤 분입니까?"

"글쎄요. 업무적인 이야기는 워낙 잘하는 친구라 할 필요가 없을 것 같고……."

잠시 고민하는 척 생각하던 이한영이 김윤혁의 어깨에 팔을 두르며 말을 이었다.

"제 부탁은 어려운 일이라 해도 거의 다 들어주는 고마운 친구입니다. 그렇지?"

잡힌 약점이 있으니 이한영의 부탁은 다 들어주고 있다. 김윤혁이 웃으며 고개를 끄덕였다.

기자들은 다시 두 사람의 사진을 찍는다.

"두 분, 이렇게 보니까 업무상 관계가 아니라 정말 좋은 친구 같습니다. 앞으로도 좋은 우정 이어가길 바랄게요."

기자들에게 벗어난 이한영과 김윤혁은 복도를 걷고 있었다. 화기애애했던 두 사람의 분위기는 어느새 멀어져 있다.

조용한 복도에서 이한영이 김윤혁이 든 꽃다발을 가리키며 입을 열었다.

"거기에 있는 이 꽃, 이름이 뭔지 알아? 아네모네야. 꽃말은 '배신'. 그리고 이 검은 장미의 꽃말은 '내게서 벗어날 수 없다'라네. 마지막으로 국화는 알지? '죽음'이야."

배신을 하고 벗어나려 한다면 죽는다는 뜻이다. 어두워지는 김윤혁의 표정을 보며 이한영이 다시 그의 어깨에 팔을 둘렀다.

"내가 네 퇴원을 축하하려고 여자한테도 하지 않는 이런 꽃 이벤트까지 했는데, 기쁘지 않아?"

김윤혁이 깊은 한숨을 내뱉으며 이한영을 향했다.

"또 뭔가를 해야 하나?"

"응."

"뭐지?"

"강신진 지원장이 최근 뭘 꾸미는지 알아봐줬으면 해."

장태식 사장이 구속된 후 강신진 지원장은 어디에도 모습을 드러내지 않고 있다. 사건에 연루되지 않게 몸을 사리는 것이긴 하지만 다른 꿍꿍이를 계획할 준비의 시간이 될 수도 있다.

김윤혁이 걸음을 멈췄다. 그리고 이한영을 보며 낮은 목소리로 묻는다.

"내가 지금 너에게 끌려다니고는 있지만, 난 네가 지원장님을 이길 수 있다고 생각하지는 않아."

이한영의 표정이 서늘해졌다.

"그래서?"

김윤혁이 이한영의 눈빛을 피해 꽃을 보며 입을 연다.

"여기서 그만하면 나도 영원히 입 다물고 있을게. 그러니까 그만하자. 지원장님의 힘은 네 생각 이상으로 강해."

이한영이 픽 웃으며 고개를 저었다.

영원히 입 다물고 있겠다는 말, 절대 믿지 못한다. 김윤혁은 언제든 뒤통수를 치고 배신할 놈이다.

이한영이 자신의 머리를 손가락으로 툭툭 치며 말했다.

"걱정해주는 건 고마운데, 머리 쓰려고 하지 마. 난 너에게 발언권을 준 적이 없어. 그냥 시키는 대로 해."

김윤혁의 표정은 일그러졌지만 어떤 말도 하지 못한다. 이한영에겐 김윤혁이 멀쩡하면서 아픈 척, 언론과 국민을 속였다는 증거가 있다. 그리고 이한영에게 어떤 문제가 생기면 그 증거는 곧바로 언론에 쏘아지게 된다. 그럼 김윤혁이 영웅에서 쓰레기로 평가받는 것은 순식간이다. 마녀사냥이 시작될 테고 모든 사람들이 손가락질할 거다. 그것만은 피하고 싶었다.

김윤혁은 강신진 지원장이 언론을 완벽히 장악할 때까지 이한영의 앞에서 입도 뻥끗할 수 없는 처지였다.

이한영이 김윤혁의 어깨를 툭툭 두들긴 후 다시 꽃다발을 손가락으로 가리켰다.

"배신, 벗어날 수 없다, 죽음. 기억해."

김윤혁은 자신의 사무실로 돌아왔다.

그는 아직 단독판사다. 오랜만에 들어온 사무실이지만 그리웠다는 감정은 김윤혁에겐 없었다. 아무렇게나 의자에 앉은 그가 고개를 들어 천장을 본다.

"죽음? 씨발……."

* * *

그 시각, 석정호는 건물을 올려다보고 있었다.

고려행복재단이 있는 건물이다. 석정호가 자신의 몸으로 시선을 옮겼다. 어울리지 않게 정장을 입고 있어서인지 움직이기도 불편하다.

석정호는 팔을 올려보기도 하고 발을 들어보기도 하며 한숨을 푹 내뱉었다.

"하……."

"왜 그러세요?"

익숙한 목소리에 고개를 돌리자 이순호가 보인다.

"어떠냐?"

석정호가 자신의 몸을 툭툭 치며 묻자 이순호가 픽 웃는다.

"깡패 같아요."

"자산가처럼 보이지는 않고?"

"돌격대장처럼 보여요."

석정호는 다시 한숨을 쏟아냈다. 곰 같은 덩치에 험악한 인상이니 뭘 걸쳐도 어쩔 수 없다.

"이러니까 내가 정장 안 입는다고 했는데……."

"흐흐, 들어가죠."

두 사람은 고려행복재단 안으로 들어갔다.

잠시 후, 소파 하나가 놓인 모던한 미팅실에 석정호와 이순호가 앉았다. 테이블엔 오렌지주스가 놓인다.

잠시 후 말끔하게 차려입은 남자 직원이 그들 앞에 앉았다.

"기부하시고 싶다고요?"

이순호가 명함을 내려두며 입을 열었다.

"네, 투자 전문 법인입니다. 이분이 저희 대표님이시고요."

직원이 명함을 들었다. 처음 듣는 이름의 회사지만 그의 얼굴에 실망한 기색은 보이지 않는다. 며칠 전, 강영범 노인이 6억이란 전 재산을 기부한 후 각양 각지에서 수억씩 기부하는 릴레이가 펼쳐지고 있어서다.

직원이 입을 연다.

"다 아시고 오셨겠지만 다시 설명해드리면, 저희 고려행복재단은 국내 결손 가정, 소년 소녀 가장, 희귀병과 난치병 아동들을 위해 힘쓰고 있습니다."

직원이 테이블 위에 서류를 펼친 후 한 장씩 넘기기 시작한다. 불쌍한 아이들의 사진이 보인다.

이순호가 입을 연다.

"일대일 결연은 되나요?"

직원이 고개를 저었다.

"아뇨. 저희도 처음에는 일대일 결연을 통해 직접 후원을 주선하기도 했는데요, 부정적인 측면이 있더라고요. 사장님께서 갑자기 사업이 어려워지거나 하면 계속해서 후원하기가 어려워지잖아요? 그럴 때 아이들이 받는 정신적 충격은 생각 이상으로 커요. 매일 선물도 사 주고 같이 놀던 아저씨가 갑자기 안 보이면, 아이들은 또 버림받았다고 생각할 수도 있거든요. 그래서 저희는 후원자분들이 내신 기부금을 모아 아이들에게 나누어 주고 있습니다."

맞는 말이다. 하지만 정상적인 기부 업체에서 했을 때만 그렇다. 이들은 기부자가 기부한 돈이 어디에 쓰였는지 알 수 없도록 선량한 기부 업체의 사례를 악용하고 있었다. 그렇게 마지막 사진이 덮였다.

직원이 시선을 들어 석정호를 본다.

"그래서 어느 정도 기부를 하고 싶으신지……."

석정호가 다리를 외로 꼬며 입을 열었다.

"글쎄요. 제가 기부해본 적이 없어서요. 일단 30억 정도면 될까요?"

"네? 3, 30억요?"

"적나요?"

"아, 아뇨."

당연하지만 30억을 한 번에 기부하는 사람은 흔치 않다. 직원의 표정이 처음으로 변한다.

"자, 잠시만요. 이 정도 금액은 제가 처리할 수 있는 게 아니라서요."

그리고 직원은 밖으로 나갔다. 이순호가 오렌지주스를 손에 들며 석정호에게 시선을 옮겼다.

"에이, 그냥 말만 하는 거 한 50억 쓰지 그랬어요?"

상대가 정말 그만큼의 돈을 기부할 거냐고 확인해도 상관없다. 이들에겐 그 이상의 돈이 있기 때문이다.

"흐흐, 미끼 문 것 같지?"

"물죠. 힘 안 들이고 30억이 들어온다는데, 싫어할 사람이 어디 있겠어요?"

석정호가 사무실을 쭉 훑었다.

"경리가 누구냐……. 아, 저기 있네."

이들은 송나연 기자를 통해 고려행복재단의 정보를 얻고 왔다. 그래서 회사의 분위기와 인물은 대략적으로 잘 알고 있었다. 이 회사 역시 이한영의 손바닥에서 놀고 있다.

〈5권에서 계속〉